『平家物語』入門

琵琶法師の「平家」を読む

山下宏明

笠間書院

読者の皆さんへ

時代の転換期を迎えると歴史への関心が高まります。多くの歴史学者の執筆される時代史が巧みな表題を掲げて、あざやかに歴史の解読をしてくださるのですが、実は十四世紀の頃から、源平動乱を盲目の琵琶法師が読解し語っていました。『平家物語』を読むのは、その琵琶法師が語る、イクサをモチーフとする歴史語りを物語として読むことになります。

『平家物語』には、まるで清和《せいわ》源氏の物語のような、これを専門家たちは読み本と呼んでいるのですが、琵琶法師の語る物語をも意識しながら数多くの関連資料を持ちこみ、時にはそれらの資料や史料の批判をも行う写本が行われました。これまで専門家は、それらの読み本を軸に、ひたすら歴史・文化の真相や実態を探るのが一般です。

本書は、物語論を学び、もっぱら琵琶法師の語る源平争乱の歴史を物語として読むことを目的とします。必要に応じて、読み本の世界や、事件当時の、貴族の日記、それに史学や文化史論の成果をも参照しながら読みます。いわば、その入門書的な世界を志して、わたくしなりの物語としての読みをまとめてみました。歴史の真相を探る史学者の読みではありません。

複雑な経過をたどって十四世紀の中頃、覚一と言う著名な琵琶法師が定め、文字化した、平家琵琶の、一種の正本を使用して読みました。能の謡曲にならって江戸時代に固定した譜本が伝わりますが、必要に応じて、その曲節にもふれ、時には琵琶法師の息づかいを伺わせる表現にも注意を払いました。驚くことに十四世紀の中頃に集成された物語が、以後、厳しい政治状況の中、江戸時代にかけて微調整は行いながら、ほぼその形態を保って語られ、読まれて来ました。その結果、物語は、物語として完結した構造や表現を保っています。

あくまでもわたくしの読みです。その読みを御理解くださるように章立てし、各章の内容を要約、その手がかりになった原文の場所もわかるように、本文の下段に、その章段、これを琵琶法師は「句」と呼ぶのですが、その句の名称をゴチック体で示しました。さらに、その全容が見通せるように目録の細目を巻末に横組みで示し、各内容に該当する本文の位置、頁をアラビヤ数字で示しました。琵琶法師の物語として完結しているために前後の照応、文脈の掘り起こしができるように努めています。必要に応じて御覧いただければ幸いです。その目録の細目が皆さんの読みをお手伝いできますよう、願っています。抜き読みなさってくださるためにもお役に立てるよう願っています。

『平家物語』の読みを介して、われわれは時代の転換をどのように読めるのでしょうか。琵琶法師は、どのような思いで清盛や、その娘、建礼門院の思いを語っているのでしょうか。困難な時代、死者の声を掘り起こし人々の中を語り歩いた琵琶法師が語る歴史に登場する平家公達は、実態を越えて多面的な生き方を見せます。今回の試みを通じて驚くことがしきりでした。お手許の『平家物語』のテクストを御覧になりながら、たえず皆さんの読みをなさってください。お読みになる度に、過渡期を生きた人々の多様な思いや動きを見せてくれることでしょう。本書は、そのお手伝いができればと思いつつ書き進めて来ました。

目次

『平家物語』入門

一　いくさ物語と琵琶法師

洛中、はじめてのいくさ　平安の都では、はじめてのいくさが始まる。平家の祖、桓武《かんむ》天皇(1)が開いて三百六十余年にわたり、とにかく平安の文化を保って来た都での、前代未聞のいくさ、保元の乱である。それは古代から中世への幕開きである。後日、文治二年（一一八六）、当時七歳であった幼帝尊成《たかなり》(2)（後鳥羽天皇）を補佐する摂政に就いた九条兼実《かねざね》を支え、四度にわたり鎮護国家の総本山延暦寺《えんりゃくじ》の管長、天台座主にも就いた弟慈円《じえん》が、「城外ノ乱逆合戦ハヲホカリ」洛外でのいくさはともかく、洛中でのいくさははじめてと、その歴史哲学とも言える『愚管抄《ぐかんしょう》』(3)巻四に書きつけた。平安の京の人々にとって驚くべき体験であった。

この保元《ほうげん》の乱が平治《へいじ》の乱を誘発し、源平の合戦へと収斂して行く。その経過を、『保元物語』から『平治物語』を経て『平家物語』へといくさ物語を語ったのが琵琶法師である。それは勝者、源氏を描く源氏の物語ではなく、敗者、平家を描く平家の物語である。それを琵琶法師の芸能集団、当道座《とうどうざ》(4)は「平家」と称した。それを物語として読むのが本書である。

1　名は山部《やまべ》、七三七～八〇六　即位は七八一年

2　「たかひら」とも読む。

3　承久の乱（一二二一年）前後に書かれたと言われる歴史書

4　山下『琵琶法師の『平家物語』と能』塙書房　二〇〇六年

『保元物語』『平治物語』から『平家物語』へ　鳥羽上皇を父とし、待賢門院《たいけん》璋子《しょうし》を母としながら戦うことになった兄崇徳《すとく》と弟後白河である。実の父は鳥羽の祖父、白河であったと噂される[5]崇徳、この崇徳に対し、政治には覇気《はき》に乏《とぼ》しく、芸能にのめりこみがちな後白河が対決する。その保元の乱で後白河の側についた源義朝と平清盛が崇徳上皇側を破るが、乱後、巧みに後白河の側近信西《しんせい》としめしあわせて先行するのが平清盛で、遅れをとった源義朝は、信西のライバル「天下一の不覚仁《ふかくじん》」（『平治物語』[6]）信頼《のぶより》の誘いに乗ったのが運の尽き、清盛ら平家が熊野《くまの》へ参詣、京を不在にするところを狙って兵を挙げ、後白河上皇と二条天皇を確保したものの、熊野からとって返した平家が信頼らの油断をついて主上、二条天皇を六波羅に保護したため、形勢が逆転する。この間、後白河上皇も仁和寺《にんなじ》へ脱出した。

　源氏は内裏、待賢門《たいけんもん》のいくさにこだわって逆に内裏を平家に抑《おさ》えられ、窮した義朝が六波羅攻めに出る。押し寄せて来た源氏の鬨《とき》の声に驚く清盛が、武具を身に着けようとして甲《かぶと》の前《まえ》・後《うしろ》を逆《さかさま》にかむる。見る侍たちが、これを指摘したものだから、清盛は、おじけついたと見られまいと「主上是《これ》にわたらせ給へば」、まともに甲を着ては主上を後ろにしたてまつるのが畏れ多い、そのために「甲をば逆《さか》さまに着るぞかし」と応じた。あわてる父を見たのが、清盛にはいささかけむったい長男の重盛である。なんともおっしゃい、おじけづかれ

5　鎌倉初期の説話集『古事談』二に見える

6　山下『中世の文学　平治物語』解説　三弥井書店　二〇一〇年

ましたなと父を尻目に撃って出る。情に走る清盛と冷静な重盛の性格を語り分ける興味深い物語である。

いくさは作戦どおり、平家の勝利に終わり、清盛主導のもと、平家一門が栄花の道を歩むのだが、約二十年後、源氏が反撃に撃って出る。それを語る『平家物語』では、重盛が父のやり方に手を焼き、早々と熊野権現に祈って寿命を縮めてしまう。重盛の死後、物語によれば、盛んなる者、清盛が思うがままにふるまった結果、神仏の怒りにより、熱病に苦しんで、これも物語半ばで退場するが、その犯した咎《とが》が子どもたちの身にふりかかり、一門が亡ぶことになる。

なぜ、このような次第になるのかを語るのが琵琶法師の『平家物語』であり、清盛がその中核になる。同じ『平家物語』でも、源頼朝を中核にすえる勝者の物語が、読み本の典型、十四世紀の初頭、延慶年間に原本が写された平家の物語で、それは源氏（頼朝）の物語でもあった。物語の原本の意ではないのだが。

源平の物語が語られた時代　保元・平治の乱の集約として治承・寿永の乱を語れば、源平対立の構図が浮かび上がる。[7] 兵藤裕己は『平家物語』を軸に中世を「源平交替史」と読み解く。ただし源平と言っても畿内・坂東ともに源平両氏や藤原氏の秀郷《ひでさと》流など、いずれも軍事貴族の動きに見るように各氏が内部分裂し、離合集散を繰り返したため複雑で、必ずしも源平対立の構図が明確では

7　兵藤裕己『平家物語』（新書）ちくま書房　一九九八年

ないのだが、以後、政権を担当する足利尊氏《あしかがたかうじ》や、元はと言えば三河武士の徳川《とくがわ》家康《いえやす》が、特に頼朝を意識して源氏を称した。『平治物語』、それに、敗れた源氏の巻き返しを『平家物語』が赤旗・白旗の動きの中に語り、熊野別当が去就に迷い、神意を見るために赤・白の鶏合《とりあ》わせを行った。やはり源平対決の構図を文化として見せている。

　源平両氏の対立と言えば、十一世紀前半、四年にわたり房総《ぼうそう》半島を戦乱に巻き込んだ平忠常《ただつね》とこれを降伏に追い込んだ源氏の頼信《よりのぶ》を思い起こすのだが、(8)この忠常は琵琶法師が語る『平家物語』には全く登場しない。あえて探せば読み本、延慶本の巻三本、語り本で言って巻六に当たる巻で、源為義《ためよし》の十男行家《ゆきいえ》が平家と戦うのに伊勢大神宮へ戦捷を祈願する、その願書に「高祖父頼信ノ朝臣、擒二テ忠常一ヲ蒙二不次ノ賞一ヲ」と見えるのみである。京で生成したと思われるいくさ物語にとって、房総での乱は埒外であったろう。平家の物語は『保元物語』から『平治物語』を受けて、平清盛と、清盛に図られる源義朝・頼朝父子との対立を軸に『平家物語』へと、清盛と後白河院の両人を軸として展開する。

　源平対決の戦後、種々、口承が行われたのだろうが、文字化された物語が成立するまでには、年月を要した。その『平家物語』には多様な諸本が伝わるが、いずれも承久《しょうきゅう》三年（一二二一）の乱を示唆していて、現存の物語が、乱後、十三世紀の前半になって成立したことは確かである。吉田兼好《よしだけんこう》の『徒然草《つれづれぐさ》』第二

8　元木泰雄『河内源氏』（新書）中央公論社　二〇一一年

二六段に、後鳥羽院の時代、信濃前司行長《しなのぜんじゆきなが》と東国生まれの盲人、生仏《しょうぶつ》が合作《がっさく》したとする説を掲げるわけである。その琵琶法師のいくさ物語が、以後、固定化しつつ室町時代から江戸時代にかけて延々と享受されたのはなぜだろうか。この物語を「本説《ほんぜつ》」（典拠）とする能が行われたのはなぜか。『源氏物語』と並ぶ巨大な古典としての『平家物語』が語りつがれたのはなぜなのか。

十三世紀前半、承久の乱は、王家を軸にする王権に武士政権が対立して王朝方を破り、北条氏が幕府を確立するが、いくさにはつきものの国内財政に不如意を来たし、守護階層の疲弊《ひへい》、天候不順、凶作による飢饉・疫病も重なり、そこへモンゴルの来襲、北方、エゾの反撃が重なって幕府を苦しめ、ますます疲弊を強める。

一方、京の王朝が十四世紀中頃、幕府の介入による大覚寺《だいかくじ》・持明院《じみょういん》両統迭立《てつりつ》から南北王朝の対立へと向かう。王家が混迷する中、分裂を避けようと努める花園院《はなぞのいん》が企画監修、勅撰した『風雅《ふうが》和歌集』巻九「旅歌」に寂然《じゃくねん》法師の

讃岐《さぬき》より都へ上るとて、道より崇徳院にたてまつりける

なぐさめにみつつもゆかむ君が住むそなたの山を雪なへだてそ

を採り、崇徳院その人の

思ひやれ都はるかにおきつ波《なみ》立ちへだてたるこころぼそさを

さらに後鳥羽院の

過ぎきつる旅のあはれを数々《かずかず》にいかで都の人にかたらむ

の三首を採って並べた。この同じ巻にさらに一首の寂然、二首の頼政の詠歌を採っている。『風雅集』選集当事者である花園・光厳《こうごん》両院ほか京極派《きょうごくは》歌人の、王朝の行方に寄せる思いが見られる。その対極に後醍醐天皇の皇子、宗良《むねよし》親王が『新葉《しんよう》和歌集』を編む。勅撰を志す和歌の選集に、マイケル・マーラが言(9)う、政治状況が結びついていた。当時、『保元』『平治』、それに『平家』のいくさ物語が語られたことと、このような状況が無縁ではありえなかった。真言宗の法会《ほうえ》・説法の指導書とも言うべき『普通唱導集《ふつうしょうどうしゅう》』が掲げる諸種階層や、職人のための仏事に読みあげる表白《ひょうびゃく》に琵琶法師をとりあげ

平治保元平家之物語何レモ皆暗《そら》ニシテ而無シレ滞《とどこおる》コト

と謡い、さきの花園院が盲目の唯心《ゆいしん》に「平治平家等時之語《こと》」を語らせたと『花園院宸記《しんぎ》』(10)に記録する。

さかのぼれば、摂関家当事者の慈円が、保元の乱の武者の登場から頼朝の天下平定へと経過する中、一門内がせめぎあう摂関家の未来を不安に思い、摂関家の位置づけを考えたのだった。一方に『栄花《えいが》物語』以下、『大鏡《おおかがみ》』『水《みず》鏡』『今《いま》鏡』からやがて『増《ます》鏡』へと続くのだが、いわゆる「世継ぎ」(11)が行われ、慈円の目にふれていた。その歴史の読みによれば、鳥羽上皇の代までは、摂関家としてとにかく秩序を保って来ていた。それが

9　マイケル・マーラ『政治的力の表象』ハワイ大学　一九九一年

10　元亨元年（一三二一）四月十六日の条。

11　仮名書きの歴史物語

保元ノ乱イデキテノチ……保元以後ノコトハミナ乱世ニテ侍《はべ》レバ、……世継《よつぎ》ガモノガタリ(12)ト申モノモカキツギタル人ナシ（巻二）

と言い、その不安の原因を考えるために、歴史哲学として『愚管抄』を著述したのだった。歴史は現実を見るために考え、語る。早く「承平《しょうへい》の将門《まさかど》、天慶《てんぎょう》の純友《すみとも》」に武士の関与が見えていたことを史学が論じるのだが、特に保元の乱以後、王朝内への武士の参加が京都王朝の秩序に分裂を加速した。それを語るのが三つのいくさ物語であった。

琵琶法師が語るいくさ物語　目の見えない人が歴史を語るとはどういうことか、それを文字化するとはどういうことだったのか、それをわれわれが読むとはどういうことか。盲目ゆえに見えた歴史があったろう。この思いをどこまで理解できるのか、たえず念頭におきながら「平家」（後述）を読みたい。

人々の中を地神《ちじん》や竈《かまど》の神など土俗信仰の神々をまつり死者の霊を背負って語り歩く琵琶法師が三つのいくさ物語を語っていた。一方、例えば新義真言《しんぎしんごん》の根来《ねごろ》寺で、延慶《えんぎょう》年間、源頼朝の幕府開設に重点を置く物語、『平家物語』の（広義の）編集や書写が進められた。この根来寺は鳥羽上皇から近衛天皇や待賢門院らに支えられ、南北朝期には足利尊氏の信仰を得て、いち早く北朝側につき、高野山を離れ醍醐寺の末寺になった。(13)この動きと平行して、京の琵琶法

12　『栄花物語』や『大鏡』など歴史物語を言う。

13　根来寺文化研究所編『根来寺の歴史と美術』東京美術　一九九七年、中川委紀子「『高野物狂』伝法院と根来寺のこと」『観世』二〇一一年十月

師は当道座を結成し、平家を軸とする語り系テクストの編集を進めた。ちなみに「当道」の語は雅楽の世界で琵琶の道を差す語としたのを盲目の琵琶法師が座の名称として固定した語である。南北両朝葛藤のなか、足利幕府が成立して、清和源氏として頼朝を意識する尊氏(14)が弟直義《ただよし》と早々と対立を進める頃である。

三代将軍義満《よしみつ》により足利幕府が確立したが、子息、義持《よしもち》から義量《よしかず》を経て嘉吉《かきつ》の乱の主、義教《よしのり》へと不安が続く中、凶作・飢饉・疫病が社会を乱す。その中での琵琶法師の動きであった。中でも巨匠覚一《かくいち》が口承の世界を統轄する『平家物語』正本《しょうほん》の制定を志して語りの文字化、音曲としての固定化を図った。異界の霊との交流の場である六条御堂《みどう》などで戦没者の霊が憑依《ひょうい》する覚一ら琵琶法師が語る「平家」を聴聞するのに、官人の中原師守《なかはらもろもり》が素姓を隠し「異形《いぎょう》（違形）」裏頭《かとう》姿（覆面）で出かけたと『師守記《もろもりき》』に記録する。(15)いくさは敗者の側から見なければ実態が見えない。「平家」受容の背景に、こうした社会のあったことを無視できないであろう。高級貴族では、変わった貴族だったのか、「平家」を愛好するのは。琵琶法師は歴史を学んだであろう。

享受の場を通して三つのいくさ物語が「生成」（成立と流転）を続け、やがて南北朝期の動乱そのものを物語として語る『太平記』が編まれる。その巻十六「日本朝敵の事」に、保元の乱に討たれた源為義《ためよし》らの怨霊が現れ、巻三十三「崇徳院の御事」に足利尊氏の配下、細川繁氏《ほそかわしげうじ》が崇徳の祟りにより、『平家物語』

14 山下『いくさ物語と源氏将軍』三弥井書店 二〇〇三年
15 暦応三年（一三四〇）二月十四日の条。

の清盛さながらあっち死をとげたことを語って保元の乱以後の源平の歴史を意識するのだが、芸能界でも、いくさ物語を本説とする修羅能が、いくさによる死霊をシテとして上演した。動乱を体験する中で、琵琶法師が武士政権生成の歩みを振り返り、歴史を物語として読み、いくさ物語を語ったのだった。

『平家物語』は終曲近くで文覚《もんがく》に即して承久の乱を示唆し、寺院で琵琶法師の当道座と交流する説教師が三つの物語に『承久記』を加え「四部合戦状《しぶかっせんじょう》（書）」と称し、各巻頭に「平家物語巻第一　并序《ならびにじょ》四部合戦状第三番闘諍《とうじょう》」などを表題に立てる漢字書きの真字本《まな》『平家物語』が登場する(16)のだった。説教・唱導色の濃い四部合戦状本である。それは『曾我物語』の古態を伝える妙本寺本《みょうほんじ》がやはり真字本で「曾我物語巻第一　并序本朝謝恩合戦闘諍集《ほんちょうしゃおんかっせんとうじょうしゅう》」などと記すのと形式的に類似する。

いくさ物語を読むこと

このように生成を続けたいくさ物語を、事実を求め「理想的編年史」を書くための史料として読むのではない(17)。埋もれた史実を探ったり、話の出所を考えるためでもない、事件を記憶する盲目の琵琶法師が動乱の世をどのように感じ、考え、どのように語ったかを読み解いてゆくことによってわれわれ読者の「歴史」の読みが成り立つ。中世を語り通した琵琶法師の声に、中世の人々の歴史の読みを物語として読む。史学は史料を博捜し、現代人

16　高山利弘『訓読四部合戦状本平家物語』有精堂　一九九五年。早川厚一・佐伯真一・生形貴重が注釈を行う。

17　A・ダント『物語としての歴史』河本英夫訳　国文社　一九八九年　野家啓一『物語の哲学』岩波書店　一九九六年

として社会科学を踏まえやはり歴史を読む。物語を読むわれわれは歴史哲学を考え、物語論を踏まえて登場人物の置かれている状況を読み、人々の思い、言葉、動きを物語としてその内的なナレーター、語り手と対話しつつ読むのである。

覚一が『平家物語』正本を完成する頃、比較的平穏な数年が続いた。京の当道座では、七条、東の市《いち》(18)を場に一方《いちかた》流と、四条、八坂を場とする八坂《やさか》流が行われるのだが、この両流、特に八坂流の一方流への接近によって、(19)以後、固定化を歩む語り本は、登場人物の動きや思いを語る物語としての構造化を進める。読み本も、この語り本との交流のもと、諸テクストの混態・取り合わせを進め、(20)寺社を場に読み物として一種の稗史《はいし》、歴史小説『源平盛衰記《げんぺいじょうすいき》』を完成する。ちなみに、この『源平盛衰記』は独自の歴史の読みを行うテクストで、史料を探るには注意を要するだろう。

それら多様な『平家物語』が室町時代の物語や芸能に素材を提供しつつ、(21)江戸時代に及ぶ。三河武士の松平《まつだいら》の家康が徳川、源家康を名のり、第二代将軍秀忠《ひでただ》が『吾妻鏡《あずまかがみ》』・『源平盛衰記』の「校讎《こうしゅう》」(修訂)刊行を指示する。やがて水戸《みと》でこれらのいくさ物語(参考本)などに拠り日本史の編集を行うことになる。(22)室町時代をも通して頼朝を軸にする源平の歴史の読みが行われて来た。

中世の貴族の日記に「今夜座頭参入　語平家」(23)のように「平家」の語が見える。楽理専攻の薦田治子は、中世には琵琶法師の『平家物語』語りを「平家」

18　兵藤裕己『琵琶法師』(新書)岩波書店　二〇〇九年
19　山下『平家物語研究序説』明治書院　一九七二年　梶原正昭・山下共著『平家物語』一　新日本古典文学大系　文庫解題　岩波書店　一九九九年
20　櫻井陽子『平家物語の形成と受容』汲古書院　二〇〇一年
21　注14
22　『参考源平盛衰記』などによる『大日本史』。
23　『師守記』貞和《じょうわ》五年(一三四九)七月二十一日の条。

と称したと言う[24]。実は語りの正本、覚一本やその周辺の写本が外題《げだい》・内題を「平家　一」などとする[25]。それが「平家物語　一」などへと表題を改めたのだった。本書の表題を『「平家」を読む』としたわけである。それに対し読み本系の「平家物語」は、さきの「合戦状」「闘諍」などの用語、はては「源平」の語を冠する『源平盛衰記』や『源平闘諍録』など、源氏、頼朝のかげが濃い。

史学といくさ物語　現代のいくさ物語論としては、一九四五年を契機に史学の領主《りょうしゅ》階層主導論を軸に大きく転換を見せ、その後、史学では王朝社会自体の活性化を見る権門体勢論《けんもんたいせいろん》が進む[26]。中間層の動きが歴史を左右するというトクヴィルの哲学[27]が関与するのだろうか。それは、王権への一種の順応主義（コンフォーミズム）であったのか。この間、文化史や宗教史、さらには法制史の王権論の動きが活発で、源平ともに複雑に分裂を繰り返す経過を追究する史学、これら周辺の、広い意味での政治・文化史の成果がいくさ物語の読みにも活性化を促す。「未来記」の形をとる国史が[28]『日本書紀』以来、荘園制の拡大に伴う律令制の動揺・分解から、王権の再構成を志す中で、仏教学に学んで『日本書紀』を伝承化する「中世日本紀」を構成する。王家を軸にする諸勢力が、王権に対しどのように距離をとるかが、王そのものをも動かす。しかし王権そのものの交替は見られず、まわりが王権を軸に動く。それは、「私戦」と判定さ

24　薦田治子「平家〈鵺《ぬえ》〉その伝承と音楽」『能と狂言』4　二〇〇六年八月
25　山下「平家琵琶と能」『能と狂言』4　二〇〇六年八月
26　黒田俊雄『日本中世の国家と宗教』岩波書店　一九七五年
27　富永茂樹『トクヴィル　現代へのまなざし』（新書）岩波書店　二〇一〇年
28　小峯和明『日本中世の予言書〈未来記〉を読む』（新書）岩波書店　二〇〇七年

れた後三年の合戦にも「公権力を渇仰する」源氏の認識があった。[29] それを語るのが『保元物語』『平治物語』から『平家物語』である。フランスのピエール・スウイリ[30]は、その中世の完成を秩序の確立を果たした徳川政権に見る。『保元物語』『平治物語』に転換期を生きた人々の生き方を比較文学論として読むフロランス・ゴイエ[31]も、その展望に立つ。歴史を読むということは、社会の動きに区切りを見ることであり、これら三つのいくさ物語は、平安文化から生まれた武者による天下統一までを読んでいる。作者は異にしながら伝承の過程で、三部作として読むことができるだろう。

なお「物語」と言えば、「支配・被支配という権力関係に組み込まれる」おそれがあるのだが[32]、ヘイドン・ホワイト[33]が言うとおり、歴史叙述は物語にな る。読み本に即して記録や文化を発掘する読みが行われる中、語り本を物語として読む方法と、いずれも、その目標・意味の考察、相対化が求められよう。本書は、その試みである。

いちいちことわることをしないが、佐々木八郎（『平家物語評講』明治書院）、冨倉徳治郎（『平家物語全注釈』角川書店）以来、杉本圭三郎（『平家物語全訳注』講談社）、水原一（『平家物語』新潮社）、杉本秀太郎（『平家物語』講談社）、板坂曜子（『平家物語』中央公論社）、佐伯真一（『平家物語』三弥井書店）など、すぐれた読みを踏まえた今回の試みであることを記し謝意を表したい。それに各種索引や事

29　野中哲照「中世の黎明と〈後三年トラウマ〉」『軍記と語り物』47　二〇一一年三月
30　ピエール・スウイリ『下剋上の世界』（ケーテ・ロス英訳）ピムリコ　二〇〇一年
31　フロランス・ゴイエ『概念的枠組みのない思考』オノレ・シャンピオン　二〇〇六年
32　小森陽一・坂本義和・安丸良夫『歴史教科書　何が問題か』岩波書店　二〇〇一年。
33　ヘイドン・ホワイト『メタヒストリー』ジョンズホプキンズ大学　一九七三年

典[34]が完備するに至ったことを感謝したい。亡き梶原正昭の指導を受けた大津雄一らが数年にわたり監修する、ハゴロモ橘幸治郎主催の「原典『平家物語』」に求められ、その付録小冊子に各句（章段）の解説を執筆した。この度、その原稿に大きく修正と加筆を行ったものであることを記し、感謝の意を表す。

各種史料や延慶《えんぎょう》本など読み本の引用は、覚一《かくいち》本の読みを支えるための言及を脚注でふれるに留めて、「参考文献」も、試論の構築に直接、示唆を得た主要なものに限る。それも筆者なりに再解釈を行っている。『新日本古典文学大系』『岩波文庫』[35]の語り系覚一本を底本とし、読みやすくするために適宜表記を改める。目次に本文でとりあげる箇所の章段名（句）をゴチック体で示した。内容の読みを割愛することがあるが、混乱を避けるために、例えば「忠度」を「忠教」とするなど、表記をも含め底本の掲示のまま記し、（）内に正字を示すことがある。句によっては複数の小段にわたることがある。適宜、抜き読みしてくださってもよいように配慮した。なお女性の名の読みは特定できない場合が多く、ルビを原則として音で示す音読みとした。中世史をめぐっては史学者による成果が豊かである。それらに学びつつ、物語としての読みは保ちたい。

（参考）

石井進『日本中世史の研究』岩波書店　一九七〇年

34　市古貞次編『平家物語辞典』明治書院　一九七三年・同『平家物語研究事典』明治書院　一九七八年・近藤政美・武山隆昭・近藤三佐子『平家物語〈高野本〉語彙用例総索引』大津雄一・日下力・佐伯真一・櫻井陽子編『平家物語大事典』東京書籍　二〇一一年

35　梶原正昭・山下共著

竹田青嗣『現象学は〈思考の原理〉である』（新書）筑摩書房　二〇〇四年
深沢　徹『『愚管抄』の〈ウソ〉と〈マコト〉』森話社　二〇〇六年
小峯和明『中世法会文芸論』笠間書院　二〇〇九年
上島享『日本中世社会の形成と王権』名古屋大学出版会　二〇一〇年
川尻秋生『平安京遷都』（新書）岩波書店　二〇一一年
山下「『平家物語』の本文　語りと読み」『國語と國文学』二〇〇四年十二月
山下『平家物語』一　（文庫）岩波書店　一九九九年　解説
高橋一樹「〈源平合戦〉の実像をもとめて」『別冊太陽　平清盛』二〇一一年十一月
ヘイドン・ホワイト『形が意味するもの』ジョンズ・ホプキンズ大学　一九八七年
ジェラール・ジュネット『物語のディスクール』花輪光・和泉涼一訳　書肆風の薔薇
　一九八五年
ウィリアム・ウィルソン『保元物語』コーネル大学　二〇〇一年
マイケル・マーラ『政治力の表象』ハワイ大学　一九九一年
三宮麻由子・多和田悟「バイリンガルで行こう！」『世界』二〇一二年三月

二　時代を動かす清盛

藤原略系図

（歴代の数は便宜上、通説による。以下同じ）

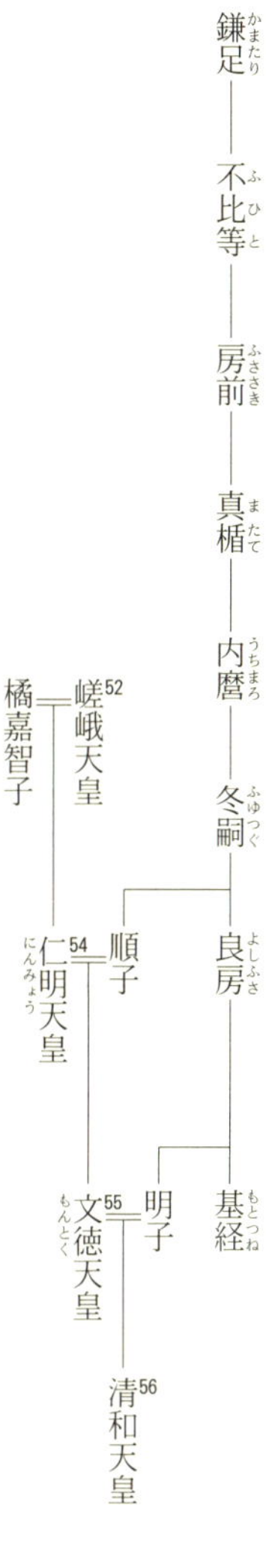

平安王朝　時代の動きを語る叙事詩に近代小説やドラマのような主役を想定するのは当たらないが、物語において、王朝社会の中核を駈け登る平家の道を拓いた清盛が重要な位置を占めることは確かである。平家の祖、桓武《かんむ》天皇が、延《えん》暦《りゃく》三年（七八四）十月、都を奈良、平城《へいじょう》から山城国長岡《ながおか》に遷し、地方政治の刷新を図り東北平定に努めながら、この間の政争による犠牲者の怨霊に苦しむ。十年後、長岡京の造営を断念し、平安京へ遷した。以後、王家内で王の座をめぐって、権門貴族が介在して抗争をくり返す。特に『日本書紀《にほんしょき》』に発し、仏教

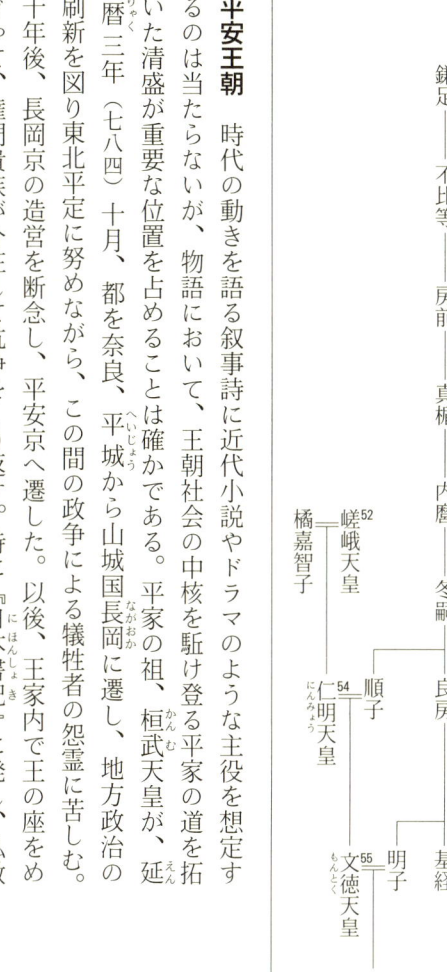

にも学ぶ「中世日本紀」が伝える、天照《あまてらす》の皇孫を天児屋根《あまのこやね》が補弼《ほひつ》するという王権神授説を拠り所に、摂政・関白としての座を確立したのが藤原氏であった。十一世紀後半に、これを抑《おさ》え、王家の親政を志し、治天《ちてん》の君としての院政を始める白河《しらかわ》院から孫、鳥羽《とば》院が登場する中で、院を武力で支える武者が前面に出て活動を始め、平清盛の祖父、正盛《まさもり》が白河院に接近する。それに遡れば九世紀、嵯峨天皇の庇護を受けた藤原良房《よしふさ》が幼君として立てた清和《せいわ》天皇、その子孫、清和源氏が、王家内部の確執の中に軍事貴族として桓武天皇の子孫平家と並び王家を支えることになる。この源平両氏が保元の乱に王家、摂関家内の分裂に動かされて、ともに内部分裂し、その中で鳥羽院の側近、信西《しんせい》に接近し、堂上《どうじょう》平家との関わりを通して優位に立った平清盛が平治の乱に源氏を追い落とし、時信《ときのぶ》の娘、建春門院滋子《じし》を介し後白河と結んで王家外戚の座を確保する。妻朝子《ちょうし》（紀伊の二位）を乳母とした後白河を即位させたのも朝子の夫、信西で、『保元物語』によれば、鳥羽の遺志として清盛は保元の乱に後白河側についたのであった。

祇園精舎の鐘の声　『平家物語』と言えば「祇園精舎の鐘の声」に、生者、生きる者、中でも盛んなる者が王権をわがものにしようとし滅びてしまう例を震《しん》旦《たん》、中国から、本朝へたどり、「間《ま》近くは六波羅の入道、前《さき》の太政大臣平の朝

祇園精舎

臣清盛公と申しし人のありさま、伝へ承るこそ、心も言葉も及ばれね」と説く。ここでまず頭に浮ぶのが、六波羅のすぐ北が八坂神社こと、祇園寺であり、物語は巻六に清盛の母が祇園女御であったと言うから、京に住む人なら気になるだろう。

武者の登場による大きな時代変革を『平家物語』が、盛んなる者清盛を軸に、歴史をどのように語り始め、どのように閉じるのかが物語の枠組みを決定づける。改めて冒頭文、能にならって呼ぶならば〈開口《かいこ》〉を読み返してみる。

　祇園精舎の鐘の声、諸行無常の響きあり　沙羅双樹《しゃらそうじゅ》の花の色、盛者必衰《じょうしゃひっすい》
　のことわりをあらはす

この「祇園精舎」については、これまでの注釈が指摘して来た(1)、中国、四、五世紀、北涼《ほくりょう》の時代に漢訳された『大般涅槃経《だいはつねはんぎょう》』などに見える、中天竺舎衛《なかてんじくしゃえ》国にあった釈迦説法の精舎で、日本では源信《げんしん》の『往生要集』の青蓮院《しょうれんいん》本「大文第一」がその「大経」を引き、

　祇園寺の無常堂の四隅に玻璃《はり》の鐘ありて、鐘の音の中にまたこの偈《げ》を説く、
　病僧、音を聞いて苦悩即ち除《のぞ》こり、清涼の楽《らく》を得、三禅に入るが如くして
　浄土に垂生《すいしょう》せんとす

と記す。この『要集』を受けると思われる、日本天台宗、安居院《あぐい》の『澄憲《ちょうけん》表白集《ひょうびゃくしゅう》』に「祇園の玻璃の鐘にて、耳に盈《み》てり」とあり、『栄花物語』巻十

1　御橋悳言『平家物語略解』藝林舎　一九二九年など。

七「音楽」が

祇園精舎の鐘の音、諸行無常・是《これ》生滅の法、生滅々已《めっしおわりて》、寂滅為楽《じゃくめつらくとす》と聞こゆなれば、病の僧この鐘の声聞きて、皆苦しみ失せ、或いは浄土に生まるるなり。この鐘の声に、今日の鐘の音、劣らぬさまなり

を引いて、『平家物語』が冒頭に引く鐘の音を現実に耳にする音に重なると語る。ただし、『往生要集』でも中国へ送られた南宋本（遣宋《けんそう》本とも）が、どうしたわけか、この一文を欠く。摂関時代には、源信が来日中の宋僧に託して天台山国清寺《こくせいじ》へ『往生要集』を送るなど、日中の間で学問上の交流があった。[2] しかし天竺に関しては、祇園精舎そのものは、玄奘《げんじょう》法師が天竺へ入った当時、すでに無く、[3] 十四世紀初頭、南都法相宗《ほっそうしゅう》の開祖玄奘の伝記を描いた『玄奘三蔵《さんぞう》絵巻』でもその基壇を描くのみであった。ちなみに「祇園寺」の「寺」は、中国で外国の使者を遇する公司（やかた）だと言う。承平《しょうへい》五年（九三五）の官符に、京都、祇園に古くあった観慶寺《かんけいじ》を、天竺の祇園精舎を借りて祇園寺と名付けたと山城国の地誌『雍州府志《ようしゅうふし》』などが言う。

『平家物語』は、その祇園精舎の鐘の声で語りを始める。七五調、今様スタイルで謡うのだが、その「祇園精舎」は源平動乱期に、芸能の発揮する力にもたよって王権の維持に努めた後白河院が選んだ、今様の歌詞集『梁塵秘抄《りょうじんひしょう》』巻二「神歌《かみうた》」に

2　古瀬奈津子『摂関政治』（新書）岩波書店　二〇一一年

3　渡辺照宏『仏教』（新書）岩波書店　一九七四年

祇園精舎のうしろには　よもよも知られぬ杉立てり　昔より山の根なれ
ば　生いたるか　杉神のしるしとみせんとて

同じく「僧歌」に

迦葉尊者《かしょうそんじゃ》の石の室　祇園精舎の鐘の声　醍醐の山には仏法僧　鶏足山《けいそくさん》には
法《のり》の声

と見える。『今昔物語集』巻十一の第十六に大安寺《だいあんじ》の造営をめぐって、

中《なか》天竺、舎衛《しゃえ》国ノ祇園精舎ハ兜率《とそつ》天ノ宮学ビ造レリ、震旦ノ西明《さいみょう》寺ハ祇園精舎ヲ移シ造レリ、本朝ノ大安寺ハ西明寺ヲ移セル也

とする。今様「僧歌」は、インド、迦葉尊者入定《にゅうじょう》の地である鶏足山を醍醐寺としたと言う。天竺から震旦を経て日本にもたらされた仏教に準じて、その名跡を日本へ移したものである。今様に謡う「祇園精舎」を、諸注釈も祇園社だと言う。八坂神社が天智《てんち》天皇の代、感神院《かんじんいん》を号し、近くに建てた薬師堂を観慶寺、祇園寺とも称していた。それが神仏習合により祇園社を号し、「鐘楼があり、梵鐘があった」。その梵鐘は明治元年、神仏分離により大雲院《だいうんいん》に移されたと言う。元下京区貞安前ノ町にあったのが(4)、現在、東大谷参道南にあり、現存の梵鐘は延徳二年（一四九〇）の銘があると言う。それ以前についてはわからないが、もともとインドに発する祇園精舎が中国を経て、仏教の渡来を通し、京の人々には身近な存在となった。そう言えば、インド摩掲陀《まかだ》国の后、

4　八坂神社『八坂神社』学生社　一九九七年。竹村俊則『新撰京都名所図絵』白川書院　一九五九年。昭和四十七年（一九七二）現在地へ移されたと、境内の「由緒」に記す。

韋提希夫人《いだいけぶにん》が賀茂の近くに住み、臨終近い法然を訪ねるのを弟子が見る。上人の死後、弟子が加茂の社壇近くに居を移したという話を『法然上人絵伝』巻四十五に記す。法然の『涅槃和讃《ねはんわさん》』に

祇園の鐘も今更に諸行無常と響かせり

とは、

跋提河《ばつだいが》の浪の音　生者必死を唱へつつ　沙羅双樹の風の声　会者定離《えしゃじょうり》を調ぶなり

とある。その跋提は、釈尊入滅の河畔であり、天竺に遡るのだが、能『白髭《しらひげ》』に、

比叡、山の麓ささ波や、志賀の浦のほとりに、釣を垂るる老翁あり、釈尊かれに向かひ、翁もし、この地の主たらば、この山を我に与へよ

と言ったと語る。天竺の祇園精舎、震旦の西明寺が本朝の大安寺に勧請されたように、いずれもインドの聖地に源を発しながら、歌謡や芸能の世界では、文字知識としての聖地ではなく、それを身近な京の祇園などに体感していたのだった。『徒然草』第二二〇段の

凡そ鐘の声は黄鐘調《おうしきちょう》なるべし。これ無常の調子、祇園精舎の無常院の声なり。西園寺の鐘、黄鐘調に鋳らるべしとて、あまた度《たび》鋳かへられけれどもかなはざりけるを、遠国より尋ねいだされけり。浄金剛院《じょうこんごういん》の鐘の声、また黄鐘調なり。

とある「黄鐘調」の「調」は、「音高」で、楽理の鷹田治子は、西洋音楽の「ラ」の音高を軸に、この梵鐘の音の余韻をもたせるように長く引くのだと言う。『徒然草』の鐘も梵鐘を指す。元はと言えばインドに発することを知識として知っていながら、中世の人が体感したのは祇園寺の梵鐘であり、身近に耳にする寺院の梵鐘の声（音）は、戦乱に死没した死者の世界、異界と、この現世とをつなぐ媒体であった。死者が無常を語りかけ、人間に生を考えさせるのが鐘であるが、物語の結び、清盛の娘、高倉天皇の中宮に上った建礼門院が大原の寂光院で亡き先帝（安徳）を始め一門の菩提を弔う。これを訪ねた後白河法皇にみずからの生涯が六道輪廻《ろくどうりんね》だったと語る、その法皇を見送る中に聞こえて来る「寂光院の鐘の声」(5)とも、この祇園寺の梵鐘が共鳴すると語るのが物語である。ちなみに平家琵琶では、秘曲としての「祇園精舎」の句の出だしを〔中音〕で謡い始めるのがやはり梵鐘の音を彷彿させる。

盛者必衰の理《ことわり》　以下、震旦から本朝へ、王権に背いた者をたどり、「まぢかくは六波羅の入道前《さきの》太政大臣」平清盛に「盛んなる者」必衰の典型を見る。院政の実行を志す白河と、その孫、鳥羽との摩擦があり、保元の乱から、二条と後白河父子が対立する平治の乱へと語る王朝内の確執、その保元の乱から平治の乱へ、『保元物語』から『平治物語』へと語り、それを受けて『平家物語』へ

5　本書281頁

と収斂する源平のいくさ、平家の滅びを語るのだが、それは岡本保孝《ほこう》が『源平盛衰記』四十八巻の各巻の構成に想定した、作者未詳、院政期、弘法大師の作に擬せられた「いろは歌」、生への執着のはかないことを今様形式で謡う宗教歌謡にも通底する。物語によって歴史を読むのに仏教が意味を付与する。

『涅槃経』などに説く仏教の哲理「生ある者は必ず滅す」の「生者《せいじゃ》」を物語は「盛んなる者」に改める。国を護る『仁王般若経《にんのうはんにゃ》』「護国品《ごこくほん》」が語る邪師、外道《げどう》の羅陀《らだ》に導かれ過ちを犯そうとした班足《はんそく》王が、第一の法師の説く偈《げ》に「盛んなる者必ず衰へ」とあるのに導かれたとある。その外道に関わる班足王に清盛を擬すのか。ちなみに『源平盛衰記』（一）「清盛行大威徳法、同人行陀天《だてんをおこなう》」で、大威徳の法や外法の荼吉尼法《だきにほう》を修したという清盛が、まさに盛んなる者であった。平治の乱に敗れた源義朝を『平治物語』が語り、頼朝ら源氏の巻き返しを『平家物語』が語るのだが、清盛が保元から平治の乱にかけ後白河との縁を保ちながら、堂上平家の義兄時忠《ときただ》、時忠の妹、後白河の寵姫滋子《じし》と図って、建春門院腹の高倉天皇に、その后として娘徳子《とくし》を入れ、徳子が安徳を生み、清盛は帝の外祖父となる。その時忠を「時の人」が平関白と称したと語る。樋口大祐は、[6]時忠が京の町治安をとりしきる検非違使別当であったことに「多重所属性」を見るのは物語の声にも関わるのだろう。

「其先祖を尋ぬれば」として先祖をさかのぼり家系から語り出すのは

6　樋口大祐『変貌する清盛』吉川弘文館　二〇一一年

『将門記《まさかどき》』以来、いくさ物語の定型である。桓武天皇を祖とする桓武平氏の中でも地下《じげ》平家としての伊勢平氏の家系が、桓武天皇第五皇子葛原《かずらはら》親王の御子高視《たかみ》王、その子高望《たかもち》王の時、

　其子鎮守府将軍義茂《よしもち》、後には国香《くにか》と改む。国香より正盛にいたるまで六代は王家出身ながら受領《ずりょう》階級にとどまっていた。その家系の貞盛《さだもり》が、早く坂東へ下っていた従弟にあたる将門《まさかど》を討った。東国での地域間の覇権争いから将門が王家に対する反逆を余儀なくされ、それを一門の貞盛が討つ、早々と平家一門内に争いが始まっていた。『保元物語』に下って、為朝が敗走する中で、この将門を意識して父為義をともない坂東に下り、東国に別の王権を立てようとまで言ったと語る。それは坂東政権を確立する頼朝の前触れであったのか。事実、『平治物語』が義朝の滅びで語りを結ぼうとしながら、古本は頼朝の天下平定までを語り抜く。この頼朝の坂東挙兵の経過を強く意識し、上総《かずさ》（千葉県）の千葉氏を意識した『源平闘諍録《げんぺいとうじょうろく》』にその典型が見られるのだが、『平家物語』でも読み本の、特に根来《ねごろ》寺が関与し延慶年間に原本が編まれた延慶本は巻一、二条天皇の葬儀をめぐる山門と興福寺の対立「額打論」に、早々と土佐房昌春《とさぼうしょうしゅん》を登場させ、これが後日、頼朝に義経の刺客に指名されることを示唆する。(7) 頼朝の天下平定、源氏再興を押し出す読み本で、それは頼朝の天下平定で結ぶ『平治物語』の古本に通じる。

7　山下「『平家物語』の本文語りと読み」『國語と國文学』二〇〇四年十二月

物語の冒頭に謡う無常の理は、このように盛んなる者、清盛に導かれた平氏一門の滅亡後の遺霊を梵鐘の音で鎮める。平家にどうして清盛のように盛んなる者が登場したのか。そしてそれが滅んでいったのは、なぜなのか。どのような人物や事件を、どのような順序で語り、つないで歴史として語るのか、本書

平家略系図

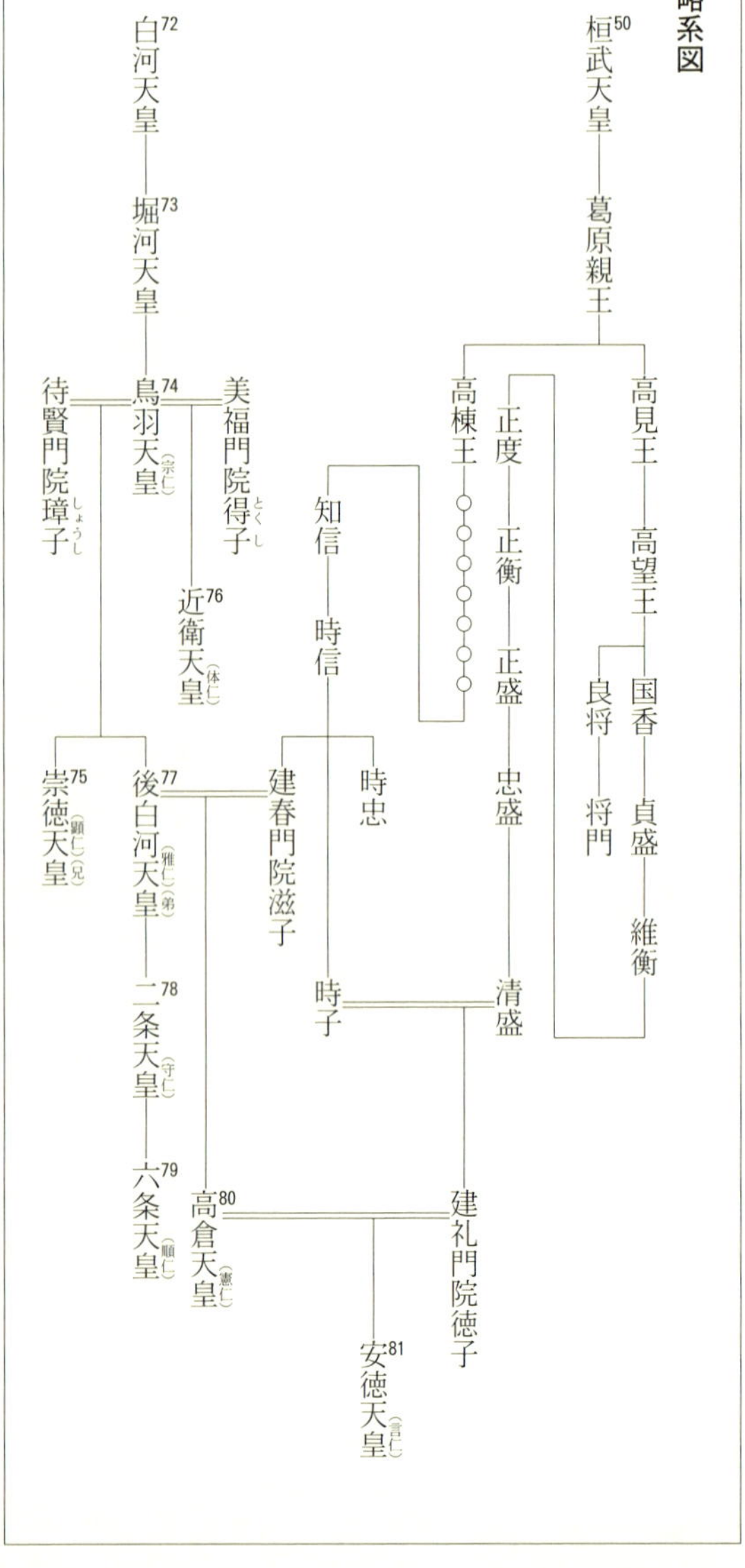

は源氏の勝利を語る読み本や史料をも必要に応じて参照はしながら、人々の中を語り歩いた琵琶法師の語りと対話しつつ読んでゆく。琵琶法師が語る物語に限られた作者を想定するのは当たらない。『保元物語』『平治物語』で、乱を勝ち抜いた清盛が『平家物語』で頼朝を憎みつつ、治天の君、後白河院と対峙した。保元・平治の乱の総決算として『平家物語』の語りがある。

平忠盛の昇殿　平家が、王家出身の賜姓の貴族でありながら、受領、地下《じげ》の家格であったのが栄花を極めるに至った契機を物語として語る。清盛の父忠盛が鳥羽院のための得長寿院《とくちょうじゅいん》造進の成功《じょうごう》(8)により内裏清涼殿《せいりょうでん》への昇殿が許されたことを語る。それを読み本は、造営を鳥羽院の利生《りしょう》として、治天の君、王権を支える下層芸能民が薬師如来の奇談として語る文化史へと舵をきるのだが、語り本はそれを採らず、平家の上昇に絞って語る。昇殿を許された平忠盛《ただもり》が、王権の活性化を図る年中行事、五節《ごせち》、豊《とよ》の明かりの節会《せちえ》の夜、殿上人が、成り上がりの平家に対する鬱憤を霽《は》らそうとたくらむのを予知した忠盛主従が、武力を示唆する、実は見せかけの示威行為を以て脅すことによって難を免れるという事件を、その場と経過を物語として語る。禁中では御法度の武力を揮わず、しかも示威行動によって殿上人を屈服させる事件を語る物語である。

殿上闇討

8　朝廷の寺社造営の費用を提供すること。

王朝の内情と清盛　物語は、王朝の内情をどのように見ているのだろうか。摂関家の関与を排除し、王家の親政を図る白河法皇、その志を継承する孫、宗仁《むねひと》は堀河天皇の第一皇子で即位して鳥羽天皇となる。父、堀河が二十九歳で死去したため五歳で践祚し、これに白河院に養育された藤原璋子《しょうし》（待賢門院）が入内し、長子顕仁《あきひと》が生まれる。しかし宗仁（鳥羽）は後宮をめぐって祖父白河との折り合いが悪く、白河の意志により顕仁に譲位（崇徳）させられた。『古事談』二に、顕仁が実は白河の子であるとの説が行われたと記す。鳥羽は白河の死後、院政を行い、崇徳を退位させ、寵姫、美福門院得子《とくし》腹の皇子、体仁《なりひと》を即位（近衛）させた。ところが、その近衛が十七歳で病死、『保元物語』は崇徳の呪詛《しゅそ》によると語る。幼帝が続き、皇子重仁《しげひと》の即位を期待していた崇徳の意に反して、鳥羽の第四皇子、雅仁《まさひと》を、異例の二十九歳にして即位させる。後白河天皇である。雅仁の第一皇子、美福門院が養っていた守仁《もりひと》を即位させるための中継ぎとして立てたもので、後白河は三年間、在位し、美福門院の期待どおり二条天皇に譲位する。その結果、崇徳がひそかに考えていた重祚《ちょうそ》も、皇子重仁の即位も叶わず保元の乱になったと『保元物語』は語り、熊野権現が鳥羽上皇の夢中、その死と、死後動乱の起こることを示唆していたと語る。摂関家を軸に歴史の道理を思考していた慈円が

保元元年七月二日、鳥羽院ウセサセ給テ後、日本国ノ乱逆ト云コトハヲコ

リテ後ムサ（武者）ノ世ニナリニケルナリ

とも記すのである。忠盛がその鳥羽の利生としての得長寿院造進の功績として内の昇殿を許されたのだった。成り上がり者に対する殿上人の反発を物語が語るのだが、その子息清盛が、これも熊野権現の利生を得て、大臣を経ることなく王朝社会では名目上の極官ながら、名誉職の太政大臣まで極めるに至ることを駆け足で語る。その清盛が仁安三年（一一六八）十一月、病により「存命のため」出家したと言う。高倉天皇が四月に即位した年のことである。実は鳥羽の遺志を継ぐ後白河が、保元の乱後、清盛を重視し、受領としては伊予守と並ぶ最高、播磨守から大宰大弐（次官）に抜擢、そのことが左馬頭に留まった源義朝を焦らせ、後白河の側近、信頼《のぶより》の誘いに乗って平治の乱に参画、破局へと走らせることになったと『平治物語』は語る。清盛の栄花を、妻、時子の兄に当たる時忠《ときただ》をして「此一門にあらざらむ人は、皆人非人《にんぴにん》なるべし」とまで言わせた。この時忠は、同じ桓武平氏ながら、地下《じげ》の伊勢平家とは違って、宮中に仕える堂上《どうじょう》平家で、その妹、滋子が後白河に入内して、皇子を生んだのだった。美貌の主で、院号を受けて建春門院《けんしゅんもんいん》と号し、天皇の朝覲《ちょうきん》の行幸をも受ける、上皇に準じる待遇を受けた。その皇子が即位して高倉天皇となる。当時の伊勢平氏の王家への接近の背後には、この堂上平家時忠らの動きがあったと示唆するのが『平家物語』である。その清盛が人の妬み、中傷を防ぐために、物

鱸

禿髪

語は中国の故事にならって禿髪《かむろ》を放ち武断政治を行ったと語る。

清盛一門の栄花は子女にも及ぶ。特に長男重盛と次男宗盛兄弟が大臣への関門である左右両大将を占める。後白河の人事だと言う。(9) これまで王の補弼《ほひつ》、摂関家が占め、しかも兄弟が両大将を占めたのは近くは松殿基房《もとふさ》と、保元の乱に父忠実《ただざね》を死に追いやって生き残った関白忠通《ただみち》の息、九条兼実《かねざね》の兄弟ら四組がある。それに並ぶ重盛兄弟である。それに八人の娘たち、中でも次女の徳子は、母方の叔母建春門院滋子を介して高倉天皇の女御として入内し、皇太子言仁《ときひと》を出産、やがてこれが即位（安徳）して、清盛は王家外祖の座を獲得したのだった。物語は、この間の経過をこの場では語らず、子女の栄花を列挙することで婚姻政策を以てする清盛・時忠の辣腕を語り切る。宗盛が建春門院の名目上の養子、猶子《ゆうし》であったからで、清盛の専断ではなかったとも言われるのだが。平治の乱後、清盛が元義朝の思い者であった常盤《ときわ》に懸想して、その仲に生まれた娘が、兼雅《かねまさ》の上臈《じょうろう》女房になったことまで語るのは、『保元物語』から『平治物語』を経て王権を軸とした栄花の背景に「女人《にょにん》」を見る歴史語りがあった。そう言えば世の非難を浴びた「不思議の事」として、清盛が白拍子《しらびょうし》、祇王を寵愛し、その清盛の寵愛を奪おうとする仏御前《ほとけごぜん》の争いが、結局、祇王母子ともども嵯峨野に出家遁世に走らせた物語を語る。そして祇王母子ともに四人の女人が往生の素懐を遂げ、今様好みの後白河院が六条内裏の内に造った長講堂《ちょうこうどう》の過

吾身栄花

9　五味文彦『後白河院』山川出版　二〇一一年

祇王

去帳にその四人の名を連ね、読み上げ弔ったと言う。後に外部から持ち込まれた話ながら、王（後白河）と女人を語る物語としてつながっている。物語論では、この語りを続ける方法を「連鎖《れんさ》」（継起性とも）と言う。清盛が女色に迷ったことは、平治の乱後の常盤《ときわ》御前との仲に前歴があり、読み本、延慶年間、根来寺で編まれた延慶本は、その常盤の生んだ義経が助けて兄頼朝が平家を滅ぼし、天下統一を果たしたことを語り切って物語を結ぶのである。

王家の分裂と源平の分裂抗争　物語は、清盛が登場する前に、しばらく王家の分裂をめぐる複雑な状況を語る。(10)「句」（章段）を「二代后」に転じ、

昔より今に至るまで、源平両氏、朝家《ちょうか》に召しつかはれて、王化に従はず、おのづから朝権（王権）をかろむずる者には、互にいましめをくはへしかば世の乱れもなかりしに

とする源平論は『保元物語』にも語るのだが、特に鳥羽の意向により崇徳を退けて即位させた近衛天皇が崇徳の呪詛《しゅそ》にあって十七歳で若死、(11)それを嗣ぐ皇位を、崇徳の期待を退け、鳥羽上皇が、その寵姫美福門院と関白藤原忠通《ただみち》の合意により、二十九歳の雅仁（後白河）につなぐ。雅仁は日頃、遊芸にもっぱらで、鳥羽にも嫌われ天皇の器にあらずとされながら即位、在位三年にして、美福門院に養われていた守仁に計画通り譲位（二条天皇）し、その二条が二十三歳で

二代后

10　物語論としては時枝誠記「『平家物語』はいかに読むべきか」に対する一試論」『國語と國文学』一九五八年七月が早く論じている。

11　脳腫瘍であったと言われる。

死去した後、みずからが院、治天の君となるだろう。平治元年十二月、後白河院側近、藤原信頼《のぶより》が、同じ側近の信西《しんせい》と対立、保元の乱後、着実に王朝社会に座を築く清盛に遅れをとって焦る源義朝をかたらい平治の乱を起こす。『平治物語』は、冒頭、この後白河の治天の君としての能力に疑念を洩らすのだが、(12)二条の母懿子《いし》の同母弟経宗《つねむね》が二条の側近となり、後白河父子の間に介入していた。清華《せいが》の家格、大炊御門《おおいのみかど》家大納言経実《つねざね》の四男である。いったん信頼に拘束された二条が、藤原氏勧修寺《かじゅじ》家の光頼《みつより》の意を受けた、その弟惟方《これかた》と、この経宗に導かれて脱出、六波羅の平清盛らに保護される。史学の河内祥輔は、二条を後白河から離し自立を進める、摂関家に次ぐ清華家の閑院流、公教《きんのり》の働きに注目する。(13)二条が十七歳当時の体験である。そしてこの二条は、清盛の娘（盛子）聟、摂関家の基実《もとざね》を関白に立て後白河院と対立することになったのだった。物語は、二条天皇が近衛の未亡人、多子《たし》を恋慕したことを「二代后」として語る。微妙な位置にあった清盛ら平家一門である。

天皇略系図

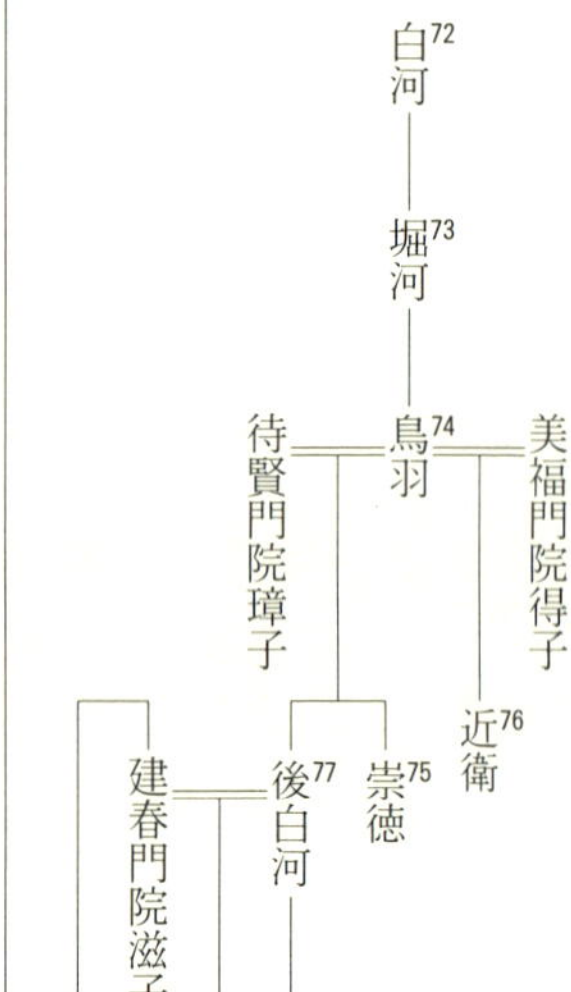

12　山下『中世の文学　平治物語』三弥井書店　二〇一〇年

13　河内祥輔『天皇と中世の武士』講談社　二〇一一年

保元に為義きられ、平治に義朝誅せられて後は、末々の源氏ども或いは流され、或いはうしなはれ、今は平家の一類のみ繁昌して、かしらをさし出すものなし。いかならん末の代までも何事かあらむとぞ見えし。されども鳥羽院御晏駕《あんが》の後は、兵革《ひょうがく》うち続き、死罪・流刑・闕官・停任《ちょうにん》常に行はれ海内《かいだい》もしづかならず、世間もいまだ落居《らっきょ》せず

鳥羽の死後、保元・平治へと乱がうち続いたことを重ねて要約的に語りながら、王朝内に葛藤が始まるとして、状況変化を角度を変えて、重ねて語り始めるのである。

就中《なかんずく》に永暦《えいりゃく》・応保《おうほう》の頃よりして、院の近習者をば内より御いましめあり、内の近習者をば院よりいましめらるる間、上下おそれをののいてやすい心もなし

近習者を介して「内」二条と、「院」後白河父子が対立することを示唆する。平治の乱のきっかけを、この両者の対立に求める説があるのだが、主上と院の対立として『愚管抄』や読み本『平家物語』は、その具体的な事件をも語る。二条の側近、経宗と惟方が院にいやがらせを行い、怒る院が清盛に、その捕縛を命じたと言うのである。しかし語り本は、その衝突を直接語ることを避けて、「二代后《にだいのきさき》」の物語、すなわち二条が、十七歳にして夭折した近衛の后多子を恋慕し入内を迫ると語る。当時、多子は二十二、三歳、二条は十八歳か。あるま

じき私的な好色とする公卿の批判を背にする父後白河が不満を抱く。近衛と言えば、鳥羽上皇の意向により、崇徳を退けて即位した帝である。物語は、そうした政争に深入りせず、「二代后」こと多子の、再度入内を余儀なくされた悲しみに絞り、悲話として、その亡夫追慕を語るのである。「女人」の物語である。

額打論

清水寺炎上

その二条も二十三歳の若さで死去、葬儀の場で山門大衆が権門寺院の額打ちの順序を乱す。順序を乱すとは、儀式そのものを破壊する行動である。怒った興福寺の悪僧が延暦寺の額を打ち破る。その場で山門側は抵抗せず、二日後、興福寺の末寺、清水寺《きよみずでら》を攻め、これを防御する武士・検非違使を破る。ところが「何者《なにもの》の申し出したりけるやらむ」後白河が「山門の大衆に仰せて平家を追討せらるべし」と指示するとの噂に、驚く軍兵が内裏守護に馳せ参り、平家も六波羅に集まる。こうした文脈を時枝誠記[14]は、王朝をめぐる諸勢力角逐《かくちく》抗争の歴史と読む。仏法王法が支えあう相依論《そういろん》が揺らぎ、鎮護国家の道場、延暦寺と南都、藤原氏の寺、興福寺が政治的に対立する。それに乗じる後白河の、平家に対する思いを読む世の噂である。噂の主「何者」とはだれなのか、法皇が噂に驚くのだが、かねて清盛が接近を図っていた山門に命じて平家を討たせるとの噂は、語り手の想像をも越える、うがった読みであるのか。これを物語論では「アイロニー」と言う。

14　注10

古本『保元物語』が、保元の乱後、早くも義朝と清盛対決の噂が流れた、実は虚報であったと語るのだが、世の噂には、それなりの読みがある。保元の乱後、清盛が叔父忠正《ただまさ》（忠盛の弟）を斬ったために、父為義の処刑を迫られる義朝が「人の口は悪きものにて候へば、いかなる讒言や出で来《き》候はんずらん」と父に語るのが語り本の『保元物語』であった。時に噂の当事者までもが困惑する「人」や「人々」の共同化された声は、『将門記《まさかどき》』『大鏡』以来、『愚管抄』にもしばしば見られた。登場人物はもちろんのこと、語り手の想像をも越えて現実を映し出す主体としての、世の声であった。世の乱れを嫌って「世間静かなれかし」と「心ある人」「才ある人」の声を秀句《しゅうく》に詠む、たとえば九条大相国（太政大臣）伊通《これみち》であり、物語に登場する「人民《にんみん》」の思い、神の意をひめるのが「落首《らくしゅ》」であった。問題の噂を後白河の近習者「院中のきり者」西光《さいこう》法師が「平家以ての外に過分に候あひだ、天の御ぱからひにや」と言い放つ。その讒言を「此の事よしなし、壁に耳あり、おそろしおそろし」と怖れるのも世の人である。噂ながら早くも院と平家の対立を示唆する。院には覚えがなかったとするのだが、なぜ物語は、その噂を語るのか。栄花をきわめる平氏に対する院の警戒と反発があったとの人々や語り手の思いがある。こうした声は、伴《ばん》大納言善男《よしお》を破滅に追い込むように[15]、声の無責任さのゆえに隠れた力を発揮する。あえて深読みすれば、すでに平家と通じる山門との仲を院が裂こうとしたと時

15　『伴大納言絵詞』

の人が想像したものとも読める。王権を護持する寺院間の対立と分裂から、二条をめぐる事件へ、そのつながり、連鎖が歴史を語る。かねて二条帝は、死の病の床に、二歳になる順仁《のぶひと》を親王に立て即位させていた。六条天皇である。王家内の複雑な対立は見過ごしかねないのだが。

東宮立

　ところが先帝、二条の死後、半年にも満たない中に、後白河に入内していた滋子腹の憲仁《のりひと》に親王宣下、翌年皇太子に立てる。高倉天皇となる皇子である。清盛を財政的に支えた藤原邦綱《くにつな》が推したらしい。天皇が三歳、叔父憲仁《のりひと》が六歳という長幼の順にねじれが生じ、六条帝は五歳の幼さで九歳の憲仁に譲位する。後白河の巻き返しと読める。物語は語らないが、清盛の病により、不安から即位を急がせたと言う(16)。一条（七歳）と三条（十一歳）の先例があるにしても元服前の太上《だいじょう》天皇は中国にも日本にも例が無いとするところに語り手の思いがある。物語の読みとして平時忠が仕組み、後白河も合意の上、もちろん清盛も加わっていたはずで、世の人が時忠を「平関白」と称したと語る。一条と三条の擁立をめぐる藤原道長同様、清盛を王権を維持する者と見る。時忠はさながら清盛王権の関白だったとも言える。天皇を天照・大日如来の化身として王権の中軸にすえ、実質的には院が統合者となった。院政を布きながら帝を立てる、王朝の現実である。ここで後白河が出家して法皇となる。延命を期待する逆修《ぎゃくしゅ》であった。治天の君として王権を掌握し続けるためでもある。鳥羽や美

16　五味文彦『西行と清盛』新潮社　二〇一一年

福門院の予期を越える後白河であったのか。その傘下、信頼と信西の対立に見るように院側近たちの権力闘争が続く。後白河が生き残るための対策であろうが、それを否定するのが清盛である。

殿下乗合

そこへ清盛の孫、十三歳の資盛《すけもり》が、当時、十歳であった幼帝高倉を補佐する摂政であった摂関家の基房《もとふさ》に馬上衝突する狼藉事件が出来する。その報復として参内の途上にあった基房の従者が資盛に対し凌辱に及ぶ。事件を資盛から聞いた清盛が激怒し、幼帝高倉天皇元服の儀のうちあわせに参内する途上にあった基房に面《つら》当てがましく武力を以て報復し、清盛が溜飲をさげたと言う。凡人としての身が、天皇を補佐する摂政に、このような狼藉を働いたと言うのである。前代未聞、「これこそ平家の悪行のはじめ」と語る。事を知った資盛の父、重盛は、資盛が父清盛の悪名を立てると叱責したと、その事件の主体・経過の両面に虚構を用い具体的に情景法で再現して語る。事実は重盛の基房に対する行動であったらしいが[17]、物語は清盛の摂関家に対する行動として語る。この「奢れる心もたけき事も」著しい清盛の行動を制止する対立的人物として重盛を設定するのが物語である。慈円は清盛が当時の宮廷社会を「アナタコナタ」したと言うが、まさに貴族が複雑な関係にあったことが、以上の語りからもうかがえよう。祇園をめぐる牛頭天王との関わりが課題として残る。

17　『愚管抄』五にこの重盛が「不可思議ノ事ヲ一ツシタリシナリ」として、この事件を記す。

（参考）

中村元『佛教語大辞典』東京書籍　一九七五年
フランツ・シュタンツェル『物語の構造』前田彰一訳　岩波書店　一九八九年
ジェラルド・プリンス『物語論辞典』遠藤健一訳　松柏社　一九九一年
中川真『平安京　音の宇宙』平凡社　一九九二年
山下『いくさ物語の語りと批評』世界思想社　一九九七年
川口喬一・岡本靖正編『文学批評用語辞典』研究社　一九九八年
河内祥輔『保元の乱・平治の乱』吉川弘文館　二〇〇二年
メアリ・ダグラス『汚穢と禁忌』塚本利明訳　筑摩書房（文庫）二〇〇九年
高橋昌明『平家の群像』（新書）岩波書店　二〇〇九年
竹田青嗣『人間の未来』（新書）筑摩書房　二〇〇九年
川尻秋生『平安京遷都』（新書）岩波書店　二〇一〇年
佐倉由泰『軍記物語の機構』汲古書院　二〇一一年
武久堅「シンポジウム　平家物語の終わり方」『軍記と語り物』35　一九九六年三月
山下「『平家物語』の受容」『文学』二〇〇二年七・八月

三　院側近の動きと山門大衆

院側近、成親の野心　巻一の前半、王朝内の葛藤を語るうちに清盛が表舞台に登場する。孫資盛《すけもり》と摂政藤原基房《もとふさ》が衝突する事件である（1）。この事件によって延期されていた新帝（高倉）元服のための評定《ひょうじょう》が、院の御所でとり行われる。主上（高倉）元服の儀を行う規程によって摂関家松殿《まつどの》系の基房が名誉職の太政大臣に昇り、その「慶申《よろこびもうし》」を行うが、「世中は猶《なお》にがにがし」く思ったとは、この衝突事件があった後に基房が幼帝、高倉を補佐する官に就くことに世の人々が違和感を覚えた。清盛は基房とそりがあわず、近衛系の兄基実《もとざね》に肩入れしていた。藤原氏をめぐる複雑な婚姻・縁戚関係に読者は驚かれるだろう。

年明けて承安元年（一一七二）一月、高倉は十一歳で元服、清盛の娘、徳子が女御《にょうご》として入内《じゅだい》する。帝よりも年長の十五歳で、院の、名目上の養子、猶子《ゆうし》として入内する。武門出の女御、しかもそれが中宮になるのは始めてのことで、清盛が、この徳子に皇子の出産を期待し、帝の外祖父の座を志すことになる。法皇なりに対応しているのだが、かねがね山門の悪僧を唆して平家討伐を企て

藤原略系図

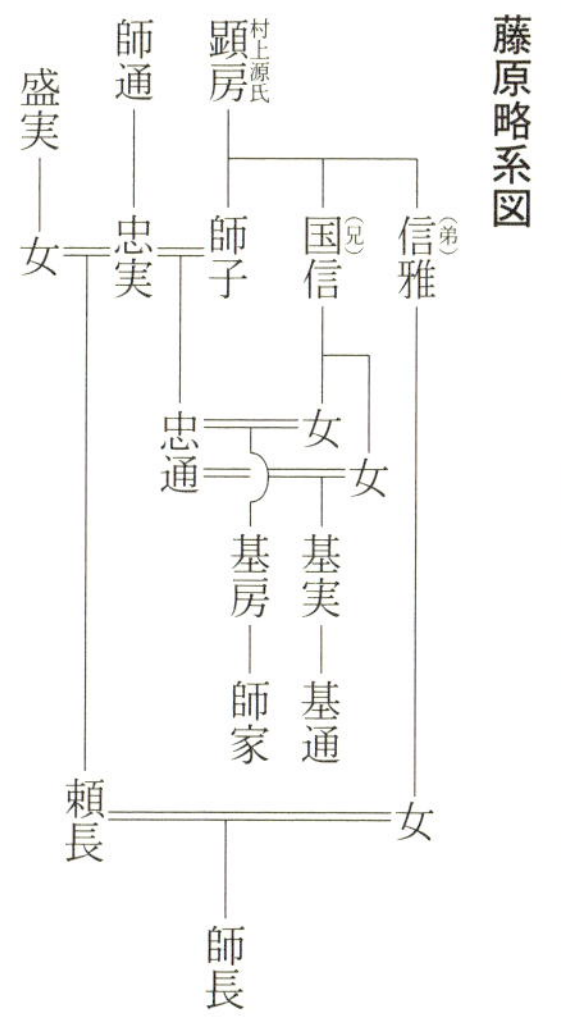

鹿谷

1　殿下乗合事件で、基房に報復したのは重盛であったのを清盛に置き換える。

たとの噂の流れたことを語っていた。院として清盛の専断に内心穏やかではなかったと読める。その頃、内大臣左大将であった藤原師長《もろなが》が、太政大臣に就くために大将を辞任する。保元の乱の当事者である頼長の次男で、父に連座し土佐へ流されたが八年後、赦されて参議に復し、安元元年（一一七五）内大臣に昇っていた。その大将辞任は、二年後、安元三年のことであるが、重盛・宗盛兄弟の昇進を、この徳子の入内に続けて語り、院側近成親の野心を平家に対する反乱の契機とするためである。空席の大将には、順序として清華《せいが》家の家格を有する徳大寺実定《さねさだ》、同じく花山院兼雅《かさんいんかねまさ》が想定されるのだが、そこへ法皇側近の藤原成親が、院の支持を期待して大将の官を強く望む。白河院以来、摂関家に対抗させるために登用された諸大夫《しょだいぶ》の家格にとどまる成親は、平治の乱に信頼側について敗れ、捕らわれて処刑されるところを妹聟の重盛により救われたのであった。清盛は、元、この成親の父、鳥羽上皇、第一の近臣、家成《いえなり》のもとに出入りしていた。その成親が、今回またもや野心にかられて石清水《いわしみず》八幡に願を懸け、神祇官の祭祀・占卜を行い、さらに賀茂明神にまで祈るが、いずれの神にも拒否され、はては鬼神の力を借る外法《げほう》、荼枳尼《だきに》の法までも営むが、これにも拒まれる。結局、大将の官は、左右ともに、重盛・宗盛の兄弟が占める。すべてが清盛の思うがままに経過、失意の実定は大納言を辞して家に閉じこもるのだが[2]、対照的に度重なる神々の拒否にもかかわらず執拗に迫った成親は、平家の奢りに不

2　実定の行動について虚構が指摘される、本書46頁注11を見よ。

満、その追討を計画し、これも院の側近で法勝寺《ほっしょうじ》の執行《しゅぎょう》を勤める「心もたけく奢れる人」俊寛《しゅんかん》の鹿谷《ししのたに》の山荘《さんそう》に、日頃、平康頼《やすより》[3]、西光《さいこう》法師が加わって謀議を行う。西光は家成の養子で信西に仕え、院の近習でもあった。法勝寺は亡き白河の御願寺、白河地域の拠点になった寺である。ある時、その謀議の場に院も静憲《じょうけん》を連れて加わり、かれらの野心を煽る行動にも及んだと物語は語る。その場にいて内心困惑する静憲は、後白河を支えて来た能吏、信西の息で、古本『平治物語』によれば、平治の乱に、二条天皇の側近経宗《つねむね》と惟方《これかた》の思惑によって不条理にも一時流罪に処せられていたのだった。[4] この成親らの動きを黙認する院には、資盛の関白基房乗合事件への怒りがあったと読める。謀叛を、かねて信西から法名を受けていた西光と、それに追討軍の一方の大将として参加していた摂津源氏の多田行綱《ただのゆきつな》が牽引するが、この事件の語りは、しばらく中断する。

北面武士の動き　信西に私淑していた西光は俗名、師光《もろみつ》、その子息師高《もろたか》が院に仕えるきれ者で、加賀守に補され、弟師経《もろつね》を実務を担当する目代《もくだい》として現地へ送る。その師経は武力に闌けた男だったか、欲のままに収奪を行ったか、現地、白山《はくさん》の末寺、修験道の鵜川《うかわ》寺の寺僧たちに乱暴をはたらく。同寺の現地荘園をめぐる在地領主と国司との争いである。鵜川寺が白山を介して、荘園がからむ延暦寺の配下にあったために、現地の訴えにより山門の大衆が日吉山王《ひえさんのう》の神輿

俊寛沙汰　鵜川軍

3　中原頼季の子息で、桓武平氏ではない。俊寛が白河院の御願、法勝寺の執行だったとは、大変な権力の持ち主だった。

4　山下『中世の文学　平治物語』の古本に見える。政治の色が濃い古本である。

を担いで院に強訴することになる。これを防御する源平の武将、特に平時忠と、天台の説教、安居院《あぐい》の祖となる祇園別当澄憲《ちょうけん》が斡旋し、僧兵を武力で鎮める。この山門の強訴に遭って、院は師高・師経兄弟を処分するが、日吉山王の怒りは治まらず、その怒りにより内裏が炎上、天皇の即位礼などの儀を行う大極殿《だいごくでん》も焼失したというから王家にとって大変な事件で、鴨長明も、これを世の異変として記すのであった。世に「太郎火事」と呼んだ。山王の使者、猿が火を放ったと「人の夢には」見たと世の声を物語は語るのだった。この騒動に院は、北面の武士の起こした事件に発する山門大衆の強訴の前に屈服する外なかった。

以上、巻一は物語の序曲、平家の栄花をめぐって、王朝の状況を語り、院側近の動きを語り始める。物語の語りとして「人」の声が介入することに注目しよう。

願立
御輿振
内裏炎上

山門大衆の反逆　後白河法皇は、山門強訴に押されて、加賀の国司・目代の兄弟を処分するが、山門に対する怒りがおさまらず、衆徒の決起を抑えられなかった天台座主明雲《めいうん》を責めて官を解き、還俗《げんぞく》までさせて伊豆流罪と決定する。明雲を座主に推していた清盛が法皇を宥めようとするが叶わない。反発する山門の大衆は座主流しを拒み、大挙して明雲を奪い返し、叡山へ帰山する。ちなみに山門と言っても、学業に専修する学侶《がくりょ》の外、修行する行人《ぎょうにん》、それに日常雑用に従事する堂衆ら、多様な階層の僧が構成し、必ずしも一枚岩ではなかった。

座主流
一行阿闍梨之沙汰

西光被斬

ここで法皇の怒りを煽りたてるのが西光《さいこう》である。山門強訴の原因になった師高・師経が、この西光の子息であった。西光の讒奏を、語り手は「讒臣《ざんしん》は国をみだる」「王者《おうじゃ》明《あきら》かならんとすれば、讒臣これをくらうすとも、かやうの事をや申べき」と非難するのだが、元はと言えば法皇の統率力欠如が招いた結果である。[5] 怒った法皇は意図的であろう、山門攻めを清盛に命じたと言う。法皇と山門との対立が激化する中に、鹿谷謀叛の先兵として予定されていた多田行綱《ただのゆきつな》が日和見して、計画を清盛に密告する。驚く清盛に行綱は、この謀叛に後白河院の院宣が下っているとまで言う。清盛は使者を院に送って探りを入れ、法皇の反応を確かめた上、謀叛参加者の逮捕を命じ、それと知らぬ成親を召喚、「一間《ひとま》なる所におしこめ」る。西光は清盛の動きをいち早く気づき、院御所へ報せようとするが、途中でひきとどめられ、西八条へ引っ立てられる。激怒し詰問する清盛に対し、西光は、「(院御所の)執事の別当成親卿の院宣とてもよをされし事にくみせずとは申べき様なし」と言い切り、しかも「殿上《てんじょう》のまじはりをだにきらはれし」平氏が、とは巻一「殿上闇討」を受け、その昇進を成り上がり者の分際でと悪口の限りを尽くす。「入道あまりにいかッて物もの給はず」、西光をさんざん痛めつけた上、刑場の六条河原ならぬ、荒廃していたとは言え、都の中央、五条西朱雀[6]で斬らせたとは人々への見せしめか。『愚管抄』も朱雀大路でとする。西光の子息で、かねて山門強訴事件の火付け役をし

5　『平治物語』の冒頭に院批判が見える。

6　松下健二は、「朱雀ノ地蔵堂」を示唆する。竹内光浩「平安京庶民信仰の場」『中世の生活空間』戸田芳実編　有斐閣　一九九二年

た師高・師経兄弟をも処刑する。

清盛に召喚された成親について『愚管抄《ぐかんしょう》』の著者慈円《じえん》は「フヨウノ若殿上人ニテアリケル」、少々、腰の軽い若者であったと言うのか。その曾祖父顕季《あきすえ》は白河院の乳母子であった。平治の乱に、成親なりに、この混乱期を生き抜くため信頼の側についていたのも、信西への反発があったのか。あるいは後白河にすがっての期待があったとも読める。少なくとも、この成親に後白河院に対して背く思いがあったとは物語を読めない。平治の乱当時、内裏に閉じこめられた二条天皇と院は、藤原光頼《みつより》に叱責された経宗《つねむね》・惟方《これかた》の策に従い脱出している。それと気づかぬ信頼の実態をさすがの成親も思い知ったことを『平治物語』は語っていた。後白河がそれと報せず離脱したことを成親はどのように受けとめたのか。この度は、さすがの成親も事の重大さに気づく。極限状況に追いつめられて、人はその資質をあらわす。「思はじ事なう案じつづけ」怖れたと語るのが物語である。西光とは対照的である。

清盛は、まず平治の乱に助命された恩を忘れた畜生にも等しいふるまいと問いつめる。成親が、人の讒言によると逃げるのを、清盛は事前にとって置いた西光の白状を二、三遍読み上げて成親の顔に投げつけ、備前・備中の住人、難《なん》波《ば》・瀬尾《せのお》に命じて責めさせる。ことを知った重盛は清盛と対照的に冷静である。成親はその重盛に重ねて助命斡旋を乞う。重盛は、保元の乱に死刑を復活した信西が結果的にわが身を窮地、死に追い込まれたことを想起して、王権維持、一門の繁昌のためにも死刑を復活するような悪事を積んではならないと父を説得、さすがの清盛もいったん折れる。しかし、この度は成親の子息の成経をも連座させ、その妻の父、舅としての平教盛《のりもり》をも苦しめることになる。この成経の連座を法皇が「末代こそ心憂けれ」と嘆く。成親との婚姻の縁を通して平家一門に分裂の危険を招きかねない状況を作り出していた。

少将乞請

清盛は成親の子息、成経が院御所法住寺殿に宿直《とのい》していたのを召喚する。前夜来のざわめきを山門大衆の強訴かと思っていた成経は事を知って法皇に奏上、法皇も「あは、これらが内々はかりし事（鹿谷謀議）の洩れにけるよとおぼしめすにあさまし」と第三者視点で語る。法皇の自敬語とも見えるのだが、語り手の距離の採り方が、語り手のモノローグを交叉させる語りとなる。

教訓状

清盛は、院に備えて完全武装し、「先年《せんねん》安芸守たりし時」「霊夢を蒙ッて厳島の大明神よりうつつに給はられたりし銀のひるまきしたる小長刀《こなぎなた》」を脇に挟むとは、この後、巻三「大塔建立《だいとうこんりゅう》」(7)、中宮徳子の懐妊が厳島明神祈願の利生によることを語るのに往事を回想する。鳥羽院の指示により高野の大塔修理の任を果たし、弘法大師の化身が現れ、当時荒廃していた厳島社修理をも重ねて指示した。高野大塔の中尊、大日如来を介して高野と厳島を結びつけるのが物語である。慈円は『愚管抄』に王法の行方を見守る冥衆《みょうしゅう》、その神の意を、人間の

7　本書51頁

姿で現れ歴史を転換させる顕者《けんじゃ》を想定するのだが、(8) 物語は冥衆に厳島明神までも加え、明神が「一天四海をしずめ、朝家《ちょうか》の御まもりたるべし」と宝器（レガリア）小長刀を清盛に下しながら、「但し悪行あらば、子孫まではかなふまじきぞ」と夢に見ていたと語る。その小長刀をこの場で携帯するとは、神意をも借りて治天の君との対決をも辞さない清盛の覚悟である。しかしこの小長刀は巻五、福原遷都強行に神々が怒って清盛を見放す場(9)にも語ることになろう。物語を読むために文脈を掘り起こそう。

清盛は相伝の家来、貞能《さだよし》に向かって決意を語る。これまでの院への忠節にも関わらず、「無用のいたづら者」成親、西光らの言に従って七代まで保障されるべき朝恩を失おうとする。讒言により朝敵の汚名を着せられては一大事、「院がたの奉公思ひきッたり」とは、院を人々から隔てようとする行動開始である。父の決意を知った重盛は、事の重大さに、前回の「小教訓《こぎょうくん》」とは違い「車をとばして」駆けつける。一門の公達数十人が注視する中を座に着き教訓を始める。『平治物語』で事を起こそうとする信頼を睥睨《へいげい》する光頼を想起させる語りである。神国、日本にあって、法皇に手をかけるのは、「天照大神・正八幡」の神慮に背く行為だと諫言、ひるむ清盛は法皇が「悪党共が申事につかせ給て」は大事、治天の君が悪党と結んで平家が朝敵の身にされることを怖れると言うのを、重盛は「縦《たとえ》いかなるひが事出き候とも、君をば何とかしまゐらせ給ふべき」と追いつめる。

8　大隅和雄『愚管抄を読む』平凡社　一九八六年　用語を変えた。

9　本書91頁

清盛と重盛の主張のいずれが、この時代状況の現実に即した主張だろうか。重盛の主張は古代的であろう。ようやく父の決起を断念させた重盛は、とって返し、みずからの統率力を試し、最悪に備えようと兵を召集する。

　西八条に数千騎ありける兵ども、入道にかうとも申しも入れず、ざざめきつれて

重盛のもとへ参る。事を知って驚く清盛は武具を脱ぎ、すっかり意気消沈、法皇に対する処置を断念、「いと心にもおこらぬ念珠してこそおはしけれ」と笑いを誘う。本書の始めに引用した『平治物語』を思い出してほしい。

本書の冒頭[10]に引用した『平治物語』語り本が、六波羅に義朝を迎え討つのに、寄せ手の鬨の声に驚いた清盛が甲を逆さまに着て重盛の笑いをかったように、『平家物語』でも語り手は、清盛・重盛父子の違いを対比して語るのである。

成親を流刑に処すのは清盛である。わが身の保身を考える成親に、院の力の実態を理解できない。法皇も清盛を相手にしては手の打ちようがない。成親の行動の累がその妻子にも及ぶ。清盛は成親の息、成経が一時、重盛の仲介によって舅の教盛預かりの身になっていたのを備前へ、さらに俊寛や康頼とともに、中世、日本の最西端の鬼界《きかい》が島へ流す。成経は清盛の弟、教盛の娘聟である。成経の行方を知った成親が落胆、重盛を介し、院の許しを得て出家する。成親をとりまく北の方たち、事件当事者と、その妻子らの苦悩をあわせ語る。厳島明

烽火之沙汰

大納言流罪

10　本書2頁

阿古屋之松

大納言死去

神を介して清盛にとり入り、うまく左大将の座を得た徳大寺実定を虚構を踏まえて成親の悲劇と対照的に挿話「徳大寺厳島詣」として語る。(11)成親は吉備《きび》の中山《なかやま》(岡山市内北部)で処刑される。治承元年(一一七七)八月十九日のことである。

徳大寺厳島詣

11 実定が清盛の関心を買って大将に登ったとは、物語の説話で、史実ではない。

山門滅亡　堂衆合戦

権門寺院の対立と分裂　成親が吉備で処刑された同じ月に、法皇が三井寺の長吏公顕《ちょうりこうけん》僧正を導師として真言の秘法を受けようとし、天台の本山を自認する山門が怒って反発する。事実は翌年治承二年一月のことなのだが、山門の動きを、法皇の動きに連鎖するものとして繰り上げて語る。もともと山門と寺門とは不仲、清盛が明雲を座主に推すなど山門を支持していた。そこへ山門強訴事件を責めて明雲を解任・流罪に処した。それを山門の衆徒が途中奪還したことへの法皇の怒りがあった。されば法皇は、公顕を同伴して天王寺へ御幸、伝法灌頂をとげる。人の師となり得る資格を得る儀礼である。山門と寺門との対立を法皇が加速し、ひいては王権と、それを擁護するはずの天台の間にも溝を深くした。しかも「山上には、堂衆《どうじゅ》、学生《がくしょう》不快の事」が出来する。山門を指導する貴族の子弟や学問をする学生に対し、雑役を勤めたのが下層の堂衆で、現実は、この下層の堂衆が例の山門強訴や座主奪還の行動の主軸になった。その鎮圧を清盛に命じたのも法皇の戦略である。寺院と権門勢家との争いには摂政忠通の怒りもあったと言う。(12)「院宣を承」って鎮圧に向かう清盛は「畿内の兵

12 五味文彦『西行と清盛』新潮社　二〇一一年

二千余騎」を学生たちに添えて衆徒を攻めるが、官軍は、事を山門内の内紛として学生を先頭に立てようとし、戦闘意欲を欠き敗退する。山門も統制力を失って荒廃、滅亡、半ば自滅したと語るのである。

元はと言えば山門と寺門の対立、そこへ法皇の寺門への接近が宗教界の分裂を促し、「山門滅亡」を決定づけることになったと語るのである。本来、鎮護国家の道場であるべき宗教界が、宗教上の問題ではない、権力抗争に走ると語るのが『平家物語』である。事実は二年後の治承三年三月である善光寺炎上を、その頃の噂として語り、善光寺創建の由来まで語って、その炎上を「王法尽きんとては、仏法まで亡ず」、「霊寺・霊山のおほくほろび失せぬるは、平家の末になりぬる先表《せんぴょう》やらんとぞ申ける」と、これをも平家衰滅を予兆する仏法の滅亡、王法の滅亡を来たすと人々の声として語る。動乱を加速するのが法皇みずからのふるまいであり、政争に敗れた死霊や鬼界が島に流された人の生き霊がわざわいすることを、中国の故事まで引き合いに出して語るのが琵琶法師である。

善光寺炎上

康頼祝言

卒塔婆流

蘇武

（参考）

上横手雅敬『源平争乱と平家物語』角川書店　二〇〇一年
元木泰雄『平清盛の闘い』角川書店　二〇〇一年
衣川　仁「寺社勢力、二つの力」『別冊太陽　平清盛』二〇一一年十一月

四　怨霊の妨害に抗《あらが》う清盛

赦文

徳子の懐妊と怨霊の妨害　公的な枠組みを保つ歴史を語る物語として、巻三を年がわり、朝廷の年頭儀式、百官が天皇を拝賀する朝賀の儀で始める。王権が物語の語りの枠を構成する。語り物と言いながら、土俗的な語りとの違いである。しかも、その王権が翳りを見せるのを語るのが、このいくさ物語である。治承二年（一一七八）正月、恒例の、主上の院への参賀、朝覲《ちょうきん》の行幸が型どおりに進みながら、法皇は前年、成親ら側近が処刑・流罪されたことを憤り、清盛も法皇の動きに警戒する異常事態で巻三を始める。はたして兵乱を予兆する彗星《すいせい》が出現する。実は前年末、十二月末にも現れていたのを、物語は、この年始めに絞り、一連の動きの中で冥界の神々、見捨てられた人々の怨霊が動き始めることを語る。

　おりから平家では中宮徳子《とくし》が懐妊、清盛ら平家一門の喜びと期待がたかまる。後白河の第二皇子、仁和寺の御室守覚《おむろしゅかく》法親王、鳥羽の第七皇子、天台座主、覚快《かくかい》法親王ら高僧・貴僧が皇子誕生の祈祷を行う。まさに王権維持が関わる大事であるのだが、保元の乱に、讃岐に非業の死をとげた讃岐院《さぬきのいん》、かれと運命を共にした摂関家の頼長《よりなが》、間近くは流刑地に無惨な死をとげた成親、清盛に責め殺された西光(1)の死霊、それに鬼界が島流人たちの生き霊(2)が徳子を苦しめる。法皇は、王権の維持を期して、政敵であった讃岐院の霊に「崇徳」の諡《おくりな》を追号、頼長に太政大臣正一位を追贈する。この両人の怨霊の動きは『保元物語』から『平治物語』を経て『平家物語』へ継承されるモチーフである。この儀も事実は中宮の懐妊に先立つ(3)のを、物語はこのように語りの順序を変える。桓武天皇の弟、早良《さわら》親王こと、諡《おくりな》、崇道天皇や、光仁《こうにん》天皇の皇后、井上《いがみの》内親王ら、いずれも王室内部の皇位継承の抗争に非業の死をとげた人たちの怨霊を回想し怖れる。
この機に、娘聟成経の身を案じていた、清盛の弟教盛が成経の赦免を思い立ち、重盛を介して清盛に願い出る。娘徳子の出産の苦しみに狼狽する清盛は、成経と康頼の赦免を納得するが、成親の謀叛謀議に場を提供した、忘恩の徒、俊寛の赦免は拒否する。重盛は深追いをしない、二人の赦文が用意され、使者が島へ下る。もっぱら清盛の即決により事が進行する。清盛が事実上の王である。

足摺

大赦の使者が鬼界が島に着いて後の、天性不信第一であったゆえに一人、島に残され絶望の淵に立たされる俊寛を語り、その遺恨が平家に祟ると予告的に語る。

御産

清盛、帝の外祖父となる　十一月十二日、徳子に陣痛が始まる。産所は六波羅、元、清盛邸があり、重盛の所有になった池殿だと言われる。これまでの王権補

1　巻二「西光被斬」本書41頁
2　巻三「足摺」の俊寛をはじめ、成経および康頼。実は建久（一一九〇～）年間、後白河自身が、現実にこれらの怨霊に苦しめられた。山下『語りとしての平家物語』岩波書店　一九九四年。
3　『玉葉』安元三年（一一七七）七月二十九日の条に「来月三日行はるべし」と見える。

弼の神話を破り、平家に王室外祖の座が実現するのか。皇子誕生を祈る諸寺社への立願と祈祷、出家の身の父に代わって「例の善悪さはがぬ人」重盛の、一条天皇の外祖父になり独自の王権を立てた藤原道長《みちなが》にならう冷静なふるまいを語る。「いかなる御物の気なりとも」屈服させようと努めるが、苦しむ徳子に清盛夫妻が狼狽する。平家の奢りに不安を感じる法皇であったが、王権維持を使命と考えて、みずから千手経《せんじゅきょう》を誦経《ずきょう》し、怨霊どもに退散を命じる一喝に「御産平安のみならず」、皇子の誕生であった。鳥羽の遺志を受け、治天の君として王権の存続を第一に考える後白河が怨霊の排除を辞さない、その姿勢・面目を見せる語りである。堂上・堂下の喜びの声、清盛の悦び泣き、対照的に冷静を保ち、皇子のための予祝の儀式を粛々と進める重盛を語る。新生の皇子は、やがて高倉の後をおって擁立される言仁《ときひと》こと、安徳天皇である。

しかし皇子誕生の儀に、数々の異例があった。宗盛の死去した北の方に代わり、時忠の北の方藤原領子《りょうし》が乳母に参る(4)。王家の外祖として、清盛の正室、時子腹の系統が軸になって動く。その弟時忠のことを「時の人、平関白とぞ申しける」と語るのは、世の人の声を受け、摂関制度を確立した道長に清盛が類すると見る。『大鏡』など「世継ぎ」を受け、それを支えたと語るのが時忠であった。ちなみに道長は、公卿を経ることなく直接、帝に進言する内覧の位置を占めたのだった。『愚管抄』は、このような女性の動きをほとんど記さない。そ

公卿揃

4　平藤幸「師典侍考」『国文鶴見』45　二〇一一年三月

の意味で『平家物語』は女人の物語である。法皇が皇子誕生の験者を勤めたこと、出産時の甑《こしき》落としの誤り、中臣《なかとみ》の祓いを行う老陰陽師時晴《ときはる》の失態など、「勝事《しょうし》」、異例の事態が続いたこと、それらを「後にこそ思ひあはする事ども多かりけれ」と新生皇子の先行きに不安を先取りして語り結ぶ。祝意を表す関白基房をはじめ殿上人が六波羅へ馳せ参る。これを「公卿揃《くぎょうぞろえ》」とし、列参する公卿の名揃えを勇壮な〔拾〕の曲節で語る。声で訴える物語である。

大塔建立

かねて清盛が中宮腹に皇子誕生を厳島明神に祈願していた、その由来を「大塔建立《だいとうこんりゅう》」の句に語る。高野《こうや》大塔の修理をおえた清盛に、弘法大師の化身とおぼしき老僧が、同じ大日如来を本地とする厳島の修理をも指示した。慈円にならって言えば、神意を実現する顕者、弘法大師を介して、物語では新たに冥衆入りし、鎮護国家の道場となった厳島明神が、社の修理を果たした清盛への利生として事実上、王権補弼《ほひつ》の

平家略系図

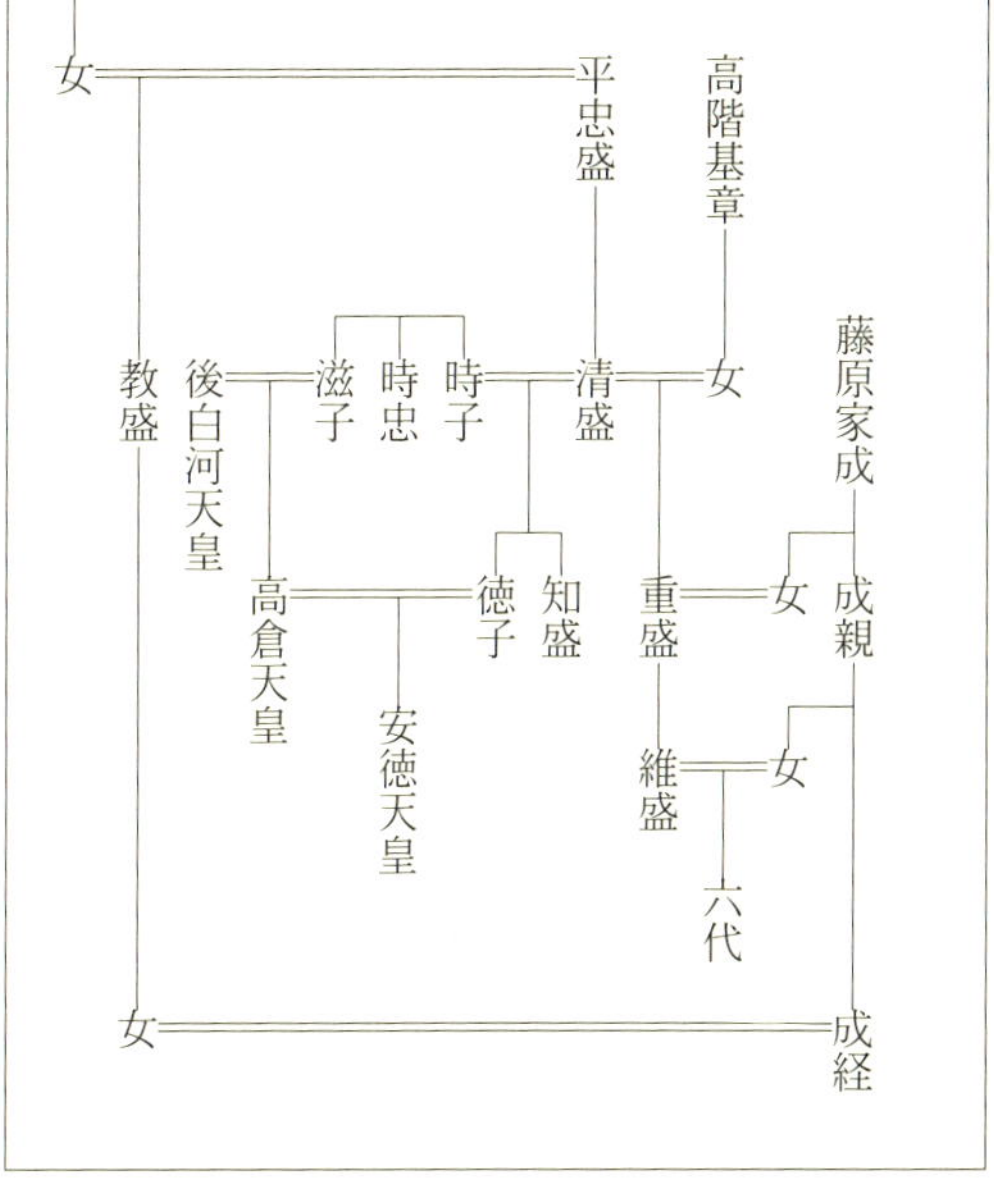

任を容認したと語るのであった。事実は、清盛自身がこの厳島明神の格上げを図ったのだろうが。

頼豪

ここで中宮の皇子出産祈祷の儀をめぐって、白河院の依頼により敦文《あつふみ》親王の出生を祈り出しながら、三井寺戒壇の建立が認められず、干死して怨霊となった頼豪《らいごう》を連想し、改めて「怨霊は昔もおそろしき事也」と俊寛のかげをも見せる。早速、この皇子が立太子、数え一歳である。高倉天皇が病弱である不安もあった。その補導役、傅《ふ》に重盛が、春宮坊の長官、大夫《だいぶ》に清盛の異母弟、頼盛が任命されたと語るのは、物語が産所を池殿にしたこととつなぐのか。事実は左大臣藤原経宗が傅、宗盛が春宮大夫であったと言う(5)から語りの意図は見えている。「傅」は皇太子の補導官である。

5　『玉葉』治承二年十二月十五日の条。

少将都帰

俊寛、干死　非常の大赦により帰洛する成経と康頼、この両人を語った直後に、対照的に一人「憂かりし島の島守《しまもり》に成」った俊寛を語る。物語としてのつながり、連鎖が見える。幼時から目をかけられた下部、有王《ありおう》は、俊寛の、一人生き残る姫を訪ね、その文を託され、苦労して島へ渡る。能『蝉丸《せみまる》』の逆髪《さかがみ》を彷彿させ、『餓鬼《がき》草紙』に見る餓鬼さながらの俊寛にめぐり逢う。その姿に、院政を支えた法勝寺《ほっしょうじ》の寺務職に就いて「大伽藍の寺物・仏物」を私物化した「信施無慚《しんぜむざん》の罪」による因果応報の堕地獄を思い知るのだった。すでに「御内

有王

僧都死去

の人々搦め取り」失われ、身を隠した妻子も、三歳の幼児が「もがさ」を病んで死去、北の方も、積もる心痛に幼児を追って死去したと姫が父あての文に記す。孤島にひとり留まる父を苦しめる姫の文の頑是《がんぜ》なさに、俊寛は娘の行末を気にかけながら、有王をひきとどめるのも「つれなかるべし」と、みずから食を断って二十三日目に、念仏を唱えながら干死、享年三十七歳であったと言う。俊寛の苦悩を語っている。

有王は遺体を荼毘《だび》に付し、「白骨をひろひ頸にかけ」帰洛した。有王の報告に姫は悲嘆のあまり出家をとげ、尼寺の法華寺《ほっけじ》に入って父母の菩提を弔う。いくさ物語の「女人」である。有王は能のワキさながら、主の遺骨を高野の奥の院に納め、蓮華谷《れんげたに》で出家、「諸国七道で修行」、回国《かいこく》の、高野聖《こうやひじり》として主の菩提を弔う。物語は、この俊寛の「か様《よう》に人の思ひ嘆きのつもりぬる、平家の末こそおそろしけれ」とし、保元の乱の崇徳、さらにこの俊寛の怨霊を示唆するのが琵琶法師の語りである。観世元雅《もとまさ》の作と言われる世話能『俊寛』は、この俊寛の「足摺」を本説《ほんぜつ》とし再現する。

天の予兆と重盛の死　治承三年（一一七九）三月、成親・康頼の帰洛に続き、「同《おなじき》五月十二日午剋《うまのこく》ばかり」突如、旋風《つじかぜ》が京の町を駈け抜ける。俊寛の死の結び「平家の末こそおそろしけれ」を受ける異変である。『玉葉』翌四年四月

颱

二十九日の条に記録が見え、鴨長明の『方丈記』も

治承四年卯月のころ、中御門《なかみかど》京極のほどより大きなる辻風おこりて、六条わたりまで吹ける事侍りき

と、みずからの体験として記す。物語は、その『方丈記』を踏まえて、まず時と場所、それに異変の起きている状況、その被害の実態の順序で語る。両者の間の大きな違いは、年月の違い、それにこの異変をどのように歴史として読むのかである。『方丈記』が、「多くの人の嘆きをなせり」と結ぶのだが、物語は、前の句の結びと呼応して「是ただ事にあらず、御占あるべし」と占ったところ

今百日のうちに、禄を重んずる大臣の慎み、別しては天下の大事、並びに仏法・王法共に傾て、兵革《ひょうがく》相続すべし

との予兆と判読した。その「天下の大事」として、まず重盛の発病、それに関白基房・太政大臣師長ら大臣の流罪、法皇幽閉が続くことになる。この異変を現実に異変が起きた治承四年四月末として語っては予兆にならない。物語は、事件と事件のつながり、連鎖の形で歴史を読む。もっともこの異変を史実と照合して治承四年とし、巻四、以仁王の挙兵の前に置く異本、民間布教唱導性の色濃い四部合戦状《しぶかっせんじょう》本があるのだが、それを必ずしも古態とは言えまい。

医師問答

辻風の異変を仏法・王法の衰滅、兵乱続発の予兆と知った重盛は、熊野へ参り、みずからの運命を知ろうと権現に祈る。事実は重盛が病がちであったらし

いが、『平治物語』から一貫して、王家に仕え、父の奢りを諫めるが「不肖の身」として父の悪心を和らげられぬなら、わが寿命を縮めよと祈り、権現が承知すると示唆する。『保元物語』以来、王権の行方を示唆するのが熊野権現で(6)ある。同時に生者救済のために浄化を行い、異界へ追いやられた怨霊を鎮めるのが熊野権現であった。重盛は権現の神意を察知し、父が勧める、来日中の宋の名医の治療も拒み、四十三歳にして出家、「八月一日、臨終正念」死去する。

　これまで重盛によって平穏を保って来た世が乱れることを「京中の上下」が嘆く。この重盛と対比して逆にそれを「世は只今大将殿へ参りなんず」と期待するのが「宗盛のかた様の人々」である。語り手は重盛の死を「家の衰微」と悲しみ、「当世の賢人」「世には良臣」と惜しんで、改めてその生前を回想する。

　物語が、生前を回想する一人で、まず未来を予知する「天性不思議第一の人」として、春日大明神の大鳥居に清盛の首が曝され、清盛の悪行が、王権を補佐する藤原氏の祖神、天児屋根《あまのこやね》などを祭神とする冥衆の一、春日大明神の怒りにふれると重盛は見たと語るのである。頼朝を前面に押し出す読み本は、それを頼朝が信仰した伊豆の三島《みしま》大明神の神域とする。死が迫ると感じた重盛は、順序としては、みずからが大臣葬に帯びるべき黒塗り、飾りの無い無文《むもん》の太刀を、あらかじめ子息の維盛に譲り、東山の麓に四十八間の精舎を建てて、滅罪生善、六道輪廻からの脱却を願った。三千両の黄金を宋の王に贈り、育王山《いおうざん》に寄進、

6　『保元物語』「法皇熊野御参詣並びに御託宣の事」

無文

灯炉之沙汰

金渡

わが身の成仏を祈るように依頼もしたと列挙して語る。重盛のための祈願が、その寺に「今に絶えずとぞ承る」とは、語りを聴く者を引き寄せるための咄《はなし》の語りである。重盛を救済しようとする人々の思いが、このような語りを加えさせた。

冥衆、神々の予告　その年、治承三年（一一七九）、重なる異変が発生する。十一月七日の夜、大地震、さっそく陰陽頭の安倍泰親《あべやすちか》が世の急変と占う。中国思想の天人相関説《てんにんそうかんせつ》によれば、(7) 治天の君として天の意を語るのが王たる者である。この異変は後白河を足下《あしもと》から揺るがすのだが、その占文を若公卿・殿上人は大仰なと笑う。物語は、時に、こうした傍観的な揶揄を若者の声として語り込める。若者は時代の動きを体感はしながら、しかもその意味を理解できない。語り手は時に、この種の介在者に共感を示しながら、本音はこれを突き放す。一種のアイロニーである。

　泰親の予告どおり、重盛の死後、福原に閉居していた清盛が「同じき十四日」、「朝家《ちょうか》を恨み奉るべし」と「数千騎の軍兵」を引き連れて入洛するとの噂が立つ。天が清盛を動かしたと言うのであろう。清盛の福原住みは、京から離れ、いったん大事があれば上洛する姿勢を保つことによってカリスマ性を狙った。この清盛の動きを怖れるのが当時の関白であった基房である。摂関家忠通の次男で、後白河の覚えがよく高倉帝を関白として扶けたが、清盛が嫌った相手で

7　溝口雄三・池田知久・小島毅『中国思想史』東京大学出版会　二〇〇七年

ある。巻一「殿下乗合」事件の当事者でもある。しかも朝家への「恨み」を「ひとへにただわがあふにてこそあらんずらめ」、わが事と苦悩するのが高倉天皇である。(8) 清盛の行動に「天照大神・春日大明神の神慮の程もはかりがたし」、神々、冥衆の思いも推測できないと語り手は嘆く。

攻めの清盛と守りの法皇

「同じき十四日」清盛が上洛、引き続き「同じき十五日、入道相国、朝家を恨み奉るべき事必定《ひつじよう》と聞こえしかば」と語る。このように日付を重ねる語りが、清盛の攻めを怖れる人々や法皇の不安を語る。攻めに徹する清盛の行動開始を「必定《ひつじよう》と」知った法皇は、保元から平治の乱にかけて王権を支えた信西の、その子息静憲《じようけん》を西八条の清盛の邸に遣わして清盛の「恨み」の真意を質す。会おうともしない清盛に静憲が「朝《あした》より夕べに及ぶまで待」ち、あきらめるところで、ようやく呼びとめられる。さすが清盛も気が咎めたのか。しかし清盛は法印を責める。

まず、これまで法皇のために献身的な忠節を尽くして来た重盛の死に冷淡な法皇、子を失った親の心痛を解さず八幡への御遊の御幸があったとなじって「是一つ」と畳みかける。『平治物語』が冒頭で、院の人臣を遇する姿勢に考慮の欠けることを指摘していた。「次に」、重盛が知行し、所領としていた越前の国を召し上げるとは何か過失があったのか、「是一つ」。法皇の立場から見れば、

8　現実の天皇像とは違って、かなり美化されているらしい。後白河や二条との対比が意図されている。

所領の整理を行おうとしたのだが。次に、中納言の欠員に、清盛が摂関家内の順序を考えて推した、忠通《ただみち》の長男基通《もとみち》を却けて、忠通には次弟に当たる基房の息、師家《もろいえ》を昇任させた。(9) 保元の乱に生き残った忠通の息、基実《もとざね》系と基房系の対立に、法皇は目をつけ、基房を立てていた、そこを衝く清盛は基実・基通父子と娘を介して婚姻関係を結び摂関家内に楔《くさび》を打ち込むと同時に、摂関家を背負うことで、その権力を増強していた。法皇は、この平家との関係を断ち切ることによって、治天の君たろうと心がけている。以上、三か条を「是れ一つ」「是れ一つ」と畳みかけて問いつめる。そして最後に法皇自身が成親ら院側近の鹿谷《ししのたに》謀叛を承知「御許容」あったと追いつめる。重盛が生前、朝恩の重いことを自覚していた、それゆえに清盛自身も「七代までは」平家一門に保障されてしかるべきところと考えていた、(10)「七旬」の老齢のわが身を見捨てるのかと怒りをぶつける。その語りのスタイルが物語としての読みどころである。

　この清盛の畳みかける鋭い責めにたじろぐが「法印も、さるおそろしい人」で、鹿谷謀議の場に同座していた怖れを抱きながら、積年の平氏の忠節を認め、鹿谷陰謀許容説は、「謀臣の凶害」だと体をかわし、しかも治天の君の執政は、人臣には考えの及ばない「蒼々《そうそう》としてはかりがた」い「叡慮」によるもの、くれぐれも「人臣の礼」を心得てほしい、とにかくご意見は法皇に奏上すると言い捨てて辞去し、並み居る人々を驚かせた。清盛の主張を〈口説〉〈白声〉で

9　本書37頁の略系図を参照

10　本書44頁

大臣流罪

淡々と語り抜く物語である。帰参して静憲が語る清盛の主張に、さすがの法皇も「道理至極《しごく》して仰せ下さるる方も」なかったと言う。重ねて「同じき十六日」と畳みかける。清盛は関白基房以下、四十三人の官を解くとは、院をさしおいて執政の実権を掌握していた「大臣流罪」である。この語りの連鎖が物語なのだが、名誉職ながら太政大臣にも昇った師長《もろなが》の官を解き尾張へ流す。あの保元の乱に非業の死をとげた頼長の次男である。ところが、琵琶管絃を楽しむ風流の人、師長は「罪なくして配所に月を見」るのは、「心あるきはの人の願ふ事なれば」「事ともし給はず」と清盛の怒りを逸《そ》らすと語る語り手は冷静である。法皇と清盛の対立をもしたたかに相対化してしまう。

この清盛の決断の延長に、中納言の座をめぐる基通と、師家との対決、実は基房を支える法皇と、基通を推す清盛の対決があったことを示唆する。語り手は、この清盛の所行を天魔の所為と怖れる。法皇は非業の死をとげた讃岐院に、早良《さわら》親王の追号、崇道《すどう》にならって崇徳《すとく》と諡《おくりな》し、頼長に贈官・贈位を行い、怨霊の慰撫に努めた。

行隆之沙汰

一方、清盛は中山《なかやま》中納言顕時《あきとき》の息、行隆《ゆきたか》が不如意をかこっていたのを呼び出し、左少弁の官に復させた。この行隆の昇任にもかねて法皇の妨害があったことを清盛自身が語っているから、清盛の法皇への対抗意識は露骨である。行隆の父顕時は従二位権中納言で、その母は近江守高階重仲《たかしなしげなか》の娘であるし、行隆の弟盛方《もりかた》の母は平忠盛の娘である。この盛方の姉もしくは妹が平時忠の室、藤原領子《りょうし》(11)で、安徳天皇の乳母になる。重盛の母が、この高階家の出であった。複雑な宮廷社会を、筋道立てて巧みに動いた清盛である。

しかし「同じき廿日」清盛の命令により、院御所法住寺殿を包囲する。平治の乱を語る『平治物語』の冒頭近く、信頼・義朝の軍が機先を制して当時の院御所三条殿に焼き討ちをかけたことを想起し、怖れるのが法皇である。宗盛が院御所へ牛車を引き込み、乗車を促す。法皇は事が鹿谷謀叛に発するゆえに怖れ、院政をも断念すべきかと言うのを、さすがの宗盛も「世をしづめん程、鳥羽殿へ御幸なしまゐらせん」保護するのだと言いつくろう。清盛は、二年余前の鹿谷謀叛発覚当時に、人の中傷・讒言により朝敵の身にされるのを怖れ、法皇を「鳥羽の北殿」か、六波羅へ移そうとしていた。それを諫止した重盛も今は無い、いよいよ清盛の独断である。法皇は不安を隠しきれず、宗盛に同行を求めるが「父の禅門の気色《きしょく》に恐れをなして参」らない。法皇は改めて、生前、父を誡めた重盛の見識ある態度を思い知る。人物配置、それらの人々の対応を語るのが物語である。遷幸の牛車に同乗するのは、法皇の幼時、その乳母を勤めた紀伊の二位尼、亡き信西の北の方、朝子《ちょうし》であるとするのが語り本の物語である。とすれば静憲にとっては義母に当たる。こうした人間関係を知った上での物語の語りである。この後、静憲その人が清盛に願い出て鳥羽殿に法皇を見

法皇被流

11　本書50頁注4

舞うことになる。読み本の延慶本は別人「左衛門佐ト申シ女房」、が出家して尼になっていたとする。語り本の人脈の集約を見るべきであろう。この法皇の鳥羽遷幸を見送る「あやしのしづの男、賤女《しずのめ》」の同情、ここで、あの重盛の死後、十一月七日の大地震を、この法皇の災難の「前表」であったと思い知り、語りをしめくくる。

　鹿谷謀叛発覚の際に、法皇に清盛の動きを伝えた信成《のぶなり》が、ひそかに鳥羽へ参る。法皇は死を覚悟、思い詰めていた。さらにあの厳しい清盛の追及をはね返そうとして人々を感心させた静憲が西八条に参り、清盛の許しを得て院のもとへ参上する。法皇の読経の声が聞こえる。語りの視点は静憲にある。尼が法皇の心痛を語る。静憲は、奢る平氏の代がいつまでも続くはずがないこと、天照大神・正八幡宮が王権を見捨てるはずはなく、日吉《ひえ》山王《さんのう》七社も、法皇の法華経読誦の声に必ずや飛来し守護するだろうと慰める。とにかく物語を貫く王権論である。

　高倉天皇も心痛から病の床につきがちである。この高倉の父思いと比べ、亡き近衛の后多子《たし》を二代の后に立てるのに異を唱えた後白河に対し「天子に父母なし」と楯ついた二条天皇、この二条の崩御の間際に、その意向によって即位した六条が、やはり十三歳で夭折、後を継ぐ者のない、継体《けいたい》の帝ではなかったことを想起し、孝子、高倉の身を案じる。かなりの美化を施した高倉帝である。二条との対比に『平治物語』のかげが見える。その高倉が退位の意向を洩らす

城南之離宮

が、法皇は、王権の行方を案じて制止する。

王権のために正論を貫いて来た人々が死去、あるいは隠棲し、保元・平治の乱を超える末の世に、「げに心あらん程の人の跡をとどむべき世ともみえず」と語り手は語る。ついに天台座主覚快法親王が辞意を表明、かわって、あの清盛の支持を受けていた明雲が還任《げんにん》する。実は、覚快は、前年の、山門内部の学生と衆徒の対立抗争に手を焼いたのだが、物語はそれを語らず、もっぱら清盛の専断を前面に押し出す。しかし清盛も打つべき手を打ち、執政は高倉天皇のままにと言いおいて福原へ引き上げる。この清盛の意向を宗盛が高倉天皇に奏上するが、主上は「法皇のゆづりましましたる世ならばこそ」、「ただとう〳〵執柄《しっぺい》（摂政・関白）に言ひあはせて、宗盛ともかうはからへ」、関白基房と宗盛とで執政せよと投げ出すのである。院の完敗である。清盛が事実上の王であった。城南の離宮に幽閉される法皇、悲嘆の中に治承三年は暮れ、四年の年代わりを以て王権衰微の思いを込めて語り巻三を閉じる。巻の編成を見るべきである。

（参考）
山本ひろ子『異神』平凡社　一九九八年
五味文彦『西行と清盛』新潮社　二〇一一年
古瀬奈津子『摂関政治』（新書）岩波書店　二〇一一年
「平家権力の実態と後白河院との葛藤」『別冊太陽　平清盛』二〇一一年十一月

五　摂津源氏頼政の遺恨

高倉上皇の法皇への思い　巻三、治承二年（一一七八）十一月十二日、高倉天皇の皇子、言仁《ときひと》の誕生（安徳）により平家が栄花の頂点に立った。そして十二月八日、生後一か月にも満たない、その言仁を皇太子に立てていた。

厳島御幸

　治承四年正月、清盛と法皇の対立によって年始の朝儀は停滞するが、「入道相国のよろづ思ふさまなるがいたす所」で、清盛が高倉を退位させ、言仁を三歳にして践祚《せんそ》（皇位継承）させる。その儀式、神器移譲に携わる内侍《ないし》たちの思惑と対応、高倉の譲位を「ふるき人々」「心ある人」「時の人々」「有職の人々」が批判し嘆く。物語の語りである。ここで新上皇高倉が、異例の厳島への御幸を決意する。王権を護持する神々の序列をくずす上皇の行動は、表向きは平家への同心ながら、真意は清盛の心を和らげて法皇を鳥羽殿から救い出そうとする思いによると語るのが物語である。「厳島」は、祭神、市杵島姫《いちきしまひめ》が示すように神がいつく聖なる所による名であるが、清盛にとっては宋との交易の拠点であった。異例の御幸に、山門大衆が騒ぎ出す。数日待機、かねて支援してきた天台の座主明雲と気脈を通じる清盛が大衆を宥める。

以下、高倉上皇の近臣、村上源氏通親《みちちか》の『高倉院厳島御幸記』、十四世紀初め頃までに読み本系の『平家物語』の影響を受けたかと言われる改作[1]を踏まえて御幸を語りながら、物語の語りは、通親の原典とは違って、清盛を宥めようとする上皇の思いに立ち入る。道中、鳥羽に父法皇を見舞い父子の情をかわす。福原に上皇を迎え歓待した清盛は、宋船を使って厳島へ案内させたと言う。当時の王朝にあって、異文化に直接触れるのは想像を絶するふるまいであるのを、清盛の意向が決断させた。石清水・賀茂の社をさしおいた厳島への御幸を、厳島明神は喜び「御願成就疑ひなし」と見えたとは、法皇の復帰を示唆する。帰路には、これは明らかに清盛を意識して福原へ臨幸、頼盛らへ皇居提供の賞として除目を行い、鳥羽殿に父を再訪するのは避けて西八条の清盛邸へ入御《じゅぎょ》。この上皇の還御を待ち、新帝即位の儀が内裏でとり行われる。高倉が病弱であったために急がれたのだが、物語は上皇の清盛への対応を強調する。即位礼は大極殿で行うのが正儀であるが、安元三年（一一七七）四月、物語（巻一）[2]によれば日吉山王《ひえさんのう》の怒りによる大火で焼失、右大臣九条兼実の進言により、紫宸殿で行う。太政官の庁で行うべきだったとする「人々」の声があった。しかし即位儀礼に違乱のないことに笑みを浮かべる清盛夫妻、それに王権を維持するために皇子誕生に力を貸した法皇の思いもあった。法皇も摂関家をおさえるために、これに準じる清華家や諸大夫など権門勢家を登用、そこへ平家をも外戚に加え、

1　小川剛生「『高倉上皇厳島御幸記』をめぐって」『明月記研究』9　二〇〇四年十二月

還御

2　本書40頁

王権補弼の資格を与えた。みずからが王権維持に努めながら、複雑な執政構造を造り出す。そこへ「かやうにはなやかにめでたき事どもありしかども、世間は猶しづかならず」として源氏の動きを語り始めるのである。

王家内からの決起　後白河上皇の第三皇子、物語は第二皇子とするのだが、高倉宮以仁王《もちひとおう》がいた。第一皇子は守仁《もりひと》こと二条天皇で、以仁王はその弟、仁平《にんぺい》元年（一一五二）の生まれである。後白河が寵愛する建春門院滋子《じし》腹の憲仁《のりひと》（高倉

源氏揃

源氏略系図

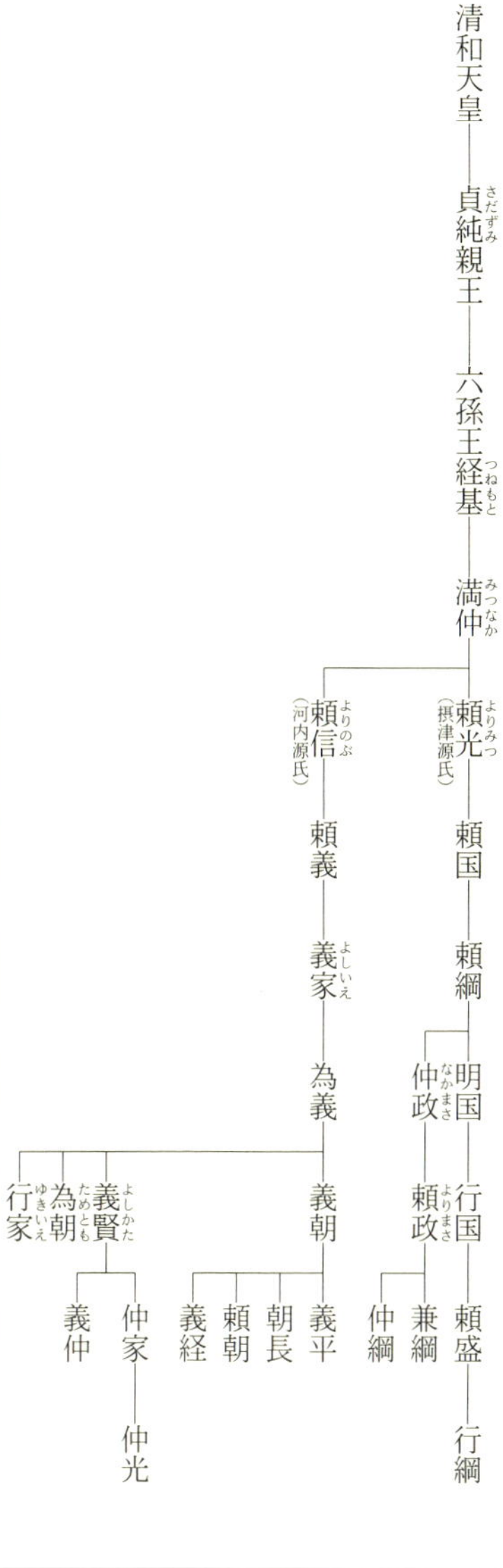

上皇）は第七皇子である。以仁王の母は大納言季成《すえなり》の娘、成子《せいし》であり、季成の父公実《きんざね》は、その娘が後白河の生母、待賢門院璋子《しょうし》である。才学すぐれた以仁王だが、憲仁の母、建春門院の「御そねみにて」、親王の宣下も得ず、正式に皇子として認定されないと言う。近衛・二条、二代の后になった藤原多子《たし》が隠棲していた近衛河原の大宮御所で十五歳でひそかに元服、しかも当時、三十歳になっていた。不遇ながら皇位継承の有資格者で、王家で、清盛の王権に対抗できるのは、この以仁王のみであったとも言われる。藤原氏、閑院流、清華《せいが》家格の徳大寺に支援され、皇統確立を図る八条院が猶子《ゆうし》としていた。物語では、この皇子に目をつけたのが、摂津源氏の頼政である。満仲《みつなか》の息で摂津に留まり、藤原道長の側近となって主を盛り立てた頼光《よりみつ》の四代目の子孫、『保元物語』によれば、保元の乱に鳥羽院が、内裏へ参るべき武士を記して、義朝を筆頭に、この頼政を三番目にあげていた。『愚管抄』五は、王の挙兵当時

頼政ハモトヨリ（前年七十六歳で）出家シタリケルガ近衛河原ノ家ヤキテ三井寺へ馳せ参ったと記す。時に七十七歳の高齢の頼政が、三条高倉の御所に宮を訪ねる。それを、王朝の秩序を乱すと見るのか、「おそろしけれ」と語るのが語り手である。この王が皇孫王権を継ぐ有資格者である、にもかかわらず平氏に妨げられ不遇の御身、「平家をほろぼし」、法皇を鳥羽殿から救い出し、みずからも法皇の意によって即位するのが「御孝行」であると挙兵を促し、馳

せ参るはずの諸国の源氏を並べ立てる。在京の美濃源氏以下、陸奥にまで全国規模で名を並べ立てる。いずれも清和源氏の中の武門、満仲の子孫である。琵琶法師は、これを勢揃え語りの定型として勇壮な曲節〔拾《ひろい》〕で語る。

『平家物語』で活躍する源氏は、その中の頼光の弟頼信系、河内源氏が主流である。平治の乱後、源氏の、平家に対する報復意識が燃え立っていた。王はいったんためらうが、当時「相《そう》少納言」人相見を以て知られる少納言維長《これなが》が、王こそ「位に即かせ給べき相《そう》ましますす」と促したものだから、王は、「天照大神の御守《おんまもり》やらんとひし〳〵とおぼしめし」立つ。ちなみに皇祖神を天照大神とするのは、直接、『日本書紀』ではなく、伝承化を進めた「中世日本紀」によるのだろう。この決起は、事実は、王自身の行動らしいが、頼政を押し出すのが物語である。王の動きに対して後白河が「予防拘束として」王を流罪に処そうとしたと言う。[3]「平家」は、王の物語と言うよりも頼政の物語として読む。熊野に住む十郎義盛《よしもり》が行家《ゆきいえ》と改名、令旨《りょうじ》の伝達者に立つ。保元の乱に崇徳側に味方して敗れ、清盛に図られて長男義朝の手にかかり斬られた為義の十男である。頼朝を前面に立て、その行動開始を正当化する読み本は、宮の令旨を掲載するが、覚一本など語り本は、それを採らず、宮の悲劇を語ることを先行させる。行家は、まず身近な近江から美濃・尾張を手始めに、五月十日には伊豆の頼朝へ、さらに行家の兄、信太義教《しだよしのり》、東山道、甥の義仲へと伝える。これを頼

3　『愚管抄』五に「諸道ノ事沙汰アリテ王位ニ御心カケタリト人思ヒタリキ」と見える。二条の亡き後、六条・、憲仁（高倉）・以仁王が鼎立する状況にあり、後白河と清盛が謀って憲仁を即位させた経過があると言う。河内祥輔『天皇と中世の武家』講談社　二〇一一年

朝の色を濃くする読み本では、まず頼朝へ令旨を下し、頼朝が諸国の源氏に触れをまわすことになる。鎌倉幕府の公的な編年史の色濃い『吾妻鏡』が、同年四月九日、頼政に促されて令旨をまず頼朝に下されたことを以て始めるのは、この読み本と無縁ではあるまい。王の令旨を頼朝の天下平定の契機とするのである。『平家物語』の語り本は、頼朝をも令旨伝達対象の一人とし、この以仁王の決起が時代を拓くと語る。

鼬之沙汰

「さるほどに」と話題を、二年にわたり鳥羽離宮に幽閉されて来た法皇へ移す。この前の治承四年四月、以仁王の令旨下し、五月十日、頼朝への下達を受ける。場面は法皇が住む鳥羽離宮である。五月十二日、院御所に鼬《いたち》が走り騒ぐ怪異があり、物語は怪異を新しい事態の予兆と語る。民俗では鼬の出現を、吉兆いずれかの事件が起きると怖れた。陰陽頭《おんみょうのかみ》安倍泰親《あべのやすちか》が「いま三日がうち御悦び、ならびに御なげき」と占う。果たせるかな、宗盛が父を説得し、その翌「十三日」法皇を鳥羽殿から八条烏丸美福門院《びふくもんいん》の御所へ移す。美福門院は、亡き鳥羽の皇后、得子《とくし》である。崇徳退位の後、摂関家の忠通・頼長兄弟不和の中、近衛帝が十七歳で死去、鳥羽上皇・美福門院が関白忠通と図り、中継ぎとして二十九歳の後白河を即位させたのだった。その女院の御所へ法皇を移した。「三日がうちの御悦び」であったのだが、そこへ以仁王の謀叛を知らせる「御なげき」が発生する。宗盛が福原の父清盛へ通報、清盛はただちに上洛して、王の確保を指示する。命じられたのが、頼政の養子兼綱《かねつな》であったのは、王の謀叛が頼政の発意によることを宗盛も清盛も知らなかったと物語は語るのである。

大内《おおうち》（内裏）守護を勤め、歌人としても知られる兵庫頭仲政《なかまさ》、その子息が頼政である。武人として著名な頼光系、摂津源氏で、元々、王朝守護を勤める官人としての京侍《きょうざむらい》である。物語は、そのわけに立ち入らないのだが、平治の乱で去就に迷うところを、河内源氏義朝の長男、気性の激しい悪源太義平《よしひら》に罵倒されて一門と袂を分かち、平家に意を通じていた頼政に、清盛は意表を衝かれた。頼政の指示により以仁王は三井寺へ移る。後白河院の北面の武士である長谷部為連《はせべためつら》の子息信連《のぶつら》が王を女房姿に装わせ案内する。壬申《じんしん》の乱に大友皇子《おおとものみこ》を避けた大海人皇子《おおあまのみこ》こと天武天皇の先例にならう。平治の乱にも、いったん信頼の手に落ちていた二条天皇が乳母子惟方《これかた》に導かれ女装して脱出したのだった。先行の話型が生かされている。この間、語りの視点は宮と信連の間を敏捷に動く。深夜、「子《ね》の刻」源兼綱らが率いる三百余騎が宮の御所へ攻め寄せる。

京侍のいくさ　寄せ手の宗盛に従う源兼綱《かねつな》は、かねて父頼政とも示し合わせ後方に控える。それと気づかぬ迂闊な宗盛である。勝手を知り迎え討つ、宮の侍、

信連

信連《のぶつら》は、検非違使別当宣（命令）を承ったと名のる寄せ手を、宮に向かって非礼と叱責し、烈しく戦い、股を斬られ生け捕られ六波羅へ連行される。直喩の

修辞と擬態語、それに直接話法の積み重ねを、素語りの〔白声〕と、それに近い〔口説〕で語り抜く。信連は宗盛の詰問に臆することもなく、これを平氏の侍も「一人当千のつはもの」とほめる。信連の行動は保元の乱に、王権の行方いかんを無視して朝敵側にまわった為朝らの行動に通じる。さすがの清盛も感じるところがあって処刑を控え、伯耆の日野《ひの》へ流した。『平家物語』は京侍と坂東武士の違いを語り分けるのだが、ここでは、後日、天下を平定した頼朝がこの信連を称賛し、能登国に領地を与えたと先取りして語り結ぶ。事実『吾妻鏡』も、この信連を後日、信連法師として記録している[4]。王が三井寺を頼ったのは、山門が座主明雲を介して平家と結んでいた事を知る頼政の指示によるとするのが物語である。「明くれば十六日」、宮失踪の噂を耳にした法皇は、泰親の占いに三日のうちの嘆きとあったことを思い出す。

競

愚昧な宗盛に対する頼政の遺恨　ここで頼政が平家に対し謀叛を起こしたわけを回想する。もともと平治の乱で身の去就に迷うところへ河内源氏、義朝の息、義平に日和見するかと悪態を吐《っ》かれながら、頼政は熟慮して平家方へ廻ったのだった。平治の乱に、頼政は二条天皇美福門院派だった。結果は生き残り、乱後、河内源氏の一門が衰退して、肩身の狭い思いに駆られ、奢る平家に対する怒り、そこへ嫡子仲綱が重宝する名馬をめぐって奢る宗盛に愚弄される。思い

4　文治二年四月四日の条に、この当時を回想して記す。

上がった宗盛の振る舞いが頼政を決意させたと語るのである。宗盛の愚かさを笑う人々は、宗盛を生前の重盛と比較し回想する。歌人として貴族に加わりながら武人であった頼政は、私事では事を起こせない、そこで王に道理を尽くして謀叛を勧めたと言うのである。事実は宮の発意であったのだが。

「同じき十六日」の夜、ついに頼政以下三百余騎が、邸に火をかけて三井寺へ馳せ参る。前の信連同様、京侍、嵯峨源氏、渡辺党の侍である競《きおう》が宗盛を欺き、宗盛が秘蔵する名馬、南鐐《なんりょう》を乞い受け、油断させておいて三井寺の頼政らのもとへ馳せ参り、宗盛からまきあげた南鐐を仲綱に進呈する。喜ぶ仲綱が意趣晴らしに馬の尾髪を切り「昔は南鐐、今は平家の宗盛入道」と金焼き（焼印）までして六波羅の屋敷内に追い込むのを宗盛が地団駄踏んで悔しがる。物語の枠組みをなす王権の行方もさることながら、一歩遅れをとる畿内武士としての源氏の、平家に対する笑いに満ちたいくさ物語である。

山門牒状

物語の牒状　三井寺と延暦寺・興福寺　頼政の指示により王が保護を求めた三井寺、その寺の大衆が同じ天台宗の本山筋に当たる山門に協力を要請する。伝教大師が中国からもたらした天台宗が、慈覚《じかく》大師円仁《えんにん》の山門《さんもん》派と、智証《ちしょう》大師円珍《えんちん》の寺門《じもん》派に分裂、対立していた。そこへ協力の要請が来る。山門は、本山と末寺との差を無視する僭越な要請だと怒り返牒を送らない。実は清盛に推されて座主の座に就いていた明雲が急ぎ大衆を制止、清盛も大衆に、そつなく近江米と北国織りの絹を贈って手なずけていた。それを大衆が奪い合うという醜態を演じ、さすが大衆の中に落首を以て自嘲する者があった。山門が内部分裂、一部、寺門との協力を考える動きもあったと語る。

南都牒状

三井寺は、藤原氏の氏寺、興福寺へも協力を要請し牒状を送った。悪逆無道の清盛が王法を守る仏法を危うくする。保護を求めて来た以仁王を、清盛は院宣と号して、差し出すよう求めて来たが、王法を守る寺として応じられない。それに清盛が「大臣流罪」、藤原氏の氏の長者関白基房を流罪に処すとは、興福寺に対する侮辱だと唆し、協力を要請する。この興福寺への牒状は、山門に寄せた高飛車な牒状とは、その主張の姿勢が異なる。これに応える興福寺の返牒も意を尽くし、宗派を別にし、（政治には関与せず学理の追究に努める南都と違って）政治に関与してゆく三井寺ながら、源はともに釈迦如来の教えに発する。平家一門の栄花、特に平治の乱の功績により、清盛とその子女が栄花をきわめて全国を掌握、あげくは法皇の身を移し、大臣を流罪する暴挙に出た。王法を守る寺として、平家の罪を追及しようとしたが、冥界《みょうかい》の神意がわからず、しかも清盛が以仁王攻めの暴挙を主上の仰せによるとするため躊躇した。しかし反平家の兵を挙げた以仁王を八幡・春日大明神が、その加護を三井寺に託された、その神意は明らかで、協力を要請して来たのは、わが意を得たところである。宮を守り、派兵を待ってほしいと応える。平家琵琶としては〔読み物〕、この種の文書を勇壮に語る句である。その曲節は合戦を語る〔拾《ひろい》〕に似ている。主張する内容は、これまで物語が語って来たところを仏法・王法の観点からたどって清盛ら平家を批判するもので、牒状そのものが、物語を要約した再話になっている。外からの史料の引用ではない、物語としての牒状である。しかも牒状の書き手を、巻七、義仲が書記役として使う覚明《かくめい》、元、南都に仕えた最乗房信救《さいじょうぼうしんきゅう》だと明かし、この牒状の始めに「清盛入道は平氏の糟糠《そうこう》・武家の塵芥《ちんがい》」と評したのが、清盛の怒りに触れ、後日、巻七「願書」で、南都を離脱、義仲に仕えることになったと回想して語ることになる。(5)

　三井寺の大衆は、興福寺の動きを待たずに決起、ひとり平家の力を知る三井寺の一如房真海《いちにょぼうしんかい》が慎重論を唱えるのを、円満院源覚《えんまんいんげんかく》が、ただちに決起をと主張し、源頼政以下老僧を搦め手とし、仲綱ら若者たちを大手《おおて》として六波羅へ向けるが、これまで宮を守り支えて来た陣地の撤去に時を過ごし、仲政は夜討ちを不利と断念、夜も明け、仲綱は搦め手を呼び返す。おさまらない若大衆が、無用の永《なが》僉議の張本人、真海を攻める。平家の動きをめぐって寺門内も分裂し、老僧真海が六波羅へ参って事を訴えるが、「六波羅には軍兵数万騎あつまって、さわぐ事もな」く、事の重大さに気づかない。

5　本書135頁

永僉議

大衆揃

宇治川橋合戦　京侍と東武士のいくさ　「同じき廿三日の暁」とは、興福寺大衆返牒の日付、治承四年（一一八〇）「五月廿一日」を受け、公的な記録のスタイルを保つ。以仁王は山門の協力を得られず、興福寺の大衆を頼って南都へ向かう。頼政の指示により、老僧を寺に留め、若大衆、悪僧が同行する。老僧慶《けい》秀《しゅう》が、平治の乱に源義朝方に従い討死をとげた山内俊通《やまのうちとしみち》の子息で、遺児として養育して来た刑部房俊秀《ぎょうぶぼうしゅんしゅう》を具して進み出、わが身のかわりに供奉させよとさし出し、王を感動させる。王は宇治川に到着、疲労のためしばらく休息をとる。寄せ手に備え、あらかじめ長さ「三間」にわたり橋板をはずした。当時、宇治橋は長さ八十三間であった。

橋合戦

大将軍知盛の率いる寄せ手「二万八千余騎」が到着し、両軍、三度鬨《とき》の声をあげる。迎え撃つ宮方の源氏軍は「一千人」の小勢で、数の対比には誇張があるにしても、勢いづく寄せ手である。橋板の引かれていることに気づいた先陣が制止するのを後陣は聞きつけず、功を逸り「われ先にと進む」ため、先陣は押されて二百余騎が河に落ち流される。寄せ手を迎え討つ三井寺の悪僧、大矢《おおや》の俊長《しゅんちょう》・但馬《たじま》、渡辺党武者の強弓《つよゆみ》にたじろぐ。迎え撃つ王の軍の総大将頼政は「其の日を最後とや思はれけむ」甲《かぶと》を着ず、嫡子仲綱も強弓を引くために甲を着ない。橋板が外され、むき出しの橋桁を渡る悪僧（荒々しい僧）、但馬・明秀《めいしゅう》・一来《いちらい》法師の曲芸的ないくさを「かたきもみかたも見物する」と、俯瞰的な第三者の全知視点を失わず、見る人々の思いを重ねて語る。明秀が平等院の門にとって返し、六十三箇所の傷に灸治し、念仏を唱えながら奈良へと落ちてゆく。悪僧の動きを契機に大衆と渡辺党が「われも〳〵と」橋桁を渡り、橋合戦を演じるのを、視覚的でリズミカルな文体で語る。平家琵琶としては、勇壮な〔強声《こうのこえ》〕をも挟み込み〔拾《ひろい》〕、それに素語りの〔白声〕や、朗誦型の〔口説《くどき》〕をおりまぜながら、物語の内容にふさわしく、笑いをも交えて、すみやかに語り抜く。

宮御最期

寄せ手、平家の侍大将上総守忠清《ただきよ》は、伊勢の藤原氏である。南都へ向かう高倉以仁王の退路を断つため、南方への迂回を提案、そこへ坂東武者、足利《あしかが》又太郎忠綱《ただつな》が坂東武士の面子にかけ、馬筏《うまいかだ》を組んで三百余騎、一騎も流さず、対岸へ渡して名のる。その先祖は藤原秀郷《ひでさと》が罪をえて坂東へ流されたが赦されて下野国に土着、やがて起きた将門《まさかど》の乱を、京から派遣された平貞盛《さだもり》と協力して鎮定し、その功績により従四位下下野守に叙せられたのだった。これも藤原氏から生まれた武士である。忠綱は、その子孫で十七歳の若さ、「かやうに無官・無位なる」坂東武者が王に向かって弓を引くことを「天のおそれすくなからず候へども」と名のるわけである。

忠綱の動きを契機に大将軍知盛が全軍渡河を下知し、その二万八千余騎の大軍の渡河するのを俯瞰して語る。後日、巻九[6]、頼朝の指示により木曾義仲を攻

6　本書184頁

める義経軍の配下、佐々木と梶原が先陣を争うところで、義経配下の、これは桓武平氏の畠山重忠《しげただ》が、この治承四年（一一八〇）当時の足利の渡河を回想して語ることになる。物語内の引用である。速い川の流れが、人と馬に堰《せ》かれて滞り、膝から下を濡らさぬ者が多かったとは、誇張に満ちた明るいいくさ物語である。伊賀・伊勢両国の平家の「官兵」六百余騎が「馬筏（を）おしやぶられ」流される。鎧の浮き沈みするのが、山風に三室山《みむろやま》から竜田川《たつたがわ》へ流される紅葉のようだったと、歌枕を想起するにふさわしい、最高音域の優美な〔三重《さんじゅう》〕は、そのとりあわせがおかしく狂言めいたはずである。迎え撃つ源氏の仲綱は、伊勢武者三人が網代《あじろ》にかかるのを、竜田河の網代にかかる紅葉のようだったと落首さながらに詠み、この三人を伊勢国の古つわもの、日野十郎が助けあげたことまで語る。同じ宮を追う軍ながら利根川渡河を経験した坂東武者と、知盛が率いる京侍の違いを笑いの中に語り分けている。

頼政自刃　語りを摂津源氏へと転じる。七十歳に余る高齢の頼政が左の膝に矢を受け、これまでと平等院へ退く。かばう次男兼綱が負傷、追う平氏の侍大将上総忠清の下部、十四、五騎が落ち重なって組み敷き、これに討たれ、続いて仲綱が自害。京武者為義の子息で、坂東に住んだ義賢《よしかた》の子息仲家と、その子息仲光も討たれる。仲家は義賢の嫡子で、父が一門の義平に討たれた後、頼政の養子になっていたと語るのは、『平治物語』からのつながりを示す。この仲家の弟が、やがて登場する木曾義仲である。物語では、平治の乱で去就に迷う頼政を義平が揶揄したのが頼政をして義朝から離反させたのだった。頼政は「高《こう》声《しょう》に十念」念仏を唱え、不遇におわる外ないわが身を遺詠

埋《うも》れ木の花咲くこともなかりしに身《実》のなるはてぞ悲しかりける

に託し、太刀の先を腹に突き立て果てる。頼光に仕えた四天王の一、綱《つな》を祖とする渡辺党の唱《となう》が、頼政の指示に従い、論功行賞のための首実検に曝されるのを避け、その首を敵の手に渡すまいと川の深みに沈める。あの馬のやりとりをめぐって宗盛を愚弄した、同じ嵯峨源氏渡辺競も、生け捕りにしようとする敵の手を巧みにすり抜けて戦い、「大事の手」を負って自害、前哨戦で夜襲を主張した三井寺の悪僧、源覚は川へ飛び入り「水の底をくぐッて」対岸に渡り、これまでは来れまいと平氏に向かって叫び三井寺へ帰る。政治を抜きに行動に徹し、高倉宮に殉じる三井寺の悪僧や摂津源氏や渡辺党の京侍の潔い死を語って宇治川での「橋合戦」を閉じる。負けいくさながら明るいいくさ物語である。

宮の最期と人々の思い　坂東に住む、これも藤原氏の「ふるつはもの」飛騨守景家《かげいえ》が王を追う。上総守忠清《ただきよ》の弟である。光明山寺《こうみょうさんじ》で追いつき、「雨の降るやうに」矢を射る。王はその一本を横腹に受けて落馬、首をとられる。王を見捨

てる乳母子、五位クラスどまりの藤原宗信《むねのぶ》が後日、人々の憎しみをかうことになったと先取りして語る。王に殉じた悪僧や摂津源氏の武者とは違った王朝人の生きざまで、南都の大衆が間に合わなかった王の不運を「うたてけれ」と嘆き物語を閉じる。

若宮出家

王の首実検に、呼び出される女房の悲嘆。王には叔母にあたる、女帝にとの噂もあった八条女院暲子《しょうし》に仕える三位局《さんみのつぼね》腹の若皇子を、頼盛が受け取りに来るが、女院みずからが拒む。その皇子に仕えた、日頃親しくする女房、宰相殿（宰相局）にも嫌われ困惑する。若君みずからが名のり出て六波羅へ送られ、宗盛が清盛に願い出て出家を条件に若宮は赦される。後日、東寺「一の長者」になる僧正道尊《どうそん》であることを先取りして語る。いくさ物語における「女人」の物語である。

通乗之沙汰

宮には、義仲がかくまう木曾の宮、又の名、野依《のより》の宮もあったことを語る。義仲が、これを即位に推そうとしたらしいが、[7] 物語は単純化を図って、その語りを避けた。以仁王の死を惜しみ、それを源茂仁《みなもとしげひと》と改めて処理したことを「あさましき」と結ぶ。平家の介入による王家内の悲劇である。この王を始め、人々の行方を語る語り手の思いは複雑である。

7　『玉葉』寿永二年八月十八・廿日の条。

捨て石になった頼政　以仁王の決起は挫折におわった。王の発した令旨が諸国

鵼

の源氏、特に伊豆の流人、頼朝を挙兵へと促すことを強調する。頼政の意味は重いが、頼朝ら源氏再興の捨て石になった、その頼政の生前を回想する。頼政の家系から語り起こし、保元の乱に後白河側につき、平治の乱には河内源氏の義朝ら「親類をすてて」王権を支持する清盛の側についた。しかし恩賞は期待はずれで、奥州征伐により東国に拠点を築いた河内源氏とは違って、内裏守護の侍でありながら、内の昇殿を許されず地下《じげ》人の地位に甘んじた。その述懐歌により、正五位下にして内の昇殿を許されるが、時に六十三歳の高齢であった。九条兼実《かねざね》の百首歌会にも参加する歌人で、承安《じょうあん》元年（一一七一）正四位下に叙せられるが、公卿に列することが叶わず嘆く歌を詠み、その歌才により、従三位に登った。すでに七十五歳だったと物語は語る。事実は、王権の側につきながら報われなかった頼政を、見かねた平清盛の推挙によるが、物語は不遇の中、歌人としての才能のゆえに到達したと語るのであった。

「一期《いちご》の高名と覚えしことは」と生前の頼政を回想する。鳥羽上皇と美福門院得子の間に生まれ、崇徳天皇とのかけひきにより三歳にして即位した近衛天皇の代、当時、摂関家の藤原忠通《ただみち》・頼長《よりなが》兄弟の養女が相次いで入内立后し、兄弟の抗争激化を見るうち、近衛が十七歳で若死、王家・摂関家ともに内部抗争のあげく保元の乱を見ることになったのだが、その近衛が十余歳、「仁平《にんぺい》の頃」、「東《とう》三条の森の方より」立ち来る黒雲におびえる鵺（鵼）のしわざである。摂関家の邸宅、東三条殿があり、氏《うじ》の長者の所有になっていた。ところが『保元物語』は、あの保元の乱の当事者頼長が、この東三条に僧を籠め、内裏を呪詛するとの噂が立つ、事実、三井寺法師勝尊《しょうそん》が呪法を行っていたと言う。その呪いの対象は後白河である。行動の主は頼長だが、その背後に崇徳の怨念があったと見て誤りあるまい。事実、鳥羽院崩御の翌日、この東三条で、新院、崇徳の兵が集まり謀叛を図っていたとも言う。

『平家物語』での鵺退治は、近衛在位中の話として設定されているのだが、『保元物語』の読みから、相手が近衛とあっては、その鵺に崇徳の怨念や頼長のかげが透けて見える。(8) 公卿僉議の結果、頼政が警固の任に指名される。不遇をかこつ頼政は「違勅の者を滅ぼす」任務にある者が「目にも見えぬ変化《へんげ》の物つかまつれ」とは不本意である。しかし勅命とあれば拒めずと、郎等を具して待機する。射損じた場合、その任の名指しをした村上源氏の左少弁雅頼《まさより》を射殺しようとしていた。「御悩の刻限に」現れた黒雲に向け八幡大菩薩を念じて射落とす。松明《たいまつ》をともして見れば、「かしらは猿、むくろは狸、尾はくちなは、手足は虎の姿」「啼く声は」鵺と語るのである。前の『保元物語』を背後に考えれば、この怪獣は極楽にあって妙声を以て法を説くという迦陵頻伽《かりょうびんが》の逆をゆく。その退治の功を賞して、「其の時左大臣殿」、これまた保元の乱に当事者の頼長が、おりしも、郭公《ほととぎす》の鳴き声を聴いて、片歌を詠み、頼政がそれに付け

8 「座談会「鵺」をめぐって」『観世』一九八六年三月に阪倉篤義の発言が見える。山下『『鵺』を読む」『能』(能楽資料館)二〇一〇年四月『観世』八月・九月

歌として連歌を詠み、並み居る君臣を感嘆させたと言う。郭公は民俗で、死の世界と現世を往来する、死者の国の鳥だとも言うから、やはり暗い。

物語は重ねて二条天皇の応保《おうほう》の頃、今度は「鵺といふ化鳥《けちょう》」が宮中に啼いて主上を悩ます。二条天皇は、後白河天皇の第一皇子守仁《もりひと》で、美福門院に養育され、十三歳で立太子、十六歳で即位するが、平治の乱に巻き込まれ、摂関家との関与から、父、後白河とも不和となり、永万《えいまん》元年（一一六五）皇太子順仁《のぶひと》（六条）に譲位、二十三歳で崩御した。頼政は、その鵺退治にも召されて射止めた。この時にも連歌の付け歌により、重ねて歌人としての才能を発揮した。

宮中の守護に当たる京侍にふさわしく王家内で軋轢のあった近衛・二条に関与し、伊豆国を賜り三位に昇ったのだった。子息仲綱も受領に補任されながら、この度「よしなき謀叛」を起こし、「宮をも失ひ」「我が身も」滅ぼしたことを「うたてけれ」と結ぶのは物語を聴く人々の思いでもあろう。近衛院の時に退治した鵺、「変化《へんげ》の物をば、うつほ舟にいれて流され」たと結ぶのだが、かねて修羅能『頼政』を作っていた世阿弥が、晩年、重ねて『鵺』を作曲したことをめぐって、松岡心平が当時の王権に芸能を以て奉仕する芸人みずからを鵺に重ねて見る。(9) 平家琵琶が芸能であった。世阿弥が修羅能『頼政』を作っておきながら、重ねて鬼能『鵺』を作った。物語の構成としては挿話ながら、王権の行方をからめ、主役、頼政が微妙な位置に立たされることを語る物語である。

9　松岡心平『能―中世からの響き―』角川書店　一九九八年

三井寺炎上、平家の行方　三井寺は、延暦寺に対する面子もあって、平清盛に一矢を報いようと王をかくまった。南都の興福寺がこれに同調。王権を支えるべき権門寺院が政治的に対立する。物語は治承四年（一一八〇）十二月に決行される三井寺攻めを早めて、以仁王・頼政を討伐した直後の「五月廿七日」とし、清盛は、その五男の重衡を大将軍に、異母弟の忠度を副将軍として一万余騎を派遣して攻めさせる。(10)

この園城寺は、壬申《じんしん》の乱に勝ち残った大海人皇子《おおあまのみこ》が王朝の体制を確立し、中国に対して日本国家の威厳をも固めることに努めた天武天皇に献じ御願寺としたとあれば、王権にとって重要な寺で、その智証大師が天智・天武・持統天皇三代の産湯《うぶゆ》を井戸から汲んだことから三井寺とも称したと『古今著聞集』巻二に記す。天台座主の座、さらに戒壇の建立をめぐって山門と対立したことは、巻三の「御産」(11)の祈祷をめぐって引用した頼豪《らいごう》干死の話が示唆していた。平家が寺を焼滅、それにともなう長吏円慶法親王の天王寺別当をとどめ、僧綱十三人の解官から、あの橋合戦に武名を挙げた浄妙房明秀ら三十人の悪僧の流罪まで語り、それを「平家の世末になりぬる先表やらん」と以仁王の乱を語り結ぶ。

平家は重盛が危惧していた朝敵としての歩みを早める。その不安は、すでに巻第二、「山門滅亡」と「善光寺炎上」にも語っていた。(12) 王法を護持する仏法、その仏法の滅亡は王法の滅亡、平家の運の末になったと示唆すると総括し、王

三井寺炎上

10　この日、園城寺の方向に「焼亡」はあったが、平家が攻めた炎上ではなかった。

11　本書52頁

12　本書46・47頁

挙兵の終焉を以て巻四を閉じる。同じく宮を支持した南都に対しては、これを半年後の福原遷都妨害に対する清盛の報復として巻五の末、「奈良炎上」に語ることになる。(13)物語としての構成で、この宮の発した令旨が効を発揮することになるのである。

13　本書104頁

（参考）

赤坂憲雄『異人論序説』（文庫）筑摩書房　一九九二年
三谷邦明『源氏物語躾糸』有精堂　一九九一年
山本ひろ子『異神』平凡社　一九九八年
元木泰雄『平清盛の闘い』角川書店　二〇〇一年
上横手雅敬『源平争乱と平家物語』角川書店　二〇〇一年
兵藤裕己『琵琶法師』（新書）岩波書店　二〇〇九年
元木泰雄『河内源氏』（新書）中央公論社　二〇一一年

六　「盛者」清盛に「冥衆」の審判

都遷

三井寺攻めから福原遷都へ　語りが速くなる。以仁王の挙兵に協力した三井寺を平家が攻め、寺は炎上、寺の長吏（管長）以下僧綱《そうごう》の解任を「平家の世末になりぬる先表《せんびょう》」と批判の声を以て巻四を閉じた物語が、「ひしめき」あう京の動きで巻五を起こす。「治承四年（一一八〇）六月三日」福原へ行幸の宣下《せんげ》、しかも「都遷りあるべし」と京中、上下の騒ぎである。この半年後に強行されるはずの三井寺攻めを前倒しして早々と巻四の末尾に語っていたのだった。それを受ける語りの「連鎖」により、清盛の権門寺院に対する怒りと決断を語る。対する法皇の反発も強くなる。「この日頃」遷都計画の噂はあったものの、五月二十七日の三井寺攻めを語った直後、六月三日の行幸宣下である。「いま一日ひきあげて」二日の早朝、旅発ち恒例の「卯刻《うのこく》に」（朝六時ころ）行幸の御輿を寄せる。「今年三歳」の幼帝が、「なに心もなう召されけり」。幼帝には母が同輿すべきところを乳母、帥典侍《そつのすけ》が代行する。それを「平大納言時忠卿の北の方」だとことわり、平関白を前面に押し出す。幼帝の母、中宮徳子、法皇・上皇、それに摂政基通を始め、太政大臣以下、公卿・殿上人が「我も〳〵と供奉《ぐぶ》せらる」。清盛により追放された基房《もとふさ》に代わり、幼帝を扶けるために立てられた摂政が基通《もとみち》である。覚一本は、当時、空席のはずの太政大臣まで登場させる。事実を越え、清盛の威を語る語りの型が先行する。ちなみに太政大臣は、天子の師範役として「国を治め道を論じ」る、「其の人にあらずは則《すなわち》闕《か》けよ」（巻一「鱸」）と言われながら、別格の名誉職で、当時は空席であった。

　福原行幸に「我れも〳〵と」急ぐ、権門貴族の、清盛に寄せる怖れや追従を語る。この都遷があわただしかった事は『方丈記』にも、「にはかに都うつりはべりし。いと思ひの外なりし事なり」と言っているし、二日の条に兼実も同じ思いを『玉葉』に記している(1)。翌三日、行幸は福原に到着、池の中納言頼盛の邸を皇居として提供した。新帝誕生の場が頼盛の「六波羅池殿」と語ったことと照応するだろう。池殿は元は、重盛の所有になっていた泉殿《いずみどの》だった。さっそく「家の賞」として頼盛を正二位に昇進、当年四十七歳であった。その結果、右大臣兼実の子息、従二位右大将良通《よしみち》との序列逆転を見たと語る。ちなみに良通は十四歳であった。王権を維持し、王と臣下の中間層として位置を占める摂関家の現実で、その家格を無視する清盛の専断である。しかも同行した法皇を、四面板囲い、「口一つあけたる」「三間の板屋」に押し籠めた、それを口さがない下郎どもが「牢の御所」と称したとの声を語る。兼実の記録では、幼帝は頼盛邸に、上皇は教盛邸に入ったとある。それを物語は、清盛の法皇に対する怒

1 「入道相国福原の別業に行幸、法皇・上皇同じく以て渡御、城外之行宮、往古其例有りと雖も延暦以後、都《すべ》て此儀無し、誠に希代の勝事《しょうじ》と言ふべき歟」と記す。一日・七日の条に「遷都」の語も見える。

りから「牢の御所」に移したと語るのである。

遷都を平家の暴挙として語るために、神話が語る神武天皇以来、四十度に及ぶ遷都の先例、王権の継承を百科辞書的(2)に語り、「帝王三十二代、星霜は三百八十余歳」に及んだ平安の都の放棄であると結ぶ。平家にとっては祖先の桓武天皇が、中国思想に基づき「四神相応《しじんそうおう》」の地とし、みだりに遷都させまいと「平安城と名づけて、たひらかにやすきみやことかけり。もつとも平家のあがむべき都」として造った。天皇すら行えない、その遷都を、「人臣の身として」、まさしく桓武天皇の子孫である「盛んなる者」清盛が強行した。『平治物語』、待賢門の合戦で重盛が「今、年号も平治、みやこも平安城なり。我等も平氏也、三事相応《さんじそうおう》とて」勝利は確実と軍を指揮し、鼓舞したのだった。その平安京が荒廃してゆく様を、物語は『方丈記』を踏まえて嘆き、二首の落首(3)を加えて掲げる。もとより物語が事態を受けとめる世の声として詠む落首である。

新旧両都での月見　「同じき六月九日」とは、公的な記録の姿勢を保つ。新都造営の事業を始めるが、土地が狭く、西の播磨印南野《いなみの》か、東の摂津昆陽野《こやの》に代替地を考える。もっとも当時の旧都も機能したのは左京のみだったのだが。厳島の内侍《ないし》(4)までもが、神託と称して昆陽野を選んだことを兼実が十七日の条に記録している。あの高倉上皇厳島御幸を物語として書いた村上源氏通親が、事

2　『太平記』の人名索引を作成した大隅和雄が、文化史としてその人名の分布に用いた語である。

3　「ももとせを四かへりまでにすぎきにし乙城《おたぎ》のさとのあれやはてなん」と「咲きいづる花の都をふりすてて風ふく原のすゑぞあやうき」の二首。

月見

4　神に仕える巫女

始めの上卿《しょうけい》、奉行を勤める。通親は中国長安京の例を引いて、五条もあれば十分、とりあえず里内裏を建てようと提案、造営の事業には、大福長者と見られて来た藤原邦綱《くにつな》が当てられ、臨時の費用に充てるために周防《すおう》国まで賜るが、「いかが国の費え、民の煩ひなかるべき」と、語り手は国や民の立場から、その出費を批判する。新帝（安徳）は即位後、まだ[5]大嘗会《だいじょうえ》も行っていない。史学では、法制史的に遷都と見るまでには整っていないと言うのだが、この乱世に遷都や内裏造営など大事業はふさわしくないと和漢の故事を引いて批判、王権の存続をめぐって警世の論が噴き出す。人々の関心はもっぱら新都の造営であり、「古き都はあれゆけば、いまの都は繁昌す」。

秋もなかば、人々は「名所の月を見んとて」能のモチーフ「名所教え[6]」さながら、光源氏ゆかりの須磨・明石以下、いずれも歌枕に月見の場を求めてゆく。他方、旧都にとどまる人々は、「伏見・広沢《ひろさわ》の月を見」る。当時大納言正二位左大将であった徳大寺実定《さねさだ》が「ふるき都の月を恋」い、荒れ果てる旧都へ帰るが、訪ねる先は「近衛《このえ》河原の大宮（多子）」のみである。巻一「二代后」、保元・平治の乱の当事者となった近衛天皇から二条天皇の二代にわたり后となった藤原多子、右大臣公能《きんよし》の娘で、実定には妹にあたる。この御所は、非業の死をとげた以仁王が生前、ひそかに元服をとげたゆかりの場所でもあった。宮に殉じた頼政が、やはりこの歴史の重層する界隈に居住していた。多子と実定との再

5　石井進「中世1」『日本通史』7　岩波書店　一九九三年

6　能の話題になる地の名所を教えること。

会を『源氏物語』、宇治十帖の「橋姫《はしひめ》」巻、薫《かおる》と八の宮の姫との交流に重ね、実定の思いに同化して語る。物語と現実を重ねるのが琵琶法師の語る『平家物語』である。実定は大宮御所に仕える小《こ》侍従と旧都の荒廃を今様で謡い、この小侍従と、実定に同行した蔵人との、両人の呼称をめぐる当為即妙の歌の唱和が一つの物語を構成する。この王朝物語さながらの世界は『平家物語』諸本の中でも、覚一が再構成した物語で、あわただしい都遷しとはうって変わった静かな世界を語り出す。重層する多声的な『平家物語』の歴史語りである。

王権の行方　しかし新都、福原では早くも「平家の人々夢見《ゆめみ》もあしう、常は心騒ぎのみして変化《へんげ》の物ども多かりけり」。亡き建春門院が、その皇子、高倉上皇の夢枕に現れ、福原遷幸を恨んだとする記録もある。(7)権門寺院間の葛藤、院側近の謀叛、王家内、以仁王の挙兵と挫折を語りながら、高倉天皇から言仁《ときひと》（安徳）への譲位と、清盛夫妻にとっては順調に進むと語って来た。その上での遷都だが、突如物怪が動き始める。「物怪」は死霊や幽霊「物のけ」ではなく、不吉な事象「もつけ」である。いくさ物語は、素材となる事件をどのように読み歴史を語ってゆくのか、われわれは、物語内の語り手をも相対化する語りに歴史を読み解いてゆく。アイロニーと言ってよいかも知れない。天の意として彗星が出現し、社会変化の予兆を見せて来た。史学や法制史学が、異変や

物怪之沙汰

7　『玉葉』治承四年八月四日の条。

怪異の記録を、王権の行方をめぐる歴史の指標としてとりあげる。天照大神以下、皇祖神神話の正統性を主張するために仏教に学び体系化し、王権神授説を天武朝期に『日本書紀』として定着させる。その一種の「未来記」を語るのが天照大神を中軸にすえる「中世日本紀」風の神話である。

しかしながら王権補佐の任に当たる天児屋根尊《あめのこやねのみこと》二十一世の子孫、中臣鎌足《なかとみのかまたり》、その子孫である藤原摂関家が権門体制を確立してゆく頃、仁明天皇《にんみょう》の時代（八三三～八五〇）には早くも物怪関係の記録が増加する。併行して王朝社会に分裂や内紛があった。その敗者の怨念を生み出し天変や疾病、はては怪異・物怪の出現となる。これら異変の原因を、中国では天命思想から王の所行・治政に求め、(8)天命に背く王の易姓《えきせい》革命を主張するのだが、日本では、諸勢力が対立葛藤する中で秩序維持、王権を保つための方法が課題となり、淘汰や自己変革を行う方向をたどることになった。王権存続のための制度や宗教儀礼を整え、それを乱すいくさを物語が語ることになる。鳥羽天皇を一つの転機として、王朝再編成が行われたと語る。その過渡期のいくさを語る『保元物語』に始まる『平治物語』『平家物語』を生み出し、それも語り本を軸に多様な読み本を編み出していった。

『保元物語』以来、紛争や異変を、神事の懈怠《けたい》・破壊に対する神々、慈円の言う「冥衆」の怒りによると見る。王権秩序維持のためには、王者たる者、み

8　溝口雄三・池田知久・小島毅『中国思想史』東京大学出版会　二〇〇七年

ずからを慎しみ、神々の力を借ることによって異変や怪異の回避を願った。王朝の秩序を乱す父を誡めながら熊野権現に祈って早々とみずからの寿命を縮めてしまった重盛、この重盛とは逆に王権に関与していったのが清盛である。物語によれば、高野大塔建立を機に、弘法大師の斡旋により厳島明神をも冥衆に加えることになり、清盛に王権補佐の任を与えたのだった。『神道集《しんとうしゅう》』では地方神の熱田・諏訪・三島・宇都宮まで中央皇祖神へ関与してゆくのだが、厳島の関与は見られない。その厳島の参加には平家が関与したのか、本地を天照大神の第三女、市杵島姫《いちきしまのひめ》に求める（三「卒都婆流」）明神である。東国にあって伊勢平氏に従う大庭《おおば》が献じた名馬の尾に鼠が巣くうという怪異、清盛はそれにも動じない。ここで村上源氏雅頼《まさより》に仕える青侍《あおさむらい》（低い身分の侍）が不思議な夢を見る。雅頼は権中納言藤原家成《いえなり》の娘を妻とし、家成は、鳥羽上皇の皇后、美福門院得子のいとこに当たる。その妻の姉妹に平重盛室《しつ》（北の方）や、平治の乱に非業の死をとげた藤原信頼の室らがある。

物語によれば近衛・二条帝に怪異出現、その近衛院の代、鵺退治の役に頼政を指名したのが、この雅頼で、頼政は、変化《へんげ》の物の退治役に指名されたことを恨みに思ったのだった。雅頼は、治承三年十一月の清盛のクーデター、大臣流罪に解官される一人であったのだが、その翌年、本座に復している。その雅頼に仕える下侍が見た夢を語るのである。神祇官《じんぎかん》の庁に、源氏が軍神と仰ぐ八幡大菩薩が登場し、かねて厳島明神が治世の将軍たるべしと清盛に託しておいた節刀《せっとう》を「伊豆国の流人頼朝」に渡すと言う。その後、春日大明神が、頼朝の後には「わが孫にもたび候へ」と言ったと言う。王権補弼の任を弘法大師と厳島明神の意により摂関家から平氏に譲ったが、その平氏が王権を虚仮にしたために、八幡大菩薩が怒って、厳島明神や春日明神も合意の上で、(王権補佐の任を)頼朝へ渡す。神話では摂関家に当てられた任が武家の長へ転じた。さらに藤原将軍(頼経)の到来をも先取りして未来記の形で語る。もちろん、その言説(物語)は、歴史の後追いする物語である。この青侍《あおざむらい》の噂を知った清盛が雅頼に青侍の召喚を指示するが青侍は逐電、雅頼が事実無根と弁明したと言うのである。現実に、弘法大師の意を体して厳島明神が、王権補佐の宝器として清盛に与えていた節刀「銀のひるまきしたる長刀」が「ある夜俄に」消え失せたと語る。神々

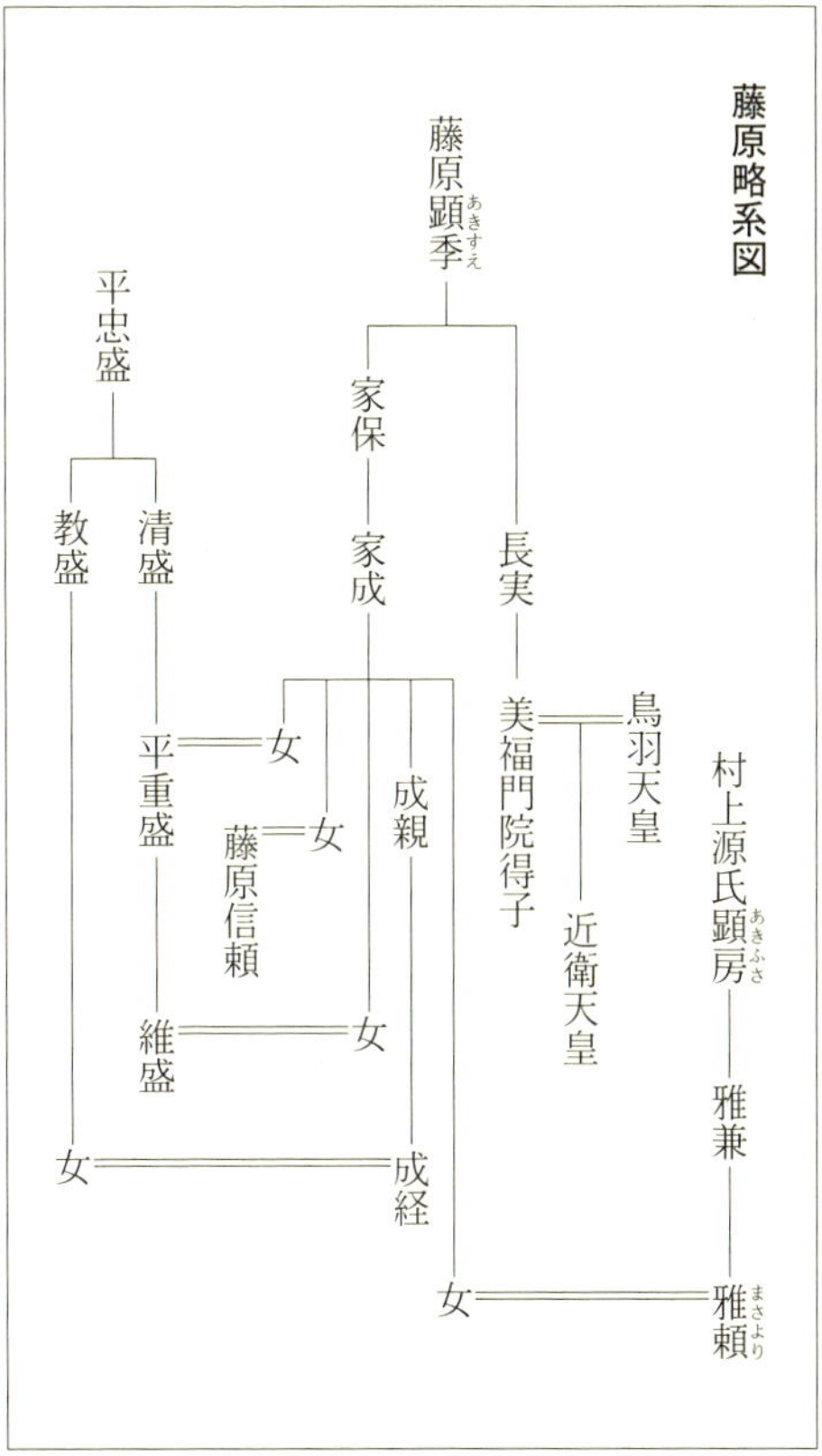

を信じる中世の人々である。問題の雅頼の青侍の夢に、源氏による平家討伐から藤原将軍の登場まで予見させたと語る。物語には、さらに「或僧」が登場し、清盛の悪政を憎む神意を確認する。厳島明神からも見放される清盛、これが琵琶法師の語る日本神話、歴史の読みであるが、物語としては清盛らの動きが先行、神話が後追いしている。事実の先行を合理化する「未来記」のつじつま合わせである。しかし物語としては、この語りの直後に東国の挙兵を報じる大庭の「早馬」を連鎖して語ることになるのである。

（参考）

黒田俊雄『日本中世の国家と宗教』岩波書店　一九七五年
志立正知『『平家物語』の語り本の方法と位相』汲古書院　二〇〇四年
上島享『日本中世社会の形成と王権』名古屋大学出版会　二〇一〇年
小峯和明『中世日本の予言書』（新書）岩波書店　二〇〇七年
佐倉由泰『軍記物語の機構』汲古書院　二〇一一年
山下「『平家物語』の語りを「読む」ということ」『解釈と鑑賞』二〇一一年七月

七　頼朝が挙兵

大庭、頼朝挙兵を報せ来る

早馬

「同じき（治承四年）九月二日」、大庭景親《おおばかげちか》が福原へ早馬を立て、頼朝の挙兵を報せる。頼政・以仁王が討死しても、その遺志は生きている。桓武平氏、相模国、大庭の住人で、『保元物語』では、後白河天皇側の義朝に従い、義朝の父為義に従う鎮西八郎為朝《ちんぜいはちろうためとも》の強弓《つよゆみ》に立ち向かおうとした豪の者である。坂東には、東国 国 造《くにのみやつこ》として京の王宮守衛の勤めが課せられていた。大化の詔勅により東国へ下った高望王《たかもちおう》以下、桓武平氏系の、その土地の役人や、開発領主が武士団を構成し居住していた。十二世紀中頃、河内源氏の頼義《よりよし》が、陸奥守鎮守府《ちんじゅふ》将軍として、これらの武士団を率いて奥州の安倍貞任《あべのさだとう》を攻め破り、東国に源氏の拠点を確立した。鎌倉、北条氏の祖、平直方《なおかた》の娘婿《むこ》となり、間に生まれたのが八幡太郎義家《よしいえ》である。坂東平家がこの源氏の父子に従うことになっていた。大庭も、その一で、伊勢神宮に魚介類を貢納する御厨《みくりや》の下司《げし》職で、平治の乱以後、平家に仕えた。これら東国の諸族は、源氏・平家と言いながら、複雑に入り組んでいた。河内源氏内部を見ても、一族の中で厳しい葛藤を続けていたことを史学が論じている[1]。しかし頼義や、そ

1　元木泰雄『河内源氏』（新書）中央公論社　二〇一一年

の次男の源義綱と言っても、物語からは十分な読みが叶わず、保元の乱を語る『保元物語』の為義についても、物語からは十分に想像しがたい。平治の乱に敗れて生け捕られた頼朝は、池の禅尼の嘆願により助命され伊豆国に流されていた。現地で頼朝を保護し娘聟とした坂東平氏の舅北条四郎時政《ときまさ》が頼朝に従い、伊豆の国の代官で、平氏の流れをくむ和泉判官兼高《かねたか》を「山木が館で夜討ちに討ち候ぬ」と大庭の直接話法の形で語ってゆく。この種の報告語りは、古本『平治物語』で、義朝に仕えた下部、金王丸《こんのうまる》が野間内海庄《のまうつみのしょう》（愛知）での主の討死を、京にいた義朝の妾、常盤《ときわ》に伝える語りにも見られる。『平家物語』語り本が語る頼朝挙兵の経過は要約にとどめ、坂東平氏の土肥・土屋・岡崎が頼朝に従い石橋山にたてこもるのを大庭らが攻めたこと、畠山重忠《はたけやましげただ》が平氏方についたこと、しかし坂東平氏の三浦義明《みうらよしあき》が由井《ゆい》・小坪《こつぼ》に畠山を破ったこと、畠山の一族が衣笠《きぬがさ》に義明を討ったこと、義明の子息（義澄）らが頼朝に従って「安房・上総へわたり候ぬ」と語ったのだった。京で文字化されたと思われる語り本は、頼朝の挙兵から房総半島への退去を、この大庭の早馬による福原への報告で要約的に語る。

同じ『平家物語』でも、読み本は、挙兵を促す以仁王の令旨《りょうじ》を伝える使者、叔父行家の最初に訪ねるのが頼朝で、この頼朝の主導により触れが回る、以後安房・上総から武蔵へ、いずれも坂東平氏が、この頼朝を支えて鎌倉へ入るまでの経過を現地視点で詳細に語る。当時の坂東の状況、その背後に地方武士と京都王朝社会との関わり、交流があったことを示唆する。

京都王朝の対応　大庭の早馬を受けとめる「平家の人々、都遷りもはや興さめぬ」とは、前の「物怪之沙汰」の福原での不吉な怪異を受けての人々の思いである。特に「若き公卿・殿上人」若者たちが「あはれ、とく事の出でこよかし。討手に向かはう」と言うのを語り手は「はかなき」と批判していた。語り手の思い、声は以下見るように重層的である。おりから大番役《おおばんやく》として坂東から派遣されていた桓武平氏、畠山重能《しげよし》（重忠の父）や小山田《おやまだ》有重、それに藤原氏の子孫である社家宇都宮朝綱《うつのみやともつな》が、大庭の報告を「僻事ならん」、頼朝を娘聟にする北条はとにかくとして、土肥・三浦らがまさか朝敵になるなど信じられないと言う。頼朝の挙兵をめぐる、一枚岩ではない、多声的な語りを見るべきであろう。清盛は、頼朝の挙兵が、おのれの悪行に対する神々の怒りによるものであることを思ってもみない。『平治物語』が、いち早くその行方を見通していたのを、改めて語り直すのが『平家物語』である。

朝敵揃

頼朝の決起が、平氏一門に分裂を促す。安徳天皇を擁する平家に対して謀叛を起こす頼朝は朝敵である。わが国、歴代の朝敵、さらに異国、秦《しん》の始皇帝《しこうてい》に背いた燕《えん》の太子丹《たん》が謀叛を果たせなかったという説話まで引いて、朝敵の野望

咸陽宮

を果たせまいと語る。しかし、それを「色代《しきだい》する人もありけるとかや」、お世辞を言う人もあるそうだと、対象化して語るのが物語である。過去の回想や、例証説話の引用は、語りを補強し、歴史を解釈する拠り所となる。この清盛が主張する王権論は、多様な読みを促す。語り手は、すでに神々の意向を知り尽している。それゆえに人々の対応を、多様な声を使い分けて語る。保元の乱以後、特に清盛の執政を通して「王位も無下《むげ》にかるけれ」と現実を見ていた。その王権のねじれを正し、展望を拓いてゆくのが、八幡大菩薩をはじめとする神々に支えられる頼朝である。そして物語の転換を語るために登場するのが「やいばの験者」文覚《もんがく》上人である。かれは平安の文化を内部にあって守る人ではなく、国家を守るべく、外から神仏を促して活性化、秩序の回復を志す人である。

王朝を虚仮《こけ》にする荒聖文覚　父義朝が清盛に図られて信頼に荷担せざるを得なくなった平治の乱に、頼朝は十四歳で加わり、敗れて処刑されるところを、平忠盛の後妻、頼盛の母、池禅尼《いけのぜんに》に救われ伊豆に流されたことを『平治物語』が語った。伊豆に「廿余年の春秋」を過ごし三十四歳、そこへ文覚《もんがく》が登場する。荒廃していた洛北、高雄《たかお》の神護国祚真言寺《しんごこくそしんごんじ》、略称、神護寺《じんごじ》を修造、再興しようとする真言の修験僧、文覚の実像について、東寺を含む真言宗の興隆を軸に後白河・後鳥羽との交渉が明らかにされる。[2] この文覚は元、摂津国、渡辺の遠藤

文学（文覚）荒行

2　山田昭全『文覚』吉川弘文館　二〇一〇年

武者、若く盛遠《もりとお》を名のり、女人ゆえに道心を起こし出家したと言う。読み本は、その出家のわけを盛遠の袈裟《けさ》への恋情、袈裟御前の貞節を以て話を完結するのだが、語り本は、頼朝をして時代を動かす主役たらしめる行動の主、仕掛け人であることを押し出して語るために、出家の由来は語らない。むしろ事を起こすにふさわしい文覚として、修験道に課せられる荒行《あらぎょう》を漸層法《ぜんそうほう》を用いて語る。修験道での荒行《あらぎょう》は、いったん死に、自己を消滅することによって仏に生まれかわる擬《ぎ》死《し》再生《さいせい》だと言う。その構造を借りた荒行談である。「天性不敵第一のあらひじり」となった文覚が、神護寺修復の勧進《かんじん》強要のために院御所法住寺殿へ押しかけ、「御遊《ぎょゆう》」を妨害し捕らわれる[3]。それは単なる管絃の場と言うよりも、朝儀の一環として行われた。それを妨害したのである。引用される勧進帳が、仏教法会の場[4]でいかに行われたものであるのか、その基層文化が問われるのだが、物語としては勧進帳の日付を頼朝の挙兵にあわせて治承三年のこととし、文覚の行動そのものが語りのモチーフになることを読むことなる。それは三井寺や興福寺が発する牒状についても同じことが言えた。外から持ちこむ史料以上の意味を持つ。

保元の乱のかげの存在を演じた美福門院の死による非常の大赦に文覚は赦されるが、「世の中は只今乱れ、君も臣もみな滅び失せんずる」などと叫び続けるため、再度捕らわれて伊豆へ流されることになったのだった。その流刑にも

勧進帳

文学被流

3　阿部泰郎『天皇と芸能』講談社　二〇一一年

4　小峯和明『中世法会文芸論』笠間書院　二〇〇九年

福原院宣

下役人、放免《ほうめん》を愚弄し、船中、断食を強行、おりからの嵐に竜神を叱咤して、鎮め、伊豆へ到着する。この荒聖が「兵衛佐殿へ常は参りて」物語をして頼朝の緊張を解きながら、重盛の死により、平家の運命の末になるのが見えて来たと挙兵を促す。物語は福原での物怪出現をめぐって冥衆、神々が王権補弼の任を頼朝に託することを語っていた。文覚は、この神々の意を実現する「顕者」の役を演じるわけである。頼朝は困惑、平治の乱後の助け人、池禅尼の菩提を弔うために『法華経』を転読する以外に、日常なすことは無いと拒むのを、文覚は「天のあたふるをとらざれば、かへッて其のとがを受く」とは、中国伝来の易姓《えきせい》革命が拠り所とする天命思想を持ち出す直言である。実は、頼朝が内心、その機を狙っていたことは、『平治物語』の後半から語って来たところであるのだが、頼朝は慎重に本音を隠す。文覚は、獄守《ごくもり》の許しをえて入手し弔って来たと言う、義朝の髑髏を懐からとり出し頼朝に見せる。頼朝は、疑いながら心を開き始める。実は、この髑髏は「まことの左馬頭（義朝）のかうべ」でなく、後日、巻十二、(5)「紺掻之沙汰《こんがきのさた》」、文治元年（一一八五）八月、文覚その人が、本物の髑髏を改めて鎌倉へ持参することになるのだから、やはり文覚はくせ者である。それにもともと髑髏には霊力があるともされた。勅勘の身である文覚が七日の日限を切り、駿足、三日で福原着、厳しい状況に置かれる法皇に側近の光能《みつよし》を介し要請して平家追討の院宣を入手し、約束どおり三日で伊豆へ帰着、

5 本書252頁

八日目に「すは院宣よ」と頼朝に渡したと語る。

当時の旅程を探ってみると、『平治物語』古本では、主、義朝の死を伝える金王丸が、平治二年（一一六〇）一月三日、尾張野間内海《のまうつみ》の庄を鞍置き馬で出立、同五日、息もたえだえ京都、常盤御前のもとにたどり着いている。紀行文『海道記《かいどうき》』の語り手は、京都から鎌倉まで片道十四日、『東関紀行《とうかんきこう》』は十余日、『十六夜日記《いざよいにっき》』も十四日を要している。何よりも頼朝の挙兵時、三浦義明が頼朝に殉じ衣笠《きぬがさ》城に討死したのが『吾妻鏡』によれば治承四年八月二十七日、それを報じる大庭早馬の福原に着くのが九月二日だから、片道五日を要している。それを「三日」で駈け抜くとは、やはり荒行に耐えた荒聖の、これも荒わざとしての語りである。渡された院宣を、頼朝は石橋山合戦に「錦の袋に入れて」頸にかけていたと語り、以仁王の令旨よりも院宣を押し出す。ちなみに『吾妻鏡』が、治承四年八月二十三日、石橋山合戦の記録の中に「此の間件《くだん》の令旨《りょうじ》を以てかの御旗の上横に付らる」とするのは、院宣ではなく以仁王の令旨であるが、物語は、院宣を介して法皇と頼朝とを結びつける。冥界の神々の意向を伝達する文覚でもある。その登場が、これまでの平安文化、それに物語に区切りをつけることになる。

維盛、東国へ発向　話は伊豆から福原へ転じる。前に、九月二日、頼朝の挙兵

富士川

を大庭が早馬で報せていた。公卿僉議、源氏に加勢ある前《さき》にと、清盛の嫡孫、維盛を大将軍に、維盛には大叔父にあたる忠度を副将軍として三万余騎で「九月十八日」新都を発ち、「十九日」旧都着、「廿日」旧都を発向する。維盛は、「重代《じゅうだい》の鎧唐皮《からかわ》」を唐櫃に入れて昇かせる。『平治物語』、特に語り本では、この種の重代の鎧を重盛が待賢門のいくさに着用していた。「唐皮」は、父重盛亡き後、源氏に対し王朝守護の任にあたる家意識を示す武具であった。副将軍、忠度の年配にふさわしいいでたちが「めでたかりし見物なり」とは、一行の出陣を見送る京の人々の思い、期待を語っている。忠度に、宮腹の女房が、無事帰還を祈る思いを籠めるとされる小袖と、別れを惜しむ和歌を贈る。「女人」と武将の物語である。忠度は、昔、先祖の貞盛《さだもり》が将門追討に東国へ発向したことを語り、相手に気づかいさせぬよう歌を詠むのだった。結果は無惨な敗走におわるのだが、それぞれの場で、登場人物に思いの丈《たけ》を語らせるのが『平家物語』である。

話を中断、「同じき廿二日」新院高倉上皇が「又」厳島へ御幸なる。世の乱れに「天下静謐《せいひつ》」を祈り、あわせて、みずからが病がちである、その平癒を祈っての御幸である。物語の文脈からは、東国挙兵の動きを鎮めたいとの上皇の思いがあったと読めるのだろう。その願書の清書を、清盛の娘聟、摂政基通が行ったと言い、願文そのものをも引用して、基通と宗盛の両人による執政、平家の座安泰を願っての上皇の思いを示唆している。願文の中に『法華経』一部、開結《かいけつ》二経、阿弥陀・般若心等の経、各一巻」、それに「手づから自ら書写し奉る金泥の提婆品《だいばほん》一巻」を奉納することを言上しているのは、長寛二年（一一六四）九月、当時権中納言従二位だった清盛が奉納した『平家納経』(6)と関わりがあるのか。

維盛軍、富士川に敗走

「さる程に」東国へ発向、その出で発《た》ちを「たひらかに帰りのぼらん事もまことにあやふき有様ども」とは始めから不安な語りである。「日かずふれば十月十六日」駿河の清見《きよみ》が関へ、旧都出立から二十六日を経過している。前の文覚の駿足を思い出してみればよい。大軍とは言え、歩みが遅い。その間、三万余騎が七万余騎の勢になっていたと言うが、かなりの誇張がある。(7)維盛は気を良くし、一気に足柄を越えようと逸るのを平家に代々仕え、上総に住んだこともある「古つはもの」で小松家に仕え、維盛の乳人だったと言う上総介藤原忠清は、八か国の兵がすでに頼朝に従い、「なん十万騎」にもなっている。味方は「国々の駈《かり》武者ども」で疲れてもいるからと制止し、富士川を前に、坂東の案内にくわしい兵の参加を待とうと言う。一方、足柄を越えて黄瀬《きせ》川に到着する坂東軍には、甲斐・信濃の源氏が参加して二十万余騎を数えるとは、忠清が嘆いたとおりである。人の噂に、すでに二十万騎を数え

6　小松茂美『平家納経』戎光祥出版　二〇〇五年

7　『玉葉』十一月五日の条に去月十八日、富士川に着くが「官軍の勢……かれこれ相並べて四千《(千)》余騎」、対する源氏武田軍は「四万余と云々」とある。

るとも言う。かつて平治の乱に義朝に従って戦い、坂東に詳しい斉藤別当実盛が、坂東武者のいくさの戦いようを語り、土地の案内を知る甲斐・信濃の兵が、搦め手に廻っているかも知れない、今回は実盛自身が死を覚悟しているとの弁に、平家の兵どもは震撼、戦う前から戦意を喪失する。

　富士川の手前、清見が関に着いたのが十月十六日、矢合わせが十月廿三日、ここでも一週間を経過している。まず夜に入って「平家の方より源氏の陣を見渡せば」と平家視点で、山野・海河に難を避けた人民の生活の営みの火を「源氏の陣の遠火《とおび》」、篝火《かがりび》と見てしまう。その夜半「沼にいくらもむれゐたりける水鳥どもが」突如、一斉に飛び立つ。「軍《いくさ》（兵が）野に伏す時は、飛ぶ雁つら（列）を破る」という兵法の教えを水鳥の羽音に感じてしまった。「すはや源氏の大勢」と、同行していた遊女たちの頭や腰を踏みつけて「とる物もとりあへず、我さきにと」落ちてゆく。実は甲斐源氏が背後に廻っていたとの記録が『吾妻鏡』[8]に見られるのだが、物語はもっぱら平氏のぶざまな敗走を語る。「あくる廿四日卯刻」、源氏二十万騎が富士川へ押し寄せて三か度、鬨の声をあげるが、見れば平家の陣はもぬけの殻、捨て残された鎧を取って帰る者があり、陣の大幕までを拾って帰る者があると言うから笑いものである。頼朝は、それを八幡大菩薩の加護だと京の方角に向かって礼拝、勝ち取った駿河を一条忠頼《ただより》、遠江を安田義定《よしさだ》、いずれも甲斐源氏に預けて「うしろもさすがおぼつかなし」

8　治承四年十月二十日の条。

五節之沙汰

と、大事をとって相模へ帰還したと語る。頼朝は王権への奉仕よりも東国安定を優先した。ちなみに読み本が水鳥の中に鳩があまたいたとするのは、頼朝を加護する八幡の使者、白鳩を意識したものであろう。この頼朝がとった行動は、この後の義仲と対照的である。

平家の対応が世を滅ぼす

平家の敗走を、平家軍が同行していた遊女が「聞き逃げ」と笑い物にする。都に留まる平家の棟梁、宗盛を始めとする伊勢平氏、それに全軍の作戦を主導した上総守忠清をからかう世の声、四首の落首が詠まれたと言う(9)。福原の新都へ逃げ帰った維盛や忠清を極刑に処せと清盛が激怒する。一門の傍系ながら、清盛、腹心の家来である盛国《もりくに》、後日、清盛は、この盛国の邸に死去することになるのだが、その盛国が、これはただごとでない、「これにつけてもよくよく兵乱の御つつしみ候べし」と申した。しかも維盛を権亮少将から右近衛中将に昇進させたと言うから、人々は「何事の勧賞ぞや」とささやきあう。重衡を左近衛中将に昇任させたと言うのは、事実と違って、当時辞任、翌々年還任することになるのだが、維盛の昇任と対をなし、後日との統一を図って単純化し笑い物にする語りである。

福原新都で新帝が行わねばならぬ大嘗会《だいじょうえ》が、内裏の不備からまだ行われていない、やむなく年中行事としての新嘗会を旧都の内裏で、五節の舞のみを新都

9　「都の大将軍をば宗盛といひ、討手の大将をば権亮といふ間、平家をひら屋によみなして
ひらやなる宗盛いかにさわぐらんはしらとたのむすけをおとして」など。

で行ったと言う。新都の不如意が続く。この度の都遷を「君も臣も」嘆いた。宗盛までもが父清盛と口論して還都を主張していたとの記録がある。山門や興福寺以下、権門寺社も不満であった。ついに「さしもよこ紙破りの」清盛も断念、還都を行う。高倉上皇が病みがちであったことも清盛を弱気にさせた。富士川敗戦を機に荘園領主の組織、兵士・兵粮の徴発を進めたと言う。[10] 法制史的に、福原遷幸は、正式の遷都と言えないが、『愚管抄』の著者慈円さえ、事実上の遷都と見ている。物語は、もともと清盛が寺社の容喙《ようかい》を嫌って遷したのだが、寺社からの不満もあり断念、清盛がその腹いせに南都攻めを指示するとは、前の「三井寺炎上」ともに物語としての構成である。

　十二月二日、旧都へ還都、その年の暮れ、以仁王の挙兵に協力した興福寺を朝敵として攻めるとの噂が立つ。事を知った南都の大衆が先手を打って動き始める。三井寺については、以仁王討死の直後、治承四年五月の事件として巻四「三井寺炎上」[11] を語っていた。[12] ここで改めて「されば南都をも三井寺をも攻めらるべし」とは、この三井寺炎上を還都の不如意から重ねて思い起こしつつ十二月二十八日、南都焼き討ちとする。この二つの焼き討ち事件を現実より半年隔てることによって、重なる南都攻めに清盛の怒りを語る。南都大衆が奈良坂に防御の陣を構えていた。あわてた摂政基通が、興福寺を氏寺とすることもあり、存ずる旨があるなら申し出よと言うのに大衆は耳を貸さない。送る役人を

都帰

10　高橋昌明『平清盛　福原の夢』講談社　二〇〇七年

奈良炎上

11　本書82頁

12　『山槐記』によれば、五月二十七日に焼亡、二十八日に出火があったらしいが。

大衆は二度にわたり追い返し、清盛になぞらえた毬《ぎっちょう》杖玉を打ち、踏みつけて愚弄する。この大衆の行動を「天魔の所為」と嘆き批判するのが秩序の安泰を願う歴史の語り手である。

満を持していた清盛は、股肱の臣で、小松家に仕え重盛にも信頼されていた瀬尾兼康《せのおかねやす》を大和地方の検非違使に就け、武具を持たぬ丸腰の兵、五百余騎を送る。挑発に乗る大衆が、その六十余人を捕らえて頸を切り、猿沢《さるさわ》の池に懸け並べる。かくて「さらば攻めよや」と頭中将重衡を大将軍に、清盛の弟教盛の子息通盛を副将軍とする四万余騎が、奈良坂・般若寺二か所の陣を攻め、迎え撃つ大衆を蹴散らす。重衡が公達の中で美男子ながら武将として生きる。「夜いくさになッて」暗さに、重衡は在家に火をかけさせる。読み本は意図的な放火とするが、語り本では、やむえを得ぬ処置としての放火である。烈しい風に火があおられ、学問僧や稚児、女・子どもを阿鼻叫喚《あびきょうかん》の地獄に追い込み、三千五百余人の焼死者を出す。興福寺の堂塔・仏像・経巻が焼失、東大寺の大仏も焼け落ち、前代未聞の法滅を招く。清盛だけが溜飲をさげるが、中宮や法皇・上皇、摂政らは、伽藍の破滅を悲嘆する。元はと言えば王権継承をめぐる以仁王と頼政の清盛に対する批判が、重衡を仏敵の身に追い込むことになった。聖武《しょうむ》天皇が「わが寺興福せば天下も興福し、わが寺衰微せば天下も衰微すべし」と予告していた。その興福寺の滅びにより、天下の衰微も必然、「あさましかりつる年も暮れ、治承も五年になりにけり」と悲嘆のうちに年がわりを以て巻五を閉じるのだが、この奈良炎上が、平家一門、特に清盛・重衡の運命を決定してゆく。

（参考）

永積安明『平家物語の構想』岩波書店　一九八九年
石井進「中世Ⅰ」『日本通史』7　岩波書店　一九九二年
高橋昌明『平家の群像』（新書）岩波書店　二〇〇九年
大津透『神話から歴史へ』講談社　二〇一〇年

八　高倉上皇の死から義仲の登場へ

朝儀停滞　巻六、巻開きの定型として年始「治承五年正月一日」で始まる。公的な歴史語りのスタイルである。しかも物語は琵琶法師が語る芸能である。本来、琵琶道の語とされた語を用いた「当道座」に属する琵琶法師の語りであることが、この語りを保障した。公的な記録と土俗の語りの間を揺れるのが「平家」である。

前年の頼朝挙兵、それに奈良炎上によって朝儀が停滞、「藤氏の公卿一人も参ぜられず」とは、摂関家抜き、平家の専断である。摂関時代に略式化した小朝賀の儀も行われないとあれば、事実上、王権は機能しない。ちなみに右大臣であった兼実が『玉葉』正月一日の条の冒頭に「天下穢気《わいき》の疑ひあり」と記すのは戦闘による穢れを怖れる。「仍《よ》って四方拝の事無し」、「何《いか》に況んや南都七大寺悉く灰燼に変ず」と嘆き、「参入の卿相」大納言三人、中納言六人、参議四人を記録している。中には藤原氏をも数えるのだが、物語は、南都（奈良）炎上を受け、興福寺を氏寺とする藤原氏が抜けて「仏法・王法ともに尽きぬる事ぞあさましき」と語るのである。特に治天の君（後白河）の嘆き、かれは保

新院崩御

元の乱以来、王権を継承する当事者であり続けたのだった。「同じき五日」、南都の僧綱らを解任するとは、巻四末の三井寺炎上に「僧綱十三人闕官（解官《げかん》）ぜられて、みな検非違使にあづけらる」と語っていたのを受けて語る。いずれも清盛の意向による解任である。衆徒の多くが殺され、興福寺寺務が全く停滞する。寺務を統べる別当永縁《ようえん》が、興福寺炎上に苦悩し、間もなく病死したと語り、この僧正が初音《はつね》の僧正と綽名される「優に情深き人」であったと回想する。実は、この永縁の死は、当時からは五十六年も前、天治二年（一一二五）のことであるが、物語として、これを「誤解」ではすませない。南都の衰滅を悲嘆する語り手の思いが、あえてこの著名な永縁の死をここで語る。鎮護国家のための法会、御斎会《ごさいえ》のみは、南都、三論《さんろん》宗《しゅう》の成宝已講《じょうほういこう》が、山科、真言宗の勧修寺《かんじゅうじ》に隠れていたのを探し出し、形のみ行ったと言う。例年正月八日から十四日まで行われる行事で、その十四日に高倉上皇の死を迎えることになる。

高倉上皇の死と清盛　高倉上皇は、相次ぐ「天下のみだれ」に心痛のあまり床につき、頼盛の六波羅池殿で死去したのだった。前年、治承四年七月末から病いがちで、九月下旬にはみずからの快癒を祈って厳島御幸にも出かけたのだが。在位十二年、仁義の道、理世安楽の絶えたる跡を再興する聖君であったと美文を連ねて語る。なお、永縁の苦悩死、上皇聖君視の語りを欠く本がある。「平家」が語り加えたもので、それは清盛の三井寺・興福寺攻めを批判し、上皇の死を惜しむ室町の琵琶法師の語りである。語り手の、王権に寄せる思いを、この回想に語っている。語り手のその思いは深い。安居院《あぐい》唱導の名手、澄憲《ちょうけん》法印、さらに「ある女房」（建礼門院に仕えた右京大夫）に葬送の輓歌を詠ませて、乱世に、六道輪廻の苦悩を背負う人間界を悲しむのだった。ちなみに澄憲の輓歌は、二条院の崩御に寄せたのを、この高倉上皇の死に援用したもので、これまでにも見て来たように「平家」は既成の語りを活かす。保元の乱以来、あいつぐ王家が分裂を続ける中での高倉の苦悩を思いやる語りが先行する。

その上皇の生前を回想する。永暦二年（一一六一）九月、後白河天皇の第四皇子として出生、名は憲仁《のりひと》、母は後白河が寵愛した建春門院滋子《じし》、贈左大臣平時信《ときのぶ》の娘で、清盛の室、時子の妹である。政権は治天の君、後白河の手にある、それを、ともすれば対立する清盛が掌握していた。高倉は風雅の君で、身分の別を問わず臣下を思いやり、平治の乱のきっかけをなした二条天皇とは違って、父、後白河の身を案じる聖君として、これも先行する各種物語を綴りあわせて語り、その上皇を失い悲嘆する法皇を語り、清盛の対応を語るのが琵琶法師の語りである。高倉上皇は、清盛への配慮から、女人との交流もままならなかった。

紅葉　葵前　小督

清盛の婚姻政策

「入道相国、かやうにいたく（法皇に対し）なさけなうふるまひおかれし事を、さすがおそろしとや思はれけん」、失意の法皇を慰めようと安芸厳島内侍《ないし》腹の十八歳の娘を「女御参りの如くに」仕立てて進《まい》らす。一月十四日に上皇死去、その月の二十五日のことである。巻一「吾身栄花」に「又安芸国厳島の内侍が腹に一人おはせしは、後白河の法皇へまゐらせ給ひて、女御のやうにてぞましましける」とあった女性である。兼実の『玉葉』に、高倉上皇の死が迫る頃、上皇の死を見越して、徳子を法皇に入れるとの「或人」の「和讒」（内談）があり、[1]清盛・時子夫妻も了承したのを、徳子が拒否し、出家をほのめかしていたとある。

　この話は、さすがの法皇も辞退。「和讒」を行った「或人」は、兼実が匿名にしたものだが、婚姻を通じて法皇との人脈を保とうとする時忠、これに応じる清盛の思いがあったのか。さすが物語は、これを語らない。これでは摂関家がとった婚姻政策と変わらない。兼実は一月三十日の条に「去る二十五日禅門の小女（安芸御子姫君と号す、これなり）法皇の宮に納《い》る。只付《つき》女の如くなり。冷泉局と号すと云々。後に聞く、名号未だ付かず、御猶子の儀たりと云々、允《まこと》にこの事弾指すべし」と非難している。物語は高倉が恋慕した小督を清盛が退け、その悲恋が高倉を悲しませ死を早めたと語る。清盛は、かわりに内侍腹の女を失意の後白河院に入れる。「上皇かくれさせ給ひて後、わづかに二七日（十四日）

廻文

1　『玉葉』治承五年正月十三日の条。高橋昌明は時忠が第二の建春門院たらしめようとしたと読む。『平清盛　福原の夢』講談社　二〇〇七年

だにもへざるに、しかるべからずとぞ、人々内々はささやきあはれける」と、例によって人の声を引き込んで清盛の女人政策を批判する。

義仲の始動　「さる程に」と話題転換、清盛の横暴を受けて、義仲が挙兵したと語る。このつながり、連鎖が物語としての歴史語りである。『吾妻鏡』によれば、前年、治承四年九月七日の条に早々と義仲の挙兵を記録し、それは『平家物語』が大庭《おおば》「早馬」を語った頃のことである。『玉葉』によると、治承五年正月、南都炎上の余燼がくすぶる中、十六日に「諸国の勇士……謀叛の心あり。よつて先づ五畿内及び近江・伊賀・伊勢・丹波等の国、武士を補し、以て遠国の凶徒を禦《ふせ》がるべき由」かねて高倉上皇の指示があった。十八日、「伝へ聞く、官兵等美濃国に入り」、翌十九日に「前大将平朝臣（宗盛）を以て、五畿内及び伊賀・伊勢・近江・丹波等の総官となすべき由、已《すで》に宣下せらるべしと云々」、二十五日、「美濃国の逆賊等、誅伐せられ了んぬ」と見え、その頃頼朝が病むといった噂まで流れていたらしい。『平家物語』は、こうした状況を語らず、単純化して父、院の身を案じる高倉上皇の死、それを悲嘆する法皇を受ける形で「さる程に」と義仲を語り始めるのだった。

京での噂、信濃国に「木曾冠者義仲といふ源氏ありと聞えけり」。物語の重要人物を位置づける、いくさ物語の型として、その義仲の素姓から語り起こす。

『保元物語』で乱後、清盛の「和讒《わざん》」、上皇、あるいはその側近との申し合わせ内談に遭って、子息義朝の手にかかり斬られた源為義、その次男、義賢《よしかた》が義朝の長男、悪源太義平に討たれたと言う。この河内源氏内の分裂が、この後、どのように展開するのか。『平治物語』待賢門の戦でも義平が、その名のりに、十五歳の年、「武蔵国大蔵《おおくら》の城の合戦に」叔父義賢を「手にかけて討」ったと言及していた。義平は坂東にあって三浦の支援を得た。上野国《こうずけのくに》多胡《ご》郡に住む義賢が、武蔵に力を拡大しつつあった兄義朝と対立し、その長男の手にかかって討たれ、河内源氏内が分裂したのだった。当時「二歳なりし」義仲を乳母の夫であった中原兼遠《なかはらかねとお》が「懐《いだ》き信濃国木曾に遁れこれを養育せしむ」と『吾妻鏡』は記録する。(2) それを物語は、遊女だった母が「なくなくかかへて、信濃へ越え」、兼遠に養育を依頼することを、「女人」の物語として語る。当時、河内源氏の為義・義朝らが東国に力を扶植し続けた。この間、宿場の長《おさ》とも交流を持ったのだが、貴族にも遊女を母とする者を数える時代である。交通の要所、土地の神がからまる性が歴史を動かす。その経過の中で義仲が登場したと語るのだった。

　成長するにつれて「心も剛也けり」、世にまれな「強弓《つよゆみ》・勢兵《せいびょう》」、徒歩戦・騎馬戦のいずれにもすぐれた武人だった。同じ清和源氏ながら、美福門院・二条天皇に接近し以仁王に挙兵を促した京侍、頼政とは違った育ちである。なお

2　治承四年九月七日の条。

頼政をして義朝への合流を踏みとどまらせたのが義平の、頼政に対する罵詈雑言であったことを『平治物語』は語っていた。ここにも清和源氏の分裂を見ている。義仲は兼遠の妻を乳母とし、その子息兼平《かねひら》と乳兄弟になった。この兼平が義仲を支えてゆくことになる。

頼朝が東国に挙兵、富士川に勝利したとの噂を耳にした義仲は兼遠に、「義仲も東山《とうせん》・北陸《ほくりく》両道を従へて、今一日も先に平家を攻め落とし、たとへば日本国二人の将軍と言はればや」と語って兼遠を喜ばせる。王を欠く東国や木曾には貴族としての階層が無く、人々は平等を志向したのか。その現れが、この義仲の発言になった。京に育った頼朝には通用しない思考であった。義仲にとって、この「将軍」は、古代の夷狄《いてき》討伐の将軍ではなく、後述の頼朝にならった武士の長としての将軍である。この義仲の思いが後日殃《わざわ》いすることに気づかない。この後、巻九、頼朝に先懸けて入洛し、それゆえに悲劇を招くことになるのだが、この場では、義仲の決意を聞いた兼遠が「誠に八幡殿（義家）の御末ともおぼえさせ給へ」と、たのもしく思った。地方の豪族、中原には貴種源氏へ寄せる期待があったと読める。その義仲が奥州、後三年合戦にも名を挙げた義家を意識している。兼遠を連れて上洛、平家の奢れる振る舞いを目にして機会を狙っていたと語るのである。「四代の祖父(3)」義家にあやかろうと、源氏が軍神と仰ぐ石清水《いわしみず》八幡へ参り、その神前で元服をとげ、義仲と名のった。『平

3　祖父為義の父は、乱行により討伐された義親だから、義家はさらに一代前である。

治物語』を継ぐ源氏の物語である。兼遠に勧められて廻文《めぐらしぶみ》を廻し「信濃一国の兵」を味方につけ、さらに亡父義賢が力を扶植していた上野国《こうずけ》、多胡《たこ》の兵をも「皆従ひ」つかせた。それを「平家末になる折をえて」、「源氏の年来の素懐をとげんとす」とは、『保元物語』から『平治物語』へかけての、清盛に遅れをとった義朝の思いを体した語りである。ちなみに義仲の行動開始は、巻五の富士川合戦の頃のことであるのだが、それを清盛の奢りを受けて、この位置に語るのが物語の歴史語りである。物語としての語りの順序である。

義仲が、この後、状況が変化する中で、どのように行動し、変わってゆくのか、それが、物語に即した歴史の読みである。「木曾といふ所は信濃にとッても南のはし、美濃境ひなりければ、都は無下《むげ》にほど近し」。地方ながら京との交流も可能だったと言うのか。義仲挙兵の報に接した清盛は、桓武平氏、出羽城介《じょうのすけ》繁成の子孫、越後の豪族、城資長《すけなが》・資茂《すけもち》兄弟(4)に期待し、治承五年（一一八一）「二月一日」資長を越後守に任じた。両人に命じれば「やすう討ッてまゐらせてんず」と怖れることがなかったと言う。

資長に義仲追討を指示するが、この頼朝・義仲の動きに呼応して、河内源氏義基《よしもと》らが平家に背き、平家がこれを討つ。しかし「同十二日」鎮西の緒方惟義《おがたこれよし》が、「同十六日」伊予の河野通清《こうのみちきよ》が挙兵、その動きが安芸へ波及、四国の兵が河野に従うとの報せが届く。この動きの連鎖、相次ぐ日付の打ち込み、石母田

飛脚到来

4　桓武平氏、秋田城の介であった貞成に始まる豪族。

正(5)が言う「年代記的な」叙述が「状況の統一」を「保って」いる。平家琵琶では朗誦シラブル型の勇壮な〔口説〕と朗読調の〔白声〕で淡々と叙事的に語る。(6)〔拾〕を挟みながら平明な朗誦

この間、美濃の行家の動きなど多面にわたる動きを語るのが読み本であるが、語り本は単純化し、義仲の動きへ収斂して語りのモチーフは明快である。清盛の強気を危ぶむ京の人々が「内々」、「東国のそむくだにあるに、北国さへこはいかに」と騒ぐわけである。逢坂《おうさか》の関を越える東の国と言っても、美濃・信濃・越前などは、京との往来も盛んで、坂東に比べて身近な地であるのが中世の人々の実感であったか。にも関わらず清盛は、義仲の背後に位置する越後の城氏《じょうし》を頼みとしたと、その甘さを語る。

5　石母田正『平家物語』（新書）岩波書店　一九五七年

6　平家琵琶の曲節については山下『琵琶法師の『平家物語』と能』二〇〇六年　塙書房

〈参考〉

元木泰雄『河内源氏』（新書）中央公論社　二〇一一年

九　盛んなる者、清盛の死

清盛悶死

義仲の動きに対して、物語では治承五年（一一八一）二月一日、かねて清盛が志を通じていた越後の城資長を朝廷が越後守に任じる。[1] 洛中、「大臣以下、家々に」尊勝陀羅尼《そんしょうだらに》を書写、不動明王を供養して、兵乱鎮定を祈願、「同じき九日」、頼朝に内通する河内に住む源氏の石河義基《いしかわよしもと》・義兼《よしかね》父子を討伐、「十一日」高倉上皇諒闇《りょうあん》の期間にもかかわらず、義基の首の大路渡しを強行する。

そこへ相次ぎ飛脚が到来。『玉葉』によれば、九日に首渡しが行われていた。物語はそれを十一日にずらし、「同じき十二日」緒方ら鎮西、九州の勢、「同じき十六日」、伊予の河野ら四国勢が平氏に離反、平氏に同心する備後、額《ぬかの》入道西寂《さいじゃく》に河野が逆襲されたことを飛脚が報じると記録的に列挙し、状況の急激な変化を〈口説〉〈白声〉を軸に勇壮な〈拾〉をも取り込んで語る。四国の兵が、なだれをうって河野に従う。あの以仁王の反乱に平家に忠義立てした熊野別当湛増までもが源氏に寝返り、さらに「東国・北国ことごとく」が平家に背く。「南海・西海」の急変に「世は只今失せなんずとて」、「心ある人々」の嘆

入道死去

1　記録では養和元年（一一八一）八月十五日、助長の弟助職（助茂・資茂）を越後守に任じる。人間関係を単純化して設定する語りである。

き悲しまぬ者がなかったと語る。『平治物語』の特に古本に聞こえて来る人々の声である。

重ねて「同じき（治承五年二月）廿三日、公卿僉議あり」、権大納言の官を辞して武将としての任に復していた前右大将宗盛が、前年十月、富士川敗走の名誉回復を志し、「今度」「大将軍を承ッて」「東国（頼朝ら）北国（義仲）の凶徒等追討」に向かおうと言うのを「諸卿」が賛同する。ここで宗盛が攻略しようとしたのは東国の頼朝であり、義仲までは意中になかったらしい。それを物語の連鎖として、このように宗盛を発言させ、「公卿僉議」の場で承知したと語るが、その僉議の記録は見当たらない。記録では二十六日になって「伝へ聞く、関東の徒党（頼朝らをさす）其勢数万に及ぶ」（『玉葉』）、その報により、宗盛らが発向の決意、しかしその日取りを「来月六、七日の頃と云々」と言うから、対応が遅い。『玉葉』は、二十七日の条に清盛が「頭風」を病むこと、この頃諸国の動きが不穏になることを記録する。

物語では「同じき廿七日」いよいよ宗盛らが発向しようとするやさき「入道相国違例の御心ちとて」出兵をとりやめる。「明くる廿八日より、（清盛が）重病をうけ給へりとて、京中、六波羅、すはしつる事をとぞささやきける」、それ見たことかとのささやきがあったとは、当然、これまでの遷都、富士川敗走、奈良炎上へと重なる清盛の横暴や平家の動きに対する、世の人々の、ひそかな揶揄である。病床の清盛は、水も呑めず、高熱に「あたく〳〵」とうめくのみ。清盛の体を冷やそうと注ぐ叡山山王千手堂《せんじゅどう》の本尊千手観音に供える霊水、筧《かけひ》でかける水も受けつけず、その様は焦熱地獄さながらの光景だったと語る。清盛の北の方、二位（時子）の夢に、閻魔王があの奈良炎上に大仏を焼き滅ぼした咎により、清盛を無間《むげん》地獄に迎える獄卒の車を送り来ると見る。人々の「霊仏・霊社」への祈祷も効果なく、「同じき閏《うるう》二月二日」、二位殿が清盛に遺言を促す。

さすがの清盛も苦しい息の下に「われ保元・平治よりこのかた度々《どど》の朝敵をたひらげ」とは、早く『保元物語』『平治物語』以来、『平家物語』へと語り続けて来た平家の足跡である。「帝祖（帝の祖父）・太政大臣にいたり、栄花子孫に及ぶ」も巻三「御産」以下、語って来たところで、「今生の望み一事ものこる処なし」とは、厳島へ納めた清盛自筆願文にも見える言葉だが、「ただし思ひおく事とては」、木曾の義仲ら諸国に動乱の波を起こした頼朝の忘恩に対する怒りである。死後、一切の仏事供養は無用、討手を下し、頼朝の首をとって墓前に供えよと言い切り、「あつち死」、はね回って悶死する。死後のことなど全く意にしない、盛んなる者にふさわしい死である。清盛なりに『平治物語』からの流れである頼朝や義仲の動きをとらえ得ている。

ちなみに清盛の死後数か月、義仲追討の平家軍が動く頃、頼朝は院に対し、王朝に背く思いはない、「偏に君の御敵を伐たんためなり」、平家を滅ぼしてはならぬと言うなら、「古昔の如く」源平が並んで王権に奉仕をしようと提案した。しかし宗盛が亡父臨終の詞として、「我が子孫一人と雖も生き残らば骸を頼朝の前に曝すべし」とあった、その亡父の遺命に従うと言ったと言う。兵部少輔尹明《ただあき》が「密語する所なり」として兼実が『玉葉』養和元年[2]八月一日の条に記すところであった。清盛、六十四歳、九条河原口、盛国《もりくに》邸での死だった。越中前司平盛俊の父盛国で、もともと平家の一門であった。

その清盛の死に、町中、「馬・車のはせちがふ音」という騒ぎとなる。「同じき七日」、六波羅から清水坂へ登る六道が辻、珍皇寺《ちんこうじ》の地、愛宕《おたぎ》で荼毘に付す。その遺骨を清盛の近臣であった円実《えんじつ》法眼が、福原、経《きょう》の島に納めたと語るのだが、『吾妻鏡』治承五年閏二月四日の条に、播磨国の山田、法華堂に葬るよう、京での供養は無用、東国征伐に励むようにと遺言したと記す。神戸市垂水区に山田の地名が残る。一説には今の兵庫、能福寺《のうふくじ》の辺りとも言う。物語は、諸説を清盛ゆかりの経の島にまとめたもので、

> さしも日本一州に名をあげ、威をふるひし人なれども、身はひとときの煙となッて、都の空に立ちのぼり、かばねはしばしやすらひて、浜の砂《まさご》にたはぶれつつ、むなしき土とぞなりたまふ。

と、これは句を閉じるための構成、さらに死を語るのにふさわしい抒情性の濃い曲節〔初重〕〔中音〕で謡い結ぶ。物語の序章で「心も詞も及ばれ」ぬ「盛んなる

2　七月十四日、養和と改元していた。（後述本書126頁）

者」とした清盛の死に無常の摂理を抒情的に謡うのだった。この清盛の「あっち死」は、髄膜炎であろうとも言うが、物語の読みとして、これまで語って来た悪行の数々ゆえの熱病、「あっち死」、清盛にふさわしい、死との対決であった。

顕者にまで数えられた清盛

簗島

『平家物語』は主要人物の死に、その生前を回想する。あの辛口批評で定評のある九条兼実が清盛死去の翌五日の条に、辛辣な語を連ねながら清盛を回想している。しかし物語では「まことにはただ人ともおぼえぬ」清盛であったと、その死後の怪異を連鎖的に積み重ねて語る。葬送の夜、西八条の邸が焼失、それも放火との噂は、人の恨みを想定する。六波羅南に舞歌を囃し乱舞する二、三十人の声がする。高倉上皇の死から清盛の死へと天下が喪に服するおりから、この二、三年、院不在の法住寺殿の御所を預かる者たちが酒を飲み、はめを外しているのを捕らえてみたものの、酒の上のこと、他意なしと放免する。編年史『百錬抄《ひゃくれんしょう》』が類似の記録を残し、清盛の死後、仏事は一切なく、いくさの僉議《せんぎ》ばかりだったと記す。『玉葉』の閏二月四日の条にすでに清盛の死の噂を記録しているが、翌五日の条に「昨日の朝」、円実法眼が清盛の遺言として「万事宗盛に仰せ付け了んぬ、毎事仰せ合はせ、計らひ行はるべきなりと云々」とあったことを法皇に奏したと記す。清盛なりに死後の一門に不安を感じ、死に際まで思いをめぐらしていたらしい。そして六日、院の殿上でも法皇らが関東乱逆について僉議したと記す。それを物語はもっぱら清盛の盛んであったことを語る。さらに清盛の生前を回想し、日吉《ひえ》山王参詣に摂関家の春日明神参りや宇治入りを越える盛儀であったとは、頼通らの盛儀をも越えるとするのであろう。一門の栄花を支えて来た宋との交易の便に、大風をも一切経供養を以て凌ぎ、島を福原に築き、上下、船の往来を盛んにしたと語る。平家が宋との交易に目をつけたのは、鳥羽院の忠盛の時代だった。

慈心房

　さらに、その出生にまで遡って清盛を語る。物語の重要人物の生前を回想し物語として語る、挿話的な語りであるが、それは、その人物を読む上の補説として語るもので、事実いかんは課題ではない。物語としての解釈である。古老が語るところとして摂津国清澄寺《せいちょうじ》の住僧、慈心房尊恵《じしんぼうそんえ》が見た夢に、閻魔王から、清盛は、天台仏法護持のために慈恵《じえ》僧正が再誕したものだとし、かれを讃歎する偈《げ》を下された。夢醒めた尊恵が西八条へ参り閻王からの文を渡す。喜ぶ清盛を以後、天台教学、中興の祖と言われる第十八代天台座主良源、慈恵《じえ》僧正の再誕であると人は知ったと語る。この話は『古今著聞集』二「釈教」にも見える。ちなみに王権との関わりに藤原氏の座を確立した道長を『大鏡』五が弘法大師の再誕と語ったのだった。清盛の場合は、その類推による語りである。史実としての虚構いかんを越え、偉人の生まれを解釈し語る話形を採用したのが物語としての読みである。清盛が『法華経』の信者で、若い頃、高野の「大塔建立」

にも「わが頸の血をいだいて」曼荼羅を書いて献じ、長寛二年（一一六四）、四十七歳の年、発願し、仁安二年（一一六七）『法華経』など『平家納経』を一門が厳島に奉納している。それに慈恵僧正良源再誕説については、大隅和雄の『愚管抄』をめぐる論(3)を援用すれば、王権授与者を決める天照大神以下、時代の動きを見届ける冥衆が、その化現として四人の顕者を送る、その一人であったことになる。

さらに、「又ある人の申けるは」として、清盛の父が、忠盛ではなく、白河天皇で、天皇の胤《たね》を宿していた思い人、祇園女御を忠盛が賜り、生まれたのが清盛であると、その名の由来まで説話として語る。忠盛が、祇園女御のもとへ通う白河院に同行し、途上「御堂の承仕法師《じょうじほうし》」(4)を危うく「変化《へんげ》のもの」と誤り殺すところを大事に至らなかった、その手柄に院の胤を宿す祇園女御を下し賜った、その女御の生んだ子だとし、熊野御幸の途上、生まれた子が男であったと知った白河院が名付け親になったとまで語るところに物語としての語りがある。「荒淫のすさまじい」白河の落胤、母は白河に仕える女房だったとも言う(5)。事実の如何を越えた物語としての語りである。

この白河の愛顧を得ていた正盛が源義親の追討を果たし、六波羅の地に私堂を建立、拠点とした。白河の猶子として鳥羽に入内したのが待賢門院璋子《しょうし》であった。その白河院の落胤が清盛であったとするのに、大職冠、藤原鎌足《かまたり》が、天智

3　大隅和雄『愚管抄を読む』平凡社　一九八六年

祇園女御

4　小田雄三は中世寺院における後戸と承仕の関係を説く。

5　高橋昌明『清盛以前』平凡社　二〇一一年が、史実を逐う角田文衛や赤松俊秀らの説を整理して落胤説は揺るがないとするのだが。ちなみに同著増補改訂版の補注に中世神話説話論を示唆し、祇園女御妹説にも疑念を示すらしい。

天皇の胤を孕んでいた女御を賜り、生まれたのが、不比等《ふひと》の兄、定恵《じょうえ》であるとの話まで引き、「白河院の御子にておはしければにや、さばかりの天下の大事、都うつりなンどいふたやすからぬ事ども」思い立ったと語るのだった。[6] 院政を確立した白河と、その孫、鳥羽との不仲も、こうした清盛をめぐる落胤説を支えることになったのだろう。史実かどうかを越えて白河上皇に仕えた忠盛の武勇を語りながら、摂関家に並び王権補佐の座に着こうとした清盛の行動を解釈し、補足する説話語りである。真相を語ろうとするものではない。これらの挿話から清盛出生の真相を想定してかかるのは、物語の読みとしては転倒した理解であるまいか。

　さらに清盛を扶けた五条大納言邦綱が清盛の後を追って死去したことまで語る。この邦綱は清盛の側近として仕え、平家繁昌に番頭頭を演じた。『官職秘抄』によると「四位上臈《しいじょうろう》」を任じるとされる伊予・播磨[7]など受領の最高官を歴任して巨富を蓄積、後白河との間に立って憲仁《のりひと》（高倉）を皇太子に立て、福原遷都には、大福長者として、清盛の「はからひに」より里内裏造営の任に指名された。その家系から見て異例の昇進であるが、娘に参議成頼の室で、六条院の乳母成子、高倉院の乳母邦子、それに平重衡の室、大納言佐《だいなごんのすけ》、安徳天皇の乳母大納言典侍《ないし》輔子がある。福原の里内裏については、巻七「福原落」にも、「五条大納言邦綱卿承ッて造進せられし」と回想しているし、重衡についても、

6　延慶本は、天智天皇の落胤を淡海公こと、不比等とし、清盛の落胤説については、その子孫が続いて繁昌しなかったことから「此事僻事ニテゾ有ラム」とする。

7　元木泰雄『河内源氏』（新書）中央公論社　二〇一一年

巻十一「重衡被斬」に「此重衡卿の北方と申は鳥飼の中納言惟実《これざね》の女《むすめ》、五条大納言邦綱卿の養子、先帝（安徳）の乳母大納言佐殿とぞ申ける」と言う。この室は後日、物語の結び、建礼門院の大原隠棲にも同行し、女院の臨終を看取り、みずからも「往生の素懐をとげける」として、物語の構成に重要な位置を占める。清盛の栄花のかげに邦綱の献身的な奉公があったことを、王権との関わりの中で列伝的に語る物語である。この「邦綱之沙汰」を当道座では室町時代には特別に扱っていた。これを欠く本があった。

法皇の復帰　「同じき（治承五年閏二月）廿二日」、法皇が院の御所法住寺殿へ移ろうとするのは、清盛の死により院政の復活を語る。この御所は応保三年（一一六三）、日吉山王・熊野権現の加護を考え「新《いま》比叡・新熊野なンどまぢかう勧請し奉り」造営と言うが、法住寺殿の造営は、実は二年前の永暦二年四月である。それを応保三年とし、「此の二、三年は平家の悪行によ」り御幸が叶わず荒廃していたと語る。宗盛が「修理して御幸なし奉るべきよし」申し出るが、法皇は無用と拒辞、ただちに御幸、まず見るのが、故建春門院（滋子）の御所であった。亡き女院との仲を『長恨歌』の楊貴妃をしのぶ玄宗《げんそう》皇帝にみずからを重ねて思う物語の法皇である。王権維持に努める法皇は、「三月一日」、解かれていた南都の僧綱を本官に復し、焼失した東大寺大仏殿の再興に着手、蔵人左少弁行隆《ゆきたか》を、(8)その奉行に当てる。巻三、清盛のクーデター「大臣流罪」の際に、清盛により回復されていた。この行隆の生涯も数奇である。

坂東軍の動き　「同じき三月十日」美濃の目代《もくだい》（代官）が早馬で東国軍の接近を報せる。以下、この記録列記のスタイルが経過を語る。知盛ら三万余騎の大軍が発向し、これに対決する源氏の大将軍行家《ゆきいえ》・義円《ぎえん》の率いる六千余騎が「尾張川（木曾川）」に、兵法に背き、川を背後にして攻めたため敗走、義円は深入りして討死する。『平治物語』で清盛に助命された常盤《ときわ》腹三人のうちの一人、義経の同腹の兄乙若《おとわか》である。叔父行家も三河へ敗走する。しかし攻める平家軍の大将の知盛が「いたはりあッて」帰洛してしまう。清盛の死により、「運命の末になる」平家に従う者はなく、「東国には草も木もみな源氏に」なびいたと結ぶ。『玉葉』によれば、清盛の死に先立つ二月一日の条に、これらの経過を記す。『吾妻鏡』でも変わらない。物語は、その順序を清盛の死後にすることで、平家の運が末になることを強調して語るのである。

「さる程に」と話題を変える。この前、義仲の挙兵時、二月一日、清盛が城《じょうの》(9)資長を越後守に任じことを語っていた。(10)事実は八月十四日、資長の弟資茂《すけもと》（資職）を任じたのであるが、それを二か月遡る六月のこととし、その資長が朝恩に感じ出陣するが、天候が急変、南都東大寺の大仏を焼滅させた平家に味

8　その子息の行長が『平家物語』の作者に擬せられる。

嗄声

9　秋田城介となった桓武平氏の豪族。

10　本書114頁

方するとの冥衆の声が聞こえ、「黒雲一むら」が覆った瞬間、資長は落馬、「三時《みとき》」ばかりして死去する。ここで世直しのため七月十四日、養和《ようわ》と改元。その月の十二日にすでに、改元の動きのあったことがうかがえるのだが、それを資長の怪死を直接の契機として改元、あの治承三年、清盛のクーデターによって流罪された基房や師長らが非常の大赦により帰洛することになる。物語として個々の異変が、状況の急激な変化を引き寄せると語る。

八月七日、太政官庁で国家安穏を祈る大仁王会《だいにんおうえ》を行い、九月一日、伊勢大神宮へ勅使が立つが途中、急死する。同じく国家鎮護・怨敵降伏を祈る実玄《じつげん》が、源氏ならぬ平家を朝敵として、その調伏を祈っていたことが判明。物語の語る経過として、まさに平家が朝敵になっていた。その実玄が、後日、頼朝に評価され、大僧正に推されることを先取りしてまで語る。(11) かれは『平治物語』で、痛烈な批判や落首を詠んだ藤原伊通《これみち》の孫である。

十二月二十四日、幼帝（安徳）には異例、母后徳子に建礼門院の院号が宣下される。事実は十一月二十五日のことだが、それを、あわただしい年の暮れのこととし、年改まって養和二年となり、二月二十一日に、兵乱を予告する金星出現の異変が発生する。こうした状況の中、「三月十日」平家一門に除目が行われ、教盛らが昇進、四月十五日、日吉社での『法華経』一万部転読の儀に法皇も参加する。世を鎮めるためであろうが、「何者の申し出したりけるやらん」、

横田河原合戦

11　元暦二年（一一八五）一月、権律師、その夏、死去している。

またもや法皇が山門の大衆に平家追討を命じたとの噂が立つ。平家一門が六波羅に集まり、重衡が法皇を保護するために迎えに日吉へ参るのを、山門ではこれを襲撃と見て騒動する。いずれも「是跡形《これあとかた》なき事ども」であったとは、冥衆が背後にあると語るのだろう。「同じき四月廿日」、飢饉・疾疫の鎮めに二十二社へ官幣を捧げる。法皇の発意により、「五月廿四日」寿永《じゅえい》と改元。当時、従一位右大臣であった兼実は「改元全く物の用に叶ふべからざる」と切って捨てる。見て来たような日付の打ち込みが、あわただしい動きを語る。

そして横田[12]の河原での合戦。資茂を「長茂《ながもち》」と改名させ「同じき九月二日」、四万余騎を率いて木曾追討に発向、九日、横田河原に陣を構えるが、義仲の北国合戦以来の戦略、奇策に遭って敗走。歴史の記録としては前年の事件をここに平家の、状況への対応として語る。「同じき十六日」宗盛が大納言に還任《げんにん》、「十月三日」には内大臣に昇り、「同じき七日」「悦び申しあり」とは皮肉である。ちなみに『公卿補任』によれば、前年治承三年二月、権大納言・大将を辞し、閏二月には亡父の喪に服すると見える。それが九月四日には（権）大納言、その十月三日には内大臣に昇る。右大臣であった兼実は、これを大臣に昇るために権大納言に復したのだと記している[13]。宗盛は、時に三十六歳であった。同じ十月七日、内大臣が「兵仗《ひょうじょう》を給はり[14]」、九日、「此の日内大臣拝賀を申さんと欲すと云々、然れども院の穢れにより延引、来たる十三日と云々」、十三日

12　今の長野市内。

13　寿永元年九月四日の条。

14　武器を携帯する近衛の兵の守護を受ける資格を与えられる。

の条には「内大臣拝賀、……内大臣扈従《こじゅう》公卿十二人、殿上人十五人と云々、三位中将頼実《よりざね》扈従す。弾指すべし弾指すべし」と批判する。物語は「東国・北国の源氏」蜂起する騒動の中の除目、「なか〳〵言ふかひなうぞ見えた」とは、平家の対応をあきれる語りである。明けて寿永二年、宗盛が節会などの儀を勤め、主上安徳が院御所法住寺殿へ朝覲《ちょうきん》行幸、宗盛は従一位に昇る。さすが「兵乱つつしみのゆゑに」戦乱の責任をとって内大臣を辞任するとは、ちぐはぐな平家の動きである。

以上、高倉上皇、清盛の死を契機に、あわただしい諸国の動き、源氏の動きに「院宣・宣旨もみな平家の下知《げち》とのみ心得て、従ひつくものなかりけり」と巻第六を結ぶ。清盛の死後、厳しい状況に置かれる平家を治承五年一月一日に始まり、治承から養和、さらに寿永へと一年も待たずに二度の改元、その寿永二年二月で結ぶ速い語りである。あわただしい記録語りの連続が、追い込まれる平家を語る。

（参考）
小松茂美『平家納経』戎光祥出版　二〇〇五年
上横手雅敬『源平争乱と平家物語』角川書店　二〇〇一年
高橋昌明「よみがえる龍」『別冊太陽　平清盛』二〇〇一年十一月

十　義仲、破局へ　多様な武士の生き様

頼朝、義仲に疑念　以仁王の令旨《りょうじ》を契機に挙兵した義仲を、物語はどのように位置づけるのか。同じ語り本ながら、公的な記録にこだわる古本[1]が巻七を寿永二年（一一八三）二月、主上、安徳の、法住寺殿院御所への朝覲《ちょうきん》の行幸を以て始めるのを、語りの正本、覚一本「平家」は兄頼朝との不和に始まる義仲の動きを軸に語り、後半、この義仲に押されて都落ちする平家公達の動きを列伝的に語るために長い物語となる。

「寿永二年三月上旬」、義仲と頼朝の仲が不和になる、その原因を、読み本は、義仲の叔父行家《ゆきいえ》が、これまでの戦で共に戦い討死した「子息ヲ始トシテ」家来たちの霊を弔うために「国一ケ所」を預けよと頼朝に請うが、頼朝は、義仲にならって思いのままにみずからが取るのがよかろうと却ける。頼朝を頼りにできぬと判断した行家が義仲を頼って信濃へ下ったのを、頼朝は、行家に促されて義仲が背くと疑った。それに読み本によれば、甲斐源氏の武田信光《たけだのぶみつ》が頼朝に告げ口する。亡き重盛の娘が十八歳になるのを、平宗盛が養女にし、義仲を、その聟として取りこもうとすると言う。清和源氏、武田氏は、義家の弟義光《よしてる》の

清水冠者

1　江戸時代の国学者屋代弘賢《やしろひろかた》が旧蔵したことから屋代本と呼ぶ。

息、義清に始まる。その義清の曾孫、信光が義仲の息、義基を聟にとろうとしたのを義仲が拒み、信光を侮辱したために信光が頼朝に讒言に及んだと言うのである。読み本が源氏の内紛を語るのを「平家」は、単純化して、頼朝との仲に限定し、義仲は叔父行家が頼朝を恨み頼ってきたのを庇護するばかりで、義仲に頼朝に対する意趣はないと言う。この行家は、この後も院に接近を図り、院と義仲との間を隔てようとするなど(2)、物語では芳しくない。為義の末子、熊野育ちの男である。頼朝も行家には好感を抱かない、それを義仲が一時でもかばおうとしたのを頼朝が警戒して出陣を決断、両者が信濃と越後の境、熊坂《くまさか》山で対決する構えである。横田河原合戦での義仲の行動に頼朝が警戒の念をかき立てたかと、物語のつながりから読める。義仲は乳人子の今井四郎兼平《かねひら》を使者に送って弁明に努める。

御辺《ごへん》は東八か国をうち従へて東海道より攻めのぼり平家を追ひ落さむとし給なり。義仲も東山・北陸両道を従へ、今一日もさきに平家を攻め落さむとする事でこそあれ

とは、巻六「廻文」(3)で挙兵当時、乳人兼遠《かねとお》に心構えとして語ったところだが、源氏の嫡男を以て自認する頼朝を相手にして、この弁は拙《まず》い。木曾育ちの義仲に頼朝の貴種意識はわかるまい。はたせるかな頼朝が討手を差し向ける。ここで義仲は十一歳になる嫡子、清水《しみず》冠者義重《よししげ》(義基)を人質として差し出す。こ

2 本書172頁

3 本書113頁

れを読み本の『源平盛衰記』は、頼朝の側から差し出すよう指示したとし、やはり頼朝の影が濃い。子息を人質として差し出す場合、十二歳前後、神聖な証人の役割を担わせた。「いまだ成人の子を持た」ぬ頼朝は、義仲の申し入れを容れ、義重を養子にしようと具して鎌倉へ帰る。頼朝には平時政の娘、政子との間に、寿永元年八月頼家《よりいえ》を設けていたが、まだ三歳の幼児である。義重の母を『尊卑分脈』は今井兼平の娘とし、『源平盛衰記』は兼平の妹とする。後日、この冠者が頼朝の娘大姫《おおひめ》と相愛の仲になり、頼朝に阻まれ悲劇の主になるのだった。(4)しかし「平家」は、やはりそこまで語らない。

頼朝・義仲両人の対立を物語から推測すれば、義仲の父、義賢が、義仲には伯父に当たる義朝、その長男の義平に討たれたことに端を発する。巻六では、東海道から攻め上って平家を追い落とそうとする頼朝と並んで義仲が東山・北陸両道から頼朝に先駆けて京攻めを考えていた。後日、義仲が先行して入洛したことを、語り手は項羽《こうう》を怖れて身を慎しみ、後日、漢の高祖になった沛公《はいこう》のような思慮に欠けると批判することになるのだった。(5)一方、頼朝は富士川に平家の軍を破りながらも、(6)駿河を一条、遠江を安田に預けて相模へとって返している。同じ清和源氏ながら、坂東上野《こうずけ》を拠点とした義賢を父とし、遊女を母として木曾へ下り、山国に育った野人の義仲は、尾張の豪族、熱田大宮司藤原季範《すえのり》の娘を母として鎌倉を拠点にしながら京との交流を保とうとした頼朝、こ

4　室町時代の物語『清水冠者物語』となる。

5　巻九「樋口被誅罰」に回想語りとして見える。本書191頁

6　本書102頁

の両人の育ちの違いは明らかである。変革期ゆえに、王権をめぐる諸勢力が、いずれも内部分裂を繰り返す中での源氏の頼朝と義仲の対立である。対話すべき他者を欠いた、ひとりよがりの義仲の喜劇であり悲劇でもある。頼朝は、後日巻十二、義経にも疑念を抱くことになる。それにしても義仲は、なぜここで頼朝に対して腰を引くのか。その原因は、保元から平治を受けて、物語が義朝系を源氏の直系と見て来たことに求められよう。

北国下向

平家公達、義仲攻めに発向　「さる程に」木曾義仲が支配下に置く東山《とうせん》・北陸《ほくろく》両道の五万余騎を具して京攻めするとの噂が立つ。平家は朝儀に従い、馬を若草で飼わせる四月、「いくさあるべし」と披露していた。年中行事など意に解しない義仲との発想のずれがある。諸国の兵が京の平家のもとへ馳せ参る。とは言え西国は、すべてが平家に応じるが、東山道《とうせんどう》は近江・美濃・飛騨のみ、東海道は遠江より西、北陸道《ほくろくどう》は若狭以南のみが参る。物語における宗盛は、まず東山・北陸道の義仲を討ち、ついで坂東の頼朝を討とうとする。朝廷や平家が攻めようとしたのは義仲ではなく、頼朝だったと言われる。清盛の嫡孫、維盛ら六人を大将軍に「其の勢十万余騎」が発向する。事実は、数時に別れて発向したらしいが、物語は逸る平家の意気込みを語り、その軍勢は義仲軍の倍を数える。宗盛ら一門の中核が京を固める。しかし、その軍の進めようと言えば、官軍は、軍費一切を道中で調達する権限を与えられ、「権門勢家《けんもんせいけ》の」「正税《しょうぜい》・官物」をも構わず奪い取って進む。そのために道中の「人民《にんみん》」は逃亡、人民を敵にまわす平家の軍の進軍である。この追討軍の道中狼藉を『玉葉』も記録している。(7)権門勢家が反発、それに「人民こらへずして、山野にみな逃散す」。

平家軍の実態は義仲軍や頼朝の坂東軍に比べられよう。しかも大将軍維盛ら先陣は北国路にかかるが、副将軍経正らは、「いまだ塩津《しおつ》・海津《かいづ》にひかへたり」、琵琶湖の西岸を北上しながら湖北を進んでいる。巻五、富士川の合戦でも東国武士と京武士の動きの違いを見たのだが、今回も依然として変わらぬゆっくりした動きである。

道中、平経正《つねまさ》が沖に見かける竹生島《ちくぶしま》に詣で弁才天に参り琵琶の秘曲を弾く。琵琶の音に感応した守護神、白竜の出現に経正は感動し、祈願成就の示現と喜ぶ歌を詠む。経正は、清盛の弟、経盛《つねもり》の長男で、父方の祖母が村上源氏皇后宮亮信雅《すけのぶまさ》の娘であるから、母は宮廷に仕える女房であったか。『保元物語』『平治物語』に見られる義朝ら河内源氏の人脈との違いが明らかである。この後、(8)平家の都落ちに、この経正が、幼時、御室《おむろ》の覚性《かくしょう》法親王に仕え、琵琶に巧みであったため、名器青山《せいざん》を下賜されていたことを語ることになる。平家公達の中でも、忠度に並ぶ風流の士であった。琵琶法師が、この弁才天を守護神として崇め、「竹生島詣」の句は当道座でも貴重な曲である。怱劇の中にも優雅な平

7　寿永二年四月十四日の条に見え、上下の訴えを宗盛がとりあげなかったと嘆き記す。

竹生島詣

8　本書149頁

家公達を語るのが琵琶法師の歴史語りである。

木曾軍、北陸に合戦　義仲は、平家の襲来に備え、越前、火打《ひうち》に城を構え、平泉寺《へいせんじ》の長吏斎明威儀師《ちょうりさいめいいぎし》ら六千余騎を待機させる。平泉寺は白山信仰を背景とする天台宗の寺で、斎明は、その長、僧の指導役であった。義仲の威は早くも近江北部に接するこの地域にまで及んでいた。平家に備え日野川合流の地に人工の湖水を造るが、斎明威儀師が平家に内通して実態を教える。喜ぶ平家が湖の水を落として攻め、林・富樫《とがし》の二城を攻め焼き払う。

寿永二年（一一八三）五月八日、平家は加賀の西端に十万余騎、大手の七万余騎を砺波《となみ》山へ、搦め手の三万余騎を志保山《しほやま》に布陣する。対して義仲は五万余騎の兵を率い、越後の国府から出陣、「わがいくさの吉例」と七手に分けて待機する。本隊は少勢で大軍を夜討ちにするために砺波山周辺に分かれて待機、平家軍とは対照的に緻密な布陣で

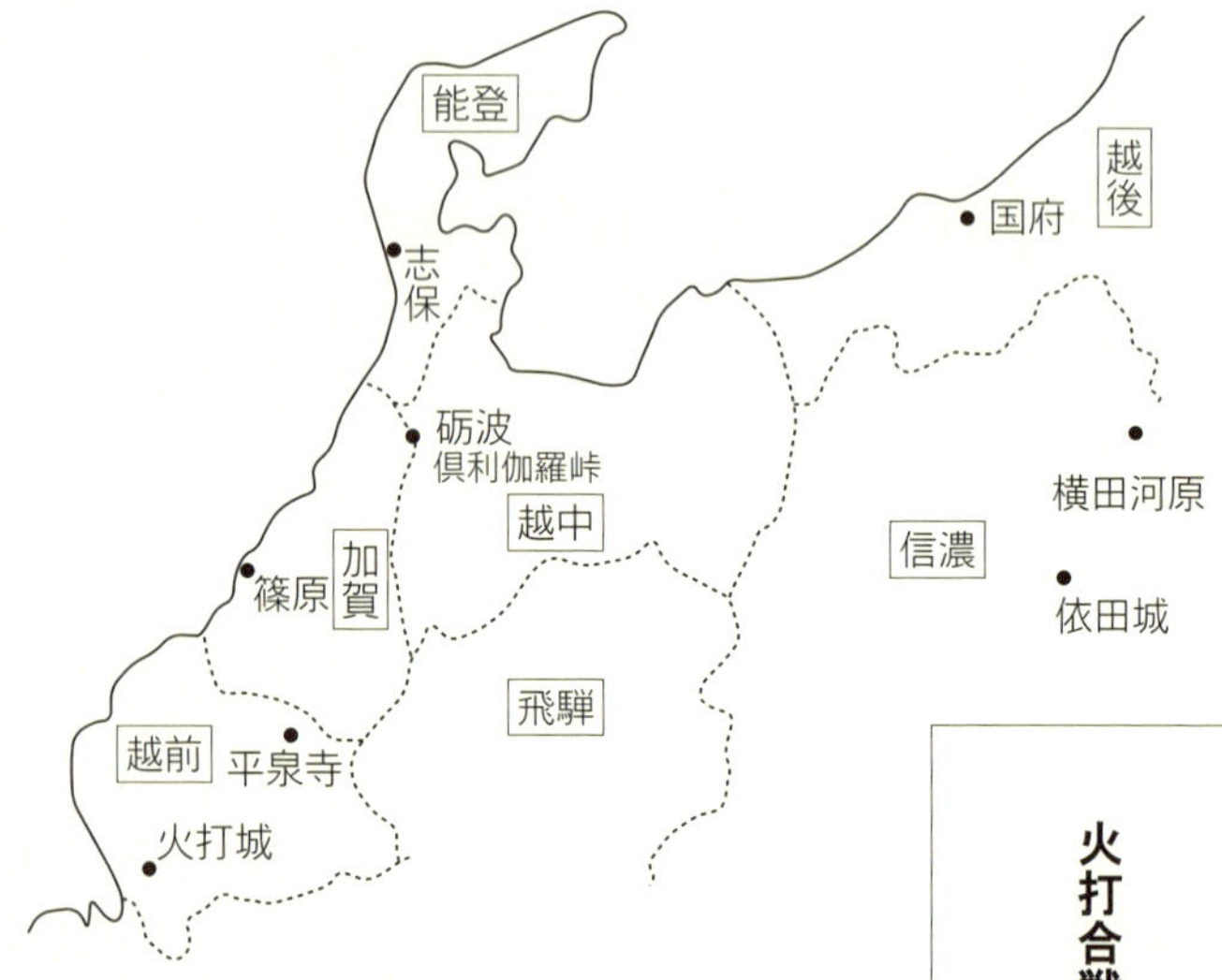

北陸合戦略図

火打合戦

ある。見かけた八幡の社に、書記役の覚明《かくめい》に戦勝祈願の願書を書かせる。あの以仁王《もちひとおう》が挙兵当時、三井寺からの要請に応える南都返牒を書き、「清盛は平氏の糟糠《そうこう》、武家の塵芥《じんかい》」ときめつけた（巻四、「南都牒状」）当人であると付言する。(9)物語内の引用である。八幡大菩薩が義仲の祈願納受の示現を見せる。

願書

　源平両軍が三町を隔てて対決する。語り手は両軍を俯瞰する姿勢を保ちながら、視点は義仲にある。倍の軍勢、十万の平家を相手に、義仲は五万の勢を以て戦うのに土地の勝手を知った利を活かし、夜、敵を倶利迦羅谷《くりからだに》へ追い落とそうと時を稼ぐ。勝手がわからず不安な平家を牽制しながら、義仲は逸る軍を制して「勝負をせさせず」。ちなみに「倶利迦羅」は修験道で息災・増益を祈る不動法の法具の意であり、八幡の神意を受け、義仲はこの不動明王の支持を感じていた。義仲の戦略を知らぬ平家を、語り手は「はかなけれ」と語る。当時の貴族の日記にも平家の敗退を記す。(10)物語は、その現地のいくさを物語として作り語る。室町時代当道座の盲人が北陸に下っていたことが記録される。現地で耳にしたところを踏まえながら、文字化したのは京の都でのことであろう。

倶利迦羅落

搦め手として谷の南北に廻っていた一万余騎が鬨の声をあげ、白旗を「雲のごとく」さし挙げる。嶮難の地で、搦め手の鬨の声に狼狽する平家、そこへ義仲が正面から鬨の声をあげ、伏兵として控えていた今井らも同じく鬨の声をあわせ「前後四万騎がおめく声、山も川もただ一度にくづるるとこそ」聞えたと語

9　本書73頁

10　『玉葉』五月十二日の条に「伝へ聞く、去る三日官軍加賀国に攻め入り合戦、両方死傷の者多しと云々」と記すのみ。

る。全く義仲の戦略のままに翻弄される平家が、先を争って谷へ落とすことになる。親に子、兄に弟、主《しゅ》に家来が、さらに馬に人、人に馬へと畳語《じょうご》表現を以て語り「さばかり深き谷一つを、平家の勢七万余騎でぞうめたりける」と義仲の策略通りの展開を〔拾〕で語り、いくさ場の惨状は哀感を帯びた〔初重〕で「巌泉《がんせん》血を流し、死骸丘をなせり」と漢文対句表現で語り、その「矢の穴、刀の疵《きず》残りて今にありとぞ承はる」とは、琵琶語りに、現場を案内する姿勢のいくさ物語の語りである。

以下、いくさ語りの終局で、あの巻四「橋合戦」(11)以来、いくさに精通していた平家軍の上総大夫判官忠綱らが討死、重盛の生前、信任を得ていた備中の瀬尾《せの》兼康《おかねやす》が加賀の倉光成澄《くらみつなりずみ》に生け捕られる。過日、平家に内通した斎明威儀師が生け捕られ、義仲が怒り即刻斬首される。大将軍維盛らは加賀へ退き、惨敗、七万余騎が二千余騎になっていた。明くる十二日、突如、奥州の雄、藤原秀衡《ひでひら》が、奥州の名馬「二疋」を義仲に献じたと言う。横田河原の合戦などに平家の行方を見通していた秀衡は、源氏へ接近する布石として義仲へよしみを通じたものと読める。義仲は八幡、白山《はくさん》神の加護を謝し、修験道の白山社へ駿馬を奉納する。後日、頼朝は、この奥州の藤原氏を攻める、その討伐を以て東国を制圧することになるのである。今回の秀衡の義仲にとった態度が頼朝を刺激することになろう。(12)

11 本書75頁

12 本書163頁

篠原合戦

平家は能登半島の志保《しほ》へ搦め手として忠度ら三万余騎を送り布陣していた。義仲は叔父行家を差し向けていたが、行家が苦戦する現場に駆けつけて攻め平家を敗走させる。この義仲軍の転戦は地理的に大きな迂回となって疑問のふしがあり、これを欠くテクストもあるのだが、物語は事実を越え、義仲の進軍を、その上洛への第一歩として語るのであった。こうしたいくさの経路については、事実よりもいくさ語りが先行する。同じ源氏ながら、畿内武士の行家とは対照的に新しい行動をとる武士が登場し、局面を拓いてゆく。頼朝挙兵を現地視点で語ることを避けた語り本が、この北国合戦を木曾義仲を軸に語るのは、平家に直接ダメージを与える合戦であるとともに、義仲の物語として、この後への伏線をなす。

真盛

東武士と畿内武士　倶利迦羅合戦に参加して平家に節を全うした者の中に、坂東育ちながら、治承四年（一一八〇）八月、頼朝が伊豆に挙兵した当時、これに従わず矢を放ち京へ上った東国武士がいた。その中の一人、斎藤別当実盛《さねもり》が合戦を前に、盛んになる源氏を見て義仲に従おうかと仲間に誘いかけ、かれらの本心を探ろうとする。翌日、俣野《またの》五郎景久《かげひさ》が、坂東に名ある者として、今、義仲に従うのは不本意、平家に殉じる決意だと語り、実盛を感心させたのだった。この後の畠山や実盛の行動を予告する語りである。敗れた平家は篠原《しのはら》に息をつぎ、陣の立て直しを図る。これを「五月廿一日」朝、義仲軍が攻める。迎え討つのが、元はと言えば坂東八平氏の畠山重能《はたけやましげよし》・小山田有重《おやまだありしげ》ら三百余騎である。結局、家来を多く討たれ敗走するのだが、続いて高橋長綱《ながつな》・武蔵有国《ありくに》らの奮戦と討死を「篠原合戦」として語る。両名とも早く巻四「橋合戦」当時から平家に従う者として見えていた。実盛と景久両人の、平家に殉じようとする語りの一環として語るのが「平家」である。坂東に住みながら、所領争いから中央の平家に従う者、それに大番の役から京に留まる者もいた。坂東武士と言っても、その出自は藤原・平家・源氏など多様で、生き方も多様である。しかも畿内の京侍とは、やはり異質である。倶利迦羅の合戦に、われ先にと谷へ落ちた畿内の武者と、東国に住む武者との違いがあった。

坂東武者実盛の死　中でも斎藤別当実盛は、越前の豪族の有仁《ありひと》の娘と結婚した鎮守府将軍藤原利仁《としひと》の子孫で、保元には為義に、平治の乱には源義朝に従って敗れ、平治の乱後は平家に従っていた。その実盛が退きながらも「返し合わせ返し合わせ」て戦う。白髪を染めて老いを隠し、宗盛の許しを得て、大将軍のいでたちで戦い、その武装に「よい敵と目をかけ」た、清和源氏の一門、手塚《てづか》太郎光盛《みつもり》が郎等の助けを得て組み討ちにする。その首実検に白髪とわかり、今井兼光が義仲に召し出され、実盛の思いを語るとは、単純に敵・味方と区別できない、この時代の武士の生き様、行動を語っている。実盛が「六十に余ッて」いくさの場に出るのに老いを隠し白髪を染めようとしていた。それに大将軍のいでたち「錦の直垂」を着ていたのは、これも元々越前生まれの身が、故郷での死に臨み、中国の朱買臣《しゅばいしん》の故事にならって故郷に錦を飾ろうと大臣殿平宗盛に願い出、許されて着用したものだと語る。巻五、(13)「富士川」での頼朝軍との戦に従軍していた実盛は、大将軍維盛に問われて坂東武者の、京侍との違いを語って、味方を怖じけさせ、みずからも戦わずして敗走したことを悔やんでいた。それゆえの今回の従軍であったと東武士実盛の歩みを語る。

その後、現地に実盛の幽霊が現れ、時宗《じしゅう》の遊行上人《ゆぎょうしょうにん》が、その霊を鎮めたという噂の記録がある。(14)当時の不安定な社会状態が、この種の怪異を生み出したのである。世阿弥が、この実盛を修羅能『実盛』に制作した。老いの身ながら、義仲を狙って戦にこだわる実盛は、まさに修羅道に堕ちねばならない武者だった。篠原の地は物語として実盛の思いの原点であり、世阿弥も、当時の疲弊する社会状態の中で、この伝承を踏まえて作能した。老齢を隠し、中国の故事を踏まえた実盛の思いは、京侍であった頼政にも通じる。飢饉を怖れる民俗では、この実盛の怨霊が蝗《いなご》となって害をなすと考え、実盛の藁人形を作り、村を引き廻し、水に流したり、火をかけて焼きはらう行事が今も行われる。飢饉と疫病に苦しむ農村の行事として定着したもので、もとよりその根幹に『平家物語』

13　本書102頁

14　『満済准后日記《まんさいじゅごうにっき》』応永二十一年（一四一四）五月十一日の条。

があるのである。

「去る四月十七日」十万余騎で北国へ発向した平家の軍が「わづかに二万余騎」となった。平家としては、まず義仲を討った勢いをかって頼朝を攻める予定であった。それが壊滅してしまう。「後を存じて少々は残さるべかりけるものをと」、またもや物見高い人々の声が聞こえる。この敗退については『玉葉』六月五日の条に、四万余騎の多くが死傷、武具をつけた者、わずか四、五騎、大略死傷・逃亡したと記録している。

（参考）

上横手雅敬『源平争乱と平家物語』角川書店　二〇〇一年
伊藤清司『サネモリ起源考』青土社　二〇〇一年

十一　平家、京を離脱、筑紫を漂泊

還亡

冥衆と王権　時代は動いている。倶利伽羅のいくさに討死した上総《かずさ》大夫忠綱の父忠清らが、清盛の死に殉じて出家していた。この父子一門は、東国へ下った藤原秀郷《ひでさと》の子孫で、平家譜代《ふだい》の家人として仕え、忠清は上総国の次官、介《すけ》であった。その子息ら、この度の戦没者の遺族が悲嘆する。ひたすら都の秩序維持を願う法皇にも冥衆、天照大神や八幡の神意が読めない。寿永二年（一一八三）六月一日には兵乱の鎮定を願い、伊勢神宮へ行幸あるべしと誓う。大神宮への行幸は、聖武《しょうむ》天皇の代、藤原内部の勢力争いに、藤原不比等《ふひと》の孫、広嗣《ひろつぐ》が反逆、その追討を祈っての行幸が始めてであった。当時、観世音寺の僧、玄昉《げんぼう》がその鎮圧を祈り行幸を行った。平城《へいぜい》天皇の后薬子《やくし》（くすこ）の乱に、賀茂に斎院を立て、将門《まさかど》・純友《すみとも》の乱に八幡の臨時の祭りを行った。その先例に従ったのだが、はたして神々の同意が得られるのか、われわれ読者は物語を通してその行方を知っているのだが。転換期を生きる人々のあがきである。

木曾山門牒状

一方、北国の合戦に勝利して上洛を志す義仲は、これまで平家に同心し、以仁王の援護要請をも拒んで来た山門大衆の動きが気になる。意見を求められた義仲の手書き覚明《かくめい》は、山門内部に分裂のあること、その去就を明確にするよう促してはいかがかと進言し、みずからが、その思いを牒状に書く。保元の乱以来、仏法・王法の敵として悪逆の限りを尽くして来た清盛追討を促す以仁王からの令旨を賜って挙兵した義仲が入洛するが、山門はいかなる態度に出るのか。みずからは王法を守る山門を攻めるを潔しとしないと、宮の令旨を楯に半ば脅しをかけた牒状である。物語が語って来た平家の奢りを告発する牒状である。「案のごとく」山門大衆の意見が分裂、上層部は、源平の和平を提起しようとしたらしい(1)が、王家の外戚として、山門に信仰深い平家ながら「悪行法に過ぎて」今や日吉《ひえ》山王も平家を無視する。万人が「運命ひらくる源氏」へ動きつつある現実を見ては、源氏に同心するのが至当、国家安寧の任に当たる山門の威を回復するためにも源氏に協力するとの返牒である。学侶も大衆の意見に屈したらしい。巻四、以仁王の乱に三井寺からの要請があった頃から三年を経過して状況が変化している。源氏の動きが、国家安泰を祈る宗教界にも現実主義的な変化を促していたと語るのが物語である。

それと気づかないのが平家である。延暦寺と日吉山王に頼みをかけて、桓武天皇が京に都を遷して以来、延暦寺が王法守護、鎮護国家の道場であること、特に平家が山門を氏寺、山王を氏社と崇めて来たことを言って加護を請い、宗盛を筆頭に、平家公達の中の十人が連署の形式を整え、願書を差し出す。当時

返牒

1　当時参議であった大納言吉田経房の日記『吉記』の寿永二年六月二十九日の条に、「僧綱・已講」らが源平両氏の和平を院に進言しようとしたが、大衆らは義仲に組みしたことが見える。

平家山門連署

参議従三位であった吉田経房《よしだつねふさ》も日記『吉記《きっき》』の七月十日の条に「伝え聞く」として牒状は載せないが、この経過を記録している。かねて清盛に支えられて座主に復していた明雲は連署を即座には衆徒に示さず、山王、十禅師《じゅうぜんじ》の御殿にこの願書を籠めて加持を行ったところ、そこには滅亡に傾く平家を救いがたいとする神の託宣、神歌が願書の包み紙に現れたと言う。平家が信仰してきた日吉山王も処置無しと投げ出す始末で、明雲は、やむなく神意を衆徒に披露する。

平家の都落ちと法皇　七月五日、平家山門へ連署、その十四日、かねて大宰府を介して現地を支配していた鎮西の討伐に下っていた平家相伝の家来、平貞能《さだよし》が、平家に忠誠を誓う菊池・原田・松浦党ら三千余騎を具して約二年越しに帰洛する。この間の鎮西の経過を物語が語らないのは、京の平家に語りを絞り込むためで、清盛が生前、大宰府の大弐でありながら遙任で、現地へは直接補任しなかった「遠の朝廷」[2]で、『平家物語』はやはり京で作られたのだろう。鎮西は何とか鎮めた、しかし「東国・北国のいくさ」は鎮まらない。記録上は六月十八日のことだが、この貞能の帰洛を物語は、七月十四日にずらして、平家都落ちをあわただしく語る。七月始めから、木曾入洛の噂に人々が怖れをなしていたことが記録に見られるのだが。

主上都落　貞能の帰洛から、日をおかず「廿二日の夜半ばかり」に、六波羅が騒動し、

2　上横手雅敬『源平争乱と平家物語』角川書店　二〇〇一年

京の人々は、義仲の入洛に木曾侍の「入り取り」（略奪）を怖れる。美濃源氏重貞《しげさだ》が、木曾軍入洛の迫ることを報せる。重貞は清和源氏ながら、美濃系で、保元の乱には義朝方についた。敗れた為朝が再起を期しながら重病を病み、湯治するところを襲って捕らえてさし出し、平家にへつらうのを、「一門にはあたまれ」敵視されたと物語がわざわざことわる。保元当時、崇徳と後白河の王権争いをめぐって源氏内部に分裂があった、それが今、源義仲の入洛を前に平家に忠義立てする。その重貞が語るところだが、覚明が「六千余騎で天台山にきほひのぼり」とは、大衆を迷わせないよう、あらかじめ牽制し、その動きを見届けて上洛を果たそうと目論む義仲を想定している。平家は驚き、東国軍に備え、山科・宇治橋・淀路へと兵を送る。迫る源氏は行家が数千で宇治橋へ、東国武士の義康らが、山陰から京へ入る大江山こと老坂《おいのさか》へ、そして摂津源氏と河内源氏が一隊となって「雲霞のごとくに」都へ乱入するとの報があり、すでに源氏を迎撃できる態勢ではない平家である。宗盛は全軍を京へ呼び戻し、吉野へ遁れようとするが、「諸国七道ことごとく」平家に背く。語りの視点は平家にあり、あわただしい。

七月二十四日の夜更け、宗盛が六波羅殿に女院（建礼門院）を訪ね、いくさの修羅場を見せるのはつらい、院・主上を具して西国へ落ちると語る。この間、いち早く状況の動きを察知した法皇が宇多源氏資時《すけとき》一人を具して院御所を脱出し、鞍馬を経て叡山へと向かう。この後、巻八の冒頭で、その動きを語ることになる[3]。ちなみに『玉葉』にも、二十五日の未明、寅の刻（午前四時頃）、法皇「御逐電と云々」と人が告げたと記す。物語では、女房たちの動きに侍が事を察知し、宗盛に報せる。宗盛が法住寺殿を訪ねて法皇の不在を確認する。法皇失踪の噂が流れ、京は騒動に陥る。翌朝、旅立ちの恒例、卯刻（六時頃）に、「行幸の御輿」を寄せ、六歳の幼帝に国母徳子が同輿し、王権維持を支える聖器、三種の神器を携帯するが、天皇の正印や諸官庁の鍵、楽器の名器、日常、御座所に置く御剣を取り忘れる。堂上平家、時忠父子三人が衣冠姿を整え、近衛の役人が武装してこれを護衛する。主上の離京、道行きを「漢天すでにひらきて雲東嶺《とうれい》にたなびき」と朗詠調、最高音高〔三重〕の甲で悲壮に謡う。

しかし摂政基通《もとみち》が七条大宮で春日大明神の示唆を受け、平家への同行を取りやめ、「大宮のぼりにとぶがごとくに」「北山の辺、知足院《ちそくいん》へ」入る。かれは、この年、四月、一時、摂政を辞していた。義仲の動きに身を避けたものと読める。はたして翌年一月、法皇の意を受け、復帰することになる。保元の乱に、長男忠通と不和になり、閉居した知足院忠実《ちそくいんただざね》の曾孫、忠通には孫に当たり、基実《もとざね》の長男である。清盛の娘、盛子を養母とし、みずからも清盛の娘、寛子を室とし、後白河の寵愛を得、清盛ら平家一門に支えられて、関白・摂政にも昇ったのだった。清盛にとっては、摂関家と王権にくい込むための要となった人物

3　本書153頁

である。基通を指示した春日大明神の神意として、平家は王権、特に後白河とのつながりを失うことになったわけである。しかし、平家は主上を擁し、神器を奉戴している。帝が不在になるのに困惑した法皇は八月、亡き高倉上皇の第四子を践祚（後鳥羽）させ、基通が、その摂政になるのだった。それは巻八に語ることになる。(4) 右大臣兼実は、後白河の義仲からの離脱を「日来、万人の庶幾《ねが》ふ所」だったが、あまりにも突然の事にとまどい、「摂政（基通）自然にその殃《わざわ》ひを遁れ、雲林院方に逃げ去り了んぬと云々」と七月二十五日の条に記録している。物語ではこの基通一行を、以仁王謀叛を討伐する侍大将になった盛嗣が「ひきとどめまゐらせむ」と逸るのを、宗盛たち公達が無駄だと制止したとする。平家一門の思いである。

4 本書154頁

維盛都落

嫡系維盛、妻子との別れ　以下、平家都落ちの語りの順序と言説が諸本によって異なり、一門の危機を受けとめる公達を各人、各様に語るのだが、語り本の「平家」はまず、一門の棟梁、宗盛に次ぐ重要人物として、嫡流、重盛の長男維盛を語る。この語りの順序、連鎖に、重盛を祖とする小松家に寄せる語り手の思いがあり、物語はその子息六代御前の死を以て物語を閉じることになろう。(5)

維盛は、亡父、重盛の思いを引きついでいた。藤原家成《いえなり》の次男、権大納言正二位成親《なりちか》の娘、並びない美女を室とした。その二人の中に六代御前があり、維盛

5 本書265頁

は修羅場を見せまいと、妻子を都に留め、しかも万一の場合、剃髪するよりも「いかならん人にも」再婚して、こどもたちを育てよとまで言い残すのだった。武将と女人のあり方を越える維盛の思いの吐露であった。しかし、この維盛の行動が、宗盛を棟梁とする一門に不信の念を抱かせる。後日、妻子への思いから屋島の戦線を離脱し、那智の沖に身を投じるまで、この妻子への思いに逡巡をくりかえすことになるのだが、北の方たちに仕える斎藤五、六の兄弟もが維盛に同行を願うのを、維盛は妻子のために留まらせた。(6) あの北国で高齢を隠していくさに臨み、東国育ちの武士らしい生涯をとげ、義仲主従を感動させた父斎藤別当実盛の遺志に従い維盛の妻子に仕えて来た。語り手は維盛に同化しきっている。「六波羅・池殿・小松殿・八条・西八条以下、一門の卿相雲客の家々」、「京・白河に四、五万間の在家一度に火をかけて皆焼き払ふ」との語りにも維盛の思いが重なる。

平家都落の順序

覚一本	古本	読み本
主上都落	主上都落	主上都落
維盛都落	忠度都落	聖主臨幸
聖主臨幸	維盛都落	維盛都落
	聖主臨幸	頼盛都返り
忠度都落	頼盛都返り	小松一家追付
経正都落	小松一家追付	貞能都返り
一門都落		忠度都落
頼盛都返り		経正都落
小松一家追付		
貞能都返り	貞能都返り	
福原落	福原落	福原落

6　本書138頁

平家の都落ち　都を落ちる平家が火を放ったことは『玉葉』七月二十五日の条にも見えるが、物語は『文選』を引き、中国、秦の始皇帝が築いた咸陽宮《かんようきゅう》の

聖主臨幸

忠教（忠度）都落

衰滅になぞらえ、「保元の昔の春の花」栄花を極める平家一門が「寿永の今は秋の紅葉」の境涯だと対句を用いて謡う。起点はやはり保元の乱であった。物語は都落ちに一つの区切りを見る。主上の「聖主臨幸《せいしゅりんこう》」を〔中音〕で謡い始め、〔初重〕〔三重〕から、その〔下り〕〔中音〕へと抒情的に謡う。知盛が発議、宗盛を説得し、大番を勤めるために坂東から上洛していた畠山・小山田《おやまだ》・宇都宮の任を解き帰国を促す。ちなみに大番役に上洛するのは、地方所領を管理する者に課せられる重要な勤めであった。かれらの妻子への情を思いやり、無駄な殺戮を避ける、いくさを知る知盛である。それを受けるのが、坂東武者ながら京に通じる畠山らである。この状況の中での人々の生き方である。

公達の都落ちを列伝的に、しかも後への連鎖を考えて語る。清盛の弟で、歌才に恵まれた忠度は歌の師匠俊成《しゅんぜい》の邸を訪ね、平家「一門の運命はや尽き候ぬ」、噂に聞く勅撰集に一首なりとも入集をと、持参した百首を差し出す。俊成が感動して預かる。かくて「憂き世に思ひおく事候はず」と辞去する忠度が、惜別の思いを大江朝綱《あさつな》の朗詠「前《せん》途《ど》程《ほど》遠し、思ひを雁山《がんさん》の夕べの雲に馳す」に託して謡うのを見送る俊成の視点で語る。後日、俊成は一首を、朝敵となった歌人のきまりとして「読み人知らず」の形で採る。その歌壇のきまりを「うらめし」と結ぶのが琵琶法師である。世阿弥が、「修羅がかりにはよき能なり。このうち、忠度上乗《じょうじょう》か」とする修羅能『忠度』を制作したわけである。

経正都落

青山之沙汰

同じく風雅の道に秀でる経正は、清盛の弟、経盛の長男で琵琶の名手である。藤原師長《もろなが》、ひいては保元の乱で非業の死をとげた悪左府頼長ともつながる。王権をめぐり輻輳する間柄にある人々の思いを語る。経俊・敦盛らの兄で、物語では幼時、仁和寺第五世の御室《おむろ》、鳥羽天皇の第五皇子覚性《かくしょう》法親王に学童として学んだ。御室から預かっていた琵琶の名器、青山《せいざん》を田舎の塵にするのを惜しみ返却に参る。当時の御室は後白河の第二皇子守覚《しゅかく》法親王で、その守覚が『左記《さき》』に、経正から青山の返上を受けたと記すのだが、物語は単純化して、同じ幼時の御室とするのか。能『経正』が守覚法親王との関わりで作られる。

一門都落

頼盛の離反と公達　琵琶法師は、平家公達の中、維盛・忠度と経正の三人、それぞれを独立の句に仕立てて語り、他の公達を「一門都落」でくくる。その始めに語るのが池殿《いけどの》頼盛である。自邸に火を放ち、都落ちに同行しながら、鳥羽殿の南門で平家の「赤じるし切り捨て」、三百余騎を具して京へとって返す。見かねた平家相伝の家来、盛嗣《もりつぐ》がせめて頼盛に同行する侍どもに「矢一つ」射ようとするのを、宗盛は「年来の重恩を忘」れる「不当人」に構うなと制止する。むしろ宗盛に気がかりなのは、小松殿の公達が一人も姿を見せないとの声に知盛が思わず落涙、「都のうちでいかにもならん」と申したのにと、宗盛を「うらめしげに」見る。頼盛が留まったのは、かねて頼朝からの示唆があった。(7)

7　頼盛がとって返したのは、法皇を頼ろうとしたのだと上横手雅敬（前項）は言う。物語は『平治物語』を受ける。

頼盛は忠盛の後妻、池禅尼《いけのぜんに》の子息で、若くして死去した家盛《いえもり》に似ているとの噂のある頼朝が『平治物語』を受け、源氏の再興を胸に秘めながら、その情けにすがって助命を願い、禅尼は重盛の援《たす》けまで得て清盛に嘆願、頼朝を救ったのだった。頼朝は、禅尼の恩に報いることを八幡大菩薩にも誓っていた。清盛ら、忠盛の先妻一家と、この後妻、池殿の一家との間には、相伝の武具、武士にとって宝器であるだが、その継承などめぐっても齟齬のあることを『平治物語』が語っていた。頼盛の頼ったのが、八条女院こと、亡き鳥羽天皇の第三皇女暲子《しょうし》内親王の「御乳母子《めのとご》宰相殿と申す女房」、みずからの妻であった。この内親王が以仁王討死後、その遺児、若宮を一時、匿おうともしていた[8]（巻四、若宮出家）。その若宮の身柄を受け取りに参ったのが頼盛で、その女房は頼盛を邪見にあしらったのだった。今回、その女房を頼ってゆくが、女院その人が頼りなげに冷たく扱う。頼盛は一門に離れ、不安な状況に追い込まれる。ちなみに、この頼盛の息、光盛《みつもり》は、平家の記録を多く持つと九条道家《みちいえ》が、その日記『玉蘂《ぎょくずい》』に記録する。鎌倉時代以後の池殿一家の、一門内の複雑な位置があったろう。このように人々の思いや行動を語るのが、いくさ物語としての『平家物語』である。

　ここで小松家の維盛ら兄弟六人が行幸に追いつく。維盛は妻子を言い含めて留め置いたと語る。宗盛には想像しがたい決断で、ここにも物語として人物の

8　本書78頁

対立構造が見える。「落ち行く平家は誰々ぞ」と、宗盛以下公達、殿上人、僧から侍にまで及ぶ面々、「都合其の勢七千余騎」とは、「此の二、三年が間」のいくさに生き残った者である。最長老、時忠の指示に従い、対岸、男山の八幡宮を遥拝し都への還幸を祈る。時忠も、あの「物怪之沙汰《もっけのさた》」に語った神々の意を知るすべはない。放たれた火の煙が心細く立ち昇る旧都を振り返り詠じるのが教盛・経盛である。鎮西の反乱軍を鎮めて帰洛した一門の貞能《さだよし》が、淀川河口に源氏が待機するとの噂に五百余騎で向かっていた。虚報とわかってとって返すところで行幸の一行に会う。西国も一門には絶望的な状況にあることを話し、京へ返し「都の中でこそいかにもならせ給はめ」と進言するが叶わず、同行する五百余騎を維盛ら小松兄弟に託し、三十騎で都へとって返す。その動きに京の人々、特に頼盛が不安になる。貞能は「西八条の焼跡」に一夜待つが、義仲軍と対決しようとする兵はなく、やむなく重盛の墓を掘り、遺骨に向かって、死をともにすべきだったとかき口説き、遺骨を高野へ送り、東国へ下り、宇都宮（朝綱《ともつな》）を頼ったと語り結ぶ。あの大番役に上洛し、知盛の発議により坂東へ返されていた坂東武士の一人である。(9) 平家相伝、譜代《ふだい》の侍ながら、けじめをつける貞能であったと語る。(10) しかし、現実の貞盛は宇都宮と頼朝の仲を取り持ったと言うのが史実らしい。

宗盛以下、公達は妻子を同行していたが、侍たちに妻子の同行は望めず、旧

9　本書148頁
10　松尾葦江執筆「貞盛」の項（『平家物語研究事典』）。

福原落

都に思いをひかれながら「心々に落ちゆく」。旧都の福原に着いて、棟梁の宗盛は、一門の歩みを振り返り、「積善《しゃくぜん》の余慶《よけい》家に尽き、積悪《せきあく》の余殃《よおう》身に及ぶ」とは、重盛が、生前、父清盛をいましめて言ったことばを受けて語る。生前、重盛が日頃、苦悩していた通りの現実となった。天照・春日・八幡ら神明、法皇にも捨てられ、漂泊の身となっては、頼れる者もないが、帝重代の芳恩に応えよ、「十善の帝王」を擁し、聖器、三種の神器を奉戴する、身命を賭して仕えよと訴える外ない。一行は、武人として「二心あるをもッて恥とす」と、雲の果て、海の果てまで平家に仕えようと異口《いく》同音に誓う。あの巻五、遷都当時に清盛が整えた諸々の御殿、邦綱が造営した里内裏、いずれもが三年の間に荒廃し果てていたのに火を放ち、「海人《あま》のたく藻の夕煙《ゆうけむり》、尾上《おのえ》の鹿の暁の声、渚々《なぎさなぎさ》によする浪の音、袖に宿借る月の影」袖の涙に光を落とす月の光、「千草《ちくさ》にすだく蟋蟀《しっそつ》のきりぎりす」、目に見、耳に聴くすべてが哀れをかきたてることを〔三重〕〔中音〕の曲節が哀れに謡う。

この巻七で語って来たところだが、「昨日は東関《とうかん》の」逢坂の関の「麓にくつばみを並べて」北国討伐に向かった「十万余騎」が、「今日は西海《さいかい》の浪に纜《ともづな》をといて七千余人」になった現実である。和漢混淆文の対句を駆し、以下「長恨歌」や朗詠の句を借りて漂泊の身の上を感傷深く謡い、和田の泊まりに群れ居る都鳥を見ては、都を離れて隅田川に望郷の思いにかられた『伊勢物語』の昔男にわが身を重ねる一つの型である。「寿永二年七月廿五日に平家都を落ちはてぬ」とは京都落ちの日付、その都落ちを指す。巻七を閉じるために一つの型としての日付の打ち込みながら、この福原旧都までも落ち果てたことに重ね、頼るすべなく都を落ちた平家一行の思いを謡うのである。平家ゆかりの京の都との絆がこれで切れる。頼朝の挙兵、富士川合戦から義仲の動きへと冥衆、神々の王権の行方を見る目は定まっているのだが、それを平家は体感しながら、歴史の動きとは納得できていない。以後、神々の意を受けて、源氏、まず義仲から義経が主役を演じながら、その背後に頼朝が控える。

法皇と王権　巻七を寿永二年（一一八三）七月廿五日の平家都落ちで閉じていた。巻八の冒頭、一日遡って「寿永二年七月廿四日夜半ばかり」法皇の都脱出、新しい局面の始まりである。その脱出を巻七[11]、平家都落ちの冒頭にも語り、宗盛らが主上を具して都を落ちるきっかけとした。改めてここで法皇の山門入りを語る[12]。それほど物語における法皇の存在は大きい。山門の大衆が武士とともに法皇を保護し政治的に動く。義仲の上洛を前に摂政基通の吉野避難、鳥羽院の異母姉妹上西《じょうさい》門院・八条女院らの洛外避難、「すでに此の京は主なき里にぞなりにける」という未曾有《みぞう》の事態に、「聖徳《しょうとく》太子の未来記にも、今日の事こそゆかしけれ」とは、慈円の言う冥衆の意を体現する顕者の一人、聖徳太子には

山門御幸

11　本書144頁

12　上横手雅敬（注2）は、宗盛が迂闊だったと言う。

予測できたと言うのか。物語としては、その「未来記」もおぼつかない。前関白松殿基房、それに前摂政で都へとって返した基通以下、左大臣経宗《つねむね》・右大臣兼実も山門へ参上、「山門の繁昌、門跡の面目とこそ見えたりけれ」とは、やはり現状の読みを行っていたのであろう。王権の中軸は平家が擁する安徳から、後白河法皇の手にもどったと語る。法皇に供奉《ぐぶ》する義仲の五万余騎に畿内、摂津・河内源氏が馳せ参る。『玉葉』によれば、二十七日、法住寺殿内、蓮華王院《れんげおういん》の御所へ入り、院政が再開する。右大臣兼実の院参は二十九日である。

義仲と行家が院参、宿所を賜り、さっそく平家追討を命じられる。一方で法皇は幼君安徳と神器の奉還を平家に促すが、平家は拒否する。そこで法皇は新帝の擁立を図る。故高倉天皇の遺児に当時五歳の三宮惟明《これあき》と四歳の四宮尊成《たかなり》(13)がいた。惟明は法皇になじまず、四宮が法皇の膝の上に乗ったので、法皇が感動したとの語りを地方説話集の『神道集《しんとうしゅう》』(14)も記す。これを王位継承者と決定する。実は占筮《ぼくぜい》(占い)により、四宮と決め、この間、義仲も以仁王の遺児を保護し、これを推したらしい(15)。それを院が察知し、事を急いだと兼実は記す。義仲にも王権への野心があったものか、琵琶法師は、そこまでは語らない。

「同じき八月十日」、治天の君、院の殿上で義仲と行家に対する論功行賞に臨時の除目が行われる。以下、日付の打ち込みが歴史の展望を可能にする。義仲を左馬頭に補したのは、平治の乱に義朝の先例があり、破格の扱いである。あ

13 「たかひら」と読む説がある。
14 『玉葉』寿永二年八月十四日・十八日の条。
15 『玉葉』寿永二年八月十八日の条。

名虎

わせて越後守に補し「朝日の将軍といふ院宣を下」したとは、歌語「朝日」の例から見ても義仲の決起を称える称号で、それを与える法皇の思いがあるのだろう。古本の屋代《やしろ》本に、この称号のことが見えず、記録にも見あたらない。(16)義仲が、賜った越後を嫌ったため伊予に変えたとは、「四位上臈《しいじょうろう》」が任ぜられる受領の最高峰の位置である。兼実によれば義仲との格差を嫌った行家が備後を嫌って備前に変えたと言う。ちなみに、この朝日将軍の称号は、後日、粟津での最後の決戦(17)で対決する一条の次郎に対し「左馬頭兼伊予守朝日の将軍源義仲ぞや」と名のりをあげている。「同じき十六日」平家一門百六十余人の官を解くが、法皇の意向として堂上平家、時忠《ときただ》・信基《のぶもと》・時実《ときざね》三人の官を元のまますえ置いたのは、安徳天皇と神器の奉還を「度々院宣を下」したゆえだと言う。『公卿補任』では、この時忠も解官されたと記録するが、物語としては、この後、「屋島院宣」や、その「請文《うけふみ》」があるのと関わるだろう。

筑紫脱出順序

覚一本	古本	読み本
大宰府着	大宰府着	大宰府着
宇佐行幸	緒環	宇佐行幸
十三夜月見	大宰府落	緒環
緒環	十三夜月見	大宰府落
大宰府落	宇佐行幸	十三夜月見

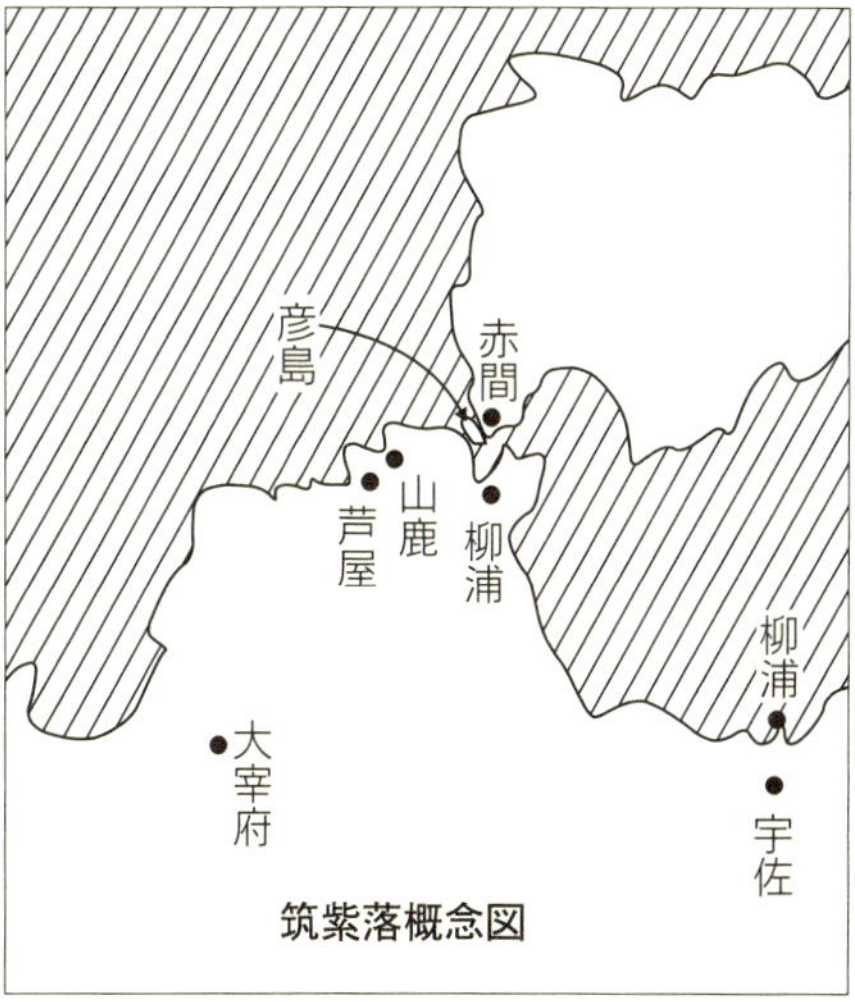

筑紫落概念図

16　『玉葉』寿永三年正月十五日の条に、「又云ふ、義仲征東大将軍為るべき由宣旨下されをはんぬと云々」と見える。義仲追討に京へ迫る坂東軍に備えての宣旨だろう。しかし、それは朝日将軍の称号とは別だろう。

17　本書187頁

その平家は「同じき八月十七日」、大宰府に着く。しかし協力を期待していた菊池高直《きくちたかなお》ら九州・二島の輩が参上しない。そこで菅原道真を祀る安楽寺《あんらくじ》へ参ったとは、重衡が「住みなれしふるき都の恋しさは神（道真）も昔に思ひ知るらん」と詠じたように、鎮西に京を思いやりつつ非業の死を遂げた道真に、同じ望郷の思いを訴えたと語るものである。「同じき廿日」、京では尊成が、旧高倉上皇の里内裏、閑院殿《かんいんどの》で即位する。四歳の幼さである。そしてあの春日明神の示唆により都へとって返した基通が幼帝を補佐する摂政の官に就く。結果的に国に二人の王が立つことになったのを「平家の悪行によ」ると語る。『玉葉』も、前の寿永二年八月十二日の条に「大略、天下の体、三国史の如きか、西に平氏、東に頼朝」と嘆き、事実上、三つの王朝を見るに至ったと記す。

そこで振り返るのが天安二年（八五八）八月、文徳天皇崩御による王位の継承である。藤原氏が摂関の座を確立してゆく時代であった。紀名虎《きのなとら》の娘、静子《せいし》を母とする第一皇子十五歳の惟喬《これたか》、今一人、第四皇子惟仁《これひと》は、生後九か月で、母は藤原良房《よしふさ》の娘、明子《めいし》である。良房は人臣として始めて太政大臣に就いた。この二人の皇子をめぐって王位継承者になるために祈祷に入るが、惟喬には真言宗、東寺《とうじ》一の長者、真済《しんぜい》、惟仁には良房の護持僧、天台宗延暦寺の恵亮《えりょう》和尚が当たり、神意により惟仁が位に就くことになる。後の清和《せいわ》天皇である。藤原氏に追い落とされた惟喬親王は、同じく不遇にあった在原業平《ありわらのなりひら》と政治を離れた親交のあったことが『伊勢物語』八十二段に語られる。この恵亮の話は『保元物語』にも引かれる。その懸命の祈祷には北野天神も惟仁側につき、「みな天照大神の御ぱからひとぞ承る」天孫の神意によると語るのである。「未来記」の形を借りた歴史語りである。この惟仁が立太子、八歳にして即位するのだが、実は、これが幼帝の始めとなる。その後見人を外祖父の良房が務めた。大納言伴善雄《ばんのよしお》の死により良房が摂政に就く。摂政の始まりである。摂関家の座を確立した。以後、陽成《ようぜい》が九歳、朱雀《すざく》が八歳、一条が七歳、後一条が七歳、掘河が八歳、鳥羽が五歳、崇徳が五歳、近衛が三歳、六条が二歳、高倉が八歳、安徳が三歳など幼帝が続く。この間、光孝《こうこう》天皇が、これも藤原氏がらみの文徳《もんとく》天皇の寵愛を受けた藤原基経《もとつね》（良房の息）に支えられ五十五歳の高齢で即位し、その基経を関白にすえた。宇多が二十歳、醍醐が十三歳、村上が二十一歳、冷泉《れいぜい》が十八歳、円融が十一歳、花山《かさん》が十七歳、三条が三十五歳、後朱雀《ごすざく》が二十八歳、後三条が三十五歳、白河が二十歳、後白河が二十八歳、二条が十六歳の即位である。その初代の関白となった基経と宇多天皇の対立に始まり、これら幼帝の擁立には、賜姓源氏が介入し、摂関家がからまる王朝内の角逐があった。物語はそれを引用説話の形で語り、今回の幼帝尊成の即位を正当化するのだった。

平家の漂泊と王権の行方　京の情勢に平家は落胆、三宮・四宮をも同行すべきだったと悔やむのを、時忠が、義仲の擁する還俗《げんぞく》の宮、北陸の宮があると言い、還俗の宮即位は、異国はもとより、本朝でも天武・孝謙、その重祚した称徳の例があると、義仲の意中を読み主張するのだった。そして「同じき九月二日」、これは先例の無い、出家の身の後白河が勅使、参議脩範《ながのり》を伊勢大神宮へ立て、平家追討を祈る。筑紫大宰府に落ちた平家は内裏造営もはかどらず、大蔵種直《おおくらたねなお》の宿所に、一門の漂泊を、大和・奈良朝廷の激動期、斉明《さいめい》天皇が筑前に営んだ丸木造りの仮の御所、朝倉宮「木の丸殿」に重ねて語る。

緒環

以下、九州での平家の足どりについては、諸本の間で異同があり、平家は現地の緒方惟義《おがたこれよし》に追われて大宰府を落ち、柳が浦へ、十三夜の月見に清経《きよつね》が入水し、宇佐行幸から海上への順路で語る古本があるのだが、語り本「平家」では、まず八幡の信仰発祥の地、宇佐へ参籠、宗盛の夢想に、平家に神の加護はありえないと突き放す八幡の神詠があり、悲嘆のうちに九月十三夜の名残の月見を行う。忠度・経盛・経正が京を慕って望郷の詠歌を経て大宰府を落ちることになる。地理上、歩みの経過に無理を生じるが、事実を越えて、この語りの順序が、大宰府着後、さっそく神に見放される平家の不安を語る。そこへ豊後守藤原頼輔《よりすけ》が現地の代官として置く子息頼経へ、神に見放された平家を追放せよと京から指示が飛ぶ。これまでの経過から、法皇の指示があることは明らかである。その配下、当国の住人緒方惟義が平家の追い出しにかかる。惟義は巻六

「飛脚到来[18]」で源氏に同心していた。三輪山《みわやま》伝説に類する、高千穂《たかちほ》山の神の子孫で、元小松殿の家人であった。筑紫での覇権に平家の支援があったろう、その事情から、重盛の次男資盛が惟義を威嚇しつつ宥めすかすが、「こはいかに、昔は昔、今は今」と切り返し、現実が早や平家の世ではないと突き放す。平家にとっては忘恩の緒方である。盛俊ら三千余騎が緒方を攻めるが三万余騎が相手では勝負にならず平家は大宰府を落ちる。加護を期待していた天満天神のもとを離れ、主上・国母、女官たち、宗盛以下の殿上人も「かちはだしにて」落ちる。その苦難は、経典入手を志して天竺に向かった玄奘《げんじょう》三蔵の苦難を越えていたと語る。支えるのが清盛の推挙により大宰権少弐《ごんのしょうに》に就き、平家の筑紫落ち当時、主上に宿所を提供していた原田種直ら三千余騎である。かねて平家からの恩を受けていたろう。しかしこれは筑紫での状況、原田と覇権を争ったのだろう、不仲にあった山鹿《やまが》秀遠が代わって平家を導く。討手、惟義の手が回るため柳が浦へ達し、「又長門より源氏寄すと聞えしかば」、やむなく「海士小舟《あまのこぶね》に」に乗り海上へ出る。小松殿、重盛の三男清経は絶望のあまり、月の夜「横笛ねとり朗詠し」「閑《しず》かに経よみ念仏して」入水をとげるのであった。その柳が浦が二箇所あるが[19]、物語が語る平家の歩みから言えば、北九州市の地か。知盛が知行する長門の目代が調達した百余艘の大船で四国、讃岐の屋島へ渡り、かねて平家に恩を蒙る阿波民部重能《しげよし》が奔走して、ようやく内裏造営にとりかか

大宰府落

18　本書114頁

19　本書155頁付図

る。清盛の経の島を築いた男である。この間、仮の宿とする御座船や「海士《あま》の苫屋《とまや》」に、源氏の襲来を怖れる中、女房ら一行は身心ともに消耗し果て「其の人とも見え給は」ぬありさまであった。対句仕立て、和漢混交文の結びを、歴史評論書『六代勝事記《ろくだいしょうじき》』を引用、前の大宰府落ちの場合同様、悲嘆の色濃いメリスマ型の詠唱で謡い続ける。九州落ち以来平家を支えて来たのは、いずれも最盛期の平家に恩誼を受けた者たちである。それも次第に平家を離れてゆく。

〈参考〉

本郷恵子『蕩尽する中世』新潮社　二〇一二年

十二　異文化の接触、頼朝と義仲

頼朝に征夷将軍院宣　「さる程に」は、これまで平家が九州から四国へ渡った、その後、話変わっての意味であるが、「そうする中に」とも読める。この接続語は、『平治物語』の特に語り本に頻繁に使われる語で[1]、一つの段落をつけ物語の構造化を進め、「話変わって」頼朝が「ゐながら征夷将軍の院宣を蒙る」と語り始める。平家語りからの転換である。後白河院が鎌倉へ下級書記官、中原康定《なかはらやすさだ》を送って将軍院宣を伝達する。物語として、後白河の頼朝に寄せる期待があったし、頼朝も後白河との関わりを強化しようとしたのか。それにしても法制史上、異例である。『吾妻鏡』が記録するように、頼朝が将軍に就くのは、この寿永二年（一一八三）から九年後、建久三年（一一九二）三月十三日、法皇の没後、七月二十日、新帝、後鳥羽の「朝政初度」、始めての政務のことで、その盛儀を同じ二十六日の条に記す。物語は事実にあわない。それに読み本は、その盛儀の次第を康定の法皇に対する報告で語ることにしているのだが、語り本のそれは、歴史の読みに関する物語としての語りであり、この直後に頼朝とは対照的な義仲を語るための方法である。

征夷将軍院宣

1　山下『中世の文学　平治物語』三弥井書店。二〇一〇年

この前、(2)法皇が義仲の平家追放の論功行賞に「朝日の将軍といふ院宣をくだされけり」とあったことと院宣としては呼応するだろう。記録によれば、同年十月九日、頼朝を朝敵の名から解いて官を復し、閏《うるう》十月二十二日、東海・東山両道の国衙《こくが》領・荘園の本所還付の処置を頼朝に任せる、いわゆる「十月宣旨《せんじ》」を下した。これを物語は「将軍院宣」の物語として語り変えた。政治的な語りに深入りしない、単純化して語るのが語り本である。こうした語りのつなぎは、民話・口承に見られる構造化の方法で、早く永積安明が「説話的関連」と称した。(3)物語は、平治の乱後、「年来勅勘を蒙」った頼朝が「武勇の名誉長ぜるによって、ゐながら征夷将軍の院宣を蒙る」とする。その将軍は古代律令軍制に言う臨時の、夷狄《いてき》討伐のための征夷将軍ではなく、武家政権の長である。勿論、京都王権の国家として夷狄を統治するための官であるが。頼朝は八幡信仰を軸に東国に結束を固めようとした。「地形、石清水にたがはは」ぬ鎌倉鶴岡若宮八幡で、(4)治承四年(一一八〇)挙兵当時、身命を賭して戦い討死した桓武平氏、三浦介義明《よしあき》の子息義澄《よしずみ》に院宣を受けさせる。これは一貫して京の王朝とは一線を画す頼朝が、保元の乱当時の叔父為朝を意識して坂東に、畿内のようなしがらみのない東の王権を樹立しようと、しかも源氏が軍神と仰ぐ石清水の八幡を勧請したものである。もともと貴族社会が無かった坂東に京に並ぶ王権を立てようと整えた。しかも公儀として、その院宣を受ける。その義澄にふさわしい

2　本書155頁

3　永積安明『中世文学の可能性』岩波書店。一九七七年

4　元木泰雄『河内源氏』中央公論社　二〇一一年。八幡宮の勧請は頼義にまで遡るらしい。頼朝は、その改修を行ったとするのか。

いでたち、おのれの立場を心得た名のり、院宣受領の返礼に贈る砂金には、奥州藤原の影が見えるのだが、財力を豊かに持つ現実的な坂東流儀の礼だろう。若宮拝殿での酒飯のもてなし、引き出物の盛儀、「次日」招かれた頼朝の館での礼を尽くした頼朝の威を示す饗応を語る。一門の源氏が上座を占め、大名・小名が末座に列座する中、康定を上座、広廂《ひろびさし》に「紫縁《へり》の畳を敷き」、これに座らせる。頼朝は大臣用の「高麗縁《こうらいべり》の畳を敷」いて着座、ついに頼朝が「御簾を高く上げさせ」て出座する。背丈は低いが「容貌優美、言語分明《ふんみょう》」とまで語る。京とは違った世界にありながら、みごと階層社会を構成している。しかしそれは、京の世界が本来有していた秩序を、この外地に再生化して見せつけるものであったのかも知れない。頼朝は上述した、官をめぐる義仲・行家の無礼、さらに奥州の藤原秀衡、その縁戚者で常陸の豪族、佐竹隆義の思い上がった態度に対する怒りを述べる。前に巻七、(5)倶利迦羅合戦を制した義仲に、秀衡が駿馬二疋を贈っていた。それを嫌った頼朝である。かれらを「急ぎ追討すべきよしの院宣を給はるべう候」とは、後日、天下平定までを念頭に、自信に満ちた応対に康定は威圧される。「次日」康定辞去の挨拶にも、多くの引き出物を贈り、後日、院を感歎させる頼朝を語る。読み本は、(6)すべてを康定が帰洛後、法皇への報告として語る形で語るのだが、頼朝からの院宣に対する請文《うけふみ》・謝辞、はては謙遜の辞から、権門階層の荘園本所、公的な国衙《こくが》への所領返還の処置な

5　本書136頁

6　京にあって新帝（後鳥羽）が即位に神器を欠くことを悩む法皇が、西国にあって神器管理に当たる平時忠に、その奉還を促すため、時忠の北方、安徳天皇の御乳母、帥典侍の夫であった修理大夫時光に、その交渉に当たらせようとするが断念した。読み本の延慶本・長門本は将軍院宣そのものを「左大臣藤原朝臣兼実宣奉レ勅寿永二年　八月日」と記す。もとより『玉葉』にその痕跡の見られるはずもない。なおその院宣の東下り、鎌倉での経過を延慶本は、勅使康定が「同九月四日、鎌倉へ下着テ兵衛佐ニ院宣ヲ奉リ、勅諚ノ趣ヲ仰含メテ兵衛佐ノ御返事ヲ取テ廿七日上洛シテ、院御所ノ御壺ニ参テ関東ノ有様ヲ委ク申ケリ」と報告語りとして語る。

ど政治的な問題に言及し、亡父義朝の首の確保まで記す。この後、「平家」に見るような義仲を語る物語への継起性、連鎖を阻害してしまう。語り本は将軍院宣を受ける頼朝の、院使者に対する応対に絞り、その直後に猫間を饗応する義仲と対照的に語ることを意図している。だからこそ、帰参した康定の、鎌倉での盛儀の報告に、法皇以下、公卿殿上人がにんまり、「皆ゑつぼにい」る。頼朝に寄せる法皇らの期待を語り、ひいては都を守護をする義仲の「たちゐの振舞の無骨さ、物いふ詞つづきのかたくななる事かぎりなし」ときめつけ、「容貌優美にして言語分明也」と語った頼朝とは全く逆を語るのである。

ちなみに『吾妻鏡』では、建久三年七月二十六日の条に、同十二日の日付で将軍に任命する「征夷大将軍除書」が下され、頼朝が院使を名越《なごや》に迎える。その座を三浦介が整え、二十六日、中原景良《かげよし》と康定が院の使者として、鶴岡八幡で三浦義澄に伝達、「家子《いえのこ》」比企能員《ひきよしかず》・和田宗実《むねざね》の外、十人の郎等が同席する。二十七日、頼朝が幕府に二人の勅使を招き、寝殿で対面の上、「献盃」、二疋の鞍置き馬を贈る。二十八日には、北条殿の差配で　飯をもてなし、小山・千葉・畠山の三名が引き出物を贈る。二十九日、両使の帰洛に先立って頼朝から馬十三疋の外、絹・布などを餞別として賜ったことを記録するが、物語ではないので登場人物や語り手の思いは記さない。かねて地方の有力者と結びついていた源義朝と熱田大宮司、その熱田大宮司藤原季範《すえのり》の娘を母とする頼朝は、京にいた間に生まれ、母の実家は鳥羽院周辺と交流があったと言う(7)。

こうした「平家」に見るような物語（言説）の接合は、公的な性格を持つ記録や年代記では許されない。物語として王朝内、権門貴族が分裂を繰り返す中に登場するのが頼朝である。摂関家の介入を拒み、王家の親政を志した院政が平家の登場を招く。その平家を退けた源氏、しかも頼朝は清盛の轍《わだち》を踏むのを避けて京と一線を画したと語るのが物語である。すでに巻五「物怪之沙汰」で福原政権の末期、冥衆の神々が合議の上、頼朝の王権補弼を認知していた。もちろん、それは後追いの「未来記」であったのだが。

院と頼朝の交流、中原康定がその使者の任に当たったと言えば、『玉葉』によれば、寿永二年（一一八四）十月八日、頼朝が飛脚を京へ送り、義仲の動きを警戒、九日の条には、静賢（静憲）法印が兼実を訪ね「世間の事等を談じ」、今、この段階での頼朝の上洛は、好ましからずとし、「凡そ頼朝の為体《ていたらく》、威勢厳粛、その性強烈、成敗分明、理非断決すと云々」と頼朝を評し、十三日には「院の庁官々史生泰貞（先日御使となり頼朝の許に向ふ、去る頃帰洛）、重ねて御使として坂東に趣くべしと云々《うんぬん》、件《くだん》の男隆職の許に来たり、頼朝の仔細を語ると云々」とあったことと無縁ではあるまい。十月一日の条、頼朝のもとへ遣わされた泰貞が「巨多の引出物」を受けて帰洛したことを記録している。この間、法皇は東国の支配権を頼朝に与えていた。ちなみに南北朝の動乱を戦った北畠親房は

7　上横手雅敬『源平争乱と平家物語』角川書店　二〇〇一年

『神皇正統記』に頼朝の将軍任官を建久のこととし、後白河の代に世が乱れ、頼朝が「天下ノコト東方ノママニ成ニキ」として東国王権を既成の事実と見ている。京の王権承認を前提に頼朝を東国の王と見る論のある所以である。しかも『吾妻鏡』が編まれた当時から東国では「公権力を渇仰する」認識があった。(8)それにしても生前、頼朝を将軍に補すことを嫌った後白河が、物語ではこのように院宣を下し、その受けように感歎したと語るのはなぜなのか。足利政権へかけての源氏将軍と『平家物語』の関係を考えるべき課題であるのだろう。後白河の嫌悪にもかかわらず、頼朝の執政に寄せる人々の期待を禁じ得なかったことを示唆する。逆に法皇をいささか矮小化することにもなろう。それを、この将軍院宣に物語化するのが琵琶法師である。物語によれば、頼朝は東国に独自の王国を実現している。ぶざまな義仲とは、この意味でも対照的である。物語は、その直後に、都を守護する義仲の「たちゐの振舞の無骨さ、物いふ詞つづきのかたくなる事、かぎりなし」とするのは、前出の「容貌優美にして言語分明也」という頼朝と全く逆で、それを語り手は「二歳」より三十歳になるまで「信濃国木曾といふ山里に」住み馴れたのだから当然のことと、始めから笑い物にしてしまう。危機を体験する中で形骸化しながら階層を固定化してゆく王朝社会の文化が義仲にわかるはずがない。

猫間

8　野中哲照「中世の黎明と〈後三年トラウマ〉」『軍記と語り物』47　二〇一一年三月

頼朝と対照的な義仲

「或時」とは、年月をことわらない、記録抜きの、咄《はなし》の色が濃い。猫間《ねこま》中納言光隆《みつたか》が、義仲に「の給ひはあすべき事あッておはしけり」。藤原氏北家、権中納言正二位清隆《きよたか》の三男で、母、従二位家子は鳥羽院の乳母だった。七条大路坊城《ぼうじょう》小路壬生《みぶ》の猫間、外国使節饗応の館ながら、すでに廃絶状態にあった東鴻廬《こうろ》館の東、人々が群集する東の市も近い所に住んだ。保元二年（一一五七）十二月、治部卿《じぶのきょう》、平治の乱に信頼に連座して一時解官され、間もなく還任《げんにん》、仁安元年（一一六六）八月、四十歳にして参議、翌年、権中納言、建久三年（一一九二）大宰権帥《ごんのそち》、同九年上表《じょうひょう》（辞表）、七十二歳で出家し、『公卿補任』から名を消す。藤原信通《のぶみち》の娘との間に『新古今和歌集』歌人、家隆《いえたか》を儲けている。文脈から義仲との対面を寿永二年のこととすれば五十七歳、前権中納言の閑職にあった頃か。

　義仲に「の給ひあはすべき事あッて」とは、いかなる用件なのか。義仲は「猫間殿」の訪れと聞いて「猫は人に見参するか」猫が人にお目にかかるのかと問う。からかいではない、まじめな応対である。京には疎い異人としての義仲に、覚明あたりであろう、居住地の名と教えるのを、義仲は、まわらぬ舌で「猫殿のまれまれわゐたるに、物よそへ」とは、物語としては珍しい地方訛り丸出しの直接話法、京文化とは違う地方を蔑視する色をむき出しに語る。しかし、この義仲の破天荒なふるまいを笑い物にするだけの力が京の文化にはあると言えるのか。食物を介しての奉仕は、受領と京の主人とをつなぐ方法であったと言う。(9) 客人への応対は山国の民俗、「まれ人」、外からまれに訪れる神の使者「まらうど」としてもてなさねばならぬ。ところで当時の貴族は、その公的な勤務は午後に行い、深夜にまで灯火を灯して行ったと言う。そのために火の不始末から火災になりがちであったらしい。義仲とは生活様式の決定的な違いである。それに京では一日二食だったが、農村の武士たちは、簡素な食生活ながら次第に三度になった。この異文化についていけない光隆にとっては衝撃、「只今あるべうもなし」と辞退するが「け（食）どき（時）にわゐたるに」、「何もあたらしき物を無塩《ぶえん》と言ふと心えて、ここに無塩の平茸《ひらたけ》あり、とうとう」と急がせる。「無塩」は塩をひかない新鮮な魚介類である。それをキノコの平茸に当てる。平茸は『梁塵秘抄』二に「聖《ひじり》の好むもの比良《ひら》の山をこそ尋ぬなれ弟子遣りて松茸平茸滑薄《なめすすき》」とあり、修験者が好む蔬菜の一つだが、義仲には旬《しゅん》の物だから相応の饗応《もてなし》か。『今昔物語集』巻二十八、四年の任期をおえた信濃守陳忠《のぶただ》が、馬の怪我により落ち込んだ谷底から、ただでも起きず、平茸をかかえて引き上げられたという物語もある。貴族界では、日常その食事は、魚介類や鳥肉を加え、五種類から八種類あった。酒杯も添えたか。饗応には二十種の料理に数種の菓子・果物を添えたと言う。それを「御菜三種して、ひらたけのしるで」とは、やはり簡素である。それに「田舎合子《いなかごうし》のきはめて大にく

9　本郷恵子『蕩尽する中世』新潮社　二〇一二年

ぼかりけるに、飯《はん》うづたかくよそほひ」もてなす。武家社会では、飯を高く盛って食べたことが『後三年合戦絵詞《ごさんねんかっせんえことば》』の絵にも見られる。それを「椀飯《おうはん》」と言った。ここはそれを誇張して語る。そう言えば仏事に今も、その名残が見える。ただ、庶民や農民が麦・稗《ひえ》や粟を主食とするのに米飯を供したのが、義仲にしては大きなふるまいであろう。山国男の根井小野田《ねのいこやた》が膳を整える。蓋付きの器、食器は、土器と木器に分かれ、素焼きのかわらけは全国的に生産され都市部で使い捨てにされたが、農民には使用が困難であった。まして貴族が使う磁器・陶器は農民の手にふれる物ではなかった。その木器も、塗りのない地のままの椀から塗物の漆器まで多様、義仲愛用の器が、そのいずれであったか。読み本は漆器ならぬ「渋《しぶ》ヌリ」とする。

義仲がさっそく「箸とッて食す」、しかし光隆は「合子のいぶせさに」辟易する。義仲が「それは義仲が精進合子ぞ」特別仏事用の椀だとは、「御菜三種」にふさわしいが、光隆は困惑、さすがに「箸とッて召すよし」して箸を置く。これを義仲が「猫殿は小食《しょうじき》におはしけるにや。きこゆる猫おろしし給ひたり、かい給へ」と責めたものだから、光隆は「のたまひあはすべきことも一言も出さず」急いで退散。両者はぶつかりあわない、そのために結果的には、義仲が、猫間を、まるでなぶり者にするかのような「かたくななる」もてなしである。この直前に情景法により、再現して語った鎌倉での頼朝の、院使への饗応を思い出すだろう。応接の場、手順、饗応の規模・内容、何よりももてなす動作、ことばづかいまで対照的な違いである。院の使者康定を感服させた頼朝の話とは逆の形ながら、ともに突如の異文化の接触に驚きを語るのだった。頼朝に対しては畏敬と驚嘆、義仲に対しては嗤いと蔑視の物語である。

立場がかわって今度は義仲が院御所へ参内する。この対比も咄めいている。伊予守で院から「朝日の将軍」称号を賜っていた義仲が[10]、「官加階したる者の」、武家の直垂《ひたたれ》姿で出仕するのはならぬと律儀そのものだが、「はじめて（武士としても正装の）布衣《ほうい》とり」、「烏帽子《えぼし》」を着たのでは猿真似、先ほどの饗応とは逆転して義仲の敗北である。目をこらして熟視するかのような語り手、「烏帽子ぎはより（袴の）指貫のすそまで、まことにかたくななり」と突き放すのも、前に鎌倉で院宣を受ける三浦が凛々しい武士の正装を整えたのとは対照的で、その義仲が牛車《ぎっしゃ》に乗る。元、宗盛に仕え、平家が都を落ちて以後「世にしたがふならひなれば」とは、いくさ物語に見られる転換期の京の人々の生き方で、日頃から山国育ちの義仲に反発するところが多かっただろう、今は義仲に仕える童髪姿の下部が牛をあやつる。この牛飼いは一般男子のように元服することがなく、時に馬牛を使って材木を商うなども行った。義仲が「車にこがみ乗んぬ」かがむように、とは滑稽な乗りよう、この牛飼にまで語り手の思いを重ねる。しばらく使わずに力をもてあましていたのに「一すはゑ（鞭）あてた」も

10　本書155頁

のだから牛が跳び出す。義仲は車中、仰向けにころがり、「蝶の羽をひろげたるやうに」もがき、しかも相手の呼びようを知らず、咄嗟に、またもや俗語訛りで「やれ子牛こでい」と叫ぶ。その呼び掛けを童は「車をやれと言ふと心えて」五、六町走らせる。驚く乳人子の今井兼平が馬で懸けつけ牛飼を叱る。「御牛の鼻がこはう候」と意地悪い牛飼の弁解。さすがに「仲直りせんとや思ひけん」、車中、手型があると教える。義仲がこれに「むッずととりついて」、しかも「あッぱれ支度や」、これはお前さんの工夫か、「殿（宗盛殿）のやうか」とは、義仲の照れ隠しのお世辞で、猫間の場合とは逆転した笑いである。車が御所に着き、牛をはずし、車を引く轅《ながえ》を支える榻《しじ》に懸け踏み台として前から降りるのを、義仲は後から降りようとする。驚く雑色が、牛車は前から降りるものと教えると、乗馬を意識してか「いかで車であらむがらに、すどほりをばすべき」と律儀、頑固に後ろから降りてしまう。「其の外をかしき事どもおほかりけれども、おそれてこれを申さず」、くすくす笑いをしのばせながら、京には異人の義仲を怖れながら笑い物にする。坂東の地を離れず、東国武士の文化を誇示した頼朝とは対照的に逆をゆく。京の生活様式にとっては異文化、山国育ちの直情的な義仲に揺さぶられ、怖れながら苦笑する京の人々であるが、義仲はそれと気づかない。結果的に、平安文化に呑み込まれてしまう義仲の悲劇が滑稽でもある。その怒りとあがきが院御所攻めへと暴発することになる。義仲に都人との対話は成り立たない。嗤いと怖れの対象に終始する。

義仲と平家の対決　巻八は義仲を軸に語る。屋島を拠点に山陽・南海十四か国を征した平家に対し、義仲は寿永二年（一一八三）閏十月、海野行広《うんのゆきひろ》を大将として七千余騎を備中の水島《みずしま》へ送る(11)が、知盛・教経を相手に不慣れな海上戦に敗退、平家が一矢報いる。そこで義仲が一万余騎を具して山陽を下るが、かねて北国いくさに捕らわれながら、その大力を惜しまれ恩誼をかけられていた西国武士の瀬尾《せのお》太郎兼康《かねやす》が、旧主平家に節を全うし、義仲軍を欺き翻弄する。この間、瀬尾父子の物語、旧主平家への忠誠を語るのだが、ようやく討ち取った兼康父子を「あッぱれ剛の者かな。是をこそ一人当千の兵とも言ふべけれ」と惜しむ典型的な木曾武者の義仲である。

屋島攻めにかかるが、都の留守に留めおいた兼平の兄、樋口兼光《かねみつ》から、義仲の不在中、叔父行家が院に接近を図り義仲を讒奏するとの報せが届く。頼朝に拒否され義仲を頼りながら、京侍としての行家と山国育ちの義仲とは、そりが合わない。そこを突くのが法皇である。義仲を嫌う反感が透けて見える。源平の合戦でありながら、源氏同士、叔父と甥の骨肉相食《あいは》む争いとなる。義仲は急遽、摂津経由で帰洛し、知盛の率いる平家の二万余騎が播磨へ渡り室山(12)（室津）に陣取る。これと戦って義仲との仲を修復しようとする行家だが、五百余騎が

水島合戦

11　今の倉敷市内。

瀬尾最期

室山

12　山下「『平家物語』の「室山」合戦」『バンカル』二〇一二　冬号　現地では、室山城から東方の海岸に向けて戦闘が行われたと見る。

敗れて三十余騎になり、河内の長野城へ逃げ込む。行家は武力には闌けながら、節操を欠く男であった。なお「室山合戦」の経過を、行家が漁鱗型の隊形に攻め込み包囲される苦戦を語るのだが、この経過を語らない屋代本があり、両軍の規模についても、読み本に比べ語り本は、行家軍を小勢に平家軍を大勢に誇張して語り、行家の無謀さとその敗退を当然のことと語る。院の介入による行家と義仲、源氏内部の争いを語る。行家の退路についても読み本が室から摂津へ退き河内へ移るとするのを、語り本は、室から、摂津播磨五泊の一つ、高砂経由とする。当時の旅の文化を踏まえて語り変えたもので、この室山合戦の物語は、京で文字化されたいくさ物語である。ちなみに『高倉院厳島御幸記』や『法然上人絵伝』でも室の前夜の泊まりが高砂である。

洛中での狼藉　状況も悪かった。軍律を乱す木曾源氏の兵が、養和元年（一一八一）から翌寿永元年にかけ不作続きで饑餓に苦しむ洛中に充満、「在々処々に入りどり（略奪行為）多し」。王権を守護する賀茂・八幡社の神領の青田まで刈りとり馬草に当てる。木曾軍に王権への配慮は皆無である。果ては「人の倉をうちあけて物を取り」、道行く人の持ち物、衣裳まで剥ぎ取る。全く暴徒と化した義仲軍である。法皇は壱岐判官知康《いきのほうがんともやす》を使者に立て義仲に制止を促す。この鼓の名手知康を「時の人（は）、鼓判官と」呼んだ。されば義仲はいきなり

鼓判官

「そもそもわとのを鼓判官と言ふは、よろづの人にうたれたうたか（うたれなさったのか）、はられたうたか」と敬語ながら、またもや訛り交じりに浴びせかける。その知康は『愚管抄』七月、法皇の京都脱出時に、山門御幸に「下臈ニトモヤス、ツツミノ兵衛ト云男御輿カキナンドシテゾ候ケル」と見える男である。院の北面として仕え、芸能好きの法皇に、鼓の芸を以て寵愛され、後日、頼朝にも取り入り頼家に愛されることになるのだが、それは物語には枠外の、後日のことである。相手が法皇の使者であることを知る義仲の、訛り丸出しの質問は、前の猫間中納言への応対とも通じる。しかし知康は猫間と違って返答もせず、席を立って院御所へ帰参、「鳴滸《おこ》の者」義仲が「只今朝敵になり候ひなんず。急ぎ追討せさせ給へ」と進言する。しかし平家を見捨てた法皇に手の打ちようがなかったのか、山門の座主明雲、それに園城寺の長吏、法皇の第五皇子円慶《えんけい》法親王に命じ、悪僧に動員をかけた。法皇を頼る公卿・殿上人は、検非違使の末端「むかへつぶて・印地《いんじ》、いふがひなき辻冠者原《ばら》、乞食法師」など、都空間から穢れを除くことを職掌とする無頼の徒、アウトローに頼る。時に町のこぜりあいに死者をも出す輩である。義仲の配下が、この無頼の徒に類似する。さすがの源氏も五畿内の兵どもは、法皇の怒りを怖れて義仲に離反し、ついに信濃源氏の村上までもが義仲に背く。

　義仲は破局に向かうのを、それと気づかない。乳人子の今井が「以ての外の御大事」と「十善の帝王」に帰服を促すが、横田河原合戦以来、勝利を重ねた義仲は「たとひ〳〵十善帝王にてましますとも」降伏するわけにゆかぬ。都を守護するのに馬草は必要、「兵糧米」に窮する若者どもが「時に入りどり」するのがどうして悪いのかと開き直る。「其の鼓め打ち破つて捨てよ」、とは相変わらずの荒い鼻息である。義仲には最後のいくさ、頼朝への面子にもかけて戦えと「わがいくさの吉例なればとて七手にわけ」七条河原での合流を指示する。『保元物語』の為朝、『平治物語』の義平以来の洛中でのいくさである。王権秩序への配慮は微塵もない。この義仲に権力への道は望めない、暴徒と化している。何が義仲を暴走へ駆り立てるのか。王朝にとってはこれまで王と京の町をつないでいた中間層としてあった平家の京からの退去がわざわいしている。

木曾軍が西国から帰洛後、約一か月が経過していたのだが、「いくさは十一月十九日の朝なり」義仲がついに院に戦いを挑む。御所法住寺殿の西門に「押し寄せて見れば」とは義仲を視点とする語りである。対する官軍を指揮する知康は「赤地の錦の直垂」を着ながら、大将としての自負と仏の法力を頼みに「鎧はわざと着ざりけり」。甲の前立《まえだ》てに仏法を守る四天王の像を描いて付け、築垣の上に立ち、宗教儀礼用の鉾《ほこ》、一方の手には金剛鈴《れい》を持って「打ち振り〳〵」「舞ふをりもあり」。仏法の前には、枯れ木も花咲き悪鬼・悪神も従う。引く矢は逆転してそなたたちに当たり、抜く太刀もそたなたたちの体を斬るぞと叫ぶ。

さすが「若き公卿・殿上人」が「風情《ふぜい》なし」「天狗ついたり」、時代錯誤と笑う。京には、歴史を見るのにこのように階層分化をとげた、輻輳する目があった。王朝軍に、木曾軍の暴力に対抗できる力は皆無である。笑止千万と義仲軍が鬨の声、搦め手、樋口兼光の軍も背後の今熊野から鬨の声をあげ、火矢を御所の門に放つ。寒風にあおられる猛火に、大将の知康が逃げ出し、二万余の大軍も総崩れ、弓をとりながら矢を持たず、矢を持ちながら弓を取り忘れ、持つ長刀を逆さまについて、おのれの足を傷つけ、弓の先端、筈を物にひっかけてはずせず、弓を捨てて西へ逃げ出すとは、かの知康の空威張りを「虚仮にする」、まさに狂言まがいの語りである。

　義仲の過激さに同調できず、法皇側に従い待機していた摂津源氏も七条大路を西へ落ちるところを、あらかじめ「落人《おちうど》のあらむずるをば」「うち殺せ」と指示されていた京の人々が、日頃、「入り取り」されるままだった鬱憤をはらそうと七条大路の民家の屋根に待ち構える。そこへ味方の摂津源氏の兵が落ちて来るのを「石を拾ひかけ、さんざんに打」つ。「院方ぞ、あやまちすな」と叫ぶのに耳を貸すわけがない。人民を巻き込む争い、全く無政府状態である。洛中、未曾有《みぞう》のいくさは、まるで『太平記』の世界である。同士討ちに死傷者が続出し、八条の東づめを固める延暦寺の悪僧も敗走。文章博士《もんじょうはかせ》頼成《よりなり》の息、主水正《もんどのかみ》、近江中将・越前守・伯耆守が討死。按察《あぜち》大納言資賢《すけかた》の孫、雅賢《まさかた》が捕縛され、馬で逃げ出す王権守護の大御所、延暦寺の座主明雲、園城寺の長吏円慶が落馬して首をとられるとは……。早送りの齣を見るように、いくさの続きを語り続ける。

そこへ登場するのが院御所に参っていた豊後の国司刑部卿三位頼輔《よりすけ》である。元平家の小松家に仕えながら、院の命令だと現地の緒方惟義《おがたこれよし》に命じ、平家を九州、大宰府(13)から追い出しにかかり、平家から「鼻豊後《はなぶんご》」と揶揄された男（巻八）である。七十一歳の高齢であった。火に追われ逃げ出すが、「衣裳皆剥ぎとられ、まッぱだか」で突っ立つ。頼輔の小舅《こじゅうと》、妻の兄弟に法眼性意《しょうい》があり、その下っ端の僧が「軍《いくさ》見んとて」出ていたのが頼輔を見かけ、投げかける衣を頼輔は「短き衣うつほにほうかぶッて、帯もせず」手をひかれて落ちる。「さらば急ぎもあゆみ給はで」、あちこちに立ち止まって、「あれはたが家ぞ」、これはだれの邸か、ここはどこかと問う。それを「見る人みな手をたたいて」笑いあったとは、前の知康を笑った若殿上人ともども、京の人々の笑いである。

法皇が五条内裏に監禁され、五歳の主上（後鳥羽）も里内裏の閑院殿へ移される。『愚管抄』は、この両者の争いを「天狗のシワザ」と記し、後日頼朝の信用を得ることになる吉田経房は『吉記《きっき》』に、この事件を保元の乱の主、崇徳院の怨念の祟りと見る(14)。まさに洛中、未曾有のいくさであった。その主が義仲である。事実、保元の乱の戦場となった春日河原に崇徳と頼長の霊を祀った(15)のだが。

13　本書159頁

14　『吉記』寿永二年十一月十九日の条に、天照大神もなすすべなかったと記す。

15　原水民樹「崇徳院信仰史稿一」『言語文化研究』（徳島大学）一九九七年二月

畿内武者の生き様　院御所の西門を固める宇多源氏近江守仲兼《なかかね》は死を覚悟、大勢の中へ懸け入り、主従八騎になる。その中にいた法師武者加賀房が日頃、乗馬の荒いことを嘆くのを仲兼はわが馬と乗り替えさせ加賀房は五十騎で懸け入って奮戦、三騎に討ちなされ、討死する。仲兼の家人、仲頼は、主の乗らない馬が駈け出して来るのを、主が討死をとげたものと思い二十七歳にして討死、仲兼は、それと知らず兄（仲信）と郎等一人を具して南へ落ちるところで、いち早く御所を脱出し宇治へ志す摂政基通に追いつき、これを保護して宇治、平等院の西にあった富家殿《ふけどの》、故藤原忠実《ただざね》の別荘へ送り届ける。元はと言えば義仲の行動である。思いがけない行き違いが、人の生死に意外な結果を招く。院側近の仲兼と摂政基通のめぐりあわせでもある。元関白の忠実は、娘の入内をめぐって白河院の怒りをかい、保元の乱に鍾愛する頼長を失って出家し、八十五歳で死去したのだった。基通には、曾祖父に当たる。『保元物語』の語りが『平家物語』にもかげを落とす。基通は摂関家が分裂する中、平家に支えられて摂政に就きながら、都落ちする平家を見限って都へとって返した。その結果としてのなりゆきを、見るような連鎖の中に語る「平家」である。混乱の中をとにかく生き残る京の人々である。

「明くる廿日」義仲は、当時刑場として使われた六条河原に、六百三十余人の官軍の首を懸け並べたとは、これもすさまじい。『後三年合戦絵詞』に「むねとのともがら四十八人が首をきりて将軍の前にかけた」とあり、首札をつけた絵が描かれたのだが。『平家物語絵巻』も、この場面を描くが、とにかく洛中では桁外れの処置である。その中に座主明雲、長吏円慶法親王の首までもあるのを見て人々は落涙する。しかし義仲は、その首を「ナンデウサル者」と「西洞院川ニステ」たと『愚管抄』は記す。七千余騎を東へ向け、三度あげる慶びの勝ち鬨が、またもやいくさかと京の人々を驚かせる。古代国家は事実上の崩壊を見ている。参議脩範《ながのり》が五条内裏に参り法皇にいくさの経過を報告する。悲嘆する法皇は、特に明雲座主の非業の死を悼む。この脩範は保元の乱に王権の秩序を回復しながら平治の乱に先行きを予知して死を遂げた信西の子息で、平治の乱後、修羅場をかいくぐって来たことを『平治物語』が語っていた。

義仲が戦後評定を行う。「一天の君」を破ったのだから「主上にやならまし、法皇にやならまし」と言い、王を虚仮にする義仲である。国家支配、あるいは私的な荘園の管理のために諸階層分化の可能性をもひめながら流動性を持ち、都に比べれば伝統的な農村の自治組織を支えとしていた地方社会とは違って、王朝を軸にしているために古代からの高級貴族や、王権守護の国家保護のための権門寺社、それに、これら既成階層存続のために働く畿内の武者の世界も分裂、次第に高級武士を生み出してゆく。その意味で半ばカースト化を進める階層社会が京の現実であった。それを理解できないのが山国育ちの義仲であった。

在京の主上は四歳の後鳥羽で、かれが擁立された経過に、幼帝の始め清和天皇を擁立して摂関家の座を確立した経過を回想していた。その摂関家を抑えようと院政を行い、治天の君となった白河院が八歳の堀河を立てて以来、五歳の鳥羽、五歳の崇徳、三歳の近衛、二歳の六条、八歳の高倉へと王位継承をめぐる確執から幼帝が続いていた。その事情を義仲は想像できない。帝になろうとすれば「童にならむもしかるべからず」、院になるには「法師にならむもをかしかるべし」と笑う。美福門院らに支えられて二十九歳で中継ぎとして立てられた後白河は在位三年にして、これも美福門院が養った十六歳の二条に譲位、嘉応元年（一一六九）六月、四十二歳で出家した。生前あらかじめ死後の冥福を祈る「逆修《ぎゃくしゅ》」であったと記録する。[16] 保元の乱による王権内の分裂が、幼帝の擁立や上皇の出家を促したことを全く知らない無知な義仲は「よしよしさらば関白にならう」と言う。王権の実態を把握できない、京の文化から見れば笑いの対象になる義仲である。暴力は権力を破壊できても権力を創造することはできない。だから節操もなく旧権力に接近しようともする。京の階層秩序が厳しい社会を造り変えることなどできない。頼朝から見れば喜劇であるとともに、源氏にとっては悲劇である。その義仲を指導する書記役の覚明が、[17] 成人後の帝を補佐し、意図すれば天皇の命令を取捨選択できる関白の官が皇孫神授説により、（冥界の）天照大神から保障される藤原氏の官であると言って制止する。そ

16　『玉葉』嘉応元年六月十七日の条。

17　古瀬奈津子『摂関政治』（新書）岩波書店　二〇一一年

こで「院の御厩《みうまや》の別当」にみずからが「おしなッて、丹波国を」知行する。院の軍馬を管理する、この別当職は鳥羽院が寵臣信頼を起用した重要な官であり、忠盛・清盛も、その任に就いたことのある官である。義仲は「前関白松殿の姫君とりたてまッて」基房の聟に「おしな」ッた。その姫については明確でない。いくさ物語としての武将を支える「女人」になるべくもない。義仲が、平家に疎んぜられていた元関白の基房に接近を図るのである。笑いの対象は義仲なのか、王朝の実態なのか。当時の摂関家の内情を思えば、義仲もしたたかである。そして四十九人の公卿・殿上人の官を解く。清盛が行った四十三人を越える「悪行」だったと言う。清盛のような配慮を欠く義仲の軽挙である。しかし京の文化に無知な義仲ながら、この姿勢が京文化をゆさぶりをかけたことを語る。

義仲の狼藉を鎮めるために範頼・義経軍が京へ向かっていた。北面の武士公朝《きんとも》らが京から馳せ下って熱田で会い、法住寺合戦の経過を語る。義経は頼朝への気配りから、公朝が直接、頼朝に訴えるよう促す。頼朝に並ぼうとした義仲とは対照的な義経である。事を知って驚く頼朝は、院を煽った知康に対し激怒、あわてた知康が弁明すべく鎌倉へ下るが、頼朝はこれに会おうともしない。知康は面目を失って帰洛、「稲荷の辺なる所に命ばかり生きて」過ごしたと語る。事実は、後日、頼朝に仕えることになるのだが、語り本はこれを黙殺し、法皇に対する頼朝なりの意思表示を明快に語り切る。(18)

18　『新猿楽記』が芸能空間であったことを示唆する。知康にふさわしい。熊野詣、打ち上げの地でもあった。

頼朝の動きに対し義仲は平家と和を結び「東国攻めむ」、平家との妥協を図ろうとする。この経過は『愚管抄』にも見える。義仲に一貫した政見は無い、もっぱら覇権掌握の争いであろう。巻七の冒頭、義仲が頼朝に対して受け身で臨むことを見たのであるが、『保元物語』から『平治物語』へと義朝系を直系と見る読みがある。行家とのこともあり、義仲が頼朝に対し弱気になり、それが表面化する。その先行きが見えてくるだろう。その義仲を支えようとするのが女人、巴《ともえ》であり、乳人子兼平である。義仲の申し出を宗盛は喜ぶが、時忠や知盛が、義仲こそ降人に参れと突っぱねるのは、これまでの物語として当然の成り行きである。

「ひたすらのあらえびす」の義仲も窮し、舅、基房の説得に、四十九人の官を復す。弱気になる義仲は、かわりに基房の息、中納言師家《もろいえ》を幼帝を補佐、代行する摂政に推す。正二位左大将内大臣であった徳大寺実定と、摂政であった基通を解き、その官を借りて師家を推したのだった。基通と師家とは又従兄弟《またいとこ》で、摂関家内に確執があった。それを見通した除目であるとして笑いの対象とする。されば「いつしか人の口なれば新摂政をば、かるの大臣と」申したとは、あの平治の乱当時、警句を発して人々を笑わせた藤原伊通《これみち》を思い出させる。荒夷《あらえびす》の義仲が頼朝との対決に王にすり寄り、法皇を五条内裏から近臣業忠《なりただ》の邸、六条西洞院へ移し、歳末の修法、「其ついでに叙位、除目」を行ったのも

「木曾がはからひ」だと語る。無節操な義仲に王の風格はないが、当面、京では事実上の王だった。かくて西国を平家が、東国を頼朝が、それに京を義仲が「はり行ふ」とあっては、院を軸にする王権も機能を麻痺する。公の貢物《みつぎもの》も停滞、「京中の上下」は干上がった水たまりの魚のようであったとは痛烈な警世の語りで、「あぶなながら年暮れて、寿永も三年になりにけり」と定型の年代わりで巻第八を閉じる、巻七以後、義仲を軸とする語りであった。義仲の行方は見えている。義仲をめぐる語りの移行を見るべきであろう。

義仲、破局へ

寿永三年（一一八四）正月から巻九を開く。恒例の朝儀は停滞、王権が機能しない。例えば幕府に関する編年史、『吾妻鏡』が巻を新年の神儀を以て記し始めるのとは逆である。これがいくさ物語である。新帝（後鳥羽）の内裏、清涼殿の東庭で殿上人らが天皇に舞いの礼を行う小朝拝《こちょうばい》もない。屋島にある安徳天皇ら平氏も朝儀を行うすべなく、旧都、京での盛儀を回想し、元旦、「永き日をくらしかね」る。

生ズキノ沙汰

正月十一日、義仲が院参し平家討伐を奏上、「同じき十三日、既に門出と聞えし程に」数万騎の東国軍が京に迫る。義仲は西国発向の出陣をさし止め迎撃の体勢を整えようとするが、前の院御所攻めの暴挙に多数が義仲から離反し「折ふし勢もなかりけり」。大手、勢多へ今井の「八百余騎」、搦め手、宇治橋へ仁科《にしな》らの「五百余騎」、一口《いもあらい》へ伯父義教の「三百余騎」を向けるが「六万余騎」の東国軍と比べ圧倒的に小勢である。ちなみに読み本と『吾妻鏡』は、寿永三年正月、十日の条に義仲を征夷大将軍としたとするが、語り本は全くふれない。物語としてあえてとりあげなかったのであろう。事実、『玉葉』は正月十五日の条に「征東大将軍」としている。

宇治川先陣

ここで語りは遡って、東国、鎌倉での京攻め準備、「その頃鎌倉殿」が所有する名馬をめぐって、これを所望する坂東の雄、梶原景季《かげすえ》と宇多源氏、佐々木高綱《たかつな》のかけひきを語る。「鎌倉殿」とは、物語として頼朝は、すでに東国支配のための秩序構築を始めている。読み本では、保元・平治の乱での高綱の父秀《ひで》義《よし》の、亡父義朝に尽くした忠誠に報いる頼朝の思いをからめるのだが、語り本はこうした東国の政治を語らない。梶原をさしおいて生ずきを賜り感動する高綱と、先を越され奮い立つ梶原との宇治川での先陣争いに絞る。佐々木が巧みに梶原を牽制し、先陣を果たす経過を擬態語・畳語をも駆使して現地視点で語り抜く。両人の争いを契機に、清和源氏、足利系、畠山の軍五百余騎が続いて渡河、東国軍にふさわしい集団戦を演じる。この東国軍の攻めに、木曾軍は木幡山《こはたやま》・伏見へ退く。ちなみにこの佐々木の兄盛綱《もりつな》が、このあと巻十、備前、藤戸《ふじと》の合戦で馬上、海を渡ることになる。それらの経過について『吾妻鏡』とはずれがある。伝承として佐々木と馬をめぐるいくさ語りのモチーフがあったのか。

河原合戦

大手・搦め手とも敗退の報に義仲は院御所へ「最後の暇」申しに参るとは、異端児として行動に徹して来た義仲も、状況の限界に弱気になっている。東国軍が迫る中、院参を断念、六条高倉に「はじめて見そめた」女房を訪ねる。それを前の基房の娘とする読み本があるが、「ある宮腹の女房」とする本もあり、義仲はその女と名残を惜しむ。見かねる新参、越後中原家光《いえみつ》の命を賭しての忠告に、亡父から縁のあった上野国の那波広嗣《なはひろつぐ》らわずか百騎ばかりを具し、東国軍に「今日を限り」のいくさを挑む。家光は、幼時の義仲を支えた中原の一人であろう。義仲が訪ねた女房は、いくさ物語の、武将を支える「女人」のはずだが、語りきれていない。それを補う女として、この後の巴との別離となる。巴がシテを演じ、事実、義仲の霊を救おうとする修羅能『巴』を構成し、その巴が武将の「女人」を補完し務めることになる。

この間、義経が五、六騎で院御所へ参る。法皇は穢れを避け、中門の連子《れんじ》越しに判官らを引見、下部成忠を介し合戦の経過を聴く。六万余騎の東国軍、大手、勢多《せた》を攻める兄範頼の軍は未着、搦め手として宇治川の陣を破り、気がかりな御所へ馳せ参った、河原を北上した義仲は「いまはさだめてうッとり候ぬらんと、いと事もなげに」義経は語る。法皇が御所の守備を命じ、判官は四方の門を明け、馳せ集まって一万騎が御所を固める。法皇が義経に目をかけ始める。

気落ちする義仲の最期　語りは義仲の思いに立ち入る。都を落ちる平家が企てたように法皇をかたらい西国へ下って、平氏と結んで東国軍と対決しようとしていたとは、これも弱気である。何が義仲を弱気にさせるのか。源氏一門でありながら、一門の義平《よしひら》に父を討たれ『保元物語』から『平治物語』を受ける亡き義朝や、その遺志を継ぐ頼朝の思いは通じていない。物語としても平家から相手にされないのは当然の事である。平家との和を拒まれて、覚悟の決戦を挑む。追い込まれた今となって、乳兄弟今井を大手の勢多へ向けたことを悔やみ、行方を求めて六条河原から三条河原へ北上、追っ手を五、六度追い払いながら賀茂川を渡河、粟田口《あわたぐち》から逢坂山《おうさかやま》への入り口、四宮《しのみや》河原にさしかかるが、信濃を発った時には五万余騎あった兵も法住寺攻めに六、七千騎、それが今は「主従七騎」となり、「中有《ちゅうう》の空思ひやられて哀れなり」とは語り手の敗者、義仲に寄せる思いである。

　日頃身の回りを世話する二人の侍女がいた。今生き残る七騎の中の一人、巴は、美女ながら武器を持って、また馬上でも一人当千《いちにんとうぜん》、たぐいまれな女武者で一方の大将として義仲を支えた。異例の「女人」の物語である。洛中では、怖れる義仲の行方を、丹波路とも北国落ちとも噂するのだが、義仲は今井を求めて勢多《せた》へ向かっていた。その兼平も五十騎に討ちなされ、義仲の身を案じ、敵の目につかぬよう旗印《はたじるし》を巻き都へとって返す。大津、打出《うちで》の浜で、一町を隔て気づいて馳せ寄る。語り手はここで義仲を思いをこめて「木曾殿」と呼ぶ[19]。それは頼朝を「鎌倉殿」と呼ぶのと対をなす。言い換えれば、いくさ物語を両人の事実上の対決として対等に語る。今井と手を取り合い、死をともにしようとの「契りはいまだ朽ち」なかったと旗印を上げさせると、三百余騎が馳せ集まる。京侍と違って木曾に生きた武士たちである。前方に「しぐらうで」見える軍は甲斐《かひ》一条の六千余騎、義仲は「よい敵」と、院に同行して入洛を果たした当時[20]、院から贈られた称号「朝日の将軍源義仲ぞや」と名のりをあげて突進する。一条も相手を義仲と知り、洩らすなと包囲する。視点を両方に烈しく転換させつつ語るいくさ物語である。「たてさま、よこさま……」とは、烈しいいくさを語る型、義仲が懸け破って出れば、三百騎が五十騎になる。「そこを破ってゆくほどに」二千余騎の土肥勢、「あそこでは四、五百余騎」「ここでは二、三百余騎、百四、五十騎ばかり」の中を懸け抜けながら一行は「主従五騎にぞなりにける」、そして、この「五騎が内まで巴は討たれざりけり」となるのだから、この場の主役は、義仲でありながら、巴でもある。迎え討つ東国軍勢の減少が、木曾の死闘を語るのだが、東国軍、大手の軍は、広く鶴の翼を拡げた隊形、鶴翼《かくよく》の布陣だったのか。とすれば、次第に深入りしつつ懸け抜ける。残る五騎の中にも巴がいた。死を覚悟した義仲は、女は生き残って落ちよと促し、同行しようとする巴を強く拒む。「女を具せられたりけりなゞど言はれん事

19　笠栄治「「木曾」と「木曾殿」と」『糸高文林』福岡県立糸島高校　一九五九年

20　本書155頁

もしかるべからず」とは、男としての不名誉としたとは言い切れぬ、戦場に臨む「女人」の心得を指示するとも理解できる。武将と「女人」の物語でもある。しかもこの巴は異例の女人である。「あまりに（義仲に離別を）言はれ奉ッて」、やむなく巴は「よからうかたきがな」と求めるところへ「武蔵国に聞えたる大力」恩田《おんだ》八郎師重《もろしげ》が三十騎ばかりで現れたのに向かって、馬を相手に並べたとたんに相手を「むずと」とって引き落とし、わが馬の鞍の前輪に押しつけ、「ちッともはたらかさず」首をねじ切って捨て、武具を解いて東国へ落ちて行く。京では想像しがたい農・漁村、山国木曾の生活に根付いた力女の巴である。(21)「巴」は紋章学で水の渦巻きである。木曽川の上流に、物語が命名した史蹟であろうが「巴が淵《ふち》」があることを考慮すれば、現地では水神を祀る巫女として想定するものであったのか。神との聖婚をとげる「女人」が基層にあるのか。折口信夫の言う「水の女」である。(22)討死した武将の霊を鎮める、まさにいくさ物語の「女人」である。事実、巴をシテ、巫女として粟津の戦跡に義仲を弔う作者は未詳、修羅能『巴』がある。土俗信仰を基盤とし、武将を支える「女人」の役割（機能）を演じるいくさ物語である。手塚太郎が討死、その叔父、手塚別当も落ちる。残るは今井と義仲主従、そのあげくに「木曾殿」は乳兄弟の今井に「日頃は何とも覚えぬ鎧が今日はおもうなッたるぞや」と弱音を吐くのである。武将が、死に臨んで本音を吐くのは記紀神話の日本武尊《やまとたけるみこと》にも見られる。

21　加藤周一『高原好日』（文庫）筑摩書房　二〇〇九年

22　折口を踏まえた松岡心平「「布留」の水の女、聖婚と新嘗の記憶」『観世』二〇一一年九月。

これまでの義仲のたどって来た歩み、院や頼朝を相手にしての歩みの結末としての破局に、この弱音がある。『平家物語』でも、後日、平家公達の中の武将、知盛が宗盛に本音を吐く。それをミハイル・バフチンが言う、対話としての「多声」とまでは言えないが、状況の変化を生きる主人に寄せる複数の意識、声が独自性を保ったまま衝突する声とする「多声的」な発言である。今井は「御身はいまだ疲れさせたまはず」、馬も弱っていない、それをわずか一両の鎧が重いとは、味方の軍がいなくなったためであろう。兼平一人を「余の武者千騎とおぼし」、防ぎ矢を射る間に自害をと促す。なおも馬を並べる義仲を、今井は、その馬の口にとりつき、武将として最期に不覚をとっては、これまでの高名《こうみょう》が無になる。「御身はつかれさせ給ひて候」とは、せめて武名を全うさせたいとの思い、義仲と兼平は『平治物語』における源義朝と鎌田正清《かまだまさきよ》の仲に通う。義仲は粟津《あわず》の松原へと懸け入る。今井は大音声をあげて名のり、わが頸をとって「鎌倉殿」頼朝に見せよと奮戦、寄せ手は今井を包囲し矢で攻めるが、鎧が強く射通せない。一方、松原へ懸け入る義仲は、「正月廿一日、入相《いりあい》ばかり」、「薄氷のはった」「深田《ふかた》」に馬を乗り入れたため沈む。腹を蹴って馬をけしかけるが動かない。語り手は義仲に同化している。平家琵琶として今井の動きを勇壮な〔拾《ひろい》〕から〔強声《こうのこえ》〕、さらに現存の「平家」では三か所にしか見えない〔走り三重《さんじゅう》〕まで駆して語り抜き、義仲については感傷的な〔中音〕〔初重」〔口説〕で謡い語る。これまで勇壮な義仲を語って来た語りとは対照的な謡い方である。義仲がふり返って今井を目で逐うところを三浦の石田次郎為久《ためひさ》の放つ矢に甲の内を射られて馬上うつぶす。そこをあっけなく石田の郎等二人に頸を取られる。[23]「此の日頃日本国に聞えさせ給つる木曾殿」を討ったとの勝ち名のりに、今井は「今は誰をかかばはむとてか、いくさをもすべき」と「太刀の先を口にふくみ」馬よりとび降り太刀に貫かれる討死を勇壮な〔拾〕で語る。巴に次ぐこの兼平に支えられた義仲の死を以て、「さてこそ粟津のいくさはなかりけり」と結ぶ。

　前に巴を離別させ、乳兄弟の今井と生死をともにしながら、みずからの生涯を思い、今、鎧の重さに気づいたのだった。巻六「廻文[24]」で乳人《めのと》中原兼遠《かねとお》に向かって、頼朝に並ぶ将軍になろうと決意を語った義仲が、その兼遠の息、義仲とは乳兄弟の兼平に見守られながら最後をとげたのだった。巴を兼遠の娘とする伝もある。義仲は院との対話の中で王権を体感したはずだが対決を果たせなかった。この義仲の登場が、王権の活性化を進めることになったとは思えない。

　兼平の兄、樋口兼光が、日頃、縁故を結んでいた児玉党の誘いに不本意に降人となるが、乞うて義仲の首渡しに従い、翌日斬られることになる。敵・味方の別を越える東武士と、京、王朝人との齟齬を語る物語である。義仲の物語を木曾、中原家の物語とも読めよう。兼平をシテとする作者未詳、修羅能『兼平』

23　『愚管抄』五は、口舌の主、伊勢三郎が討ったとする。

24　本書113頁

樋口被討罰

をも再生している。成立上の素材論の域を越えて、木曾武士のいくさが京にくい込み、揺さぶりをかける。見て来たような異人としての義仲の語りは、琵琶法師にして可能であったのだろう。

義仲に推されて摂政に就いていた師家《もろいえ》が廃され、基通が復した。師家の任官は、わずか「六十日の内」にとどまった。語り手は、義仲の悲劇を頼朝と対比し『史記』高祖本紀に語る沛公《はいこう》ほどの配慮を欠いた義仲の、頼朝に対する未熟さに求め、惜しむ。そのことを巻六、挙兵当時から示唆していたのだった。義仲のゆさぶりは、新しい秩序を創出する力とはならなかった。東国の秩序を固めるために法皇との直接対決を避け、しかも京の王朝とは一線を画す頼朝とは対照的に状況に呑みこまれてしまう義仲である。京の王権と一線を画した頼朝に、義仲が果たしたような揺さぶりを期待できるのだろうか。両人の生き方を京の人々の声をも採って多声的に読み、語る『平家物語』で、特に琵琶法師の「平家」は、素材を絞りつつ語るいくさ物語の文体を作りあげた。同じ歴史を語ると言っても、「世継ぎ」とは違って転換期を生きる京の人々の輻輳する声を拾いあげ多声的に語る歴史語りである。素材としては『愚管抄』と重なる面を見せながら、九条家を軸に摂関家の行方を考える慈円の歴史哲学とは全く異質の、琵琶法師が語る物語の歴史である。この間、平家は屋島を出て、山陽・南海十四か国を従え、福原の旧都に復して防御の態勢を整えていた。

（参考）

池田亀鑑『平安時代の文学と生活』至文堂　一九六六年
京都市編『京都の歴史　一』學藝書林　一九七〇年
沼田頼輔『日本紋章学』人物往来社　一九七二年
桑野隆『未完のポリフォニー』未来社　一九九〇年
上横手雅敬『平家物語の虚構と史実』講談社　一九七三年
吉岡康暢「食の文化」『日本通史8』岩波書店　一九九四年
川口喬一・岡本靖正『文学批評用語辞典』研究社　一九九八年
アレクシス・ド・トクヴィル『旧体制と大革命』小山勉訳　ちくま文庫　一九九八年
黒田俊雄の権門体制論の基礎にトクヴィルの史論を想定したのか。このトクヴィルは、
　早く福沢諭吉や丸山眞男も見ていた。
大山喬平『ゆるやかなカースト社会・中世日本』校倉書房　二〇〇三年
山下『いくさ物語と源氏将軍』三弥井書店　二〇〇三年
岡田章一「楠・荒田町遺跡の調査」『平家と福原京の時代』岩田書院　二〇〇五年
大津雄一『軍記と王権のイデオロギー』翰林書房　二〇〇五年
深沢徹『『愚管抄』の〈ウソ〉と〈マコト〉』森話社　二〇〇六年
原田信男『中世の村のかたちと暮らし』角川書店　二〇〇八年
樋口大祐『乱世のエクリチュール』森話社　二〇〇九年
江原絢子・石川尚子・東四柳祥子『日本食物史』吉川弘文館　二〇〇九年

メアリ・ダグラス『汚穢と禁忌』塚本利明訳（文庫）筑摩書房　二〇〇九年
元木泰雄『河内源氏』（新書）中央公論社　二〇一一年
小町谷照彦・倉田実編著『王朝文学文化大辞典』笠間書院　二〇一一年
山下「琵琶法師が語る源平の歴史」『文学』二〇一二年一・二月

十三　源平、一の谷の合戦

一の谷合戦に向けて　義仲の死後、平家が福原へ復帰するが、四国の兵は平家から鞍替えして源氏に従う。阿波・讃岐の土豪、それに淡路にいた源為義の息、義嗣《よしつぐ》、伊予の河野、その伯父沼田、淡路の安摩《あま》、紀伊の園辺《そのべ》、筑紫の臼杵《うすき》・緒方へと連鎖反応し、これら都合六か度にわたり、いずれも教盛の息、教経が攻めて平定するが、状況は平家に厳しい。上横手雅敬(1)は、この六か度の戦の主を教経とすることに疑いを抱く。物語の教盛父子の位置づけがあるのだろう。

六ケ度軍

一方、寿永三年（一一八四）正月廿九日、範頼・義経兄弟が平家追討に西国へ出兵する旨、院へ奏上。法皇は幼帝（後鳥羽）のために三種の神器を奉還するよう指示する。福原に復帰した平家は清盛の一周忌法要を営むが、悲嘆するばかりで起立塔婆《きりゅうとうば》・供仏施僧《くぶつせそう》の営みも無い。清盛の遺言を守ると言うよりも、その余裕が無かった。代わりに、主上・三種の神器を奉戴するから、叙位・除目も「僻事にもあらず」と宗盛が教経の父教盛に正二位大納言昇任を発議するが、教盛は辞退して受けない。物語では、この教盛は宗盛には煙ったい叔父であった。物語の教盛像を見るべきであろう。

三草勢揃

1　上横手雅敬『源平争乱と平家物語』角川書店　二〇〇一年

京では、平家の上洛間近いとの噂が流れ、平家に親しい院の第七皇子、梶井《かじい》門跡《もんぜき》の承仁《しょうにん》法親王ら、人々の期待が高まる。平家では維盛が、旧都に残して来た妻子への思いが尽きない。源氏は、亡き清盛の忌日《きにち》、それに西ふさがりの日を避け、七日、一の谷での矢合せと決める。源氏の勢揃えを型どおり勇壮な〔拾《ひろい》〕で語り始める。大手、範頼の五万余騎が昆陽野《こやの》へ、搦め手、義経の一万余騎が丹波路を「二日路を一日にうッて」懸けるとは、神出鬼没の判官らしい。播磨と丹波の境、三草山《みくさやま》の東の山口に着く。平家軍は三里隔てた西の山口に布陣する。この間、神器の行方を案じて、法皇は平家との和を講じて静憲を介し、頼朝に行動を抑止してあると平家に示唆していたらしいが、(2) 物語は両軍の対決、特に判官の動きに絞って、かげの政治的な動きは語らない。義経は土肥《とひ》実平と図り、未明の暗さに「在家《ざいけ》に火を」かけ大松明《おおたいまつ》とし、三草山を越えてゆく。熟睡していた平家は油断を衝かれて狼狽し、南下、高砂から船で屋島へ落ち、福原は北方の備えを欠くことになる。

三草合戦

2　『玉葉』寿永三年一月二十六日の条、二月二十九日の条。判官は一時、出兵をさし控えていたらしい。

坂東武者の攻め　以下、一の谷の合戦については、『玉葉』の寿永三年二月八日の条に、梶原景時が飛脚を以て平家を討ったとの報せがあると記すから、京へ情報が寄せられて、噂が流れ、口承を通しいくさ物語は、それらを物語として再構成していったものだろう。

老馬

宗盛は、人々が嫌う北の防御を、あの六か度戦の雄《ゆう》、教経に委嘱、教経は承諾する。ところが、その兄通盛《みちもり》が北の方との離別を惜しむのを見て怒り、兄を叱責する。王朝貴族化したと言われる平家公達ながら、兄弟にこの差異がある。これが武者上がりの平家である。

一方、義経は「六日の曙」七千を土肥に割《さ》いて一の谷の西を攻めさせ、みずからは三千で嶮難の鵯越《ひよどりごえ》へ向かう。朗詠にも謡われた管仲《かんちゅう》の老馬の故事に倣い未知の土地を老馬を先立てて進むとは、これもいくさ物語である。現地の猟師が、この懸崖を鹿ならば落とせると言ったものだから、義経は、馬も落とせぬわけはないと言い切る。

一二之懸
二度之懸

この間、西の陣では子息直家《なおいえ》としめしあわせた武蔵の小領主、熊谷直実《なおざね》が夜明けを待って先駆け源平合戦が始まる。東方の生田の森では、武蔵の下層武士、河原兄弟が、死を覚悟、子孫のために論功行賞に預かろうと逆茂木《さかもぎ》を乗り越え先懸けして討たれる。この東国武士兄弟に感動するのが、受けて立つ新中納言平知盛である。河原兄弟の討死を機に、先懸けを逸る梶原景季の子息景季兄弟を無謀な死をとげてはならぬと制止する父景時は、坂東平氏で頼朝の寵臣であった。これを狙う平知盛との懸け合いの争いとなる。これを「梶原が二度の懸け」とし、東武士の父子のいくさ物語を語る。物語の武者の行動である。このように、いくつかのいくさを結び合わせつつ語り進める。

坂落

突破口を開く判官　大手、生田の陣での両軍が対決する。武者の怒声、馬の足音、飛び交う矢と、視覚・聴覚に訴えるいくさの語りが続く。源平両軍互角の攻防は膠着状態になる。それを破るのが義経の行動であると語る。

　三千余騎で山の手の背後、「一の谷のうしろ鵯越」懸崖の地へ迫る義経の軍に驚いた雌雄の鹿が平家の陣の館へ落ちるのを見届けた判官は、鞍置き馬を追い落とす。三頭が無事落ち「身ぶるひして」立つのを見た判官が、みずから先をきって落とす。「二町ばかりざッと落」し、平坦になるところで見下ろせば、なお「つるべ落とし」、垂直に「十四、五丈」。進退窮まるところへ、三浦の下人、佐原義連《さはらよしつら》が、これこそ「三浦の方の馬場」ぞと「まッさきかけて落」すものだから、兵どもも馬を励ましながら、恐ろしさに「目をふさいで」落とす。義仲の倶利迦羅合戦の先例があるが、当事者に視点をすえた物語としての語りである。鬼神のような義経のふるまいで、「落としもはてねば、鬨をどッとつくる」とは、語り手が寄せ手に同化する。下人《げにん》が平家の館に火を放つ。狼狽する平家がわれ先にと沖へ向かい、四、五百人が船に「込み乗」り、目の前に「大船三艘」が沈む。平家公達が雑人どもの乗船を拒み、下部を斬りつけたものだから「一の谷の汀」が死傷者の血の紅に染まっては、あの荒武者、教経までもが西へ馳せ、明石から舟で屋島へ渡る。西の陣は平家の完敗である。京武者と坂東武者の、いくさへの対応のし方が、その結末を語り分けている。海際に山が迫る摂津と播磨の国境、(3) 一の谷での多様な武者のいくさの物語である。

平家公達の生死と坂東武者　坂東武者が敗走する平家公達を追う。ところが義経の配下にあった武蔵の児玉党が、武蔵國の知行国主であった平知盛に状況を知らせる。この児玉は、前に義仲の最期の決戦に、乳人子、今井の兄、樋口次郎にも働きかけ降伏を促していた。これが当時の京と坂東武士とのつながりである。さしもの知盛一行も「我さきにと落ち行く」。教経の配下にあった侍大将の盛俊が武蔵の猪俣《いのまた》則綱のだまし討ちに遭い、その猪俣が「その日の高名《こうみょう》の一の筆に」つけるというのも坂東武士である。

西の手に属していた忠度は、追いつく猪俣党の岡辺六弥太《おかべろくやた》忠綱を「大ぢからのはやわざ」をもって組む。「馳せ組み」(4)と言うのだが、駈けつけた童に右腕を切り落とされ、最期の十念を唱えるところを背後から六弥太に頸を取られる。その箙《えびら》に結びつけられた一首「行き暮れて木の下かげを宿とせば花や今宵の主《あるじ》ならまし」の詠歌から相手を忠度と知る。都を落ちるのに歌人として詠み置いた詠歌を師の俊成に託し、『千載集《せんざいしゅう》』に採られることになった「さざなみや志賀の都は荒れにしを昔ながらの山桜かな」(5)と物語としては対をなす一首で、この場では前後の文脈から、歌人ながら、この場にふさわしい死の覚悟を詠じたものと読める。いくさ物語が和歌を再生する。武芸と歌道両道に名をなす「あッ

3　「ひよどり」を国境の標《ひょう》どりだとする地名説がある。

越中前司最期

忠教（忠度）最期

4　佐伯真一「馳組戦考」『同志社国文学』62　二〇〇五年三月

5　本書148頁

6　神戸市長田区に腕塚町の地名が物語を受けて残る。なお現地に十三の石塔があるのは松岡心平が言う、西大寺系律宗が物語の伝承にかかわるのか。讃岐の崇徳院陵近くの石塔とともに

たら大将軍を」と惜しむ人々の思いが、世阿弥をして「行き暮れて」の詠歌をモチーフに修羅能『忠度』の曲を作らせ、後世、現地に忠度の腕を惜しむ腕塚を造らせることにもなった(6)。ちなみに民俗として桜は、その木陰に死霊が現われると言われ、能『忠度』で修羅道に堕ちた忠度の霊が能に登場する原点（トポス）になったのであった。民俗を踏まえた芸能である。なおこの忠度の死にアイロニーを見る論(7)があるのだが、わたくしのラフカディオ・ハーン論(8)とともに課題とし、語りの多声性を読むのである。世阿弥を魅了した。

生田の森の副将軍重衡は、「聞ゆる名馬」に乗りながら、追う梶原景季に馬の後足を射抜かれ、腹を切ろうとするところを生け捕られる。主を見捨て逃走した乳人子後藤盛長《もりなが》が、後日、人々の嘲笑を浴びたと先取りして語るのは、同じ主と乳兄弟ながら義仲に殉じた今井四郎兼平と対照的である。巻四、以仁王を見捨てた六条大夫宗信《むねのぶ》が、やはり宮の乳兄弟(9)であった。この重衡の悲運を、南都炎上の咎による仏罰と語るのが物語で、重衡の行動を、その自覚が律する。

熊谷の思い　あの一の谷の西の陣で武者仲間の平山と先陣を争った熊谷直実が平家の公達を追い求める。語りの視点は熊谷にあり、その心内語に、追いかける平家公達について熊谷が敬語を使うのは、語り手の平家公達への思いが重なる。読み本には、このような語りの揺れが見られない。けなげにもとって返す

考えるべきか。松岡心平『能　大和の世界』山川出版社　二〇一一年

7　高木信「見えない「桜」への生成変化、あるいはテクストの亡霊」『物語研究』二〇一一年三月

8　山下「ラフカディオ・ハーンの語りを読む」『文学』二〇〇九年七、八月

重衡生捕

9　本書78頁

敦盛最期

若公達に馬を懸け並べて組み敷き頸を掻こうとする。これも馳せ組みであるが、相手を見れば「うす化粧して、かねぐろ」の若公達《きんだち》で、しかも年が「わが子の小次郎」ほどであることにたじろぎ、「名のらせ給へ、たすけまゐらせん」と鄭重に問う。

ちなみに能の『風姿花伝』第一年来稽古条々には、十二、三歳から十六歳までを「時分《じぶん》の花」として美をとりあげていることを想起させる。そういう年頃の相手だから熊谷が迷うはずである。意外にも相手は冷静である。逆に「汝はたそ」の問いに「武蔵国住人、熊谷次郎直実」と名のる。相手は「汝がためにはよい敵ぞ」頸を取れと促す。直実は、その覚悟に不愍が募り、相手の父親を思いやり助けようとするところへ味方の梶原ら五十騎が迫り、熊谷は、これらの手にかけさせまいと、後世菩提を弔うことを約し、「なく〳〵頸」を掻く。相手が身につける横笛に気づき、その朝方、城内から笛の音が聞こえるのを耳にしていたことを想起し、坂東武者としていくさに身を賭す武士としてのわが身を相対化して省みる。「後に聞けば」経盛の子息、十七歳になる敦盛だったとわかる。都落ちの際に、琵琶の名器青山《せいざん》を御室へ返却した経正の弟だった。物語では、この笛が契機になって武者としてのわが身を思い知り、後日、熊谷出家の原因になったと語る。(10) 救われるべき熊谷である。

子息を気遣う情が相手の敦盛父子をも思いやる父子の物語であった。東武士

10　一族内の土地争いが原因であったらしい。

ながら京の文化に感動する。多声的に異質の文化の重なり合うのが、いくさ物語としての『平家物語』である。

教盛の悲嘆　巻二、謀叛死した藤原成親の子息成経の義父、教盛が、その娘《むすめ》聟のために同じ苦しみを体験した重盛に並び、一門の中では苦悩のかげの濃い人物であった。清盛や宗盛とそりがあわなかった。その教盛の長男が通盛で、ともに山の手の備えを委ねられたのが弟の教経である。その弟の業盛《なりもり》、清盛の甥敦盛の兄、経正らの討死を列挙する。

知章最期

生田の陣の大将軍であった新中納言知盛は、武将としての側面が強調されていると言われるのだが、わが身をかばう子息知章《ともあきら》と、侍の監物頼方《けんもつよりかた》を見殺しにして遁れたことを痛恨に思い、人として、つくづく命の惜しいことを思い知ったと、兄の宗盛に語る。この宗盛が後日、壇ノ浦の合戦で、その生への執着を露骨に見せ、語り手を失笑させることになる。知盛としては日頃の武将としての生き方を、つい取り落とす瞬間があったのか。その思いから、みずからの窮地を救ってくれた愛馬を生かそうと、阿波民部重能《あわのみんぶしげよし》の制止を振り切って追い返す。体験は、それを対象化することによって理解できる。それには対象化できる自己の確立が求められる。この物語では、生に執着する宗盛も知盛の思いに共感しつつ、知章が子息清宗《きよむね》と同年であったと涙ぐむのだった。この父子の物語が、この後、(11)宗盛親子最後の場にも想起されよう。多様な人々の生き様、死に様を展望させる、しかも多声的ないくさ物語である。

落足

亡き重盛の、物語では「末子」が師盛《もろもり》である。母は藤原家成《いえなり》の娘、経子で、成親の妹か。師盛主従七人が小舟で落ちるところを、知盛の家来、「大の男」公長《きんなが》を乗せたものだから、「舟は小さし」「くるりと踏みかへしてンげり」。畠山の郎等が師盛を「熊手にかけてひきあげ奉り」頸を「かいてンげり」。十四歳の若さであった。こういう死にざまもあるのだった。弟教経とともに山の手の防御についていた通盛は教盛の長男であるが、勇敢な弟教経とは対照的な公達で、近江の佐々木成綱ら「かれこれ七騎」にとりこめられ「つひに討たれたまひぬ」。一人つき従っていた侍も「落ちあはず」とあるのは、後日、北の方、小宰相《ございしょう》に通盛の死を報せる滝口時員《ときかず》か。

東西両陣、源平ともに多くの死者を出し、人馬の鮮血が戦場を染める。巻七、「倶利迦羅落」につぐ修羅場の語りである。改めて討死をとげた公達の名を列挙し、「以上十人とぞ聞えし」と総括するのは、死者の霊に慰撫の思いを込める。葦屋（芦屋）から須磨・明石へと、仲間からはぐれる「小夜千鳥《さよちどり》」の啼き声に、一門が分断され、漂泊する平家の思いを重ねる。いくさ物語に和歌を重ねる、世阿弥好みの世界である。十四か国から十万余騎の兵を集め、旧都への還幸も間近と思ったのが、この敗退となる。「人々みな心ぼそうぞなれける」。

11　本書245頁

いくさ語りの勇壮な〔拾〕を避け、〔初重《しょじゅう》〕〔中音《ちゅうおん》〕を軸に抒情の色濃く謡う。

小宰相と通盛　ここで通盛を回想するのは、通盛の後を逐って入水をとげる北の方、小宰相への語り手の思いがある。「他本を以て書き入」れたものである。[12] いくさ物語の主人公の死に、その女性が殉じるのを語るのは、古代神話、日本武尊《やまとたけるのみこと》に殉じた弟橘姫命《おとたちばなのひめのみこと》、それに伊豆の曾我兄弟の死を弔う『曾我物語』の虎御前も一つの型で、九州盲僧、土俗芸能としての肥後琵琶の『和仁《わに》合戦』にもそれが見られる。[13] 通盛に一人「つき奉ッた」滝口時員が、北の方の船を訪ね、通盛が湊川《みなとがわ》で七騎の敵に囲まれて討たれたと報せる。通盛の胤《たね》を宿す身は、乳母の隙をつき、月の入る山際を西方と志して念仏、阿弥陀如来の四十八願のうち第十八願、念仏を唱える者は必ず浄土へ導こうとの仏の誓いに期待し、「南無」との声とともに入水をとげる。[14] 続こうとする乳母が引きとめられ、みずから髪をおろし、教盛の子息、律師忠快《ちゅうかい》に剃らせ、戒をたもち「主の後世をとぶらひける」とは、語りを先取りする。これもいくさに伴う女人の物語である。乳母が、通盛亡き後、やがて生まれ来る遺児を育て亡き夫の菩提を弔えと諭《さと》したことを思えば、武将に同行する女人の役割をも果たせなかった、その悲しみを読むこともできる。いくさ物語における女人の物語の一つの変形である。後半、この通盛との馴れ初めを語り加えるわけである。

小宰相身投

12　底本に書き入れがある。

13　山下『いくさ物語と源氏将軍』三弥井書店　二〇〇三年

14　小宰相身投げの場所を潮の流れの激しい鳴門とするのが、語り本でも八坂流の本である。旅の文化の介入があるだろう。

小宰相は、元、鳥羽院の皇女、上西門院《じょうさい》に仕えた女で、その通盛との馴れ初めを恋物語の型に即して回想する。上西門院の異母妹が八条女院で、いくさ物語の「女人」の文化圏を構成していた。末子業盛《なりもり》を失っていた父教盛が、通盛を失い、その形見とも思っていた小宰相までも失った思いを「いとど心ぼそうぞなられける」と福原合戦にもどして結び、巻九を閉じる。巻二の娘聟成経に始まる教盛の苦悩を重層的に語って来たのであった。

十四　平家公達の思い

法皇と維盛の苦悩　物語も巻十に入り、寿永三年（一一八四）二月、福原・一の谷の合戦に捕らわれた平家公達が帰洛。頚の大路渡しに、かねて平家とゆかりのあった京の人々、中でも維盛妻子が不安に動揺する。大路を渡した平家の頚を獄門に懸けるよう源範頼・義経両人が主張するが、法皇は、摂政基通ら公卿に意見を求め、朝敵とは言え、公卿に列し、王家の外戚となった者の頚渡しは先例が無いと拒む。法皇にとって、事は王権の存続に関わる。しかも安徳を擁し神器を奉戴する平家への思いがあって揺れる。一方、源氏兄弟は、保元の乱に祖父為義を犠牲にして戦い、平治の乱に敗れてだまし討ちに遭った父義朝らの仇討ちを果たした、朝敵の頚渡しを認めずとあっては、以後朝敵を討つ気力もなくすると主張する。「法皇力及ばせ給は」ず、頚渡しを容認する。源平対立の構図が王朝の論理を越える。(1)維盛の妻子に仕える斎藤兄弟が、維盛は「御いたはり」ゆえに今回のいくさには不参加と聞き出すのだが、北の方にとって、その「御いたはり」が不安を一層募らせる。一方、西国にあって妻子の思いを想像する維盛は、せめて生きていることを知らせようと文を送る。返す妻

首渡

1　兵藤裕己『平家物語』（新書）筑摩書房　一九九八年

子の文を見て悲嘆する維盛は妻子に再会した上で自害しようとまで思う。琵琶法師は源氏の時代の到来を目前に、滅び行く平家に思いを重ねて語る。

内裏女房

重衡の悲嘆と女人　頸の大路渡しがあった翌日、虜囚重衡が「六条を東へわたされ」る。公達の頸渡しは、刑場、六条河原で行われたが、重衡は六条を東へとするのを、読み本が河原まで渡されたとするのは、やはりいったん刑場へ連行したと言うのか。重衡は、その後、八条堀河、故中納言家成邸内の御堂に置かれたと言う。平家にとって、縁戚関係をも結んだ家成の邸である。途上、乗せられる網代輿《あじろごし》の前後の簾を上げて人目にさらされる。これを見る京の人々は「南都を滅ぼし」た仏罰かと同情する。その重衡の身柄を警護するのが、これまで頼朝のために先陣を勤めた土肥実平《どひさねひら》である。院使として訪れる五位の蔵人定長《さだなが》が着る赤衣《せきい》を重衡が、閻魔王宮の獄卒のように感じたとは、やはり南都炎上の罪を意識する。

　新帝が王権の分身を意味する神器を欠くことにこだわる法皇は、神器奉還を条件に、重衡の身柄釈放を提案し、一門に願ってみよと指示する。神器と幼帝を擁することが、一門を支えて来たことを自覚する重衡は、母、二品《にほん》の動揺は予想しながら一門は応じまいと、無駄を覚悟の上、院宣に口上を添えて屋島へ下す。九条兼実は、重衡の方から神器奉還を申し出たと記録する(2)のを物語は院

2　『玉葉』寿永三年二月十日の条。

の提言とし、内心、交渉の不調を覚悟する重衡を美化する。「年頃」仕えて来た木工右馬允知時《むくうまのじょうともとき》が許しを得て重衡に見参、重衡は知時を介して知り合っていた内裏女房に文を送り、「情けある男」土肥の許しを得、「車寄せに出」で迎え、女房を車の内に留めたまま「車の簾をうちかづき」「手に手をとり組み、顔に顔を押し当てて」再会を果たす。いくさ物語としても珍しい愁嘆の場で、これは早くマイケル・ワトソンが読み取るところだが、その女房は、重衡がいくさの大将軍として南都炎上の責めを負うことになろうと覚悟していたと事前に同僚の女房に語っていた。重衡が処刑されて後、この女房が剃髪して重衡の後世を弔うことを、先取りして語る。それに後日、重衡を鎌倉へ召喚した頼朝の好意により身の回りの世話をした千手御前が、やはりこの内裏女房と同じ歩みをたどることになる。さらに、いよいよ刑場への道中、北の方大納言佐《だいなごんのすけ》に逢い、死後、この大納言佐が重衡の遺体を乞い受けて弔うこととなる。

　あつきころなれば、いつしかあらぬさまになり給ひぬ

と語るのは、語り本として珍しい写実的な語りである(3)。法皇の提案を重衡の母である二位尼が悲嘆し、都合、三人の「女人」が、この重衡の死を悼み、その死霊を鎮めるのであって、やはり武将と「女人」の物語の型をなし、女の側からいくさを語る物語である。高橋昌明が言うように(4)、それは決して重衡が艶福の人であったとするものではない。にもかかわらず読み本の『源平盛衰記』が、

3　同種の語りが宗盛の行方にも見られる。本書244頁

4　高橋昌明『平家の群像』（新書）岩波書店　二〇〇九年

この女房を信西の孫とし、重衡が正室大納言佐に隠しながら、この女房を愛したと語るのは、琵琶法師の「平家」とは異質、語りの型をはみ出す物語としての深読みである。

八島院宣

屋島へ下した院宣を時忠以下一門が揃って読む。物語がその文を、そのまま語る。重衡が予想したとおり、母、二位殿が宗盛らに神器の奉還を懇願するが、王権を補弼する平家にとってはできない、それに神器を奉還したところで重衡が放免される保障はない、とは知盛の、法皇に対する不信感をあからさまに語る。むしろ院こそが四国へ下るべきとは宗盛らが一貫した主張である。

請文

平家の旧都還幸が叶わぬ限り、神器を異国へ移すも辞さずと強行に拒む請文《うけぶみ》（返書）を宗盛の名で送る。しかも時忠が、院の使者、召次花方《めしつぎはなかた》に「波方」の灼き印を押しつけたとは、徹底した法皇に対する時忠の怒りである。予想どおりの請文に、重衡は出家の願いを義経を介して乞うが、法皇は頼朝を配慮して、とりあげない。

戒文

重衡は乞うて「年頃（導きを）契つた」法然上人に対面、日頃の罪を省み、罪深い者でも往生できる方法があれば教えよと乞う。法然は、唐の善導《ぜんどう》らの教えを引用して、称名念仏こそ唯一の道と説き、出家を抜きに授戒の儀を行う。『法然上人絵伝』がわざわざ重衡を導く場を描き、その重衡を白皙《はくせき》の高貴な面差しに描く。物語としては「請文《うけぶみ》」に続く、この語りの順序が、重衡を語る語り手の思いを強く語る。

海道下

頼朝の要請により重衡を鎌倉へ下す。平治の乱後、源氏のたどった頼朝の思いを院も拒めなかったろう。「同じき三月十日」とは、寿永三年のこと、帰洛後、ほぼ一月が経過している。梶原景時が保護して下り、四宮河原にさしかかる。醍醐天皇の第四皇子、蝉丸《せみまる》が盲目であるために逆髪《さかがみ》の姉と共に忌避されて排除されたと言う古跡で、その琵琶をめぐって琵琶法師の当道座では、この王子を座の祖神と仰ぎ、四宮河原を聖地とした。重衡が、その蝉丸を回想するのは、やはり一門から排除されようとする境遇を重ねた物語である。以下、その東下りに型として『伊勢物語』第九話、昔男を想起し、さらに池田の宿(5)では、その長者、熊野《ゆや》の娘、侍従のもとへ立ち寄るとは、これも、能『熊野《ゆや》』で相手をつとめる宗盛に重ねるのが、後日、宗盛の東下りを予告していると見るのは深読みにすぎるだろうか。処刑を覚悟する重衡は、「御子の一人もおはせぬ事を」、「本意なき事」と思っていたが、かえって良しとするのであった。手越《てごし》の宿場から眺めやる「雪白き山」(甲斐の白根山)を生きながらえて来たために見ることができると思うとは西行の、「命なりけりさよの中山」を重ねる。清見が関から歌枕を経つつ鎌倉へ到着。仏罰を蒙る薄幸の人、重衡の死の東《あずま》下りを〔三重《さんじゅう》〕による道行き文をも配し、感傷の色濃く謡うのである。

5　静岡県豊田町池田。

重衡の主張　その重衡に頼朝が「急ぎ見参して申されけるは」とは破格の扱い

千手前

である。「見参」とは身分の低い者が高い者に目通りを願うことである。ちなみにこの部分を古本が「対面シテ」とするのだが、語りの変化は当然、琵琶法師の重衡と頼朝の関係を語る語りの違いである。頼朝が、これまで、院の平家に対する憤りを休め、父義朝の恥辱をはらそうとするばかりであったとの弁は『平治物語』を受ける。このようにお目にかかるとは思いもしなかった、大臣殿宗盛にもお目にかかれそうと、この後の平家討伐を見通す。頼朝は、南都炎上が清盛の指示によるのか、それとも現場での成り行きなのかと問う。東大寺と並び王権擁護の中軸となった藤原氏の氏寺、興福寺の立場に立っての訊問である。重衡は、まず南都炎上が亡父の指示でもなければ、わが戦略でもない。「衆徒の悪行」、平家に対する南都大衆の愚弄をしずめようとしたところ、「不慮に」思いがけなく「伽藍滅亡」に及んだのは、何ともしがたいことだったと答える。物語は事前に清盛の大衆挑発、これに乗った大衆が清盛を侮辱することを巻五「奈良炎上」(6)に語っていた。保元・平治の乱へと王権守護のために「朝敵を平らげ」、王室の外戚として二十余年にわたり栄花をきわめながら、今運が尽きて捕らわれの身となる。朝敵を討つ者は、「七代まで朝恩うせずと申す事はきはめたるひが事にて候けり」と思い知ったと言う。この「朝恩、七代までうせず」とは、清盛が巻二に、また巻三「法印問答」(7)で法皇の使者静憲に対して言ったことばである。重衡の、法皇に対する強烈な皮肉であり、それは

6　本書105頁

7　本書58頁

頼朝に対する忠告でもあろう。この後、[8]頼朝が予想したとおり、宗盛を鎌倉へ召喚することになるが、その宗盛とは対照的に毅然とした重衡である。巻五「奈良炎上」で、以仁王の挙兵を助けようとした南都が清盛と対決し、その大衆の応対、暴走を語り手は「天魔の所為」と嘆いていた。[9]宗教界を内部から破壊する大衆の行動を見る。宗教的行動よりは、権力を争う政治的な行動に動く権門寺院である。「夜いくさ」の暗さに、在家《ざいけ》に火をかけさせ、おりからの烈風に煽られ奈良炎上の惨劇を招くことになったのだった。奈良炎上には、興福寺や春日大社を氏寺・氏社とする藤原氏と平家との対立もあり、王権をめぐる南都寺院と山門を支える平家の争いが、この惨劇を見るに至ったことを「重衡が愚意の発起にあらず」、「不慮の伽藍滅亡に及び候し事、力及ばぬ次第なり」とは、責めを法皇に切り返す重衡の答弁である。故意かどうか、過失の有無にかかわらず責任を負うことを結果責任と言う。法皇が平家一門を見放したことを責めつつ、一門の「唯先世《ただぜんぜ》の宿業《しゅくごう》こそ口惜しう候へ」と言い、「弓矢をとるならひ、敵の手にかかって命を失ふことまッたく恥にて恥ならず」と、武将としての矜持《きんじ》、誇りを貫く。それは保元の乱に、志を果たせず挫折した源為義から、やがて平治の乱に義朝が体験したところであった。重衡は、平家の悲運を、「先世の宿業」と受けとめ、「只芳恩にはとくとくかうべをはねらるべし」と言い切る。その態度に頼朝は感動し、「平家を別して私のかたきと思ひ奉ること、

8　本書243頁
9　本書105頁

ゆめゆめ候はず。ただ帝王の仰せこそおもう候へ」と王権の優先を言わざるを得ない。頼朝なりの遵法《じゅんぽう》主義（コンフォーミズム）である。

重衡の答弁のしようによっては、頼朝が処刑を指示することもあり得たのか、処理を慎重に進め、南都炎上の「かたきなれば、大衆定めて申す旨あらんずらん」と、伊豆の狩野介宗茂《かののすけむねしげ》に身柄を預ける。史学では、頼朝が、必ずしも平家との直接対決を意図しなかったと言う。物語は、重衡の決意を前に押し出す。この重衡に対して平治の乱当時の父義朝の私的な思いを越える頼朝の思慮である。狩野は頼朝の意を受け、重衡を鄭重にもてなし、湯殿までしつらい、介錯の女房を付ける。頼朝は平治の乱に野間内海へ落ちた亡父義朝が、長田《おさだ》に背かれ湯殿に謀られて惨殺されたことを思い出すはずである。その女房が「何事でも」思うことがあれば伺って来るようにとの頼朝の指示があったと言うのに、重衡は出家したいとの本音を漏らす。頼朝として、私のかたきならぬ、「朝敵として預か」る重衡の身柄であるからと許さず、ただ鎌倉滞在中の保護に徹する。介錯の大役を仰せつかった白拍子《しらびょうし》（巫子）の千手《せんじゅ》が、その重責の思いを北野の天神、道真の朗詠の「機織女《きしょくおんな》」の思いに重ねて謡う。それに応じて重衡が「罪障かろみぬべき」方法をと乞い求める。千手が「十悪《じゅうあく》といへども引摂《いんじょう》す」「極楽ねがはん人はみな、弥陀の名号《みょうごう》唱ふべし」と返すのは、重衡が鎌倉へ下向する前に法然上人から教わった善導の、阿弥陀信仰を説く『日中偈《にっちゅうげ》』や

『般舟讃《はんじゅさん》』を想起するもので その千手が琴で奏した「五常楽《ごじょうらく》」を重衡は微笑を浮かべてであろう、「後生楽《ごしょうらく》」と慶び、千手が重衡との対面を、前世で結ばれた縁と白拍子で応じ謡う。ついに重衡も「灯闇《ともしびくろう》しては数行虞氏之涙《すこうぐしのなんだ》」と、わが身を漢の高祖に敗れた項羽《こうう》の思いを詠じる橘広相《たちばなのひろみ》の朗詠に重ね、みずからが項羽同様、四面楚歌《しめんそか》(10)の立場にあることを実感し、その本音を漏らす。同じ中国の項羽の故事を踏まえながら、義仲とは対照的な古典引用である。千手との掛け合いが重衡を本音の告白へと導き、二人の仲に愛が芽生える。されば、後日、重衡が処刑されると千手が出家し、信濃の善光寺へ参り、重衡の後世菩提を弔い、みずからも往生の素懐を遂げたと先取りして語るのは、物語の末尾、建礼門院に仕え、その往生を看取り、みずからも往生の素懐を遂げる大納言佐を想起させる。その大納言佐こそ重衡の北の方で、清盛を財政面で支えた邦綱の娘である。南都炎上の仏罰によって堕地獄必定《ひつじょう》の重衡を救済しようとする人々の思いが、この千手を登場させ、金春禅竹《こんぱるぜんちく》が、この「千手前」を本説として鬘物の『千手』を作ったのだった。まさに「女人」の物語である。

10　本書113頁

横笛

維盛の迷い　維盛は病いにより、いくさに不参加との噂が、京に留まる妻子の苦悩を深めたのだった。三月十日、重衡が東へ下っていた。その十五日、維盛は屋島にいたたまれず、重代の家来、与三兵衛重景《よそうびょうえしげかげ》と下部《しもべ》の石童丸《いしどうまる》、舟を操る武里《たけさと》を連れ、阿波の結城《ゆき》の浦（海部郡由岐町）を小船で鳴門から紀州へ渡る。結城は良港として都人に知られ、それゆえにこの後、『太平記』にも地震・津波のあったことが記録される湊である。この経路を不自然と言うが現実にどのような経路をたどったかよりも、名のある地を難路を凌ぎつつ、紀ノ川口へ志して脱出したと語るのが物語である。この種の、事実を越えた経路は、巻八で平家の大宰府から宇佐参詣の後、大宰府落ちへとした順序にも見られた。事実よりも物語としての語りを優先する。

　維盛は、和歌・吹上《ふきあげ》など、これも歌枕の地を経て、道行き風の語りで紀ノ川口に着くことを語る。妻子に会いたいのだが、重衡が鎌倉へ連行される恥辱、汚名を重ねるのを心憂しと上洛を断念し、真言の聖地高野山へ登る。昔、小松殿に仕えた滝口《たきぐち》入道

維盛の道行概念図

高野巻　維盛出家

時頼《ときより》に会う。語りは、回想・挿話の形で、その時頼が雑仕《ぞうし》、横笛《よこぶえ》への思いを断ち切って入山した。この時頼が入道して、維盛を導く善知識《ぜんちしき》としての資質を持つことを物語として「横笛」に語る。維盛は、高野、奥の院まで入道に導かれ、同行した与三兵衛と石童丸に対し、帰洛して日常の生活に戻れと促す。重景は、平治の乱以来、重盛から受けた恩（『平治物語』）を感謝し、みずから髻を切って入道に剃らせる。石童丸も続く。二人の従者に励まされ、維盛は出家を遂げる。しかも変わらぬ姿を今一度、妻子に見せたかったと嘆く。出家したことを京に報せるなと制した。この心の揺れが、くり返し維盛を苦しめる。下人《げにん》、武里を、屋島へ返し、これまでの経過を語らせ、「世もたちなほらば」、相伝の鎧「唐皮《からかわ》」、太刀「小烏《こがらす》」を六代に伝えてほしいと言わせる。この鎧・太刀の相伝を小松家の家宝として『平治物語』が大叔父頼盛にからめて語っていた。

熊野参詣

　出家を遂げながら、なお俗念を断てない維盛の苦悩、それゆえに熊野参詣を志し王子めぐりの巡礼を重ね、悪業・煩悩・罪障の消滅、本地阿弥陀如来の本願に期待して浄土への往生を志すのである。熊野参詣をおえ、浜の宮王子の沖、山なりの島へ渡り、亡き祖父清盛、亡父重盛に続けてみずからの法名を残し、

維盛入水

越路《こしじ》をさして鳴きわたる雁に、語り手は巻四で語った蘇武の故事を想起しながら、妻子へ文を託すことも叶わない維盛の思いを語る。物語内の引用である。善知識としての滝口入道は、心を強くし、生者必滅《しょうじゃひつめつ》、会者定離《えしゃじょうり》の道理を説き、

第六天の魔王が、この世の妻子となって心を乱し、往生を妨げるのだとまで諭す。出家をとげた功徳は先世からの罪障をも消滅し、往生は確実、ひたすら阿弥陀如来の第十八願を信じれば、如来の来迎、成仏《じょうぶつ》は必定《ひつじょう》、成仏の暁には妻子をも導き済度すること疑いないと促す。前に法然上人が重衡に説いたところである。維盛は「しかるべき善知識かなと」「妄念を翻して」入水を遂げ、同行した重景・石童丸も続いて入水を遂げる。入道は「過去聖霊一仏浄土《かこしょうりょういちぶつじょうど》へと回向」し、高野へ帰山、武里は屋島へ下って維盛の弟、資盛に事を語る。世が直ることあれば、唐皮・小烏を六代に渡してほしいとの遺言のあったことまで語り尽くす。それを聞く宗盛や、祖母二位殿が悲嘆するとともに、維盛が頼盛同様、頼朝に心を通わせるかと疑念を懐いて来たことを恥じる。状況が平家公達の仲にも分裂を促していた。

三日平氏

王権・源氏軍の実態と人民　その頼朝を、義仲追討の賞として従五位下[11]から正四位下へ五階の越階、その身は上洛せず、鎌倉に留まっていた。まさに前の征夷将軍院宣受領の場合と同じである。

保元の乱に非業の死を遂げた崇徳院を、昔の戦場、春日《かすが》河原に神として祀るのは、『保元物語』のかげを引き、後白河の崇徳への怖れを語る。頼盛が頼朝からの要請を受け鎌倉へ下る。頼朝から平治の乱後、受けた恩に報いようと同

11　本書161頁

行を求められた宗清《むねきよ》が平家に節を全うし拒んだこと、頼朝は宗清の不同行を遺憾としつつ、頼盛へ数々の知行、下し文などを下したことを語る。いずれも『平治物語』からつながる語りである。かねて近江へ出兵していた伊賀・伊勢の、平家重代の家人たちを、近江源氏が討伐する。京にいる維盛の妻子が、夫の死を知り悲嘆、仏事を営む。頼朝までもが、平治の乱後、助命に介助した重盛への思いから、その子息維盛の死を惜しむ。新帝、後鳥羽が神器を欠いたまま即位の儀を行い、範頼・義経に除目の宣旨を下す。阿波民部を頼る屋島の平氏一門は安徳帝を擁しながら京への思いが尽きない。この間、四月に元暦《げんりゃく》と改元していた（一一八四年）のだが[12]、平家がそれに従うわけがない。九月、範頼が三万余騎を具して平家討伐のため出兵、播磨の室《むろ》に着く。これに応戦する平家は、資盛を大将軍に五百余艘の船で備前の小島（児島）に着き、源氏は室を発って藤戸《ふじと》（倉敷市内）に着く。

ここで、あの宇治川で先陣を果たした佐々木高綱の兄、守綱《もりつな》が、巧みに浦男をすかして、浅瀬の所在を知り、人に知られるのを嫌って、男を殺害、翌日、平家からの挑発に範頼の制止を振り切り、教えられていた浅瀬を馬で渡し、後日、「鎌倉殿」から備前の小島を賜ったと結ぶ。巻九の「宇治川先陣」と対をなす馬の物語だが、守綱の行動は、「人民《にんみん》」、浦人にとって残酷である[13]。作者未詳と言われる修羅がかりの能『藤戸』が作られるわけである。なお範頼の西国

12　『玉葉』四月十六日の条に「天下猶未だ静かならざる間」と記す。

藤戸

13　山下「〈藤戸〉を読む」『観世』二〇一〇年二月

発向について、物語は、その経過を語らない。

京に留まる義経が検非違使五位に叙せられる。屋島の平家に厳しい冬が訪れる。人民が兵火に苦しむ中、京では新帝御禊《ぎょけい》の行幸、これに供奉するのが義経だが、「木曾なンどには似ず以ての外に京なれてありしかども」とは、「猫間」の木曾を想起しつつ、しかもその判官を「平家のなかのえりくづよりもなほおとれり」との厳しい京の人々の声は、平家を避けた法皇への批判をもにじませる。この不如意の中に王権維持のために新帝が大嘗会《だいじょうえ》を行う。相次ぐ戦乱に悩まされ、農耕もままならぬ状況の中、「いかにしてかやうの大礼もおこなはるべきなれども、さてしもあるべき事ならねばかたのごとくぞとげられける」とは「人民」の王権に対する声、「人民」を放棄しての王の神儀である。その声は前の藤戸の浦男の思いにも通底する。頼朝は義経を却け、範頼に肩入れする思いが強いが、範頼がさっそく攻めれば「平家はほろぶべかしりしに」、室・高砂に遊女遊び、「只国のつひへ、民のわづらひのみあ」る中に「ことしもすでに暮れにけり」と元暦元年の暮れを以て区切り、巻十を閉じる。改めていくさとは何かを問いかけるだろう。

大嘗会之沙汰

十五　墓穴を掘る義経

逆櫓

判官、屋島攻め　一の谷合戦から、ほぼ一年を経過している。巻十一は、前巻、元暦元年（一一八四）の暮れを受け「元暦《げんりゃく》二年正月十日」から語り始める。「元暦」の年号は、高倉天皇の第四皇子尊成《たかなり》の即位（後鳥羽）により、前年二月に改元されたもので、四国にある平家にとっては寿永四年に当たる。物語は京都王権の立場で歴史を語る。義経が院参し、平家攻めを奏上。当時の記録によれば、西国にある範頼が兵糧調達に苦しみ、京に平家の勇者が潜伏するとの噂もあって判官の思うとおりには進められなかったらしいが、物語は、兄範頼が頼朝の命により西国へ出兵しながら、攻めきれず、「室・高砂にやすら」うのと対照的に判官の進撃を押し出して語る。法皇はすでに平家を見限っていて、判官の出兵奏上を喜び、「あひ構へて、夜を日についで勝負を決すべし」と下命、判官は「鎌倉殿の御代官として」と兄頼朝を立てながら、「院宣を承ッて」「陸は駒の足の及ばむを限り、海は櫓櫂《ろかい》のとづかん程攻めゆくべし」、「すこしも二心《ふたごころ》あらむ人々は、とうとうこれよりかへらるべし」と、いかにも義経らしい決意である。

「さる程に」と場面を屋島の平家に移す。大宰府落ちから、足かけ「すでに三とせに」になる。東国から新手の軍、数万騎、鎮西から豊後・肥前の軍が同心して四国へ迫るとの噂に、知盛は、頼朝の忘恩を怒り、改めて都落ちを悔やみ、さすが兄の宗盛をもなじる。この知盛の発言を「誠にことわりとおぼえて哀れなり」と語り手も同じ思いである。

義経に視点をもどし「同じき二月三日」摂津の渡辺に船揃え、三河守範頼も「同日に都を発ッて」神崎《かんざき》から兵船を揃えて山陽道を下ろうとする。王家は「同じき十三日」伊勢神宮以下、王権を守護する諸社へ官幣使《かんぺいし》を立て「主上並びに三種神器ことゆゑなう」還御をと祈念する。しかし「同じき十六日」は強風により、渡辺・神崎の兵船が大破、その修理のために待機する。船戦《ふないくさ》には不慣れな東国の大・小名である。梶原景時が歴戦の雄として「舟に逆櫓《さかろ》」「脇梶《わいかじ》」を用意せよと提案するが、判官が「逆櫓とは何ぞ」と闘争心むき出し、いくさは攻めに徹すべきもので、始めから「逃げまうけ」するとは、いくさの門出にあるまじきこと、逆櫓、脇梶を「殿原の舟には百ちやう千ぢやうも立て給へ」と梶原へ皮肉・嘲笑を浴びせる。梶原が、良き大将軍とは、形勢を見て柔軟に対応、「身を全うして」敵を攻めるべきもので、「かたおもむきなるをば、猪《い》のしし武者」、「よきにはせず」と、これも半ば揶揄の色を籠めて非難する。武力のみでは覇者たり得ないことを知っている梶原である。しかし義経は「猪しし、鹿《か》のししは知らず」、一気に攻め勝ってこそ「心地はよき」と応答し、売り言葉に買い言葉の応酬となる。さすが相手の梶原が坂東平氏、頼朝挙兵当時からの重鎮とあっては、回りも高笑いできないが、危うく判官と梶原の同士討ちになるところであった。一の谷の坂落し以来、判官の猪《いのしし》武者ぶりは変わらず、この「瞋恚《しんい》」の性《さが》がみずから墓穴を掘ることを修羅能『屋島』が語ることになるのは、読みとして正鵠《せいこう》を得ている。

船の修理がなり、判官は、その祝いと見せかけて嵐の中、出船の用意、風波にたじろぐ水手・舵取りを、判官は、死は「前世の宿業」、たじろぐ者は射殺せと下知する。死は免れないところと覚悟した五艘の船のみが漕ぎ出し、闇夜に篝火《かがりび》もたかず、普通なら三日で渡るところとは、当時の旅路として風向きなどを考えた行程で、それを、わずか「三時ばかり」、六時間ほどで「明くる卯の時に」「阿波の地へこそ吹きつけたれ」。その上陸地点を読み本が「蜂間尼子《はちまあまご》」とするなど諸説があるが経路は不明で、物語は、この後、「勝浦《かつうら》」に着いた吉祥を浦人に語らせることを優先する。『玉葉』は、十六日、船を出し、十七日、阿波国に着いたと記すのみだが、物語は、ひたすら義経のいくさを語る。

義経主従のいくさ　勝浦　付大坂越

五艘の船、五十余騎の判官軍が百騎の平家を破る。伊勢三郎義盛がだまし賺して連れ来たった近藤親家《ちかいえ》を案内に立て、阿波民部重能《しげよし》の弟、桜間介能遠《さくらまのよしとお》を蹴散らす。この重能は平家が頼る阿波の有力な土豪で、平家のために屋島に拠点を構える。早く、生前の清盛のために経の島を奉行して築いた男である。親家は、重能の嫡子教能《のりよし》が伊予河野攻めに出かけて、屋島は手薄だと言う。判官は「阿波と讃岐との境」大坂越えを「夜もすがら越え」攻めたてる。屋島では河野を討ち洩らした教能が宗盛の宿所で、討ち取った頸を実検するところへ、判官が在家《ざいけ》（民家）に火を放って攻める。平家は、これを大軍と見て沖へ漕ぎ退く。判官は小勢であることを隠すために「五、六騎、七、八騎、十騎ばかり」を小出しにしながら平家を牽制する。倶利迦羅《くりから》で義仲がとった戦法である。(1)その判官が「一院の御使」と名のる。梶原との先陣争いには、兄頼朝の一武将にとどまると言ったのだったが。「ふるつはもの」後藤兵衛実基《さねもと》が内裏に火を放つ。源氏の軍勢がわずか七、八十騎であると知った宗盛は、誤ったと悔やみ、頼りにするのが能登守教経である。伊勢三郎義盛が、判官をこの教経の矢からかばって「こともおろかや、清和天皇十代の御末、鎌倉殿の御弟、九郎判官殿ぞかし」と名のる。それを越中盛次《もりつぎ》が、平治の乱後、金商人《かねあきんど》の「所従」になった小冠者《こ》の義経めがとけなす。義盛は盛次を、木曾との北陸合戦に生き延びた乞食武士めがと罵倒し、盛次は義盛を鈴鹿山の山賊に暮らしを立てた奴めがと返す。悪口の応酬、口舌のいくさを突っ走る。金子家忠《いえただ》が「無益の殿原の雑言」と怒るところを、金子の弟与一が盛次の鎧の胸板を「裏かくほど

1　本書135頁

に」射立て、ことばいくさは終わる。

嗣信最期

「王城一の強弓」教経が判官を狙い、これをかばう奥州武者の佐藤兄弟らが、判官の矢面《やおもて》に立ちふさがる。義経が幼時を、ともに過ごした、乳人子《めのとご》に準じる奥州武者である。これを教経が射貫き落馬させる。教経に仕える童《わらわ》、菊王が嗣信《つぎのぶ》の頸をとろうとするのを、嗣信の弟忠信《ただのぶ》が背後から射倒す。これを見た教経が、「右の手で」菊王を「ひッさげて、舟へからり」と投げ上げる。「痛手なれば死ににけり」と結ぶ。矢継ぎ早の行動を〔拾〕から〔白声〕〔口説〕で語り抜く。頸はとられなかったが、この菊王が、亡き通盛に仕えていた十八歳の若者であったとは、一の谷の敦盛や熊谷直家らと同じ若さであった。憐れむ教経は「其の後はいくさもし給はず」とは、一の谷に敦盛を討った(2)熊谷の思いに通じる。重傷を負う嗣信は、思い残すことなく、ただ「君の御世にわたらせ給はんを見まゐらせで死に候はん事こそ口惜覚候へ」、主の身代わりに死ぬのは「今生の面目、冥途の思出」と語って息絶える。郷里に残す母の身を案じる古本のあり方に比べて美化された嗣信である。判官は僧を呼び寄せて弔わせ、あの一の谷の坂落としを敢行した大夫黒《たいふぐろ》を布施として贈る。見る坂東武者「つはものども」が感涙を流し、主への懸命の奉公を誓うのは、義経なりに主従の情を心得ている。両軍武士主従の世界を交互に語り進める、いくさ物語である。

2　本書200頁

那須与一

「さる程に」とは、陸上と海上の矢戦に決着がつく頃、判官は「ほどなく三百余騎に」なっていた。一日、戦い暮らして源氏が引くところへ、沖の方より美しく飾った船が一艘、汀へ向かって漕ぎ寄せ、陸へ「七、八段ばかり」とは、二十メートルほどに横向きに留める。「あれはいかにと見る程に」との視点は陸地の源氏の面々である。十八、九歳の官女が白地に紅の日を描き出した扇を船の先端に立てる。不審に思う判官たち。いくさの場の扇は軍神を招く軍扇で、ここは能で言う勝修羅の「日の出扇」(3)か。後藤兵衛実基《さねもと》が召され平家の策を読み解く。美女に魅せられ先陣に進み出る判官を射倒そうとする手だて、しかもいくさ神を源氏から離反させようとの魂胆である。しかし味方の士気を思えば扇を射落とさねばならぬ、その大役を果たせる者として那須与一《なすのよいち》をと推す。判官は実基の言葉を信じ与一を召す。これまでが第一段の「序」である。

　源氏の兵たちが、登場する与一を見守る。「破」の段の開始にふさわしく勇壮な〔拾〕で語り始める。人々の期待を背負う与一は、二十歳ばかりの若さ、前の生田合戦(4)を戦った河原兄弟のように身分の低い侍で、それにふさわしく褐《かち》の直垂ながら、赤地の錦で、つつましく縁取りして飾る。与一もさすが、この場の重責にたじろぐ。余裕に満ちた与一像として語る読み本の『源平盛衰記』との違いである。いくさに闌けた実基の推挙を信じきる義経は与一を叱咤し、覚悟した与一は海へ馬を乗り入れる。「この若者つかまつり候ぬと覚え候」とは与一を期待して見送る源氏の面々であり、われわれ読者の思いでもある。

3　野村四郎「扇のこと」『観世』二〇一一年三月

4　本書196頁

「急」の段、クライマックスとして日付を打ち込む定型「頃は二月十八日」を最高音高の〔三重甲〕で謡い始める。今の四月下旬、午後六時頃と、次第に薄暗くなりかけているところへ側面からの北風が烈しく吹き、語りは勇壮な〔拾〕に転じ、扇を立てる船が浮き沈みするのを、敵・味方の別を越えて、ともに固唾を呑んで見守る。「いづれも〱晴れならずといふ事ぞなき」とは、与一の手並みに期待を寄せる人々の思いである。与一は軍神である八幡大菩薩以下、郷里、那須の湯泉《ゆぜん》大明神にまで願を懸け、万一の場合自害をも覚悟しつつ目を見開くと「風も少し吹き弱り」射よげに見える。鳴り鏑を番え「よっぴいてひやうどはなつ」は、促音と擬態語が連続する語りである。視点人物への同化を越えて、享受者の思いをも引き込む。「浦ひびく程高なりして」もこの語りの期待に応える矢の飛翔で、それが「あやまたず扇の要《かなめ》ぎわ一寸」、三センチばかり置いて的中、扇が空へ舞い上がる。おりからの春風に「みな紅の扇の日出したるが」「一もみ二もみもまれて海へさッと」散る。平家琵琶では、三か所[5]に限られる〔走り三重〕の曲節を付す。夕日に揺られて海面を浮き沈みする。いくさ神をも引き込もうとする平家の戦略を粉砕するのだが、その美技に思わず平家も船端をたたいて感動し、陸には源氏が箙をたたいて歓声をあげ、敵・味方、勝ち負けを越えて感動する。

5　外に「義仲最後」「鏡」に見える。

修羅道へ堕ちるべき義経　感動の余り、平家側から五十歳男が飛び出して舞い始める。伊勢三郎義盛が判官の命令だとの指示により、与一は男を射殺する。いくさの勝利に手段を選ばぬ判官の人柄を示す指示である。美技への感動から、いくさの現実に戻されて声を失う平家、一方、喚声を上げる源氏、「なさけなし」と言う非難の声もあった。「本意なし」と懸け出る三人が源氏を挑発、これを蹴散らせとの判官の下知に先駆けする三穂屋《みほのや》が乗る馬を射倒されて降り立ち太刀を抜く。これを大長刀で追って甲の錣《しころ》を掴むのを三穂屋が錣を吹っ切って遁れて息をつく。ここで追う主は「京わらんべが」と囃す上総の悪七兵衛景清《かげきよ》だと名のり明かす。この屋島の合戦では、いくさの中核にあるはずの、勝敗に左右される王権の行方いかんは霧散し、もっぱら行動の対決を語り続ける。大将判官の人柄が進めるいくさで、それがみずから墓穴を掘ることになるのを知らない。景清は藤原氏南家の出で、平貞盛とともに将門を討った藤原秀郷《ひでさと》の子孫と言われる。三穂屋は武蔵の下層の武士か。

　これに励まされた平家方「又二百余人」が上陸し、楯を立て並べて源氏を招く。応じて佐藤忠信、伊勢三郎ら八十余騎がおめいて懸けると、徒歩《かち》武者の平家は退き船に乗る。勢いづいた源氏が海へ乗り入れ、判官も「深入りしてたたかふ」。舟に乗る平家が判官の甲の錣《しころ》に熊手を懸けようとする。先の錣引きを継承する語りである。判官が熊手に弓を掛けられて落とす。家来が判官を庇って太刀・長刀で熊手を払いのけつつ、弓を捨てよと促すのを判官は弓をとりもどして汀へ帰る。たとえ大事な弓であっても「いかでか御命にかへさせ給ふべき」と非難するのを、判官は、叔父為朝ほどの弓ならば、わざと敵にとらせるのだが、貧弱なわが弓を敵に嘲笑されてはと「命に替えてとるぞかし」と言い、人々を感動させたと言う。『保元物語』の影が見えるのだが、わが武名の恥を考えるのみで、梶原から大将の器にあらずと悪態を吐かれるわけである。保元の時代とは変わっている。為朝を意識する義経だが、両人の違いは歴然としている。この間、源氏は渡辺を出てから三日間、睡眠をとっていない。疲れて熟睡する中、この判官と伊勢三郎が不眠の警備につく。おりから平家では、教経が夜討を考えるが、味方の先陣争いに夜討ちは叶わず、合戦の意味を忘れ論功に逸る平家の「運のきはめ」と結ぶのであった。民間の盲人が得意とした早口の早物語《はやものがたり》を思わせる、屋島のいくさ物語であった。

志渡合戦

　屋島から東方、志度《しど》へ退いた平家は、屋島から追い討ちする二百余騎を、またもや大軍と誤り、追い出されて行き場を失う。一方、源氏がこれまで取りあげて来た首を志度で実検するところへ、阿波重能の嫡男教能が河野を討ち洩らし帰還するとの報に、判官は、あの演技と口舌に闌《た》けた伊勢三郎にその処理を命じる。やはり畿内の下層武士であった。そこで三郎は武具を捨て、丸腰になって教能に会い、屋島内裏の焼失、宗盛父子の生け捕り、そなたの父重能も降伏、その重能が、そなたの身の行方を案じると、出まかせ、うその限りを尽くす。それを誠と信じた教能が降伏する。

そこへ「廿二日の」朝、渡辺に待機していた梶原ら二百余騎が屋島へ到着、「いさかひはててのちぎりき」と失笑をかったと言うのだが、後日、これが災いとなることを知らない判官である。暴力は権力を構成し得ない。屋島での合戦に、いくさに徹する判官を、能『屋島』が、瞋恚の性《さが》ゆえに修羅道へ堕とすことになるわけである。「那須与一」にしてすでに日暮れになっていた。その後のいくさには無理があるのだが、物語は時間の無理を越え、判官をいくさのつながりの中に連鎖的に語る。京では、住吉の神主が、社から「鏑矢の音」が西へ飛ぶと見たと院に奏上し、住吉大明神の加護があったことまで語り、いくさの行方を示唆する。

十六　平家、破局へ

鶏合　壇浦合戦

神々、源氏に荷担　巻十一前半は義経軍の屋島合戦、後半、判官が「周防《すおう》の地に」兄の範頼軍と合流するとは、巻十で、範頼が寿永三年（一一八四）九月、備前の国、藤戸に平家を破りながら、「国のつひえ、民のわづらひ」を省みず、そのまま西国に留まり、それが周防へ渡ったと言うのか。それともいったん帰洛していたのか、巻十一の始めに京を出立したと言うのだが、この間の経過を語らない。『徒然草』二二六段に「九郎判官の事はくはしく知りてくはしく書きのせたり、蒲冠者（範頼）の事はよく知らざりけるにや多くの事どもしるしもらせり」と言うわけである。

判官は屋島の合戦をおえ、三月、範頼軍と合流すると言う。このつながりを鈴木彰は「屋島合戦を含みこんだ〈壇ノ浦合戦〉の描出が意図される」と言う。[1] 語りの主軸は、もっぱら判官の動きである。平家は長門国、関門海峡の西端「ひく島」に着く。彦島とも言う。判官の一行が渡辺から阿波へ渡って、「勝浦に着」き、屋島に勝ち、「平家（は）ひく島」に着く。そして源氏が長門国の「おひ津」満珠《まんじゅ》島に着くとは、源氏勝つ↓平家ひく↓源氏追ひの地名の対比が合

1　鈴木彰『中世の軍記物語と歴史叙述』二〇一一年　竹林舎

戦の行方を示唆する。状況の動きに迷い始める熊野の別当湛増《たんぞう》は、平治の乱に援軍を出して以来、これまで平家を支援して来た。平家も、その熊野水軍を頼りにした。しかし新宮に住む行家が源氏、為義の十男で、(2)以仁王の挙兵には諸国の源氏に挙兵を促す宮の令旨《りょうじ》を伝える使者として行動した。行家の動きを探知した別当が平家に義理立てし、新宮の輩に矢を放ちながら、「家子郎等多く討たせ」本宮へ退散したのだった（巻四、源氏揃）。

その別当も、四国、河野らの動きが源氏に有利に動き始めるとたじろぐ。去就に迷って熊野権現に祈誓、闘鶏の占いに、いずれも源氏につけとの神意が示され、意を決して源氏方につく。源平紅白合戦の図式が明快な言説である。この間、物語では熊野権現が王権の行方を決する冥衆に加わっている。冥衆の神々が物語の進行を後追いしているのだが、別当は一門の者どもを集め二百余艘の船に乗り、若宮王子の神体、天照大神の御正体を乗せ、真言宗の護法神、金剛童子の像を旗に描いて壇ノ浦へ寄せる。義仲の法住寺殿攻めに対応した鼓判官を思い出すだろう。見守る中、乗船する一行が源氏側についたので平家は落胆する。伊予河野の百五十余騎も源氏に加わり、「源氏の船は三千余艘、平氏の船は千余艘」、しかし平家方には、いくさ船ならぬ、「唐船」御座船など公達ら非戦闘員の船もまじると言うから、「源氏の勢はかさなれば、平家の勢は落ちぞゆく」。やはり物語として源平対立構造が見られる。

2　本書67頁

墓穴を重ね掘る判官

「三月廿四日の卯刻に」矢合せと決する。旅立ちなど、行動の開始は卯の刻を常としたのか。梶原がこれまで遅れをとった、名誉挽回を図って先陣を願い出るのを、またもや判官が承知しない。源氏軍内部の先駆け争いで、梶原が、判官を大将軍にふさわしからずと批判、判官は、大将軍は「鎌倉殿」、義経はいくさを奉行する、そたたたちと同等の立場と言う。返す言葉に窮した梶原は、「天性この殿は、侍の主にはなり難し」とつぶやく。それを聞き捨てならぬと判官が「日本一のをこの者」と太刀に手をかける。梶原が「鎌倉殿の外に主を持たぬものを」とは、まさに判官の吐いたことばを返すもので、判官の失言であった。前の渡辺出立時と同じ両人の対立。瞋恚の人、判官はみずからを追い込んでゆく。あわやというところを回りの人がとりすがり、同士討ちを制止する。「鎌倉殿のかへり聞かせ給はん」ところが穏やかならずと制止されて留まるが、両人の対立は決定的なものになり、判官を「つひに讒言して失ひけるとぞ聞こえし」と先取りまでして語るのである。

遠矢

　この赤間・壇ノ浦は、潮の干満により流れの向きが変わる。おりしも外海から瀬戸内へ流れ込む潮に平家の船が源氏を押し内へ追い込む形になる。この厳しい戦闘の中を梶原父子が奮戦、「其の日の高名の一の筆に」つけられたとは、後日、頼朝が、この経過をどのように見るかは明らかで、判官の失点である。源平両軍が対決し、平家の総大将知盛が「運命尽きぬれば力及ばず」、今日を限りの決戦と一門に促す。悪七兵衛景清が、船いくさに不慣れな源氏を残らず海へ葬れと下知し、越中盛次が判官を狙えと指示する。小兵《こひょう》の判官は、人々の目を欺くために、常に直垂・鎧を着替える、それを見抜かれていた。景清は判官を「片脇にはさんで海へ入れなんものを」とは、捨て身覚悟の戦法である。知盛が阿波民部重能に心変わりを察し、斬ろうというのを、宗盛は、四国で平家を支えて来た重能を「見えたる事もなうて」斬るわけにゆかぬと制止し、重能に檄を入れる。これが平家を窮地へ追い込むことなるのを宗盛は気づかない。知盛は歯がみをしながら引きさがる。

九州から平家に同行して来た山鹿《やまが》が五百余騎で先陣、松浦が二百余騎、その後を平家公達が二百余騎で固める。先陣の山鹿、五百余騎が放つ矢に判官もたまらず、初度のいくさは平家が勝利する。その間、潮の流れが大きく影響したはずである。木下順二がここに、人の知力を越えた天命を見る。(3)

平家の滅亡　潮の流れに押され、身動きならぬ源氏にできることは矢いくさである。源氏方、和田義盛と、平家方、仁井紀四郎親治《にいのきしろうちかはる》の遠矢争いにも平家が敗北し、追い込まれながらも帝王を擁し、神器を奉じては優位に立つ平家に対し、源氏は神意を「あぶなう思ひけるに」、「八幡大菩薩の現じ給へる」白旗が源氏の「舟のへさき」へ舞い下る。住吉大明神が源氏の勝利を予告していたのだが、

3　木下順二が『子午線の祀り』に制作する。

八幡大明神も源氏の勝利を示唆した。さらに源氏の側から泳ぎ出る海豚《いるか》が平家の下を通り抜け、平家の敗北必定《ひつじょう》との神の告げである。いくさの経過を見ていた阿波民部重能は相次ぐ敗戦、そこへ子息の田内《でんない》左衛門を伊勢三郎に騙し生け捕られては心変わりすることになる。それは父子の物語である。かねて公達を兵船に移し乗せ、唐船には雑人の兵を乗せていた、その策を源氏に明かしたものだから源氏は「唐船には目もかけず」、大将軍宗盛が雑人に変装して先帝たちと「乗り給へる」軍船を攻める。知盛が怒り、宗盛に制止されて重能を討ち洩らしたことを悔しがるのであった。人を見る目を持つ知盛、情にほだされる宗盛の違いが平家の行方を決定する。四国・鎮西の兵が源氏に従っては「源平の国あらそひ、今日を限りとぞ見えたりける」。

帝と神器、水没　水手・舵取までもが殺される経過に、知盛が御座船に参り、東夷《あずまえびす》、源氏の兵に「見ぐるしからん物ども」を見せまいと海に沈め清掃を始める。驚く女房たちに、「めづらしきあづま男をこそ御らんぜられ候はんずらめ」と「から〳〵と笑」う。知盛は維盛と違い、進んで「見るべき程のこと」を見届けて来た。一門に迫る運命をまともに受けとめようとする高笑いである。

先帝身投

さすがは清盛の末亡人二位殿が「日頃おぼしめしまうけたる事なれば」とは、知盛にも通じる二位尼の見識で、喪に服する衣に、身を包み袴の裾を高くたくし上げ、幼帝を抱き、聖器、神璽《しんじ》を脇に挟み、宝剣を腰に刺す。入水を覚悟し、志ある者は続けと指示。状況をわかるすべもなく「あきれたる」様子の幼帝に、過去の「悪縁にひかれて御運すでに尽きさせ給ひぬ」と言い含め、東に向かい天照大神に暇乞い、西に向かっては極楽世界、西方浄土へと念仏を促し、「御涙におぼれ、小さくうつくしき御手をあはせ」る帝を抱いて「波の下にも都のさぶらふぞ」と入水、「無常の春の風」により、十歳にもならぬ幼さで「底のみくづ」と消える。神に見放される幼帝の救済を仏にすがろうとする祖母としての時子こと清盛の北の方、二位尼で、「女人」の物語の主役を演じたのだった。時忠の妻領子が安徳の乳母だった。(4) その宝剣の行方について王権神話をからめて出雲の大蛇が素戔嗚尊《すさのおのみこと》に奪われた宝剣を奪い返すべく安徳帝に再生したとの説が行われたと摂関家の慈円が『愚管抄』に記し、歴史を解釈する。読み本が、それを採り入れるが、語り本も幼帝の悲劇を憐れみつつ、この説をとらざるを得ない。

公達の結末　後日、建礼門院を軸に語る灌頂《かんじょうのまき》巻で、女院がこの合戦を回想することになる。女院の母、二位尼が、いくさに「昔より、女は殺さぬならひなれば」生きながらえて、一門の後世菩提を弔ってほしいと語っていたと言う。いくさ物語における「女人《にょにん》」の機能を語っている。現場では、幼帝と尼の入水を見た女院が続いて入水するのを、摂津源氏、渡辺が引き上げ、御座船に保護

4　平藤幸「帥典侍考」『国文鶴見』二〇一一年三月

する。続いて「内侍所《ないしどころ》（神鏡）」の唐櫃を持って海へ入ろうとする重衡の北の方、大納言佐も保護される。兵どもが開けようとする内侍所に目がくらみ、鼻血が垂れる。判官が、これまで宝器の保全に当たった、今は生け捕りの身の平大納言時忠の手を借りて内侍所を唐櫃に納める。「昔天照大神、天の岩戸に閉じこもらむとせさせ給ひし時、いかにもして我《わが》御形をうつしおきて御子孫に見せたてまつらんとて」鋳た鏡である。

能登殿最期

教盛、それに一の谷合戦に子息経正《つねまさ》を失った経盛《つねもり》が手を取り組んで入水、小松殿の資盛・有盛、それに従兄弟行盛が入水するが、宗盛父子は「船端《ふなばた》に立ち出で」、茫然と回りを見渡すのみである。たまりかねた兵が海へ突き入れ「たてまつる」。これを見た子息の清宗《きよむね》が続く。両人ともにすぐれた泳ぎの達人とあっては「沈みもやり給はず」、互いに目を見交わすうちに、あのくせ者伊勢三郎義盛が、まず清宗を熊手に懸けて引き上げ、宗盛は「いよいよ沈みもやり給は」ず。宗盛の乳人子《めのとご》、飛騨景経《かげつね》が宗盛をかばって源氏の兵と立ち回りを演じるが、「運や尽きにけん」討たれる。乳人子が犠牲になるのをも見捨て、なすすべもなく生け捕られる。その宗盛たち公達の行動を敬語を使って語り分けている。特に語り本が、死者を意識する語りである。能に介入する間狂言が、観客を意識しつつ、この語りを行う。過日、一の谷合戦に、知盛が身代わりになる子息や忠臣を見捨てたのだが、この宗盛父子を「いかなる心地かせられけん」とは、語り手の歯がゆい思いだろう。ちなみに、この宗盛父子の経過については『愚管抄』も記録しており、当時人々の噂にのぼったらしい。知盛ら多様な人々の死に様と対照的な宗盛父子を語る。

猛将、能登守教経は『吾妻鏡』では、すでに一の谷で生け捕りの身になっているとも討たれたともする(5)が、それを、これまでの語りから、ここまで生かす「平家」の語りである。読み本も変わらない。矢を射尽くし、大太刀と大長刀を左右に持って「なぎまはる」から、まともに相手になれる者はなく、多くの死者を出す。これを見た知盛が、むやみな罪作りと制止する。教経は、それを大将軍に組めとの意と理解し、身軽に源氏の舟に「乗り移り、乗り移り」判官を求め行く。事前に知盛が、判官は、日頃から直垂などを取り替え、敵の目をあざむくと語っていた。教経はいずれが判官とわからぬまま、いでたちの良い武者をそれと見て馳せ廻る。一方、判官も心得て、敵の手を巧みにはずすが、ついに教経が判官の舟に乗り当たる。「判官かなはじとや思はれけむ」長刀を脇挟み、「二丈ばかり」約六メートル離れた味方の舟に「ゆらりと飛び」移る。さすがの教経も「早業」は叶わず断念し、今はこれまでと武具を捨て、髻《もとどり》を切って大童《おおわらわ》になり、大手を拡げ大声をあげ、われを生け捕れ、「頼朝にあうて物ひとこと言はんと思ふぞ」とは、平治の乱後(6)、救われながら、平家に背いた判官兄弟の忘恩に対する怒りで、それは清盛臨終のことばでもあった。この教

5 寿永三年二月七日・十五日の条

6 本書118頁

経の舟に乗り移る土佐の住人、実康ら一行を、海へ蹴入れ、脇に挟み、「いざうれ、さらばおのれら、死出《しで》の山のともせよ」と入水をとげる。二十六歳にして「海へつッとぞ入り給ふ」。教経を、動きに徹する義経と並び語るのが、京で文字化された物語である。

知盛の生き様　語りのつながり、連鎖が物語をなす。以上を受けて、知盛は「見るべき程の事は見つ」と言い切る。清盛の三男で、以仁王追討の大将軍を勤め、福原遷都からの都帰りの混乱時に平家に背いた近江源氏追討の大将軍を勤めた。一門の都落ちを制止して雌雄を決しようとしていた。大番役《おおばんやく》に在京中の東国の畠山らを帰国させるあたりから、[7] その人としての生き方を語る。水島・室山の合戦に大将軍を勤めて源氏に一矢報い、法住寺殿攻めの暴挙に出る義仲が平家に和睦を求めるのを[8]時忠とともに拒んだ。福原、一の谷の合戦には、敵ながら果敢な討死を遂げた河原兄弟を「あッぱれ剛の者」「一人当千の兵」と惜しむ。しかし戦いに敗れて四国へ落ちる時に、[9]身代わりとなった監物や子息の知章《ともあきら》を見捨て、命惜しさを思い知ったと宗盛に告白し、院から神器奉還を条件に重衡の釈放を持ちかけられるのを拒み、[10]幼帝や女房たちへの配慮から「心なく」京を離れたことを口惜しく思った。数々の体験でみずからが苦悩の中に揺れた。そしてこの壇ノ浦の合戦を迎え、「見るべき程の事は見つ」と言

内侍所都入

7　本書148頁
8　本書182頁
9　本書201頁
10　本書208頁

い切るのである。死に臨む清盛の遺言にも通じ自己を相対化して見ることのできる者にして可能な決意である。これまで物語が語って来た、転換期を生きた人々、清盛以下、重盛・教盛・宗盛・維盛ら、さらには後白河をも見て来たのだった。乳人子、家長《いえなが》と二領の鎧を重ね着て手をとり組み入水し果てる。

侍大将を勤めて来た盛次・忠光・景清、それに飛騨四郎の四人は、再起を期してか逃亡。海上には平家の赤じるし、「みぎはによする白浪も、うすくれなゐにぞなりにける」。乗り手のない船がただよう。叫喚からうって変わった静寂へ。宗盛・時忠以下、生け捕りになった人々。あの九州から平家に同行した菊地・原田も降人になっていた。女院以下四十三人の女房を数え、主上が入水した後、これらの人々が虜囚の憂き身となったことを朱買臣《しゅばいしん》や王昭君《おうしょうくん》の前漢の亡びを重ねて悲しむのであった。

「同じき四月三日」三種の神器の帰洛を義経が院へ知らせる。「同じき十四日」判官が平家男女の生け捕りを具して明石に着く。西国からいったん福原へ復し、京に留まる人々をして平家の還都近しと期待させたことを想起して語るのだが、(11)明石の地ゆえに語り手は光源氏の明石から上洛への物語と重ね、この女房たちの思いを、「もののふの」身ながら「身にしみてあはれに思う」のが「なさけある」「をのこ（男）」の判官であった。「同じき廿五日」、神器は還都するが、宝剣は結局「失せ」てしまったのであった。

11　本書195頁

剣

後白河院が王権維持のためにもっとも留意したのが皇位の継承とその王の宝、神器の保全であった。物語は、ここでまず宝剣について、本来、日本、倭《やまと》王が中国や朝鮮の王から受け冊封《さっぷ》されるしるしとしての宝器であった。後から作られたもので、物語は日本の王権神話では素戔嗚尊《すさのおのみこと》が八つの尾の大蛇から得たこと、その大蛇が八歳の幼帝に再生して海底に沈み「再び人間に帰らざるもことわりとこそおぼえけれ」と語る。喪失した宝剣に代わり王を守るものとして、武者、清和源氏の登場を位置づけて解釈するのが『愚管抄』の慈円である。

一門大路渡

生け捕りの帰洛、特に宗盛父子の大路渡しに子息清宗の身を案じる宗盛の行動が、見る人の涙を誘う。子息知章《ともあきら》が身代わりになりながら、それを見捨てて、命の惜しさを思い知ったと語る知盛を思い出すだろう。物語内の連想から宗盛父子の物語として一貫している。

鏡

　こうした人々の思いを断ち切るように、うって代わって「同じき廿八日」頼朝が正四位下から従二位に昇進したことを語る。それは清盛が四位から三位を経たことを不吉な先例と忌んでの「三階」の越階であった。もちろん治天の君、後白河の、頼朝に対する論功行賞である。内侍所、鏡の由来を語る。十一世紀以後、賢所《かしこどころ》として神聖視されたものだが、神話として天照大神自身の「御魂」としての鏡である。神話が生きた「上代こそ猶めでたけれ」と王権の現状に不安を語る。都落ち当時、三種神器の携帯を語り、「内侍所都入」では、「しるしの御箱」を加えるのである。(12) 神器は剣と鏡の二つであったのか。

時忠と判官　王の神器に寄せる執着は、本書の冒頭でとりあげた、十四世紀、南朝の宗良《むねよし》親王撰、『新葉集』にも見られるのだが、その神器を管理していた「平大納言時忠卿父子」が判官の宿所近くに「おはしける」と、やはり敬語で語る。清盛の義兄、平関白と称せられた堂上平家の時忠は、なおも「命惜しうや思はれけん」、判官の手中にある不都合な文書が頼朝の目にふれることを怖れる。その内容はわからないが、『保元物語』からの読みとして、王権の行方、法皇が関わり、保元の乱後の王位継承、それに摂政基通も絡むものか。時忠は院と平家の仲をとりもつ伝奏《でんそう》を果たしていた。かねて義仲からの和平交渉があったこと、重衡の赦免交渉などがあり、いずれにしても判官は埒外であったろう。「猶命を惜しく」、この文を回収するために先妻腹の娘の「廿三になり給ふ」を判官にめあわせた。義経は頼朝の指示により、坂東平氏の河越重頼《かわごえしげより》の娘を正室にしていたが、この時忠の娘を別に置いて寵愛し、時忠が他見を怖れる文書を返却し、時忠がこれを焼却、その内容はわからないままと語る。これが『平家物語』である。

　兼実は『玉葉』に、時忠が、内侍所を無事、宮廷に返したことをあげて、罪の減刑を願ったと記す。(13) 判官の、平家生け捕りの遇しように京の人々も共感、

12　大津透『神話から歴史へ』講談社　二〇一〇年

文之沙汰

13　元暦二年五月三日の条。

義経の京都守護を、頼朝をも越えると評価したと語る。この一連の経過を頼朝は、義経の分を越えた奢りとし、あわせて時忠のふるまいにも不満、当然、頼朝の、義経に対する敵意が増幅してゆく。この後、時忠は死を免れ、時実は官に復することになる。そのかげに法皇があったのか。

副将被斬

宗盛父子の別れ　「同じき五月七日」とは、「四月廿八日」の頼朝従二位叙任を受ける日付である。宗盛父子が鎌倉へ召喚されるとの報に、覚悟したのか、宗盛が判官に「八歳の童」副将に逢っておきたいと願い出る。「恩愛の道」を思いやる判官は、父子を会わせた後、その子息副将を六条河原へ連れ出し、すがりつく乳母の懐から引き出し頸をとらせる。この宗盛には、武将をめぐる女人となる女性が登場しない。この副将の母は先だっていた。乳母の女房らが副将の頸と遺体を抱き、葬送の地、桂川《かつらがわ》に入水する。副将の身柄の処理を女房に託した判官その人が、母常盤御前の懐に抱かれて、あわやの場を体験した『平治物語』を想起するだろう。

腰越

頼朝、判官を斥《しりぞ》ける　判官の平家公達に寄せる同情が、兄頼朝との齟齬を加速する。判官が宗盛父子を具して東へ下るのを、宗盛の思いに即して語る。宗盛は京への復帰が叶わぬことを覚悟しながら現世への執着を断てず、ひたすら判官に助命を嘆願する。判官が勲功に申し代えても命は乞い受けようと慰めるのに、たとえ蝦夷《えぞ》、千島の地であっても「かひなき命だにあらば」と返す宗盛を語り手が「口惜しけれ」と語るのは、同じ虜囚の身ながら重衡と対比して語る。「廿四日」鎌倉へ下着。判官と諍いをして来た梶原景時が「さきだッて」頼朝に「判官殿こそ」ついの御敵、一の谷の生け捕りや首実検に兄範頼をさしおき、特に重衡の身柄をめぐって、梶原と口論、同志いくさになろうとしたと語る。この梶原の重衡の身柄をめぐる讒言を物語は語っていないのだが、頼朝がたちまち「うちうなづいて」、すすどい九郎の鎌倉入りに備える。鎌倉への入り口、金洗沢《かねあらいざわ》に関をすえたのはまだしも、宗盛父子を判官の手から引き取った後、判官を腰越《こしごえ》へ追い返す。鎌倉への境界で、近くは刑場であった。頼朝が「七重八重に」兵を守らせたとは、「平家」が頼朝像を戯画化しているが、多声的な語り手の判官贔屓に頼朝批判をこめる。読み本には見えない語りである。

判官はこれまでの献身的な行動に、「一度はなどか対面なかるべき」と悔やみ、父を同じくする、生まれの早いか遅いかによる兄と弟だとまで言い切る。「まッたく不忠なき由」を起請文《きしょうもん》に書き、差し出したが、梶原の讒言によってとりあげられず、やむなく、幕府の公文所《くもんじょ》の別当となるべき大江広元《おおえひろもと》へ公的な嘆願「腰越状」を提出する。その訴状は、これまで「南都牒状」などに見たように、物語の語りに即した訴状で、平治の乱後、兄の代官として平家に対する恥辱をはらすことにもなった。それが梶原の讒言に遭って弁明の道も閉ざされ、かくなっては亡き父に訴える外に、悲運を訴えるすべがないと嘆き、一切野心を持たないことを「日本国中の大小の神祇・冥道《みょうどう》」に誓う。「わが国は神国なり」、その神に祈って翻意を願うと訴える。語りの古本や延慶本など読み本が、この腰越状を欠くのは、源氏の頼朝に対する配慮があったのだろう。ただ『吾妻鏡』は文治元年五月二十四日の条に、この状を頼朝が見ながら、「敢えて分明の仰せ無く」逐って沙汰するとし、この状そのものをも掲載するのが、頼朝の態度を語り尽くしている。

生に執着する宗盛　「さる程に」、腰越への判官追い払いから時間的な経過を語るとともに話題をも転換する。「鎌倉殿、大臣殿（宗盛）に対面あり」、しかし直接には会わない。「庭をひとつへだて」、しかも「簾のうちより見出し」とは穢れを排するかのように相手を罪人とする扱いである。[14]前に重衡に「いそぎ見参し」たのとは対照的である。頼朝は、池の禅尼に救われた恩義を忘れることなく、平家に個人的な意趣はないと言う。一年余前、重衡にも同じことを言っていた。平家が「朝敵となり給ひて」、「追討すべき院宣を給はる間」、この仕儀になったと、やはり王権を重視する。しかも「か様に見参に入候ぬるこそ本意なれ」とは、平治の乱の仇討ちを考える本音である。義仲と違って王権秩序

大臣殿被斬

14　本書209頁

保護者としての頼朝が、その姿勢を保っている。この頼朝の弁を宗盛が「ゐなほり畏まり給ひける」と敬語を使って語りながら、それを語り手は「うたてけれ」と決めつける。国々の大名・小名、「平家の家人たりし者」も「みな爪弾き」したとは、この期に及んで生に執着する宗盛に対する人々の蔑視である。しかし中には百獣が怖れる猛虎も、いったん陥穽《かんせい》の中に入れば「尾を動かして食を求む」と同情の涙を流す者もいたとは多声的な琵琶法師としての語りである。

頼朝は宗盛父子を鎌倉から退去させる。重衡とは対照的である。「六月九日」とあり、鎌倉へ下って、わずか数日のうちのことで、しかも判官にその警固を指示するのである。ところが宗盛は、「いますこしも日数《ひかず》ののぶるを嬉しき事に思はれけり」とは一貫して敬語を使って語るのだが、義経の置かれた状況を忖度する思慮もない。尾張国に近くなれば、義朝がだまし討ちに遭った「内海《うつみ》」を想起して怖れる。これも無事通過、「さては命のいきんずるやらん」との宗盛の生への執着、思いを、語り手は重ねて「はかなけれ」とする。それを子息の清宗が、暑いさなか「頸の損ぜぬやうにはからひて、京ちかうなッて斬らんずるにこそ」と自覚しながら、父には無言を通し「ただ念仏をのみぞ申給ふ」。『平治物語』の語り本が、物語としては悪役を演じる信頼についても敬語を使っていた。この宗盛父子については、読み本も敬語を使用している。王権、それに判官への思いもあるのか。「なさけふかき人」判官は、都へ入る要所、近江の篠原に着くと三日前から「善知識のために、大原の念仏聖湛豪《たんごう》を」呼び寄せていた。宗盛父子の身柄を離す。さすがの宗盛も気づき、子息と死をともにしたいとの願いから、その行方を質す。情けにほだされる聖《ひじり》は心を強くして「さらぬていにもてなし」、かくなるも「先世《ぜんぜ》の宿業」、「生あるものは必ず滅す」。すべては空《くう》、罪も福もすべてこの空から起こるを「ゆめゆめ余念をおぼしめすべからず」と説くのは、仏教の核心をつく説教であった。宗盛も「しかるべき善知識かなとおぼしめし、忽ちに妄念を翻し」、しかも斬られる直前「右衛門督もすでにか」という、父としての子への思いをもらす。維盛が入水をひかえて妻子を思ったのと同じである。父子の思いに差違はなかった。討たれた頸を前にして、聖は「涙に咽び」、刑を執行した斬り手、橘右馬允《きつうまのじょう》公長《きんなが》が「平家重代の家人」、知盛に仕えた侍で、「さこそ世をへつらふと言ひながら、無下《むげ》になさけなかりけるものかな」とは、この世の人であるのだが、「みな人慚愧しける」とは、宗盛を批判した人々みずからが公長の行為をも非難できなかったと言うことであろう。「その後」清宗が座に着く。「大臣殿の最期いかがおはしましつる」、これも父の妄念を案じていた。「めでたうましましつるなり。御心やすうおぼしめし候へ」との聖のことばに「今は思ふ事なし、さらばとう」と堀弥太郎の太刀を受ける。その父子の骸を判官が指示して父子ともに「ひとつ穴」に埋めたと言う。頸は朝敵として「廿三日」三条河原で検非違使の手に渡され、大路を渡して獄門に懸けられる。「昔より三位以上の人の頸」が大路を渡されたことは、わが国では例がない。あの「悪行人たりし」信頼でも、大路渡しは行われたが、「獄門にはかけられず」、それが平家に対し実行された。平治の乱後の、判官たち源氏の、亡父義朝のための仇討ちであり、法皇もやむを得ぬところと判断したところであろう。「六条を東へわたされ」「東国よりかへッては、死んで三条を西へわたされ給ふ」。「生きての恥、死んでの恥」、「いづれもおとらざりけり」と結ぶ。『平治物語』語り本が信頼を語るのに敬語を使って語ったように、平家公達の霊魂への畏怖があったと見るべきか。ここに登場した人の、いずれを非難できるのだろうか、できまい。中世の現実でありそれを語る多声的な語りである。

重衡覚悟の死　続けて宗盛とは対照的な重衡を語る。この語りのつながり、連鎖の方法は[15]、頼朝と義仲の間にも見られた。寿永三年（一一八四）二月から四月にかけて鎌倉へ送られ伊豆の狩野介宗茂《かののすけむねしげ》に預けられていた。宗盛と違って寿永四年（元暦二年）六月まで、約一年にわたり保護されていた。しかし宗盛父子の処刑を語った後に、「南都の大衆頻りに申しければ」とは、大衆が召喚を要請して来たのだった。頼朝は、私的な平家への恨みを示すことを控えていた。しかも以仁王の挙兵で討死をとげた頼政の孫、頼兼《よりかね》に命じて重衡を「奈良へつ

重衡被斬
15　本書166頁

かは」すとは、将軍院宣を受けるのに三浦義澄を起用したのと通底する、これは頼政に対する頼朝の配慮である。南都送りの日付を「平家」は語らない。読み本は文治元年「六月五日」とし、重衡は暗に自害を促されながら自刃せず、宗盛と同時に、義経が保護して京へ送ることになっている。『玉葉』元暦二年（寿永四年）六月二十二日の条に宗盛父子とともに重衡も義経が「相具して参洛するところなり」「院宣に随ふべき由」頼朝が判官に指示したと記している。物語が重衡の処理について日付を記さないのは、やはり重衡を宗盛父子とは連鎖の形で対照的に語り、そして南都からの要請であることから、以仁王の挙兵当時に遡って頼政の孫を護送役に当て、源氏としての意志表示と頼朝の配慮を語るのである。そのために宗盛の西上りとは切り離して語るのが「平家」である。

大津から醍醐路を経て南都へ送られる。道中、日野《ひの》にいた北の方、大納言佐《だいなごんのすけ》に逢う。安徳帝の乳母の一人であった。重衡は護送の武士に、北の方と会って後世菩提を弔うよう依頼したいと乞う。許された大納言佐は、「北の方聞きもあへず、いづらやいづら」と走り出て来る。「藍《あい》摺りの直垂に、折烏帽子着たる男の、やせくろみたる」重衡を大納言佐視点で語る。両人、しばしは無言、輿の「御簾うちかづいて」言葉をかわす。重衡は（南都炎上の）「罪のむくひにや」虜囚の身となり、南都の大衆の手にかかるのに先立ち再会ができた。思い残すことはない。出家が許されない身なのでと、「ひたひの髪を少し」「くひちぎッて」形見に差し出す。北の方は通盛の北の方、小宰相《こざいしょう》のように入水すべきであったが捕らわれの身となり、夫に再会の機会もあろうかと、はかない頼みをして来たと語り、「あはせの小袖に浄衣《じょうえ》を」差し出す。旅立つ夫らに小袖を贈るならい、重衡も身に着けていた「物ども」を形見として差し出す。促される重衡が「せきかねて涙のかかるからころも後のかたみにぬぎぞかへぬる」と詠むのは、『伊勢物語』第九話の東下りの昔男の詠を重ねる。北の方が「ぬぎかふるころもも今はなにかせん今日をかぎりの形見と思へば」と、以後、再会はかなわないと詠み返す。重衡は「心よわくてはかなはじと思ひきッて」死の道につく。重衡の身柄をひきとった南都大衆の意見は強硬で、東大寺・興福寺の回りを引き廻して「のこぎりにてや斬るべき、（首のみを出し体を）掘り」埋めて殺せとは、あたかも旧主義朝を裏切って闇討ちにした長田《おさだ》が後日、「はっつけ」の身になったのに類する。これは明らかに報復としての処置である。僧として穏便ならずと制止し、武士の手に渡したのは思慮ある老僧どもであった。

　奈良の聖域から外れる木津川《こつがわ》のほとりに刑場が設けられ、人々が見守る中、重衡に仕えていた木工右馬允知時《むくのうまのじょうともとき》が駈けつける。内裏女房との再会の仲介をした男である。重衡の願いにより求め出した阿弥陀如来の像に、わが狩衣《かりぎぬ》の袖の紐を解き、仏像の手にかけ、その端を重衡に持たせる。かくて重衡は犯した罪の報いと観念し、「ひとたび弥陀仏を念ずれば即滅の無量の罪も、願はくは」「只今の最後の念仏によって」九品《くほん》の浄土に生まれんと、高声《こうじょう》に十念を唱えつつ斬られる。この重衡の最後を見る人、大衆も武士も涙に咽ぶが、「伽藍をほろぼし給へる」罪により、その頸は般若寺《はんにゃじ》の大鳥居の前に「釘づけに」懸けられる。この大鳥居とは、般若寺にある石塔を想定するのか。現在、境内に見られる笠《かさ》卒塔婆《そとば》や十三重の石塔は、時代が下がるが、西大寺系の律宗の徒の手になるものと言われる。古くこの笠卒塔婆を素材にする修羅能の『重衡』があった。「平家」は鬘能の読みとして『千手《せんじゅ》』を採ると言ってよかろう。北の方は、骸を乞い受けて日野へ運び、法界寺《ほうかいじ》に葬った。頸も大仏の勧進聖、俊乗房重源《しゅんじょうぼうちょうげん》を介して大衆に乞い受け、骸と共に荼毘に付し、骨を高野に送り、日野に墓を立て、北の方も剃髪して亡夫の菩提を弔うのを「哀れなれ」と語り結ぶ。この大納言佐は、後日、建礼門院とともに大原の寂光院に入って一門の菩提を弔い、女院の崩御を看取り、物語の結末までを見ることになる。その夫が重衡であった。『法然上人絵伝』が高貴、白皙《はくせき》の重衡が法然に逢う場面を描くわけである。

（参考）

生形貴重『平家物語の基層と構造』近代文藝社　一九八四年
上横手雅敬『源平争乱と平家物語』角川書店　二〇〇一年
五味文彦『西行と清盛』新潮社　二〇一一年

十七　源平のいくさ物語を閉じるために

物語を閉じるために　巻十二は、三部構成のいくさ物語の定型に従って戦後処理を語る。元暦二年（一一八五）七月の大地震に始まり、判官の都落ち、頼朝・後白河の死など建久十年（一一九九）までの長期を語るため語りが速く、物語は終結に向かう。『保元物語』に始まり、『平治物語』を経て、この『平家物語』へと三つの物語は平家政権確立から源氏政権への転換をモチーフとし、特に、保元の乱後、平家に遅れをとって平治の乱に敗れた亡父義朝の仇討ち、義経と頼朝による源氏再興を駈け足で語り抜く古本『平治物語』、それを修正する語り本『平治物語』(1)を受けて平家の滅亡を語る。保元・平治の物語が三巻仕立てであるのに、『平家物語』は、そのとりあげる動乱の規模から十二巻仕立てである。物語の成立について三巻説・六巻説が行われたが、十二巻が普通である。「十二」の数は、人生の苦悩を断つための十二の条件を「十二因縁」と言うなど仏教がかかわる。その最終の巻を開くのに、これまで語って来た平家の興亡を、「平家みなほろびて、西国もしづまりぬ」、「国は国司に従ひ、庄は領家（荘園領主）のままなり」と要約して語る。平家の滅亡による秩序の回復に帰結

大地震

1　『平治物語』古本が頼朝の天下平定を語り、清盛の油断が一門の運命を決したと結ぶ。それは『平家物語』の読み本、延慶本の結びと重なる。『平治物語』も語り本は、さすが、それに調整を行うが、頼朝天下平定を含みとしながら、平治の乱の終結を以て結ぶ。

を見ようとするのだが、それは保元の乱以前の平安に戻るということではない。

　前巻末尾、元暦二年六月の宗盛・重衡の処刑を受け、「同じき（元暦二年）七月九日の午刻《うまのこく》ばかりに大地震」の異変が起きる。数十日にわたり余震が続いたと『山槐記《さんかいき》』が記録する。地震学者によれば、震源地は琵琶湖西岸堅田《かただ》断層、一九九五年一月の神戸淡路島大地震級、マグニチュード七・四度であったろうと言う。(2)『方丈記』も、これを五大災変のうちに数え、『平家物語』語り本は、その『方丈記』をも引用しながら、洛中、院たちの拠点となった白河の地、特に白河院の勅願寺である法勝寺をはじめ「六勝寺《ろくしょうじ》、皆破れくづる」と語る。物語の冒頭、平家栄花の契機をなしたと語る、平忠盛の成功《じょうごう》による鳥羽院の勅願寺、得長寿院《とくちょうじゅいん》の三十三間の御堂も、この地震に半ば倒壊したと語るのは、平家の滅びを語る物語の結びにふさわしい。

　地震に遁れるすべはなく、王権そのものが危機に瀕する。法皇は新熊野《いまくまの》へ御幸、触穢《しょくえ》を避け六波羅へ還御なったと語る。当時の院御所は六条殿が正しいのだが、古本、屋代本同様、覚一本（「平家」）が、それを六波羅とするのは、「心ある人の嘆き」、平家の怨霊の祟りを怖れた動きとするのだろう。物語は社会の変動を予兆するために異変を語って来た。この大地震の語りは何を予告するのか。平治の乱の結末として平家一門の滅びを語りおえたところで、文徳《もんとく》・朱雀《すざく》の代の先例があるものの、「平家」（覚一本）は今回の地震が、又とはあり得ない規模で

2　高橋昌明「よみがえる竜」『別冊太陽』190　二〇一一年十一月　同「養和の飢饉、元暦の地震と鴨長明」『文学』二〇一二年三・四月

あるとし、平家の都落ち以来、相次ぐ戦乱に死んで行った死者の怨霊の祟りによると「心ある人」の声を語る。慈円が『愚管抄』に、清盛が竜になって地を震わせたと記し、兼実は『玉葉』元暦二年七月九日の条に、「天地の悪、君国を棄《す》つ」と暗に院を批判、それは後白河に批判的な『平治物語』の序文と通底する。

東国の王頼朝、亡父を供養　かわって舞台を東国の鎌倉へ移す。「同じき八月廿二日」、頼朝挙兵の火付け役を演じた文覚《もんがく》が義朝の髑髏を持ち、弟子には義朝の乳人子で、平治の乱に最期まで仕えた鎌田正清《かまたまさきよ》の髑髏を持たせて鎌倉へ入る。前に巻五(3)、頼朝に見せた頸は、挙兵を促すために見せたもので、今回のものこそ、かねて祇園長吏の配下紺掻《こんがき》男が、検非違使別当に願い出て乞い受け、東山円覚寺《えんかくじ》に納めていたものだと差し出す。壇ノ浦合戦当時に、すでに義朝の遺骨については動きがあり、当時、その朝敵としての汚名を赦そうとしていたらしい(4)。物語では五年前当時示された頸を頼朝は疑っていたが、文覚が福原へ馳せ下り院宣を得るに及んで、挙兵に踏み切った経過がある。その意味で、この数年の源平合戦が、平治の乱の結末であると位置づける。頼朝の再起について、低い階層の民の声の参加したことを『平治物語』の、特に語り本が語っていた(5)。文覚が同行して鎌倉へ下った紺掻男もその一人に数えてよかろう。頼朝は亡父の髑髏を、新たに建立した勝長寿院《しょうちょうじゅいん》に納めて供養する。その儀には京

紺掻之沙汰

3　本書98頁

4　『玉葉』元暦元年八月十八日の条。

5　山下『中世の文学　平治物語』三弥井書店　二〇一〇年

からも勅使を立て、故義朝に内大臣正二位を追贈する。平治以来の亡き義朝の遺恨は、これで完全に霽《は》らされる。

平大納言被流

頼朝が東国での執政権を保障され、その朝廷への進言により、平家の生存者らが国々へ流される。特に平家一門の栄花に「此の一門にあらざらむ人は、皆人非人《にんぴにん》なるべし」と豪語し、平関白と呼称された時忠の建礼門院との惜別は、改めてかれが平家政権の中軸にあったことを思い知らせる。院の寵姫、亡き建春門院滋子の兄に当たることから後白河院の思いもあった。娘聟となった判官も別かれを惜しむ。もともと堂上《どうじょう》平家の一人として、神器を管理した。院・判官ともにその減刑に奔走したであろうが頼朝が拒んだのか。その時忠が文治五年（一一八九）六十歳で現地に死去するが、物語はそこまで語らない。なお、この時忠は、(6)かねて不都合な文書が頼朝の目に触れるのを怖れて義経を娘聟とし、その文書を回収したと語っていた。その文書の内容がいかなる物であったかを物語は語らないが、一つの可能性として頼朝が九条兼実を軸に志していた執政の人事に波及しかねない情報を含むものだったのかとも想像できる。それは語り本の関知しない政治の世界である。

6　本書240頁

土佐房被斬

頼朝、弟との仲を断つ　「さる程に」話題を京の判官へ転じる。かねて頼朝は義経を疑い、これを監視させていた。その有力武士十人が鎌倉へ「皆下りはて」、頼朝の嫌疑は一層強まる。『玉葉』によれば、頼朝に違和感を抱く院が、判官・行家としめしあわせていたとする噂が流れていたらしいのだが、[7] 物語はもっぱら頼朝の判官への不信感、それを憐れむ都人の判官贔屓を語る。もともと兄弟は「父子の契りもし」、『平治物語』には、伊豆の頼朝と鞍馬の牛若の間に意志疎通のあったことをも語っていたのが、この始末である。

語りの対象は頼朝に転じ、「大名ども」を上洛させては、義仲の二の舞になりかねないと、土佐房正俊《しょうしゅん》一人に、判官を油断させて討てと命じる。この土佐房については系譜も未詳だが、『平治物語』で義朝の側近くに仕え、その主の最期を常盤に急ぎ知らせた金王丸《こんのうまる》その人だとする伝承がある。読み本は巻一、二条の葬儀をめぐって延暦寺と対立する興福寺にいた観音房だとする。しかし『玉葉』では判官を攻めたのは小玉（児玉）党三十騎であるとする。[8] 物語では「同じき九月廿九日」、土佐房が上洛しながら、判官へは不参、弁慶と静御前の奔走に追いつめられた土佐房は敗れて鞍馬入り、昔、判官よしみの鞍馬法師たちに捕らわれ突き出される。判官が直接訊問、土佐房の覚悟のほどに感心しながら、これを六条河原に斬る。その土佐房を「ほめぬ人こそなかりけれ」と結ぶ。多声的な語りである。物語は三人称視点で、この判官・土佐房両人の対決を語る。

土佐房が返り討ちに遭い、斬られたことを知った頼朝は、範頼に上洛して判官を討つよう命じる。範頼が「頼りに辞し申」したとは、判官とは対照的で、

7 『玉葉』文治元年（一一八五）十月十三日の条。

8 同十月十七日の条。

政治的にも危険な立場に立つのを怖れたのか、兄の猜疑心を怖れ、上洛を断念し、「全く不忠なきよし」起請文《きしょうもん》を、百日に千枚書き読み上げたが「かなはずして遂に討たれ」た。

京とは一線を画し、坂東秩序の維持に徹する東国の王としての頼朝は、京の古代政権の秩序を優先し、その意味で政治に徹した信西にも通う。正室政子の父、東国での保護者である北条時政を判官追討に派遣する。判官は西国落ちを決意する。(9) 特に年来の恩義をもかなぐり捨てて平家を九州から排除した緒方惟義《おがたこれよし》を頼る。「同じき十一月二日」院参し、梶原らの讒言による判官追討の手を避け「しばらく鎮西の方へ」下る、ついては鎮西の者どもに、判官に力を貸すよう院庁からの公文書を下されたいと願う。判官としては、当然、期待できる院の保護である。ところが法皇は「此条頼朝がかへり聞かんことといかがあるべからん」と諸卿と僉議、ここは判官を都から去らせておくのが得策と、その場限りの姑息な弥縫策を講じる。判官は緒方らへの院の下し文を受け、「いささかのわずらひもなさず」京を離れる。ちなみに『玉葉』によれば、十月十七日、判官は頼朝追討の宣旨を乞い、院は僉議の末、宣旨を下している。京の人々が判官の都落ちに、その狼藉を怖れたとも記すのが現実であるのだが、物語が語る都思いの判官は、『義経記』の判官に近い。同じ清和源氏ながら、平治の乱には、京の王朝に仕えて来た摂津源氏、頼政が去就に迷った末、平家側にまわっ

判官都落

9　本書159頁

たのだったが、その摂津源氏、太田太郎が、頼朝への手前、得策と判官を追う。過日、巻九、[10]四国や淡路で源氏に心を寄せる者どもが、事前に平家に矢を放ち、教経に痛い目にあわされた六か度いくさが思い出されよう。今は判官が、当時の平家の立場に立たされている。

判官は太田を迎え討って大物《だいもつ》の浦（尼崎市）から船で西国へ向かうのだが、過日、巻十一の冒頭、[11]元暦二年一月、屋島攻めの時とは対照的に、逆に、「烈しく吹」く風に苦しめられる。風の主は判官に討たれた平家の怨霊である。観世信光《のぶみつ》の能『船弁慶《ふなべんけい》』は、物語を本説《ほんぜつ》（出典）とする。判官は吉野へ入るが蔵王堂《ざおうどう》の僧兵に攻められ奈良へ、ここでも政治的に動く東大寺・興福寺の大衆に追われ、いったん帰洛するが、北国路を経て、幼時を過ごした奥州の藤原氏を頼る。判官を助けようとした緒方、それに叔父義憲《よしのり》や行家の船も離散するとは、あの行家が義経に接近していたのだった。この転換期の生き方である。

「同じき十一月七日」には、頼朝の代官として、舅の北条時政が六万余騎の大軍で上洛、義経や行家・義憲追討の院宣を乞い受ける。語り手は、この院や公卿たちの朝令暮改《ちょうれいぼかい》を「世間の不定《ふじょう》こそ哀れなれ」と閉じる。この間、法皇と頼朝の間に、なんらかの談合があったのか、物語（覚一本）は一切語らないし、判官の死をも語らない。『平治物語』を受ける結末としては意外な経過だった。

物語の連鎖として、その直後に頼朝は、判官追及のために、守護地頭の設置、

10　本書194頁

11　本書220頁

吉田大納言沙汰

兵粮米徴収の勅許を申請する。こうした政治の現実を語らないのが語りのいくさ物語であるのだが、さすがこれらの経過は語っておかねば前へ進まない。朝廷は十一月二十八日、その願いを容認するのだった。判官追討を理由にしながら、事実上の武士を支配する権限を朝廷から獲得してゆく政治家としての頼朝である。京都にいた北条時政が、院との交渉役に権中納言正三位の吉田経房《つねふさ》を当てる。諸大夫《しょだいぶ》の家格であったが、内侍所の内裏奉還の役を勤めるなど院の覚えも良く、しかも源平いずれの権威にもへつらわず、頼朝も、その人柄を見込んだのだった。法皇は頼朝の過分な願いにためらうのを、公卿僉議の末、これも許した。頼朝は、京都王権に従いながら、武士の支配を通して別様の王権を打ち立てようとした。古くは将門《まさかど》から保元の乱の為朝を経て、この頼朝に一つの期を画すことになった、これがいくさ物語の歴史の読みである。

なお、この間、頼朝が建久元年（一一九〇）十一月、正二位、権大納言、右大将を兼ねるが、同十二月、いずれの官をも辞している。物語の頼朝は一貫して、京の王権に一線を画そうとする。後日、娘大姫《おおひめ》の入内のための動きがあるのだが、物語は、そうした動きを一切語らない。清盛は既成の王朝体制を自己流に利用しようとし、根本的な改革を避けた。物語によれば、この体制に直接対決したのが義仲であり、これらの制度に対決するのではなく、行動に走ったのが義経、それらを巧みに利用するのが頼朝であった。

六代

平家の嫡系、六代の危機　北条時政が平家公達の行方を捜す。それを報せた者には望みの褒美をとらせるとの触れに、京の人々は「色白うみめよきをば」もっともらしく平家公達だと密告する。これが世の人の常である。さすがの時政も辟易しながら「世にしたがふならひなれば力及ばず」と語るのが物語である。特に求めたのが、重盛の孫、維盛の子息、六代《ろくだい》御前である。物語は重盛亡き後、家嫡の宗盛を軸に語って来たのだが、語りは重盛を受け、その小松家に復して維盛の遺児、六代を軸にする。六代母子が大覚寺方面に隠棲するとの報せに、北条は慎重に探らせる。『源氏物語』「若紫」の、光源氏の目にとまった、後日、紫上になる少女に六代の姿を重ねて語り、北条が、この六代を保護する。悲しい六代母子の別れ、母子は、極楽浄土での亡父維盛との再会を期待する。その間、六代の乳母が、「鎌倉殿にゆゆしき大事の人」文覚を訪ね、六代の助命斡旋を願う。

文覚が六波羅に赴き、「此の世の人とも見え給は」ぬ六代の美しさに息を呑む思いで、「たとひ末の世に、いかなる仇《あた》敵になるとも」見殺しにはできぬ、前世の因縁と感じ、「廿日」間の猶予を乞い、鎌倉へ向けて発つ。場面と登場人物の思いと動き、その積み重ねが語りを牽引してゆく。

巻五「福原院宣」[12]に見たように、日限を切ることによって、みずからの行動に枠をはめる、これが文覚の行動形態であり、それは物語の語りであった。日

12　本書98頁

が経ち一行の東下り、六代に迫る日を思う語り手である。一行が駿河の千本松原《せんぼんまつばら》に着く。この間、十日も経ているだろうか。北条として、このまま足柄を越えては「鎌倉殿」の「御心中」も穏やかではあるまい、近江で斬ったことにしようと、その思いを洩らす。覚悟した六代は、斎藤兄弟に事を母たちに語ってはならぬとは、あの維盛が、[13] その出家を報せてはならぬと制したのだった。「よにうつくしき御手」で肩に懸かる髪を前へかき寄せる。あの保元の乱の末、処刑された、義朝の弟、十三歳の乙若《おとわか》、十一歳の亀若、九歳の鶴若、そして七歳の天王《てんおう》が斬られる場面を思い出させる。斬り手に指名された狩野親俊《ちかとし》が、太刀をふりかざしながら前後不覚になり辞退、次々と辞退する斬り手を選びなおす所へ「墨染め」姿の僧が懸けつける。その僧の焦りと、道行く人々の、六代に寄せる思いを重ねて語る。僧が「急ぎ飛びおり」息ついて「鎌倉殿の御教書是《みぎょうしょこれ》に候」と差し出す。語り手が北条に同化し、御教書をそのまま読み上げる。しかも「御判あり」とは、その確認と安堵を語る語り手、人々の思いをくみとった語りで、「神妙々々」と北条、斉藤兄弟、それに同行して来た武士たちの思いと感動、平家琵琶は、これを速い〔拾〕で語り抜く。

　ようやく文覚が意気揚々、「つと出できたり」。頼朝を那須の狩り場まで追って執拗に食い下がり、「文覚が心をやぶつては争でか（仏神の）冥加（加護）もおはすべき」とは頼朝に挙兵を促した当時を思い出させるのだが、脅しまでか

13　本書215頁

泊瀬六代

けて、ようやく得た御教書だとの弁に北条も、この数日の不安を語り安堵する。北条を「誠に情ふかかりけり」とは、これまでの語りの結びである。

文覚は、六代を具して京に帰着、宿所にしばし休息、すぐさま母を求めて大覚寺へ向かう。ところが人影がなく、近隣の人から、北の方らは東大寺大仏参りから長谷寺に御参籠のはずと聞き出し、斎藤五が長谷寺へ参って朗報をもたらす。母や乳母は、長谷観音の御利生と喜ぶ。

一方、北条は六代を具して東へ下る道中、行家・義教を討つべしとの頼朝からの命令を受けていた。ようやく行家を捕らえ、院と頼朝の指示により京都、伏見の赤井河原に斬る。さらに叔父義教の行方をも求めて自刃に追い込む。残党狩りの語りは、この後もあわただしい。語り本でも室町時代のテクストは、それらを削除して六代一人に絞り込むのだが、覚一本は、頼朝の行動を語り抜く。『平家物語』は源氏内の骨肉相はむ争いをも語るのだった。

〈参考〉
永積安明『平家物語の構想』岩波書店　一九八九年
山本幸司『頼朝の精神史』講談社　一九九八年
山下「平家物語の本文　語りと読み」『國語と國文學』二〇〇四年十二月
山田昭全『文覚』吉川弘文館　二〇一〇年

十八　断絶平家へ

頼朝、平家の行方に懸念　六代助命から二、三年を経過、「さる程に六代御前は」十四、五歳になっている。その年頃に父維盛は右近権《うこんごんの》少将で、高倉天皇の中宮として立后した叔母徳子のため、その中宮権亮《ごんのすけ》を勤めた。六代の母は、院側近、悲劇の死を遂げた藤原成親[1]の娘で、六代が平家の盛時のような官に就けないことを悲しむ。それに六代が「あたりもてりかかやくばかり」になり頼朝に警戒されるのを怖れるのだった。頼朝は機会ある度に六代の人柄を文覚に尋ねる。昔、文覚[2]が挙兵を促した治承四年当時、頼朝はすでに三十四歳であった。頼朝が危機を脱した当時の記憶から一門の先行きへの不安と疑念は徹底していた。文覚は頼朝の疑念を打ち消すのだが、頼朝は、その経歴から文覚をも「謀叛おこさば、やがてかたうど」味方するであろうと警戒する。平治の乱後、処刑されるはずのわが身が、池の禅尼の嘆願と重盛の仲介により救われている。六代の父、維盛の自死に同情、救うべきであったとまで語ったのだが、現実には私の情を抑えて政治情勢への配慮が先立つ。さりとて源氏再興のきっかけを作った文覚への恩誼もあり、「頼朝一期《いちご》の程は」とにかく、自分の死後、保障

六代被斬

1　本書45頁

2　本書98頁

の限りでないと言い切る。六代が母の不安に促され十六歳で出家したのは、文治五年（一一八九）であった。時の経過は速い。斎藤兄弟を同行、山伏姿で訪ねるのが、昔、維盛を導いた高野《こうや》の滝口入道である。その案内で亡父、熊野参詣の遺跡を訪ね、那智の海の汀に亡父をしのび供養する。物語をふり返れば、祖父重盛から三代にわたる熊野参詣であった。清盛が熊野権現の利生により栄花をきわめたという語り（巻一「鱸」）(3)も想起される。世の乱れ保元の乱を鳥羽院に予告したのも熊野権現だった。平家の物語を根底から支えて来た熊野である。

頼朝の追及は厳しい。小松殿の一門で、六代には叔父に当たる丹後侍従忠房《ただふさ》が熊野別当湛増《たんぞう》に攻められ、頼朝の甘言に六波羅へ出頭、いったん鎌倉へ召喚された後、京へ帰る途中、勢多橋《せたはし》の辺で斬られる。これも重盛の遺児、宗実《むねざね》は、大仏勧進の聖《ひじり》、俊乗房《しゅんじょうぼう》を頼るが、頼朝に召還されて、奈良を発った日から飲食を断ち、足柄で干死《ひじに》を遂げる。語り手は、その決意を「おそろしけれ」と結ぶ。

その頼朝が、建久元年（一一九〇）十一月七日、上洛、正二位大納言、右大将に上るが、十二月四日、ともに上表《じょうひょう》（辞任）して関東へ下向とは、物語の頼朝らしい。

建久三年三月十三日、後白河法皇が六十六歳で崩御。この語りの連鎖が法皇に対する頼朝の思いを語っている。互いに思いのままにならぬ両人であった。

3　本書27頁

『保元物語』から『平治物語』へと、乱の主軸になって来た法皇である。しかし『保元物語』での即位以来、歴代の天皇としては、その帝紀も語らない、いくさ物語としては異例の扱いで、その生前を回想することもない。ちなみに『玉葉』は、西洞院宮での崩御を記し、三代にわたる帝王の祖、「保元以来、四十余年天下を治め、寛仁稟性《かんにんりんせい》慈悲世に（行ひ）仏教に帰依する徳、殆ど梁《りょう》の武帝より甚だし」としながら「只恨むらくは延喜天暦の古風を忘」れたと記している。[4]『愚管抄』も、法皇が『法華経』信仰に篤かったことを記しながら、「ツネハ舞・猿楽ヲコノミセサセツツゾ御覧ジケル」と記す。その死を『玉葉』は、湛敬[5]（本成房）、仁和寺宮、勝賢僧正が善知識をつとめ、「臨終正念」西方に向かい、「決定往生、更に疑はず」としながら、「後に聞く」として「西方を向き給はず、巽《たつみ》（東南）の方に向ふと云々、又頗る微笑、疑ふらくは天に生まるる相歟《そうか》」と付記するのだが、これまで平家を軸に歴史を語って来た琵琶法師に、それは語れまい。ちなみに読み本は『六代勝事記《ろくだいしょうじき》』[6]を引いて、その生前の仏教信仰を語り、その死を悼み「慈悲ノメグミ一天ノ下ヲハグクミ平等ノ仁四海ノ外ニ流シキ」とまで付記し、語り本とは違った歴史の語りをなしている。生前、病の中に崇徳と安徳の死霊を怖れて、これを鎮めるために白峰陵と赤間宮を建立させたのだった。[7]語り本としての覚一本では、あっけない法皇の結びである。

物語終結への語りは速い。頼朝が東大寺大仏再建供養に参列のために京から

4　建久三年三月十三日の条

5　高橋貞一は湛敎（斅）とする。

6　高倉から、仲恭を除き後堀河まで六代の政治の優劣を論じた歴史書。

7　山下『語りとしての平家物語』岩波書店　一九九四年

奈良へ入る。建久六年（一一九五）三月、前に頼朝が上洛してから、すでに四年半が経過している。その頼朝を狙う薩摩家資《いえすけ》を捕らえて六条河原に斬る。知盛の末子、伊賀大夫知忠《ともただ》が九条河原の法性寺《ほうしょうじ》、一の橋の辺りに潜んでいたのを、頼朝の妹聟、一条二位入道能保《よしやす》が攻め、十六歳の若さで自害に追い込む。壇ノ浦合戦で、侍大将四人が姿をくらました、その一人、越中次郎兵衛盛次が地頭・守護の目にとまり、頼朝に召喚され、「鎌倉殿」に一太刀報いようとしたが運が尽きた上は、やむなしと豪語する。頼朝は、その志をめでるが、望んで由比《ゆい》ヶ浜で斬られ、人々の称賛を得たと言う。平家残党狩りを語り続ける。

文覚と六代の死

突如、登場するのが主上の後鳥羽天皇である。政務は乳母の卿《きょう》の局《つぼね》、範子《はんし》に委ね、ひたすら「御遊をむねと」したと「心ある人々」の声として語る。これに対し、亡き高倉天皇の二の宮守貞《もりさだ》親王を即位させようとするのが文覚である。頼朝の死後、「八十にあまッて」謀叛を起こそうとして捕らわれる。流罪先は佐渡だが、物語は、それを隠岐の島とし、後鳥羽に対して「つひには文覚が流さるる国へ迎へ申さんずるものをと申しけるこそおそろしけれ」、「されば（帝が）承久《しょうきゅう》に御謀叛おこさせ給ひて、国こそおほけれ、隠岐国へ移されさせ給ひけるこそふしぎなれ」と物語る。しかもその隠岐で「文覚が亡霊あれて、常は（帝に）御物語申しけるとぞ聞こえし」と言う。かねて鎌倉幕府との間に不穏な動きのあった後鳥羽が文覚を疎んじ、文覚は佐渡へ流され、いったん召還されながら重ねて対馬へ流罪、その下向の途中、日向で客死をとげたと言う。(8) 建仁三年（一二〇三）七月、享年六十五歳だった。物語は当時の政情の弱点をついて秩序を脅かす文覚が、承久の乱まで見通していたと語るのである。

『保元物語』が平治の乱を、『平治物語』が源氏の天下統一を、そして『平家物語』が承久の乱を予告した。次の乱れを予告示唆して閉じるのが、これら三つのいくさ物語に共通する構造である。室町時代に、『承久記』を含めこれらを「四部合戦状」と呼ぶ。

文覚の死後、頼朝も死去している。六代は、亡父維盛が三位中将であったことから「三位の禅師」として高雄神護寺に「行ひすましておはしける」。時の「鎌倉殿」つまり将軍であった頼家《よりいえ》もしくは実朝《さねとも》の意向から捕らわれ、「田越《たごえ》川」で斬られた。しかし「十二の歳より三十に余るまで」生存できたのは「長谷観音の御利生」ながら、「それよりしてこそ、平家の子孫は永く絶えにけれ」と断絶平家で巻十二を閉じる。『平治物語』から『平家物語』を受けて平家の亡び、頼朝の天下平定で歴史語りをおえる。平家残党の処刑を語りおえ、物語の始め一門の棟梁であった重盛の孫たちの死を以て一門断絶、歴史の区切りと見るのである。六代の師僧文覚の、後鳥羽による流刑と客死に続けて、この六代

8　山田昭全『文覚』吉川弘文館　二〇一〇年

を「さる人の子なり、さる人の弟子なり、かしらをばそッたりとも心をばよもそらじ」との意向は、頼朝死後の幕府の思いをも示唆していた。

この六代の死を以て平家の物語は閉じるのはなぜなのか。やはり物語の前半を導いた小松家の重盛・維盛から六代へと平家嫡系の影が色濃い。それに文覚の行方をも語ることが、どうしても六代の語りを必然のものとした。六代の死を建久九年（一一九八）とも、建仁三年（一二〇三）とも言う。ちなみに長谷観音の利生を説くために六代の死を語らないで閉じる『源平盛衰記』や、物語『六代御前物語《ろくだいごぜんものがたり》』(9)がある。事実を越えた物語を語り続けようとする世界が存在したのだった。「理想的な年代記」を志すのではなく、やはり物語として歴史を読む。ほとんどすべての平家の物語が、ここで一応完結するのだが、その平家への思いが、この後、別巻を加えることになる。あえて後へと移した建礼門院の、その後の物語である。

それにしても物語本巻の閉じ方はあわただしい。時代の危機に、続く動きを匂わせながら、それを語らず、巻を改め、女人の営む鎮魂によって平家の霊を鎮めるのが琵琶法師である。

9　冨倉徳治郎『平家物語研究』角川書店　一九六四年　におさめる。

十九　灌頂巻の建礼門院

灌頂巻ということ　多様な形態のテクストが伝わる『平家物語』諸本は、多様な巻の構成を示す。古く『保元物語』や『平治物語』のように、いくさの原因、いくさの経過、その後の処理を語る三巻であったとする当道座の説がある。(1) 言い換えれば、座では三つのいくさ物語を一連の物語と考えていたのである。六巻説があり、(2) 読み本の中の延慶本が巻一を「本」と「末」として二分し、全巻、事実上十二冊の形態をとりながら、その第十二巻を巻第六の「末」とし、六巻仕立ての形態を残存している。その外に八巻本のあった可能性があるが、(3) それは現存せず、『源平闘諍録《げんぺいとうじょうろく》』が、やや特異な形態を残してはいるものの、残欠本であるために巻構成を考える資料とはしがたい。むしろ古く長門国に伝わり、長門本を称する本が二十巻の形態を保つのが目につく。僧や尼の受戒の作法を「二十犍度《にじゅうけんど》」と言い、いっさいの煩悩を「二十随煩悩《ずいぼんのう》」と言うなど、やはり仏教による数である。それに、早く岡本保孝が指摘した(4)「いろは歌」の文字数、四十七に、当時無表記の撥音を加えた四十八巻の『源平盛衰記』がある。「いろは歌」は、まさに世の無常の摂理を謡う今様スタイルの歌謡である。このよ

1　当道座のいわれを語る『平家勘文録《へいけかんもんろく》』に見える。

2　山田孝雄『平家物語考』国定教科書共同販売所　一九一一年（明治四四）

3　横井清「『平家物語』成立過程の一考察」『文学』一九七四年十二月

4　岡本保孝『平家物語攷』（『国語国文学研究史大成　平家物語』による）

うに諸本の巻の構成が仏教につながるのだが、多くの諸本、特に語り本はこの十二巻を基本構造とする。

「十二」の数として、干支《えと》の十二支があるが、これも仏教経典に説く十二獣に基づく。それに、仏教が説く生死輪廻《りんね》の相、「十二因縁」があり、十二巻の数は、この十二因縁を基本にするものでもあろう。語り本の一つの集約としての覚一本（『平家』）の前段階を濃厚に伝える本文、江戸時代の国学者、屋代弘賢《やしろひろかた》が旧蔵したことから屋代本と呼ぶ本が、灌頂巻を立てない。琵琶法師の座である当道座では各章段を「句」と言う。巻十一の終結部分を屋代本は、平時忠が、不都合な文書を焼却するために義経を娘の聟にとり、この判官を介して文書を回収する「文之沙汰《ふみのさた》」を「平大納言時忠義経取聟焼文共事」とする。この「章段」もしくは「句」の立て方、名称のあり方が、各種テクストの物語受容のあり方を物語っている。ここで屋代本の章段配列を芸能語りの正本《しょうほん》とした覚一本の句の名称にならって順次列挙し、その年次を附記すると

文之沙汰

女院、吉田入御

女院出家（元暦二年（一一八五）五月）

副将斬られ

で巻十一を閉じ、巻十二を

宗盛・重衡斬られ
大地震
時忠、能登へ流され
女院、大原入り　（文治元年（一一八五）九月）
土佐房斬られ
判官都落ち
頼朝従二位、惣地頭に補任　（文治元年九月）
行家・義教斬られ
文覚、六代助命に奔走
法皇、大原御幸　（文治二年春）
女院、死去
知忠・忠房のこと
六代斬られ

で閉じる。見るように、女院の行動を、他の記事を並べほぼ年月の経過、編年順で語る。それを覚一本は、物語として、女院関係の語りを一括して、本巻十二の外へ出し、灌頂巻とする。なぜ女院の動きを外へ出すのか、そして、それを「灌頂巻」と呼ぶのは、なぜなのか。

灌頂巻の結びの「女院死去」に、

是はただ入道相国、一天四海を掌《たなごころ》ににぎッて、上は一人をもおそれず、下は万民をも顧みず、死罪・流刑、思ふさまに行ひ、世をも人をも憚られざりしがいたす所なり。父祖の罪業は子孫にむくふといふ事、疑ひなしとぞ見えたりける。

と語る。それは物語の開巻、巻一「吾身栄花《わがみえいが》」で一門の栄花を列挙し、

一人は、后に立たせたまふ。皇子御誕生ありて、皇太子に立ち位につかせ給しかば、院号かうぶらせ給ひて、建礼門院とぞ申しける。

と、それまでの摂関家を中軸とする権門貴族の中に、伊勢平氏の清盛が堂上平家の平時忠とともに、積極的に「あなたこなたして」入り込み、[5]天皇の外戚としての地位を確立することと照応する。その清盛を、国を乱す、盛んなる者とし、その行動が一門を滅亡に追い込んだことを考えるのが「女人」としての女院である。同じ思いを女院の兄、重盛が、早くから物語において語っていた。王権を維持する上で、そして王朝に入り込むのに、権門社会が女人を天皇の后・中宮や女御として送り込み、やがて皇位に即くべき皇子の出産を期待する。それを支える乳母やその夫、乳人《めのと》、さらにはその子としての乳母子（乳人子）があった。言い換えれば、王朝・権門社会の「女人」たちが、王朝・王権の持続・維持に大きな役割を果たしたのだった。歴史物語にも見られるところで、それを慈円が「世継ぎ」と言ったのは、語として、鮮やかに王権と女人の関係を物

5　五味文彦『後白河院』山川出版社　二〇一一年

語っていた。さながらカースト化しているとまで言える階層社会であった。語り本の、特に覚一本（「平家」）を機に、女院の動きをまとめ、他の関連の物語言説をも採り込んで補い、その主題や構成を鮮明に打ち出した。

この清盛と正室、二位殿との仲に生まれた娘、徳子をいくさ物語の観点からとらえる場合、『保元物語』『平治物語』には登場しないし、『平家物語』については、特に覚一本に関する限り、灌頂巻の「六道之沙汰」がこの女院を集約して語る。いくさ物語をめぐってとりあげられることの多い慈円の『愚管抄』でも、その巻第五に、清盛が、この徳子を高倉天皇に入内させ、「皇子ヲ生セマイラセテ、イヨ〳〵帝ノ外祖ニテ世ヲ皆思フサマニトリテント思ヒ」、様々神への祈願、特に母の二位は日吉に百日詣で、清盛の厳島祈願の末、ようやく「六十日バカリノ後御懐妊トキコヱテ、治承二年十一月十一日六波羅ニテ皇子誕生思ヒノ如クアリテ、思フサマニ入道、帝ノ外祖ニナリニケリ」と記す。

それを物語として女院の思いに立ち入り、「女人」語りとして語る。父清盛の思いのままに国母として生きながら、平家が衰運に傾くと、六道さながらの輪廻《りんね》体験を重ね、先帝をはじめ一門の後世菩提を、人里離れた、融通《ゆうずう》念仏の本拠、大原《おおはら》で祈りつつ往生をとげたと語るのだった。盛んなる者、清盛が何をもたらしたかを語るのが女院である。その間、読み本『平家物語』では、女院が政略の手だてにされ、醜聞が人の噂にものぼったと語るが、語り本（「平家」）

は、これを削除する。女院に仕えた右京大夫が、その歌集に平家公達の動きに寄せる悲嘆を記すものの、女院については「中宮」として記すにとどまり、「さるべき人に知られでは参るべきやう」ない女院を法皇が大原へ訪ねてゆくあたりは、その『建礼門院右京大夫集《けんれいもんいんうきょうのだいぶしゅう》』を物語が意識していると言ってもよい。特に覚一本に、その傾向が強い。右京大夫の

今や夢昔や夢とまよはれていかに思へどうつつとぞなき
仰ぎ見し昔の雲の上の月かかる深山《みやま》のかげぞかなしき

の詠歌は、『平家物語』に見える徳大寺実定や、女院その人の思いと重なる。同じことが慶政《けいせい》の『閑居友《かんきょのとも》』についても言える。同書は、文中、女院が語ったとするところを「かの（女）院の御あたりの事を記せる文に侍りき」と言うが、慶政の再話するところを採り入れて、それを六道の体験とするところに覚一本「平家」の『閑居友』の読みがある。

なぜ「灌頂巻」と言うのか。あえて「巻」の語を補うところに、巻十二までを本巻とし、その別巻とする意図が見えている。女院を事実上の主役シテとし、ワキの法皇が女院に主題を語らせる、それを別巻としたのだった。この「灌頂」の語は、もともと仏教の渡来に由来する。儀礼として、水を頭頂に灌《そそ》ぎ、一定の地位に進める、例えばインドでの国王即位や皇子の立太子の儀礼に灌頂を行った。それを仏教が採り入れ、大日如来の五種の智、五智を象徴する水を弟子に

注ぐ作法によって仏としての位を継承させることを言った。これを「伝法《でんぼう》灌頂《かんじょう》」と言う。物語では、この巻の主役、女院自身が、先帝を始め一門の霊魂の菩提を弔うことで伝法灌頂を行う。女院が「六道之沙汰」を語ることによって伝法灌頂を執り行い、先帝ら一門の菩提を弔うことが、また亡魂・聖霊に対する灌頂儀礼を行うと言ってよい。そしてその物語を読み、聴くことが享受者を結縁して浄土に往生させようとする結縁《けちえん》灌頂の意味までをも含み込む。早く和歌の世界で歌道の奥義を伝えることを「灌頂」と理解したことが、歌論書『袖中抄《しゅうちゅうしょう》』「奥儀抄《おうぎしょう》灌頂巻」に見えた。[6]『平家物語』の、特に覚一本などが、女院の灌頂儀礼としての語りを特別仕立てし、当道座の秘曲として、一定の資格を持つ者でなければ語れなかった。座が検校《けんぎょう》以下、寺院の僧にならって職階を立てる過程で、この秘曲の習得を昇格の必要条件とする伝法・授職灌頂の意味を付与した。早く中世、当道座の確立期から、江戸時代、源氏を名のる徳川将軍が鎮魂を意図してであろう、平家琵琶を式楽とすることが、その動きを一層加速した。言うまでもなく、それは物語本文が集約の過程で制度化したものである。十四世紀の中頃、覚一による物語としての集約と完成があった。それを以後、内的な集約を行い、秩序化を促進することになり式楽としての語りを強めていった。

6　橋本進吉「『平家物語』と奥義抄灌頂巻」『國語と國文学』一九二六年（大正十五年）十月

建礼門院、大原入り　女院は後日、この女院の六道体験語りで、母、二位の尼が壇ノ浦で「昔より女は殺さぬならひなれば、いかにもしてながらへて主上の後世をもとぶらひまゐらせ、われらが後生をもたすけ給へと」かきくどいていたと語る。その要望はいくさ物語の「女人」のはたらきである。

　その女院が東山の麓、吉田、元南都に学んだ僧、慶恵《きょうえ》の坊に「立ちいらせ給ふ」。荒廃した草房での孤独不安な住まいに、一門と行動を共にした屋島合戦以来の漂泊が、かえって「今は恋しう」思われる。その思いを『和漢朗詠集』[7]「行旅《こうりょ》」の「蒼波《そうは》路遠し思ひを西海の雲に寄せ」に託して語るのは、福原落ちに、「昨日は東関の麓にくつばみを並べて十万余騎、今日は西海の波に纜《ともずな》をといて七千余人、雲海《うんかい》沈々として青天《せいてん》既に暮れなんとす」と語ったのと対をなす。

女院出家

　文治元年（一一八五）五月一日、当時延暦寺の別院であった東山、長楽寺《ちょうらくじ》の上人、印西《いんせい》（印誓）を戒師として出家をとげる。導師は、実は大原来迎院《らいごういん》の湛斅《たんこう》であったが、亡き高倉天皇への思いから、帝の戒師をつとめた、法然の弟子印誓に切り替えた。これは読み本も変わらない。出家、授戒の布施として差し出すのが亡き先帝が身に着けていた「御直衣《のうし》」、「今はの時まで召されたりければ、その御移り香も未だ失せず」、外に布施としてさし出すべき物がなく、「かつうは彼御菩提のために」とり出したのであった。この亡き幼帝の移り香を感じるのは、母としての女院その人である。語りとしてはマイケル・ワトソ

7　本書152頁

ンの「焦点化」[8]と言うべきで物語論の用語になっている。物語論のジェラール・ジュネット[9]もこの語を使う。ここで女院が十五歳で高倉帝に入内して以後の経過を語り、二十四歳にして出産した皇子、言仁《ときひと》が三歳で即位したため国母となり、養和《ようわ》元年（一一八二）十一月、院号を受けた。それが、今、三十一歳で剃髪して、過ぎ去った栄花を思いやる。そこへ訪れる郭公《ほととぎす》に「ほととぎす花橘《はなたちばな》の香《か》をとめ（求め）てなくは昔の人や恋しき」と、みずからを重ね、先帝を始め、盛時の一門を慕うのである。それに大伴家持《おおとものやかもち》の「わがやどの花橘にほととぎす今こそ鳴かめ友にあへるは」などの花橘を組み合わせ、「さつきまつ花橘の香をかげば昔の人の袖の香ぞする」（『古今集』よみ人知らず）、昔を慕う女院の思いに入り込む。大江朝綱《あさつな》の朗詠に謡う、漢の二人の男が仙女と契りを交わして帰国してみれば七世を経過していたという故事[10]を、変わり果てたわが身に重ねる。そこへ、前に、巻十二の冒頭で語った元暦二年七月の大地震による荒廃が「秋のあはれさを」一層「しのびがたく」すると語るのであった。古典籍のつづれ織りのような、まさに織物「テクスト」としての語りである。

法皇、大原へ御幸　女院の身として冷泉隆房《れいぜいたかふさ》・七条信隆《のぶたか》の各北の方、ともに二位の尼、平時子を母とする妹たちの助けを得て過ごすとは、思いもしないことだったと言う。これもいくさにともなう「女人」語りである。「ある女房」が

8　マイケル・ワトソン『覚一本平家物語の物語論的研究』（オリエント研究学位論文）オックスフォード大学　二〇〇三年

9　ジェラール・ジュネット『物語のディスクール』花輪光・和泉涼一訳　書肆風の薔薇　一九八五年

10　『和漢朗詠集』「仙家」の朗詠

大原入

示唆、隆房の北の方の助けを得て大原の寂光院へ移る。髪をおろしてから四か月を経た九月下旬である。方丈の庵《いおり》に、亡き先帝の菩提を弔う。十月十五日の暮れ方、思いがけぬ足音がする。急ぎ身を隠そうとすれば、牡鹿《おじか》の歩む音だった。全く人の訪れない山里に、ともすれば涙にくれがちな日々だと女院の思いに即して語る。

大原御幸

「かかりし程に」法皇が大原の女院を訪ねようと思い立つ。女院出家から一年を経過した文治二年春「しのびの御幸」に同行するのは、激動の世を法皇に従い、平安文化を支えて来た人々、平家の栄花に翻弄されて四十八歳になる徳大寺実定《しってい》、清盛の娘を室とする前《さきの》権大納言三十九歳の花山院兼雅《かねまさ》、高倉上皇の側近で中納言正三位、三十八歳の村上源氏、土御門通親《つちみかどみちちか》ら公卿六人である。道中、村上天皇の御願寺であった補陀落寺《ふだらくじ》、道長の娘、嬉子《きし》を母とする後冷泉天皇の皇后、歓子《かんし》の旧跡を牛車で見ながら、輿に乗り替え山路、新緑の夏草を分け入る。旧跡への思いを重ね、つらい思いを浄化してゆく道行きの語りである。

やがて街道の「西の山の麓」に寂光院が見えて来る。地理上の事実を越えて西方浄土を意識した道行き語りである。女院が出家当時、栄光の「昔の人や恋しき」と詠んだ郭公《ほととぎす》が一声、「君の御幸《みゆき》を待ち顔」に鳴く。大原の郭公までもが待ち迎えると聞こえたとは、法皇自身の思いである。その視線は女院の庵室に絞られてゆく。素朴・清楚な辺りの光景、耳にするのは猿の鳴き声か木樵の斧の音のみの静寂の世界である。法皇みずからが案内を乞う。直接話法の語りである。

　法皇はまるで能のワキである。しばらく答える者もなく、「はるかにあッて」老尼が現れる。法皇が待ちかねたように女院の行方を問う。「この上の山へ、(仏に供えるための)花摘みに入らせ給ふ」と答える。花摘みとは、寺院で下部の民が勤める、それを女院みずからが行うのを「御いたはしうこそ」と院が言うと、シテヅレとも言うべき老尼は、女院も果報が尽きれば、捨身《しゃしん》の行をも惜しむべきでない。釈迦も在俗の頃、難行苦行を積む功によって悟りを開き成仏をとげたのだと、法皇に説教する。驚く法皇が、「抑《そもそ》も汝は、いかなるものぞ」と質す。しばしは返す言葉もない尼が、平治の乱に法皇の身代わりになる思いで果てた信西、その娘、阿波《あわ》の内侍であると名のる。母は、法皇の乳母であったと答える。と言えば法皇と、この老尼は乳母朝子を介して乳兄妹の仲である。女院の庵室には、来迎《らいごう》の三尊、普賢《ふげん》菩薩・善導《ぜんどう》和尚の絵像、それに先帝の御影を掲げる。『法華経』や『観無量寿経疏《かんむりょうじゅきょうそ》』の要文も見えるとは、法然が志した浄土の世界をここに活かす。法皇はさながら浄名居士《じょうみょうこじ》の方丈の庵を想像する。諸経の要文に並べ、大江貞基《さだもと》の聖衆来迎《しょうじゅらいごう》を喜ぶ朗詠、「すこしひきのけて」女院みずからの、山里の閑居を詠ずる歌一首が見える。そして昔の栄花とはうって変わった簡素な「御寝所」で往生を志す様子に、法皇以下、同行の人々も涙する。

「さる程に」二人の尼が帰参、法皇は、それをだれとも見分けられない。女院と、先帝（安徳）の乳母、大納言佐《だいなごんのすけ》である。あの清盛を財政面で支えた五条邦綱の娘で、平重衡の北の方であった。焦点化の主体（視点）は女院へ移る。さすがの女院は、変わり果てた姿を法皇の目にさらすのを憚り、立ちすくむのを、先の老尼が歩み寄り、女院の「花がたみ」を受けとる。シテヅレ内侍の尼が「世をいとふならひ、何かはくるしうさぶらふべき」法皇と逢って、還御をすすめるようにと促す。女院にとって法皇は異次元の君であった。

六道之沙汰

女院が語る一門の歩み　女院は何をためらうのか。一門の都落ちに法皇に見放され、奢れる父によって課せられた、女人ゆえの苦難。一門が壇ノ浦に水没した時、先帝の後を追いながら、捕らわれの身となった。そこへ、思いがけぬ法皇の御幸であった。法皇は、女院の変わりように、『往生要集』にも説く「天人の五衰《ごすい》の悲しみ」が「人間《にんげん》にも」あったと思い知る。ワキとしての法皇が、女院の六道《ろくどう》語りを引き出す。人としての業《ごう》により、成仏できず生死をくりかえす六つの世界を「六道」と言い、それから脱却できないことを仏教では「六道輪廻《りんね》」と言う。この女院の大原での体験語りに、慶政の著『閑居友《かんきょのとも》』との関係が指摘されるが、この六道語りそのものは『平家物語』の世界である。「かかる身になる事」を嘆くが、仏門に入ることが弥陀如来の本願どおり、成仏を願うきっかけになった。先帝のための朝夕の勤行《ごんぎょう》が善知識になると法皇に切り返す。出家の身ながら、俗世に苦悩する法皇は、平家の都落ち後、わが歩みが先帝をはじめ、一門をこの境遇に追い込むことになったことに気づくのである。

女院は、省みて体験をたどり、(11)六道輪廻から脱却できないと思い知るのだった。まず「天上の果報も、是には過ぎじ」と思われる国母としての生活が天上界であった。それが木曾義仲に都を追い出され、漂泊の身となって「愛別離苦《あいべつりく》・怨憎会苦《おんぞうえく》」の人間界の苦悩を体験したのだった。以後、海上に「供御《ぐご》を備ふる人もな」く、「水なければ」調理もできない餓鬼道の世界、ついで一の谷から屋島、そして「門司・赤間」での最後のいくさへと、一門の「叫喚・大叫喚の」戦いは、「ほのほの底の罪人」、地獄の世界の体験だったと語る。六道のうち、五道を語って来た。今一つの畜生道を欠くことが指摘されて来た。事実、読み本では流浪中の男女の仲、兄宗盛や知盛との仲が人の口にのぼり、畜生道を体験したと語り、「女人」の罪障を説いて執拗である。語り本はそれらに深入りしない。捕らわれ人として上洛の途上、明石の地でのまどろみの中に、戦没した先帝や一門の人々が「竜宮城」に生まれたと二位尼が語ると見、それが架空の経典「竜畜経《りゅうちくきょう》」(12)に説かれるから弔えと言ったとする。その名に畜生を匂わせると読むことも可能である。幼帝安徳の御霊が建礼門院の物語を引き寄せた。

11　父清盛の足跡をたどりつつ、みずからの体験を回想する。

12　竜を六道の中の畜生の一に数えた。

「女人」ゆえに六道輪廻を体験し、一門の霊を弔うと聞かされた法皇は、玄奘《げんじょう》三蔵・日蔵《にちぞう》上人に六道体験の先例があることを引き、「誠にありがたうこそ候へ」と、一同、涙に咽ぶ。夕暮れが迫り、まさに前に内侍の尼が「はやはや御対面さぶらうて還御なしまゐらッさせ給へ」と進言したとおり、法皇は女院の世界から立ち去ってゆく。

女院往生　女院と法皇との対話が閉じられると同時に、寂光院の鐘（梵鐘）の声が日暮れを報せる。物語の冒頭、聞こえた「祇園精舎の鐘の声」[13]と響き合うだろう。法皇は、所詮、女院とは別世界の住人であった。語り本の中の古態を伝える屋代本は、その後も法皇が「常ニ御訪ヒ有ケルトカヤ」と語るのは、覚一本では無縁の語りである。女院は、法皇との対話を通して、改めて過ぎ去った栄花を思い出し、先帝以下一門の亡魂成仏祈願に専念する。栄光をきわめた時代には東に向かって伊勢大神宮と八幡大菩薩に「天子の宝算、千秋万歳」と祈ったのが、今は西方に向かって一門の聖霊が阿弥陀如来の浄土へ導かれることを祈るのだった。徳大寺実定が、大原の里の変わりはてた女院を思って詠む歌を残した。そこへ訪れるのがまたもや郭公であった。

　いざさらば涙くらべん郭公《ほととぎす》　われも憂き世にねをのみぞなく

出家当時は、郭公の鳴き声に栄花をきわめた昔の人々を思いやったのだが、今

女院死去

13　本書21頁

は、死者との中継ぎをする郭公と、その鳴き声を比べる憂き世であると詠むのであった。後鳥羽院の皇子、雅成《まさなり》親王の詠を改作したもので、読み本には見られない。

壇ノ浦で生け捕られ都へ連行された人々、宗盛父子や時忠父子を思いやるのだが、一門では、頼朝を頼った池の大納言頼盛が生存するのみ、生き残った四十余人の女房たちも離散した。一門がかくなったのも亡父入道相国が、王権を補佐し、盛者《じょうしゃ》として、信西にならって憚るところなく死罪や流刑を行った。その結果としての経過を物語として語って来た。序章に謡った、盛んなる者は必ず衰えるとの摂理を「まぢかく」体験した亡父清盛の罪業が、このように子孫に報いとなったことを女院は思い知る。

「かくて年月を過ごさせ給ふ程に」病いの床に就く。大納言佐《だいなごんのすけ》と阿波内侍《あわのないし》に看とられ、来迎三尊《らいごうさんぞん》の中央に安置する阿弥陀如来の「御手に」かけた「五色《ごしき》の糸」にひかれつつ念仏を唱えるうちに、聖衆来迎《しょうじゅらいごう》を拝する。その念仏の声も次第に弱りゆき、建久二年（一一九二）二月中旬、息をひきとる。覚一本では享年、三十七歳になろうか。

女院については、生年も定まらず、没年についても五十七歳説や、六十八歳説など多様だし、終焉の地も、法勝寺あたりや東山に移住していたとも言う。それを覚一本は、物語にふさわしく大原念仏の聖地大原に設定するのである。

片時も離れることなく仕えて来た二人の女房も、女院の志を継いで仏事を営みつつ、『法華経』「提婆品《だいばほん》」に言う娑竭羅《しゃから》竜王の娘と同じように、「みな往生の素懐をとげけるとぞ聞こえし」と、これは伝承として物語を結ぶのだった。

女院死去の翌年、法皇も死去することを巻第十二に語っていた。(13) 物語の順序として、この二人の女房の死も当然、法皇の死後に語ることになる。女院や、それに仕えた二人の女房が、法皇の御幸を契機に一門の体験を回想する度に心が揺れたと語る。それを往生の形で終結するのが灌頂巻である。

『平治物語』を受け、天下平定をとげた頼朝を讃歎する物語、読み本がある一方、恨みを残して滅亡した平家の怨霊を怖れ、立ちあがらせてその鎮めを語る平家の物語があった。この二通りの物語は、相互に響き合いつつ、一門の菩提を弔う「女人」の物語として女院往生を語りおえる。歴史の真相としては、法皇が、崇徳や安徳らの怨霊に苦しめられることになるのだが、(14)『平家物語』は、それを直接語ることをしない。世には盛んなる者を生み出す怖れがあることを崇徳・安徳の怨霊に見てきた。琵琶法師の、この女院往生の歴史語りが、その怨霊を鎮めている。平家の怨霊たちも、女院、それに女院を語る琵琶法師によって慰撫される。それは江戸時代を通じて各地に行われた平家怨霊鎮魂伝説からラフカディオ・ハーンの耳なし芳一まで伝わる。(15)

13　本書262頁

14　山下『語りとしての平家物語』岩波書店　一九九四年

15　山下「ラフカディオ・ハーンの〝語り〟を読む」『文学』二〇〇九年七・八月

（参考）

佐伯真一『平家物語』下　三弥井書店　二〇〇〇年
大山恭平『ゆるやかなカースト社会・中世日本』校倉書房　二〇〇三年
櫻井陽子「『平家物語』と周辺諸作品との交響」『軍記と語り物』46　二〇一〇年三月

二十　結論一　転換期の人々

王権といくさ物語

大君は神にしませば天雲《あまくも》の雷《いかずち》の上に廬《いお》りせるかも（『万葉集』三、雑）

と詠んだのは柿本人麻呂であった。『日本書紀』の王権史を伝承化する「中世日本紀」が伝える、中央が地方を統治するのための共同幻想としての王権神授説が行われた。その王は、神として崇められる存在であった。「王権」とは、神祇祭祀を経ることによって呪力を帯び即位した王が所有する政治的な権威を言う。八世紀中頃、壬申《じんしん》の乱を勝ち抜いた天武《てんむ》・持統《じとう》系の王家が王権の危機を孕みながら、その天皇の存在を前提に、王を補弼する摂関家、その摂関家も内部で分裂、この王朝上層部の動揺が、下位の権門貴族や鎮護国家の道場としての権門寺社にも分裂を促す。中央の支配層が公地公民を私有化する荘園を拡大・争奪し王朝社会の分裂と葛藤を加速する。これに対処するために雇用された武者が、王家・摂関家の分裂に連動して、これも分裂し、中でも桓武天皇を祖とする平家が、清和天皇を祖とする源氏と争いつつ武家貴族となって、王朝社会に割り込む。多層化する平安の都は、京の人々、下層「人民」を底辺に階層分化しながら、ゆるやかなカースト社会を形成していた。これらの対立から生じるいくさを通して中世を語るのがいくさ物語であった。摂関家の中、九条家の兼実《かねざね》を支え、歴史の動きを読みとろうとする、天台座主の座にも着いた慈円《じえん》その人が『愚管抄《ぐかんしょう》』に

サテ大治《だいじ》ノ、チ久寿《きゅうじゅ》マデハ、又鳥羽院、白河院ノ御アトニ世ヲシロシメシテ、保元元年七月二日、鳥羽院ウセサセ給テ後、日本国ノ乱逆ト云コトハヲコリテ後ムサノ世ニナリニケルナリ（巻四）

と歴史をとらえたわけである。保元の乱を経た天皇親政により荘園領主の存在をも容認し、その上位に立つ王権の至高性を強調するようになった。

歴史は語られることによって成り立つ。敗者の霊魂が憑依するとされた芸能者、特に盲目の琵琶法師が、源平の争いを、平家の思いに即して語り続けた。その「平家」を読んで来た。武者として王朝に参画した平家が上層階層へ駈け上り、さらに平家にとって代わる源頼朝が東国に新しい局面を拓こうとする。その経過をいくさ物語として『保元物語』から『平治物語』を受けて、その集成としての『平家物語』を語る。慈円の見通しによれば天照大神《あまてらすおおみかみ》を頂点とする冥衆《みょうしゅう》として鹿島《かしま》・八幡・春日大明神に、『保元物語』『平治物語』は、仏教により体系化した「中世日本紀」を受けて熊野権現を加え、さらに『平家物語』は、高野真言《こうやしんごん》を介して厳島明神を加える。その神たちの合意として王権補佐の

任の行方を語る。王権をめぐる人々の行方を、敗者や、その霊、もののふを支える「女人」の側から逐うのが琵琶法師の歴史、「平家」の語りである。

　王を軸にする権門社会に武者が入り込み、特に保元の乱には、崇徳の皇子重《しげ》仁《ひと》の乳母子《めのとご》となった清盛が、鳥羽院の遺言として美福門院の指示により後白河側につき、乱後にも院側近の信西《しんせい》の支援を得て、治天の君、後白河に接近し、王権補弼に介入、武家貴族として時には王にとってかわりかねない動きを示した。この間、王権を守るべき権門寺社が、これも政治行動に出る。そこへ保元の乱の為朝にも通じる野人、義仲が登場して平家を西国へ追い落とし、京に王の空席を招く。それを埋めるために後白河が高倉天皇の第四皇子尊成《たかなり》（後鳥羽）を立てたため、二人の王が並び立ち、改めて王権とは何かを考えさせることになったのだった。

　『保元』『平治』、両物語を継承する『平家物語』の三つの物語、その諸本が交流、生成する中、琵琶法師が、いくさを軸としてこの転換期の歴史を物語として語った[1]。歴史の読みには、ひたすら理想、秩序の安定を探る読み、敗者の悲劇の読み、喜劇としての読み、さらに諷刺としての読みもあり得るのだが、三つのいくさ物語の場合、武者政権による秩序の確立を逐い求める公的な読み本と、琵琶法師が語る敗者の悲劇、鎮魂を語る語り本が並び行われ、相互交流し多様な諸本を生み出した。その中で琵琶法師が語る複合的な声としての「平

1　当道座の上位を構成する琵琶法師の博識は驚異的であったことが学僧との交流記録にも見られる。

家」を物語として読んで来たのだった。

王権と権門寺院　『保元物語』以来、いくさ物語の中軸に、地方を統治するための国家としての王権があった。[2]その王権は根底に、平安以来の和漢の礼儀をすえていた。慈円はみずからが所属する摂関家を軸に王権の行方に関する神々、冥衆の意を見届けようとした。[3]『保元物語』では、冥衆に加わった熊野権現が鳥羽上皇に、その死と死後の動乱を予告した。この熊野権現が『平家物語』では、清盛の栄花に始まり、その嫡系、重盛・維盛、さらに六代へとたどって一門の滅びを見届ける。すなわち崇徳を反乱に追い込む保元の乱に、後白河が王位をめぐって対立、王位を保ち、かねて予定していたとおり、皇子二条に譲位するのだが、二条天皇が藤原基実《もとざね》を関白に立て、天皇親政派の藤原惟方《これかた》・経宗《つねむね》を側近として父と対立、平治の乱の因をなしたのであった。[4]物語は、こうした中を生きぬく清盛の行方を逐う。その間の冥衆の神々の意向を、語り手は図りがたいとすることもあった。物語内の語り手も判断に苦しむ世の動きを見通す琵琶法師のアイロニー（反語）と見ることもできるが、本書では、むしろ多声性を読み取ろうとした。王の統治権に動揺を見たと言うべきか、登場する神々が王権の行方を指示できなくなり、物語としては神々が歴史を後逐いすることになっている。鳥羽院とその寵姫美福門院、それに関白藤原忠通《ただみち》に推されて、

2　大津雄一『軍記と王権のイデオロギー』翰林書房　二〇〇五年
3　大隅和雄『愚管抄を読む』平凡社　一九八六年
4　河内祥輔『保元の乱、平治の乱』吉川弘文館　二〇〇二年

中継ぎとして立てられた後白河は、とにかく王権維持に努める外ない。しかし物語は、この法皇個人の思いには立ち入らない。これが叙事詩としてのいくさ物語であろう。近・現代の物語・小説との違いである。

奈良時代に、もともと一種の神として採り入れられた仏教が、次第に祖先崇拝祭祀と化し、鎮護国家体制を進める、その教義が神道の体系化を促すことになった。それを『愚管抄』などの歴史哲学が展開することになった。本来なら冥衆の意に従って鎮護国家に勤める道場であるはずの天台や高野《こうや》、南都ら権門寺院があるのだが、権門寺院が、同じ天台で山門、延暦寺と、寺門の三井寺が対立、さらにはその山門内部、寺門内部でも学侶と大衆、老若僧の分裂を見る状況にあった。王権とのつながりをめぐる権門寺院間の対立が教義上の争いならぬ、権力闘争に走り、宗教的集団と言うよりは、政治的集団と化していた。物語によれば清盛が懐柔しようとする山門を政治的に平家制圧の手段にしようとしたのが治天の君、後白河院であった。やがてそれが南都の東大寺や興福寺をも巻き込むことになると語るのがいくさ物語である。

なお、覚一本の中、ある本に「宗論《しゅうろん》」と称する物語を有するものがある。嵯峨天皇の代に清涼殿で法相《ほっそう》・三論・天台・華厳《けごん》の四宗の博学の高僧が集まり、「法文論談」を行ったが、最後に別格として登場した真言のみが即身成仏を説く文があると主張、他の四宗が帰服したことを語り、高野山を称揚する。そして白河院の世に高野信仰が始まり、清盛が高野大塔の修理を行うことになったと語るのだが、この物語を当道座では秘曲「大秘事」の一句とする。歴史を語る物語とは異質である。教義上の論争としては、むしろ重衡を導いた法然の称名念仏をあげるべきだが、それは宗論の形をなしていない。屋代本は、この高野の語りを別冊におさめ「流沙葱嶺事同宗論事并高野御幸事」とする。

王権に介入する盛んなる者、清盛　王権を継承する王家が、それを補佐する権門貴族・寺社の分裂に巻き込まれる。王権の解体を招きかねない状況の中での白河・鳥羽、それに後白河であった。そこへ源氏では義家の嫡男義親《よしちか》の反乱から河内源氏が失脚し、伊勢平氏の正盛《まさもり》が上昇した。(5)摂関家に代わって王家を補強しようとして割り込み、主役を演じるのが、その孫「盛んなる者」清盛である。既成の体制を利用しようとする清盛である。そのために物語は、かれを摂関家を確立した道長に重ねて語る。その清盛を支えたのが堂上平家としての時忠である。王権維持を軸に、それを補佐する任をめぐる覇権争いであった。熊野権現までもが清盛を支えたと物語は語る。元は異国から渡来の神と言われる熊野権現が、神仏習合、白河や後白河らの信仰を得て「中世日本紀」では「冥衆」に連なった。王家の実質上の主が、治天の君としての後白河であり、清盛は、当時の能吏、藤原信西の助けを得て、この後白河に接近を図り、保元の乱

5　元木泰雄『平清盛の闘い』角川書店　二〇〇一年

後、乱を共に戦った源義朝をして、その父為義を斬らせて源氏を分裂に追い詰める。正室、時子との仲に生まれた徳子を後白河の猶子《ゆうし》として高倉天皇の中宮に入れ、やがて生まれた安徳が即位、清盛は帝の外祖父になった。徳子の入内には後白河の寵姫、建春門院滋子が仲介している。時子の異母妹である。元々摂関家が実現した政策にならって、「女人」を介して王朝社会内に入り王権に関与し、一方で、弟頼長を退けて保元の乱を征した忠通《ただみち》系、近衛の基実に接近し、松殿基房《まつどのもとふさ》を退けて摂関家に対しても分裂を促す。その行動が清華家《せいがけ》ら権門貴族の反感を煽って、院の側近、藤原成親《なりちか》が平家に反発する。しかもこの成親が清盛の長男の重盛や、弟教盛と縁戚関係を結んでいた。清盛は反逆した成親らの処刑を機に院をも抑えにかかる。王権秩序の維持を道理と考える長男重盛は苦しみ、熊野権現に祈ってみずからの寿命を縮める。この間、清盛は山門にも介入し、高倉天皇の護持僧、清盛の戒師にもなった村上源氏の明雲《めいうん》を座主に就けていた。一方で、高野真言の顕者、弘法大師が関与して、清盛を介して宋との貿易、瀬戸内海の覇権を左右する厳島明神をも王権の行方を指示する冥衆の中に加えた。しかしこれが山門大衆の反発を招き、これは院自身にも覚えがないと語るのだが、院が山門大衆を唆《そそのか》して平家討伐を指示したとの噂が立ったと言うのである。

重盛が亡き後、平治の乱に不遇をかこつ以仁王《もちひとおう》をかたらった摂津源氏の頼政が兵を挙げるが、これを討ち、重衡に命じて、王に荷担した三井寺および南都を焼き討ちする。清盛は院と直接対決し、大臣流罪のクーデターから院を幽閉、遷都まで敢行、一門のカリスマとなりながら、この暴挙が神々、冥衆の怒りに遭って壮烈な死を遂げることになると語るのだが、清盛は王や仏をも畏れない、あまりもの「盛者」であるがゆえに、物語は白河落胤説や顕者《けんじゃ》化身説まで語り添えるのだった。この落胤説のきっかけとなる、忠盛が祇園女御のもとへ通う白河院に同行、危うく怪物と見間違え「こむぎのわらを笠のやうにひきむすうでかづいた」下層僧とは「人格を離れて神格に入る」「異人」である。(6)その承仕《じょうじ》法師を射殺しそうになるところを避けた褒美に、院の胤を宿す祇園女御を賜ったとする物語は、承仕法師の関与を考えれば寺院の芸能空間、後戸《うしろど》の芸能とも無縁ではあるまい。女人が政治を支える。忠盛の子息、清盛の奢りのゆえに一門の滅びを体験するとふり返るのが「女人」としての建礼門院であった。この「女人」は神にも通じた。

後白河という治天の君と高倉天皇　『保元物語』『平治物語』から『平家物語』を通して、特に物語としての「平家」は王家内の争いに深入りしない。後白河を軸に清盛を読み、さらに源氏の義仲・義経、さらに頼朝をも読む。この院は物語の語るところとして崇徳・後鳥羽や後醍醐と違って、清盛らと直接ぶつか

6　折口信夫を踏まえた赤坂憲雄『異人論序説』（文庫）筑摩書房　一九九二年

ることをしない。王家の都合から、幼帝が続く中、のちに二条天皇となる守仁《もりひと》を擁立するために中継ぎに立てられ二十九歳で即位した後白河である。期するところがあったのだろうが、物語では、神意をも全く読めない、所詮は治世者としての王であることに徹しきれない。当時の王朝が生み出した後白河である。特に清盛に続いて登場する頼朝への後白河の思いが行動を妨げる。それに源平両氏の対立へと収斂してゆくいくさ物語に、後白河の内面に立ち入るすべはない。三年にして位を退き、その第一皇子守仁を即位（二条）させ、みずから進んで、鳥羽にならって治天の君になったのだった。史学では二条を凌ぐ後白河の力量を評価するのだが、(7)保元の乱後、讃岐の地に非業の死を遂げた同母兄崇徳の怨霊を怖れるのは当然のなりゆきで、崇徳と頼長に追号贈位贈官を行い、怨霊鎮撫の白峰陵を築く。桓武天皇の同母弟でありながら廃太子された早良《さわら》親王の霊を怖れて崇道天皇の尊号を贈ったのに倣ったのだった。状況の行方を見通す見識もないまま、清盛をも取りこもうとして、あらゆる手をうったと物語は後白河を語る。

まず四十三歳にして出家する。身の自由を期待し、治天の君として寿命の延命を祈る逆修《ぎゃくしゅ》であった。その思いは執念なのか、それとも王権秩序維持の使命感と言うべきか。次第に強大化する清盛ら平家一門の栄花を嫌って、同じく平家の上昇を嫌う側近、さらに平家が頼りにする山門にまで働きかけて平家討

7　河内祥輔『天皇と中世の武家』講談社　二〇一一年

伐を図る。王権の維持に努めるが、しかし危険なことには直接手を出さない。高倉天皇の中宮御産には、出産の祈祷をみずから買って出て安徳天皇の安産を助け、平家が清盛の死により弱体化する中で院政を復活した。その行動は清盛に察知できていたのか。平家一門が木曾義仲に攻められ都を落ちるのをいち早く察知し平家を捨てて京を脱出、山門を頼り、義仲・行家を具して帰洛、王座に復帰する。そして要求したのが安徳天皇と神器の奉還である。平家が拒むと、京に空席となった帝として、高倉天皇の第四皇子尊成（後鳥羽）を立てる。しかし神器を欠いての即位であることにこだわり続け、一の谷合戦に生け捕りとなった重衡の身柄を交換条件に神器の奉還を平家に迫る。都を落ちた平家公達の官を解くが、物語では、神器管理に当たっていた、平関白と称された時忠父子の官を解かずに置いたのだった。神器への執着を語る物語としての「平家」であるのだろう。（父清盛、母時子に鍾愛された重衡は、南都を攻め炎上させた仏罰により捕らわれの身となり、後日、鎌倉へ下って頼朝の訊問を受けるが、頼朝に対し、院が拠り所とする王権に対する不信感をすら洩らす。平家一門、戦没者の首渡しには、さすがに法皇も、これまでの平家と王家との関係からたじろぐのを、義経らが平治の乱の平家に対する仇討ちを主張したため、容認せざるを得なかった。

元暦二年（一一八五）七月の大地震に、新熊野《いまくまの》にいた法皇は、平家の怨霊に対する怖れから、当時院御所であった六条殿ならぬ六波羅へ移ったと物語は語る。世に、この大地震を平家の怨霊の祟りによると言った。

京と一線を画す頼朝は、ひたすら鎌倉にとどまり、京や西国を弟の範頼と義経の手に委ねたのだが、法皇がこの二人を手なづけようとする。兄頼朝の不審をかうことになった義経は、京での混乱を避けて西国へ落ちるのに、義経に協力を促す院の下し文を要請する。法皇は頼朝の意向を怖れ、ためらいながら、やむなくその場限りの文書を下す。しかも後日頼朝からの要請には義経追討の院宣を下し、その朝礼暮改を語り手が嘆き、苦笑するのであった。まさに風刺の物語である。後日、大原に隠棲する建礼門院を訪ねる法皇に対し、女院はためらいの中に、平家を見限った法皇に対する遺恨を込めて一門の経過を語る。構造的に、法皇をワキとし、シテ女院にその生涯を語らせる能仕立てになっている。世阿弥周辺の作と言われる鬘《かづら》能『大原御幸《おはらごこう》』がある。

なお後白河は平安朝以来、宮廷からは遠ざけられる芸能、特に今様への執着が強く、今様を介して神仏に通じ、その外護を期待したとまで言われるのだが、(8)物語としては、清盛から離れて嵯峨野に隠棲した祇王母子たち白拍子の霊を六条内裏に創設した長講堂の過去帳に入れたことが見えるのみである。今様を介して後白河の内面をうかがう論があるのだが、「平家」が深入りしないのは、物語が後白河その人の内面よりも王権の行方を語るためであろう。

8　五味文彦『後白河院』山川出版社　二〇一一年

物語は主要な人物の死にその生前を回想する。事実、読み本は法皇が仏教の信仰篤かったことを美辞を連ねて語る。熊野詣でを盛んに行ったことでも著名であったのだが、琵琶法師は一切、それを語らない。頼朝を前面に出したことと関わるのだろうか。

いくさ物語の女人　『平家物語』の「女人」と言えば、平安朝以後、仏教が、女性は五障のゆえに成仏・往生を不能としたのだが、女院や、その従者、大納言佐ら女房をめぐって「彼人々は竜女《りゅうにょ》が正覚《しょうがく》の跡を追ひ、韋提希夫人《いだいけぶにん》の如くにみな往生の素懐をとげけるとぞ聞こえし」、男子に身を変えて成仏したと語る。

物語は「女人」の機能として、摂関家に始まる、天皇への入内により政治権力へ介入する手がかりになるのだが、いくさ物語は、男子の死、その霊を支えることを主に語ることになる。『平治物語』で、故義朝の妾、常盤《ときわ》御前が牛若ら遺児を保護する。その容色に迷う清盛が遺児を助命、これが後日、源氏との対決となり、平家一門の運命を傾けることになる。この『平治物語』の読みを『平家物語』でも、頼朝を軸にする読み本が継いで、清盛の油断、池の禅尼の慈悲が一門の運を決し源氏の天下平定を見ることになったとするのだった。以仁王の遺児をかばった八条女院暲子は鳥羽上皇の娘、母は美福門院得子で、その文化圏は、王権に接する場でもあった。近衛の死後、女帝の呼び声もあった。

平家では後白河の寵愛を専らにした建春門院が一つの文化圏を構成し、政治的能力をも持って院の執政を助けていた。この女院の執政参加を慈円は『愚管抄』五に「女人入眼《にょにんじゅがん》」女人が最後の仕上げをするとしたのだった。帝が幼い場合、その母が執政を助け、時には幼帝の代行をも務めた。この女人の働きは平安文化に重要な軸をなしたのだが、王家の座が確立する中で摂関家が結んだ王家との縁戚関係に割って入り、外祖の座を確立するのが清盛である。

いくさ物語の拓いた局面として、幼帝安徳を抱いて入水を果たす間際に二位の尼時子が、その娘、建礼門院徳子に「男のいき残らむことは、千万が一もありがたし」「昔より、女は殺さぬならひなれば、いかにもしてながらへて、主上の後世をもとぶらひまゐらせ我等が後世をもたすけ給へ」と言った、その女人の道を小宰相の入水を制止しようとする乳母が語っていた。その道を拒んだのが小宰相であるのだが。いったん入水しながら源氏の兵に救助されて帰洛を果たした女院が、その母の遺言に従って大原の寂光院に一門の菩提を弔うことになる。清盛の五男重衡については、その思い人、内裏女房をして、重衡が南都炎上の結果責任を負うことを覚悟していたと語らせる。物語の基本的な構造として、討死する武将の魂が憑依する巫女としての「女人」によって救済されるのが、いくさ物語における「女人」の機能を語っているだろう。仏罰を背負う身でありながら、頼朝に対して臆せず、みずからの立ち場を主張する重衡に感動した頼朝が、白拍子、千手前の介錯を得、重衡が処刑されて後、剃髪して重衡の菩提を弔う。その北の方、大納言佐が重衡の首と遺体を受け弔う。いくさ物語の「女人」が武将の死を弔う機能は、肥後琵琶の『和仁合戦《わにかっせん》』にも見るように、神との聖婚により武将を導くことを可能にする巫女としての機能を構造化した。(9)力女として義仲に従った巴《ともえ》が、やはり修羅能『巴』において義仲に代わり、その行動を語り演じることで義仲の霊を弔うことになる。いくさ物語における「女人」の機能である。

しかし生田・一の谷のいくさで討死をとげた平通盛《みちもり》の北の方、小宰相は、この「女人」としての働きを断つことによって入水を遂げたのであった。一方で、清盛の寵愛を拒否する祇王・仏御前や、斎藤滝口時頼を仏道に導く横笛《よこぶえ》のように、善知識を以て自らを貫く「女人」も登場する。いくさ物語では多様な「女人」が登場するし、特に語り本には、この女人の思いが強く貫かれている。

院の側近と平家　物語で早く直接平家に背いたのは後白河院の側近であった。平治の頃、その側近に、対立する信頼と信西があり、清盛は、この信西を介して院に接近したのだが、『平治物語』は、院の臣下の遇し方をめぐって王としての資質に懐疑的であった。

『平家物語』では、院の側近、摂関家に次ぐ清華《せいがけ》家格の藤原成親が左右大将

9　松岡心平「「布留」の水の女」『観世』二〇一一年九月

の官を独占した平家に敵意を抱き、その討伐を計画、後白河がこれを黙認、むしろ煽る形で進めたのだが、成親は清盛の弟教盛、長男重盛と縁戚関係にあった。成親にすれば摂関家が支配する王朝社会にくい込むために平家を利用したとも読める。清盛にしても、その父家成を介して鳥羽院に接近しようと、王朝に座を固めるための成親との縁組みであったろう。大将の官を狙って外法《げほう》、荼吉尼《だきに》の法にまで手を染めた成親は、平治の乱当時からの野心家で、信頼側につき、敗れて危ういところを妹婿、娘の舅でもある重盛に救われたのだが、重ねて謀叛を起こす。白河院の法勝寺《ほっしょうじ》の執行にまで清盛に推された俊寛や、信西を介して院に接近していた西光らを語らって平家討伐の謀叛を図る。密告により事を察知した清盛が一網打尽、保元の乱後の信西の政策を継承して容赦なく処刑してしまう。成親の息、成経を介して縁のある教盛は娘聟の成経を事件に連座させることになり悲嘆、重盛亡き後は、一門の棟梁となる宗盛との仲を不穏なものにしていた。この謀叛により非業の死を遂げた俊寛らの怨霊が、保元の乱の崇徳の怨霊とともに平家を軸にする王家に翳りを落とすことになる。清盛には継母になる、忠盛

平家略系図

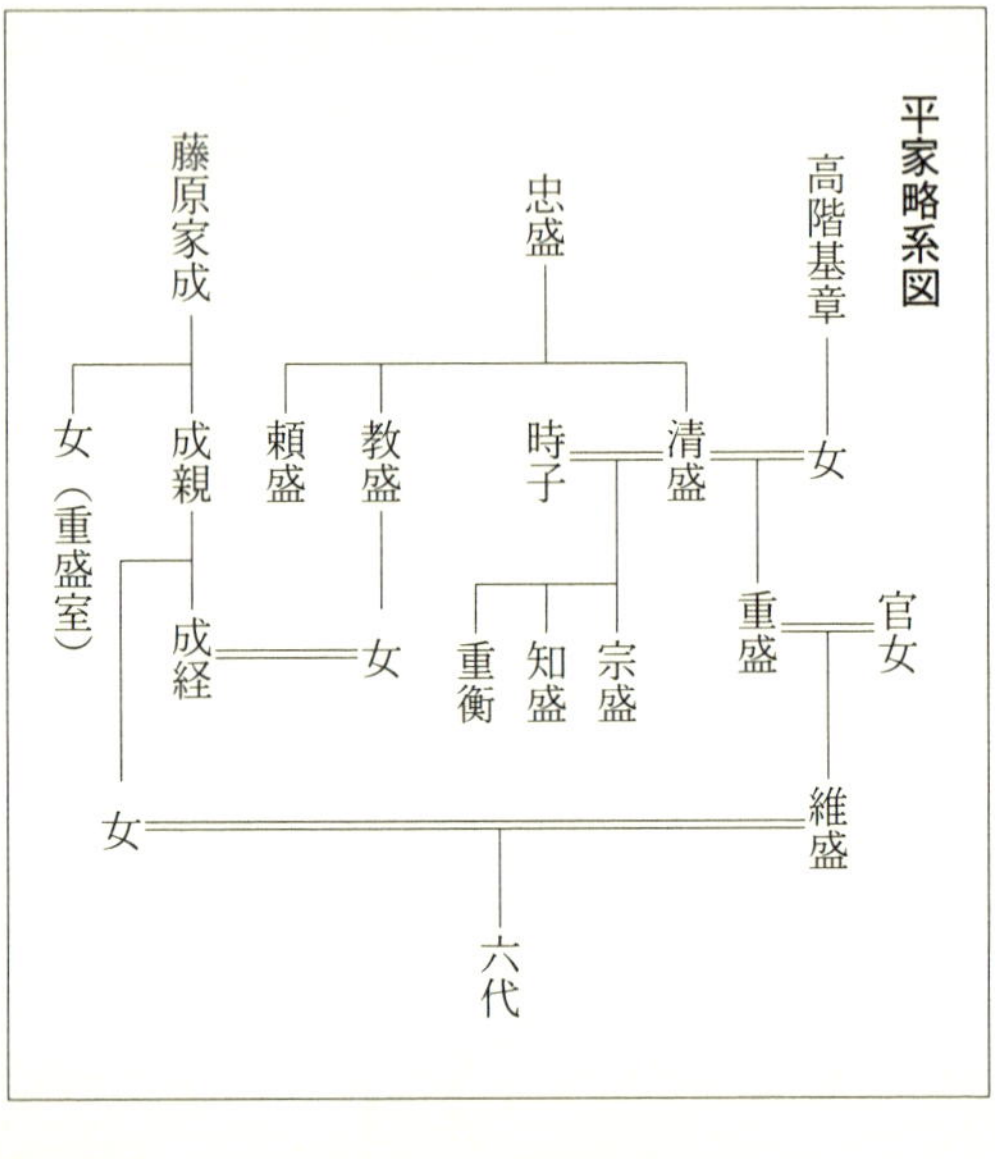

の後妻で重仁親王の乳母であった池禅尼《いけのぜんに》が平治の乱後頼朝を救った。その縁から、その子息頼盛が頼朝を頼って一門を離脱することになる。

清盛の王朝での行動的な「アナタコナタ」する動きが、その一門の中に波乱の種をまくことになったのだった。後白河自身の王権維持のための画策、その院に接近することによって、有利な立場に立とうとする平家の時忠であり清盛であった。その平家を討とうとする院側近の動きであった。

側近の一人、西光《さいこう》、その子息が北面の武士として加賀の国司に補され、これが現地荘園を管理する鵜川寺《うかわでら》と衝突、それが白山から本山の天台、山門へと波及、大衆が激怒し京へ強訴をかける（巻一「鵜川軍」）(10)。結果、物語は内裏炎上、即位礼など国家的大事を行う大極殿《だいこくでん》の焼失を招いたと語る。院は、その山門大衆の強訴を抑えることを平家に指示していたのだが、実は清盛が座主を介して山門と提携の手を打っていた。その山門に院がひそかに平家討伐を指示するとの噂が流れていたと言うから複雑である。それこそ右往左往するのは院ではなかったか。これが琵琶法師の語る歴史の読みである。

頼政の挙兵をめぐる畿内武士と東武士　栄花を極める平家に対決するのは、『平治物語』の流れから言えば、清和源氏の頼朝らのはずである。それが物語では、同じ清和源氏ながら、頼光系、摂津源氏の京侍、頼政《よりまさ》であった。京侍と

10　本書39頁

してのかれらは王朝社会の日常生活を支えて来た。物語は、主要人物を語る型として略家系を語る。当年、七十余歳の高齢で、謀叛のきっかけは清盛の正室時子腹の長男宗盛の、一頭の馬をめぐる傲慢な態度だったと物語る。たえず父清盛に対し、その奢りを諫め、思い余って熊野権現に祈り、みずから寿命を縮めた重盛とこの宗盛を対比する話を回想して語る。頼政は義朝とともに保元の乱に後白河側について勝ちに回りながら、論功行賞で、義朝同様、清盛に遅れをとり不遇であった。義朝の不遇が原因となった平治の乱に、去就に迷う頼政が、日和見するかとの義朝の長男義平《よしひら》の揶揄に反発して平家側につき、しかも乱後は清盛に越され不遇を重ねていた。そこへ馬をめぐる宗盛の奢りが火に油を注いだのだった。それまでの経過が輻輳している。と言って私的な行動はとれない。後白河の第三〔第二〕皇子、高倉宮以仁王《もちひとおう》に接近、王に即位の資格あり、諸国の源氏が協力するだろうと挙兵を促す。この後の語りを意識した勢揃えの語りを勇壮な〔拾〕の曲節で語るのが物語である。

頼政は、当時の平家と権門寺院の関係をも見通していた。平家が支える山門と対立する寺門の三井寺へ宮を走らせる。山門の協力を得られない三井寺は、南都、摂関家の氏寺、興福寺に協力を要請、その承諾を得て宮を南都へ落とすが挫折におわる。この間、三井寺と興福寺の間で交わされる牒状は、外から持ちこまれた史料と言うよりは、物語内の言説である。頼政のために献身的に働く京侍や三井寺の悪僧、これと対立する平家側には、京と交流する上総《かずさ》の平氏や足利ら東国の源氏が参加する。京侍の信連《のぶつら》や競《きおう》ら、それに三井寺の悪僧らは個人戦に走って動きは明るく、政治色を見せない。対照的に足利ら坂東武者らは、集団戦に徹しながら論功行賞を狙って功名に走る。非業の死をとげた頼政をめぐって、かれがすぐれた歌人であったことを回想して語る。その中に近衛・二条帝を悩ませた怪獣、鵺《ぬえ》を退治したことを語るが、その鵺には『保元物語』から『平治物語』へかけての崇徳らの怨念が隠されていることをも示唆する語りであった。

清盛は、頼政がかたらい、以仁王を支えた三井寺と南都を攻め焼き払う。その行動の主、清盛が鍾愛《しょうあい》する重衡を仏敵の身に追い込むことになるのだが、これら権門寺院の容喙《ようかい》を避けるために、院には無断、一門と縁の深い平安京を福原へ遷す暴挙に出たのであった。

秩序を破壊する異端児、義仲　頼政の遺志を受けて登場するのが、京には周縁へ通じる木曾の地の義仲である。かれの父義賢《よしかた》は、河内源氏義朝の弟で、『平治物語』によれば、義朝の長男、甥の義平に討たれ、幼い遺児義仲は、山国、信濃、木曾の中原《なかはら》を頼った。その育ちのゆえに河内源氏ながら周縁へ追いやられている。しかも平治の乱を受けて源氏再興を志す従兄弟の頼朝を意識し、頼朝に並び、武士の長としての将軍たろうとするのを語り手は『史記』が語る中国、項羽《こうう》の故事に照らして疑問視する。しかし「平家」は読み本に見るような、両人の対立に政治的な状況を組み込むことは避け、挙兵を故事から類推する形で単純化して語る。かねて南都の悪僧として平家に背き、難を避けて義仲を頼っていた覚明《かくめい》や、乳人子《めのとご》の今井兼平らの扶《たす》けを得て、かれなりの筋を通して八幡大明神の加護を得、北陸に平家を破り山門を懐柔して入洛を果たす。この間、平家に従って来た西国の武将、瀬尾兼康《せのおかねやす》を助命し、結果的にこれに背かれながら、その武将としての生き様をも称賛する木曾武士である。

平家を京から追い出し、法皇を保護して入洛を果たしながら、猫間《ねこま》中納言との応対に、その素地を丸出し、法皇の制止や今井の忠告をも振り切って洛中、狼藉を働き、あげくは院御所法住寺殿を攻める暴挙に出る。これを防戦する鎮護国家の道場である天台延暦寺の座主や三井寺の長吏をも討ち取り、洛中、六百三十余人の首実検を敢行、あげくは、勝利に気を良くし、院もしくは主上、あるいは関白になろうと破天荒な発言を敢えてする。見て来たような王朝、権門社会に照らして見れば、その暴言は目に余り、笑い出すしかない。しかも清盛が嫌った摂関家の松殿基房に接近、強引に聟におしなるとは、野人なりに一つの読みをする義仲の悲劇である。この間、この基房や、清盛に支えられた、と言うよりも利用された基通に見るように摂関家は借り物と化し、亡き頼長の息、太政大臣まできわめた師長が、もはや政治に関心が無く、琵琶の世界に耽溺しきっていたと語るのであった(11)。

義仲は義父となった基房の忠告により、追放していた公卿の官を復すが、法皇の要請により頼朝が義仲追討に動き出すと、西国の平家と和を結び、ともに頼朝と対決しようとするとは、歴史の流れに抗する保身のために、みずから墓穴を掘る行動である。その暴挙に、京侍の源氏は言うまでもない、これまで従って来た武者にも違反する者が続出、次第に孤立し、果ては、頼朝の指示に従う義経ら東国軍を前に破局へと向かう。しかし語り手は、世の人々の声をも引き込み、これは武将の「女人」を演じるはずの、六条あたりに住むある女房に逢い、力女《りきにょ》の巴や乳人子、今井の助けを得て粟津に果てるまでを語り手は義仲に同化して語る。異人としての義仲の悲劇におわるのだが、平安の文化が、この異人の介入により活性化を果たしたとは思えない。だからこそ義仲の結末は地方人に終始した兼平や巴により弔われねばならなかった。

平家公達　義仲の入洛を機に、安徳帝を擁し神器を奉じることによって王権を維持しながら、京の都を去ることになった葛原《かずらわら》親王系、高望《たかもち》王を引く地下《じげ》平氏の公達は、事態をどのように受けとめるのか。保元の乱から平治の乱へと、婚姻政策を通して権門貴族や王家に接近、王をも虚仮《こけ》にしかねなかった盛んな

11　本書59頁

る者、清盛を抑えようとしたのが、その嫡男の重盛である。母は清盛の先妻、高階《たかしな》家の娘で、その重盛像は『平治物語』で、状況に巻き込まれそうになる二条天皇の側近、摂関家に仕える「名家《めいか》」、藤原経房《つねふさ》や惟方《これかた》を牽制した光頼《みつより》に似ている。常に王権維持を志し、しかも平治の乱以来、王に対し直接意見を述べることはなく、「天性不思議第一の人」として、冥衆、春日権現ら、神々の意に通じた。それゆえに父の暴挙に苦しみ、熊野権現に祈ってみずからの寿命を縮めたのであった。その意味で清盛とは対極に位置する人で、時には清盛をひるませる行動にも出た。清盛は、重盛の死後、朝恩をめぐって、その重盛が生前述べた言葉を楯に、法皇を追いつめることになった。物語におけるこの両人の相互補完を見るべきであろう。重盛が義仲の暴挙を見なかったのは、せめてもの幸せだった。重盛の死を王権の立場から悲しむのが語り手である。

この重盛と対照的なのが、重盛の亡き後、一門の棟梁に立つ、清盛には後妻、時子腹の長男宗盛である。兄重盛には九歳の年下で、物語に早くから登場しながら、重盛の生前には、全く影の薄い人物である。ひたすら父清盛の指示のままに動く、しかも物語では、気ままな公達で、一頭の馬のやりとりから京侍の源頼政を怒らせ、平家討伐の勢を挙げる火種を作った。ここでも語り手は人々の声を借りて重盛と対比して宗盛を軽蔑する。父、清盛が亡き後、院にも見放され、頼れるのは幼帝と神器のみである。義仲の入洛を前に母や女院たちに修羅場を見せまいと、平知盛らの強行対決策を退けて都落ちを決断、その際に平治の乱後、助命に奔走した池の禅尼腹の叔父頼盛が頼朝からの示唆により一門から離脱してゆくのを知盛が怒るのを、宗盛は忘恩の輩、「不当人」と見放し、とりあげようともしない。なかば諦めの思いだったか。

それなりの人物としては語られている。しかし平治の乱後の頼朝ら源氏が示した覇気を欠き、万事が控え目である。一門の行方よりも、その場を場当たり的にどう切り抜けるかを考えた。立場は違うが、法皇のあり方と似ている。屋島の合戦に、四国を始め諸国が平家から離れてゆく中、それまで平家を支えて来た阿波民部重能《しげよし》の姿勢が怪しくなるのを察知した知盛が斬ろうとするが、見届けた咎もないのに忍びないと許さない。これも一つの見識である。結果は、知盛の見た通りになるのだが、壇ノ浦での決戦に先帝以下、二位の尼や公達が入水する中、身を海に投じながら、子息清宗ともども、なまなか泳げるために捕らわれる。虜囚として帰洛後、父子ともに鎌倉へ送られる、その道中も同行する判官に助命を嘆願、鎌倉でも人々の前に醜態を演じて顰蹙を買い、京へ向かう道中、処刑の直前まで生に執着を見せる。語り手は人々、世の声を借りて指弾、非難するのだが、一方で、置かれた状況が人間を卑屈にもするとの同情の声は明らかに京の人々の多声的な声である。子息清宗や副将能宗《よしむね》の身を案じる父子の物語の主をも演じた。自己を相対化できない公達であった。

宗盛と対照的なのが、同母弟、五歳下の知盛である。一門の中で知謀の武将として、頼政・以仁王を攻める大将軍を勤めるが、一門の都落ちに対し源氏軍との対決を主張しながら、一方で、おりから大番役で京に留まる東《あずま》武士、桓武平氏畠山らを、妻子への思いを忖度《そんたく》し、宗盛を説得して、東へ帰国させる。坂東には、地下《じげ》平家の中で早く坂東へ下った坂東平氏、河内源氏、それに藤原氏など在地領主として荘園の現地管理などを介して京との縁を持つ者がいた。かれらが富士川での頼朝軍との合戦に平家軍に参加し、その一人の実盛《さねもり》が求められて坂東武士の生態を語って平家の武士を怖れさせ、戦わずして敗走させる。後日、みずからもその場を逃げ出したことを恥じ、木曾義仲軍との篠原合戦に七十余の高齢で戦うのに鬢髭を染め若く見せて闘い、殉じた斎藤実盛もその一人である。

平家一門の中にも、宗盛には叔父にあたる頼盛が、頼朝からの示唆により一門を離脱する。清盛が恩誼をかけ婚姻関係まで結び、幼帝安徳を助ける摂政に就けていた基通がやはり離脱する。平家が西国からようやく福原へ復し、知盛は判官義経と範頼兄弟の関東軍と大手生田の陣で戦い、敵方ながら、一門の子孫のために命を賭して先懸けを敢行し、討死する坂東の下級武士、河原兄弟を褒める武将であった。平家に節を全うし、一矢を報いた瀬尾を義仲が称賛したように。その知盛が、一の谷で義経の背後からの奇襲に敗退、海上へ脱出するところで、子息の知章《ともあきら》、それに侍、監物《けんもつ》太郎が身代わりになるのを見捨てて、宗盛らが乗る「御船」にとりつき助かる。その知盛が、わが身の命の惜しさに、子息や家来を見捨てたことに「心ぼそう」なり、人としてわが身「よう命は惜しい物で候」と兄宗盛に告白する。応じる宗盛が知盛父子の思いを、わが身と子息清宗との仲に重ねて共感する。父子の物語を語りあうのであった。自己を相対化できる知盛にして可能な行動であった。

知盛とは違ってひたすら敵・味方の別しか考えない阿波の民部重能が、これもやはり多弁な義盛の弁舌に弄され、子息のことを思いやって壇ノ浦合戦に迷いを感じる。かれを斬ろうとする知盛、それを四国での平家を支えて来た重能を斬れないと、制止したのが宗盛であった。対照的に見える宗盛・知盛の兄弟ながら、ともに子を思い、わが身の弱さを自覚する両人であった。しかし知盛は一門の運尽きたと自覚する目を持っていた。敵に見苦しい場を見せまいと船中を掃除してとりつくろい、「見るべき程の事は見つ」と言い放って乳人子と入水を共にすることで、源平合戦の幕を閉じる役を演じる。転換期ゆえの人々の揺れを語るのが琵琶法師のいくさ物語である。近・現代小説とは異なる、幅広い視野を持った多声的な物語の世界である。

清盛がとった婚姻政策のゆえに苦悩したのが長男重盛であったが、平家に反逆した成親の子息、成経を娘聟としたために苦悩したのが、清盛の弟教盛である。清盛の死後、正二位大納言に推されるが拒辞、その子息が公達通盛と武勇の教経の兄弟であるのだが、通盛とその室、小宰相を失い悲嘆する。壇ノ浦合戦には、教盛は武将として教経とともに入水を遂げる、その行動を敬語を使って語るのが物語である。

教経とは逆に修羅の場を子女に見せまいとする悲劇の主が維盛で、都落ちに妻子を同行せず、しかも子女への思いから病みがちで一の谷の合戦にも不参加、はては屋島を脱出、高野《こうや》山に、元小松家に仕えた滝口入道を訪ねて出家し、高野参詣後、亡父ゆかりの熊野《くまの》三山に詣で、那智の沖に入水して果てるのだが、最後まで子女への思いを断ち切れない。後日、その子息、六代が危うく、文覚上人に救われるが、これも熊野に詣で、祖父から父へと続く熊野との縁を語る。その六代に仕えたのが、坂東武士ながら平家に節を全うした実盛の子息、斎藤兄弟であった。六代の母は、あの清盛を討とうとした藤原成親の娘であった。烈しい政争の中を生き残るための輻輳する人脈。人脈政争史が史学の課題になるわけである。平家公達らの多様な父子の生と死を語り分ける。

生前の清盛と、母時子の鍾愛を受けたのが、五男重衡である。平治の合戦に生き残った摂津源氏の頼政が以仁王《もちひとおう》をかたらって謀叛を起こす。この王をかくまった三井寺を重衡は清盛の指示により焼き、王を保護しようとした南都を攻め、夜いくさに、松明として在家に放った火が延焼、東大寺を始め興福寺も焼き払う。一の谷の合戦に、生田の陣の副将軍を勤めながら、乳人子にも背かれて生け捕りの身となるが、それを南都（奈良）炎上の仏罰と自覚する。意図しなかった南都炎上に、その発生した事件に責めを負うことを覚悟していた。

　京へ連行され、内裏女房との対面を果たす。この女房は、重衡のたどった経過から重衡が仏罰をこうむるべきことを覚悟していたことを理解し、別れを惜しむ。出家が許されぬ重衡は、法然上人に逢ってみずからが罪深い悪人であることを告白し、極悪人も称名念仏の功徳により往生を遂げると上人に導かれる。そして鎌倉へ下る。この重衡には頼朝が「見参」、直接逢って、南都炎上の経過を訊問、重衡は臆することなく、その思いを答弁、感動した頼朝は重衡の身柄を信頼する狩野宗茂《かのうむねもち》に託し、白拍子《しらびょうし》、千手前《せんじゅのまえ》を介添えにつけて慰める。政治に翻弄される重衡は一門に見放され、鎌倉下向の後、南都大衆の要求に南都へ送られることになるが、その途上、醍醐への途中、通りあわせた日野（伏見区）の地にいた北の方、大納言佐が最後の対面を果たし、処刑後も

　むくろをばとりよせて孝養《きょうよう》せんとて、輿をむかへにつかはす。げにもむくろをば捨ておきたりければ、とッて輿に入れ、日野へかいてぞかへりける。これをまちうけ見給ひける北方の心のうち、おしはかられて哀れ也。昨日まではゆゆしげにおはせしかども、あつきころなれば、いつしかあらぬさまになり給ひぬ。

そこで近くの法界寺《ほうかいじ》で、僧に乞うて葬儀を営む。この大納言佐は、物語の結びまで建礼門院に仕え、その往生を見届け、みずからも往生を遂げる。この重衡を『法然上人絵伝』が法然の教えを受ける、白皙《はくせき》の公達とし美化して描くのだった。

後日、頼朝が予見したとおり、宗盛が同じ経過をたどり、東《あずま》へ下る。その途上から判官に助命を嘆願する。鎌倉での頼朝は宗盛に直接逢うことをせず、部屋を隔て人を介して訊問し、早々と京へ送還する。しかしその道中も、宗盛は生への執着を断ちきれないまま、最後まで、子息清宗《きよむね》の身の上を案じるところに父子の物語を語るのだった。ちなみに、この宗盛については、その妻女との物語も清宗の弟、副将の母を点描するにとどまり、「女人」の関与には宗盛と重衡との間に対照的な差異がある。

歴史を語る区切りに、いくさが入り込むのだが、そのいくさの恐怖を語ることがないのは、恐怖が個人体験で、それを語り物の物語としては語れない。むしろ維盛が自覚した子女に見せたくないとの思いが、間接的ながら、いくさの恐怖を示唆する。そうした思いが、先帝を抱いて入水する二位尼の胸中にあったとも読める。いくさに直接参加しない「女人」が、いくさの恐怖感を実感していたろう。その女人の思いが物語を支えている。

いくさに参加する男の思いとして、戦って、その功績の実績を子孫へ伝える

外なかったとは、生田のいくさに、先駈けを敢行する低層の河原兄弟が、

大名は、われと手をおろさねども、家人の高名をもッて名誉す。われらは、
みづから手をおろさずはかなひがたし

と、「下人どもよびよせ、最後のありさま、妻子のもとへ言ひつかはし」たことに見るとおりである。その兄弟の覚悟に同感するのが敵方の知盛であった。

以仁王の遺児をかくまう八条女院や、これに仕える女房、この遺児が仁和寺の御室《おむろ》に入門し、「後には東寺の一の長者、安井の宮の僧正道尊《どうそん》」になることを先取りまでして語ったわけである。この女院やこれに仕える女房が、一門を離脱した頼盛を邪慳に扱うことにも、「女人」としての思いが見られる。直接、いくさを体験する巴のような力女がいるのだが、むしろいくさ物語の「女人」は、男たちの死を見届け、それを弔うことが物語での機能、役割であった。巴もが、やはりシテとなって義仲を弔うことになるのが女の修羅能『巴』である。女人には悲嘆のあまり、夫を追って入水をとげる小宰相がいた。語りの主な対象になる男の死について、その女人の思いを語るのが「平家」の語りである。典型が建礼門院で、法皇を前に、みずからの生涯を六道輪廻に重ねて語り、亡き一門の菩提を弔ったのだった。本来、音楽用語であった「多声」(12)の語をミハイル・バフチンが言うドストエフスキーの対話的な語を重ねるのは当たらないが、「単一の作品の意識に還元されるのではなく多様なイデオロギー的立場を

12　桑野隆『未完のポリフォニー』未来社　一九九〇年

表す複数の意識、声が独自性を保ったまま衝突する」[13]声を琵琶法師の声を通して語ったとは言えよう。その意味で、琵琶法師の声は多声的であった。

すすどき義経、墓穴を掘る　平家が都を落ちた後、異端児義仲に手を焼いた後白河院は、頼朝にその討伐を指示し、行動したのが義経である。頼朝が、この義経を取りこもうとする法皇に警戒する。義経は兄に対し慎重に事を運び、義仲とは対照的である。しかも法皇の了解をとりながら福原、一の谷へと電撃作戦に撃って出る。かれは義仲と違って、『平治物語』で危ういところ、母、常盤とともに助命され、以後、兄頼朝とともに亡父義朝の仇討ちに平家討伐を目標とした。法皇は東国の王を志すと見える頼朝を避けるために、この義経に目をかけるのだが、京の人々は、義経を義仲に比べて評価しながら、平家の中の選《え》り屑だと言う。それほど京の人々の平家への共感は強かった。

義経は、一の谷攻めに搦め手から廻って平家の意表をつき、坂落としの奇襲により福原合戦に突破口を開くのだが、その猪突猛進する性格が、東国にあって頼朝を支える梶原父子を敵にまわし、みずから墓穴を掘ることになるのを気づかない。京侍としての性格をも色濃く受ける義経であった。梶原が非難したように統率者としての器《うつわ》に欠ける。神出鬼没、小勢を以て敵を欺く行動は、義仲に通じる面もあるのだが、小兵であることを自覚する義経は、もっぱら敏捷

13　川口喬一・岡本靖正『文学批評用語辞典』研究社　一九九八年

な判断と行動によって武名を保ちながら難局を切り抜ける。平家を壇ノ浦に破った後、義仲や頼朝とも違って平家の女房や宗盛父子にまで気配りを怠らない。この性格が京の人々の頼朝を上回る共感を得て、判官贔屓を受けるのだが、梶原の介入により、頼朝の警戒心を煽り立てる。兄の怒りにあい、義経は都人のわざわいになるのを避け、みずから京を離脱しながら、西国諸国に義経の保護を促す院の下し文を要請する。法皇は頼朝の意を怖れてためらいながら、当座凌ぎの下し文を出し、後日頼朝からの要請には義経らを追討せよとの院宣を下すことになる。朝令暮改《ちょうれいぼかい》の法皇の態度に義経の悲運を哀れむのが語り手である。京の人々の判官贔屓は、兄範頼の扱いを軽視する語りともなる。はては頼朝がその範頼をも義経と同じ道を歩ませることになるのだった。『保元物語』での叔父為朝を意識しながら、その行動力から瞋恚《しんい》に走る性格が義経を悲劇へと追い込む。修羅能『屋島』が義経を、その瞋恚のゆえに修羅道へ堕とすことになるのだが、かれを支える、ふるつわものの後藤実基《さねもと》や、那須与一、口舌をもって敵を操る伊勢三郎、判官のために身代わりとなる佐藤継信《つぐのぶ》や、熊谷父子らを忠臣として配し、この義経への思い入れに、梶原父子を嫌悪の対象にするのが「平家」である。一方、義経には敵対関係になる梶原父子のいくさ物語をも語る多面的な声も聴かせる。時代・状況の読みは、平家に支えられて九州の支配権を保障された緒方が、平家の衰運を目にして「昔は昔、今は今」（巻八「大宰府落」）とまで言い放って追い出すのを語る物語である。

東国の王、頼朝と武士　清盛を抑えて王家を再建しようと兵を挙げる以仁王が令旨《りょうじ》を発するのに、読み本では、平家に代わる頼朝を強く意識して、令旨をまず頼朝へ下し、頼朝が諸国の源氏に送る形をとるのだが、語り本は滅びゆく平家に軸足を置くために、この頼朝重視への傾きを避ける。保元・平治の乱後、清盛のとった策が、王権を優先、王家の補弼《ほひつ》たろうと、武将というよりは王朝貴族化したと言われる。

保元から平治の乱へと負け犬になった亡父義朝の仇討ちを志した頼朝は、虜囚重衡に向かって平家に対する私的な敵意はなかったとまで言いながら、『平治物語』で将門を意識して東国に、中央に統治されない独自の政権を樹立しようと豪語した叔父為朝に思いを寄せていた。それゆえに法皇や王朝貴族が、平家一門戦没者の首を大路渡しするのをためらうのを押しきって首渡しを主張し強行するのだった。その頼朝が以仁王からの令旨を得て挙兵を決意し、義父、北条時政を軸に坂東平家と同盟を結ぶ。坂東に住む桓武平家・清和源氏、さらに藤原氏をもかかえ込む複雑な人間関係が、物語の枠組みとしての源平対立を越える状況を作りあげていた。その頼朝が伊豆の山木《やまき》を手始めに鎌倉を征して、富士川に維盛が率いる平家の東征軍を破り、遙かに石清水八幡に感謝の念を捧げながら、上洛をとりやめ、東国固めの方策をとる。義仲や義経の二の舞を避ける頼朝、その頼朝に対し、物語では後白河法皇がいち早く征夷将軍の院宣を下すことになる、その胸中には王権を渇仰する認識があるのだが[14]、しかも京とは距離をとる。京の王権に背くことはなくこれを立てながら、独自の王権を確立していった。そのために保元の乱の叔父、為朝の弁に従って東国に居を占める。院の力の衰退は明らかである。

院の使者を迎える頼朝は石清水八幡を勧請した鶴岡若宮八幡宮に使者を迎え、まさに王者にふさわしい風格を院使に示し、後日、その経過を聞いた法皇を感動させるのだった。少なくとも物語として法皇が頼朝を東国における武家の長として認知したことは確かである。福原遷都の暴挙に対する冥衆の怒りから、神々が王権補佐のしるし、小長刀を清盛から取り上げて頼朝に渡そうとすることを語っていた。王権、その補弼の官をめぐって、すでに清盛ら平家の思いと神々との間には齟齬を来たしていた。『平家物語』でも読み本は、この頼朝の影が濃く、それは『平治物語』の、特に古本に鮮明に見えるところだった。五味文彦[15]は、清盛が新しく打ち出した武権政権を確立したのが頼朝であったと見る。物語での頼朝は清盛の轍を踏むことを避けながら東国に拠点を構えた。

頼朝にとって不都合なのが弟、義経を取りこもうとする後白河法皇であった。京の人々の義経に寄せる判官贔屓も頼朝の思いに背く。特に梶原景時・景季父

14　野中哲照「中世の黎明と〈後三年トラウマ〉」『軍記と語り物』47　二〇一一年三月

▼15　五味文彦『西行と清盛』新潮社　二〇一一年

子の介入により、義経の鎌倉入りをひかえる場では、判官贔屓に怖れる頼朝の戯画化をもあえてする。義経は兄との対面が叶わず、頼朝の側近、幕府の中枢官僚にのぼるはずの大江広元《おおえひろもと》に提出した「腰越状《こしごえじょう》」が、物語における義経の思いを語り尽くす。読み本の中でも、その影を濃く見せる延慶本では将軍としての頼朝像を強調する都合から、これをおさめない。それに語り本の屋代本も、この状を欠く。その後の、足利政権に向けて、源氏に寄せる政治的な配慮があったのだろう。これを琵琶法師は義経への思いから語り加えた。物語の結びに近く、頼朝は上洛の機会を得て天皇（院の意によるか）が差し出す位・官をいったん受けながら上表、辞退して鎌倉へとって返すのであった。そして鎌倉に頼朝なりの王権を樹立した後も、平家の残党狩りは徹底していた。入水して果てた維盛に同情の思いを寄せながら、荒聖文覚《あらひじりもんかく》の斡旋により助命した六代の育ちには疑念と不安を持ち続け、恩人文覚その人に対しても心を開かなかった。文覚は、世の変革に易姓革命思想をも出しかねない。後白河が京に帝の不在を嫌って立てた後鳥羽天皇をも、虚仮にしかねない、明らかに承久《しょうきゅう》の乱を先取りした行動をとる。『保元物語』から『平治物語』を経て、その結集としての『平家物語』へ、さらに『承久記』まで視野に入れた語りである。室町時代に、これら四つのいくさ物語を「四部《しぶ》合戦状」と呼ぶのは、四つの物語のつながりを見る読みであろう。

物語による限り保元の乱には参加しなかったが、源為義の十男行家《ゆきいえ》は、この変革期をどう生きたか。平治の乱には義朝に従いながら熊野の地に生き延び、頼政が企てた以仁王の謀叛には頼政と通じ、諸国の源氏に王の令旨を伝える使者に立つ。しかし頼朝に退けられて義仲に接近、しかも一方で法皇にも接近して義仲のことを讒奏、結局、頼朝に追いつめられる。

頼政を支えた摂津源氏の配下、王朝の警固にあたる京侍は、私的な利害よりも直接仕える主に忠節を尽くすことに徹する。摂津源氏に仕える信連《のぶつら》や競《きおう》らは、後日頼朝からも評価されることになるのだが。坂東武士が集団戦の中に、子孫のために所行の安堵を願って主に忠誠を尽くすのと対照的であった。ただ、畿内武士ながら近江の宇多源氏は、早く頼朝に意を通じていた。武者と言っても、東国における源平両氏の、荘園がからみ、頼朝政権との関係も多様であったことは斎藤実盛らの例があり、物語として、坂東とは異質の平安文化への憧憬が武士の父子の物語にも関わって、その身の行方を決する熊谷父子のような武者を登場させる。王朝を軸とする社会の構造が複雑で、東国政権の動きとからまり、武者と言っても多様で、物語の枠組みである源平対決の構図を脅かす。

日頃、王朝社会に寄り添って生きる京の人々にとっては、平安京の文化の安泰が念願であった。そのために義仲には反発、むしろ鞍馬を通して天台との縁もあった義経に共感する。法皇もその同じ反応を示したと語るのが「平家」である。

武者の登場が時代を動かしながら、それを生き抜く人々の生きざまは多様であって、必ずしも世の動きに見通しを与えようとはしないのが琵琶法師の語る多声的な歴史の語りである。読み本の歴史語りが頼朝の仇敵平家討伐を以て閉じる、希望的な歴史語りであるのに対して、琵琶法師のそれは、保元・平治の乱を受けて滅亡する平家亡魂を鎮める悲劇の色が鮮明である。その源氏の物語と平家の物語がバランスをとる中に多様なテクストを生み出していったのだった。琵琶法師が語る頼朝に、語り手の直接批評は見られない。

〔参考〕

永積安明『平家物語の構想』岩波書店　一九八九年
平雅行『中世日本の社会と仏教』塙書房　一九九二年
上横手雅敬『源平争乱と平家物語』角川書店　二〇〇一年
赤坂憲雄『異人論序説』（文庫）筑摩書房　一九九二年
大山喬平『ゆるやかなカースト社会・中世日本』校倉書房　二〇〇三年
薦田治子『平家の音楽　当道の伝統』第一書房　二〇〇三年
板坂耀子『平家物語』（新書）中央公論社　二〇〇五年
小峯和明『日本中世の予言書—未来記を読む』（新書）岩波書店　二〇〇七年

日下力『いくさ物語の世界』（新書）岩波書店　二〇〇八年
松尾葦江『軍記物語原論』笠間書院　二〇〇八年
富永茂樹『トクヴィル　現代へのまなざし』（新書）岩波書店　二〇一〇年
古瀬奈津子『摂関政治』（新書）岩波書店　二〇一一年
小田雄三『後戸と神仏』岩田書院　二〇一一年
本郷恵子『蕩尽する中世』新潮社　二〇一二年
折口信夫「水の女」『民族』一九二七年九月・一九二八年一月
ヘイドン・ホワイト『メタヒストリー』ジョンズ・ホプキンズ大学　一九七三年
ジェラルド・プリンス『物語論辞典』遠藤健一訳　松柏社　一九九一年
フロランス・ゴイエ『概念的枠組みのない思想』オノレ・シャンピオン　二〇〇六年

二十一　結論二　語りの方法と今後の課題

物語としての歴史　摂関家の一人で、鎮護国家の宗教儀礼を統轄する天台延暦寺の座主にも就いた慈円が示唆したように、鳥羽院亡き後、王朝への武者の登場により、それまでの平安文化の秩序や倫理が崩壊、その武者をも含め、王家・摂関家、これに準じる権門貴族、権門寺社、顕密仏教かれらに従って生きる京の人々、さらにその基層にある「人民」、地方農村の人々まで、すべての階層を内部分裂させ、階層間の葛藤が世を混乱させ、転換期ゆえの苦悩と不安を強いた。その不安と動揺を『保元物語』から『平治物語』を経て『平家物語』へと、王権の行方をめぐって、後白河院に対する平清盛の対応を軸に、王家、摂関家以下権門貴族、女人や、院の側近、京の人々の動きを語るのを読んで来た。世を動かした平家、一方、義仲・義経から頼朝ら源氏の武者、それも畿内武士と東国や地方武士の違いをどのように語っているかを、物語に登場する人物の機能をめぐって読んで来た。人々の多様な生き方を多声的に語り、物語として謡い、語る琵琶法師である。近・現代の小説やドラマではない歴史物語、「世継ぎ」の伝統を受けて歴史を読み、語るために年代記と紀伝のスタイル、構成を基軸にする。元々、琵琶法師の音声を通しての語りを文字化した、語り本としての「平家」である。当然、物語としての構造を読むことになる。

まず琵琶語りとしての音曲があり、語りの単位として「句」を構成する、その構成法と、語りの素材、内容がどのような曲節を要請するかをも見た。句としての構成は、王権を軸にするために公的な年代記形式を軸にすえ、たとえば巻六を年始で始め、巻七は義仲の動きに集約して語るなど巻の編成にも及ぶ。琵琶法師が語る多声的な「平家」は、単純化されているがゆえに明快で、縦糸・横糸鮮明な、まさに完成したテクスト、織物である。そのための方法がとられている。

平忠盛の、鳥羽院のための勅願寺得長寿院造進に始まり、平家の滅亡にいたるまで六十余年の年数、長さ、ジェラール・ジュネットの用語を拡大して借用すれば「振幅」、年月の拡がりを持つ物語が、平家を物語の軸にすえるまでの前史として四十余年を語る巻第一、以後、平家の動き、重衡の処刑を巻十一まで語る八年間、そして後日談と頼朝と判官の対立、断絶平家まで十四年を巻十二の一巻に語る。この三部に分かれる、それぞれの語りの振幅と、その速さが物語の内容を示唆している。この間、時には語り手の意表をもつく世の人の声が入り込む。これをアイロニーとも言えるのだが、その声は多様で多層的・複合的である。状況の動きを怖れる声、形骸化する秩序を苦笑する声、「人民」

の思い、うめき声、批判する声、事件の発生に対する共感や驚きの声、笑い、時には藤原伊通《これみち》のような個人をも含む諷刺の落首、それらは時に神々の声にも通じる。歴史の動き、人々の動きを語る、その多様な声が聞こえて来るのは、やはり京を拠点に、地方の人々の中をも語り歩く琵琶法師の語りであったからだろう。それを構成員が互いに知り合う狭い村の声とは違って輻輳する京の町の声であろう。

　神々と言えば、王権の行方をめぐって慈円が想定した、現実に生き続ける神々、冥衆や、その意を代弁する顕者を登場させ、(1)「未来記」の形(2)をとるのだが、それは現実の状況展開を歴史とする読み、解釈を神々の意向として理解するものである。その神意を受け、継承する王の宝、神器から、さらにその王権を補弼する任を保障する武士の宝、節刀《せっとう》や小長刀《こなぎなた》があった。京の文化に揺さぶりをかける武者、東国や地方の動きを逐って語ることになるのだが、義仲の例に見るように、その武者の行動、兼平との乳人子の関係に瞠目しながら、それらを異文化として拒みもする。「保元」「平治」から「平家」へと支えて来た熊野の別当までもが、東国の動きにとまどい、ついに頼朝へ舵を切る。こうした歴史の読みの揺れが、その語りの声としては喧噪、騒音となり、語り手の史観をも相対化する。ミハイル・バフチンがドストエフスキー論に言う対話により成り立つ「多声(3)」とまでは言えないにしても、多層的な声(4)である。樋口大祐は「荒廃

1　大隅和雄『愚管抄を読む』平凡社　一九八六年　用語をわたくしなりに少し変更した。
2　小峯和明『日本中世の予言書―未来記を読む』（新書）岩波書店　二〇〇七年
3　桑野隆『未完のポリフォニー』未来社　一九九〇年
4　川口喬一・岡本靖正『文学

した現実と支配者側の人々を結びつける大きな接点」としての検非違使庁に「多重所属性」を見るが(5)、それをわたくしは、人々の声の質を言うものと理解する。

多層・多声、騒音と言えば、十四世紀の初頭から中頃にかけて集成された三つのいくさ物語、『保元物語』『平治物語』から『平家物語』へと、しかも各物語の多様な読み本と語り本を生み出していった。『平家物語』の重盛や清盛、天台説教の家、安居院《あぐい》の静憲《じょうけん》らの言動を語るのに、その揺れが見られた。源泉として個々の語りの存在が想定されようが、琵琶法師の語りを軸に、この多様な物語の生成が、語り本、読み本の別を越えて連作的とも言えるような関わりを示している。そうした語りとしての歴史である。鳥羽上皇の善根賛美（巻一「殿上闇討」）に始まり、東国政権の確立から、さらに承久の乱までを示唆する年月の幅、振幅を示す複雑な歴史の多声的な語りである。その中で『平家物語』をめぐって、鎌倉政権が関与し、唱導や宗教界の動き、諸テクストの校勘・注釈までもが進み、浩瀚な読み本を編み出す。一方で、その鎮圧の対象となった崇徳や平家の怨霊を鎮める琵琶法師が女人に接しつつ語りの生成を軸に、平家公達ら滅び行く者の霊を怖れて敬語を使って語るのは、『保元物語』以来の語りである。その語りのスタイルは能を観客に語り手として解説する間狂言《あいきょうげん》の語りにまで見られる。十四世紀の後半には、それらを素材とした猿楽や舞い（幸若）が構成されてゆく。さらにいくさ物語としての『太平記』や、お伽草

批評用語辞典』研究社　一九九八年
5　樋口大祐『変貌する清盛』吉川弘文館　二〇一一年

紙と呼ばれる中世物語などが、三つのいくさ物語に、その芽生えを孕んでいたのだった。物語が固定して以後、北条政権の介助から足利尊氏を経て徳川の源家康まで、頼朝の神格化が進み[6]、ピエール・F・スウイリの中世史論[7]が行われる。

語りの方法　『平家物語』の成立を考えたり、史実・文化現象を発掘するのではなく、琵琶法師の語りを聴き、そして読むことを考えて来た。それは完結した物語としての読み、受容である。物語が口承文学であることから、どのような方法をとっているのか、その方法は、物語としての語りとその内容、言説を規定している。句の構成や、さらに巻の編成もその一環としてある。歴史を王権を軸に語ることから公的な記録のスタイルを基本とする[8]。しかも平家琵琶として語ることと連動する。琵琶法師は琵琶を使って語り、謡う。それを「曲節」と呼ぶのだが、曲節は、大きくメロディーを付して謡う「引き句」と、メロディーを付さずに語り、朗誦する「語り句」に分かれる。それらの曲節を、その語りの素材・内容によって使い分けるのだが、しかも上述の「句」としての単位が、その句に応じて完結することから、各曲節を付す場所に制限がある。つまり語り、謡うための感情の込め方が、緩やかだが、句としての構成を決めるということ、これは能のあり方と通底する。物語の言説には、句としての構成のあり

6　山下『いくさ物語と源氏将軍』三弥井書店　二〇〇三年
7　ピエール・スウイリ（ケーテ・ロス英訳）『下剋上の世界』ピムリコ　二〇〇一年
8　石母田　正『平家物語』（新書）岩波書店　一九五七年

方、その素材内容の両者がからまっていることを前提に考えねばならない(9)。その試みを行ったのだが、なお今後の重要な課題であることを銘記しておきたい。本書でも必要に応じて言及したところである。しかも、それは雅楽のような音楽ではなく、やはり芸能としての語りであった。

物語を動かすのが登場人物であり、かれらの行動と行方を語るのに前後の文脈を考慮し、中国を経て渡来した仏教と儒教の倫理を根底にすえて、菅原道真や『源氏物語』『伊勢物語』など日本の古典、『史記』『長恨歌』など中国の古典を重ねて語ることによって清盛らを語り、歴史を解釈してゆく。天変を始め異変、それに、怪異・変化《へんげ》の出現による予兆を語る。そのために先行作品を踏まえ、物語内の引用をも行いながら、物語固有の方法を活かす。口承を介するために記号化を進め、登場人物間の関係についても単純化し、対立構造を明快にし、それらの人物、清盛と重盛・教盛、義仲と頼朝、知盛と宗盛、あるいは維盛、頼朝をからめての重衡と宗盛らなどを輻輳する対比構図に従って語る。対比を意図した前後のつながりを考え、それを歴史の論理として把握する。

語りを画すいくさを語る物語は、対立する両軍に語り手の思いをも込めつつ交互に視線を移し、きまり文句を駆使し、誇張して語り、直接話法から語りの同化、擬態語・擬声語、多様な比喩まで用いて語る。語り手の思いを直接語ることから、登場人物に同化し、その心内語にまで立ち入る語りが上述の多層・

9　山下『琵琶法師の平家物語と能』塙書房　二〇〇六年

多声的な声を保障する。こうした物語としての方法が、史書とは違って歴史を多面的にとらえ得る。大津雄一(10)が論じた、民話にも通じる話形の利用、その軸にあるイデオロギーの機能も伺えるわけである。

例えば頼朝の挙兵を、現地視点で詳細に記す読み本と違って大庭が早馬で直接語る報告は、要約的な語りにとどめることが、語りの対象を平家に絞ることになる。元々、敗者を語ろうとした「平家」であるから当然のことなのだが、義仲と頼朝の不和に中国の故事を構造として踏まえ、しかも人間関係については二人の関係として単純化して語るのが語り本である。この間、高倉上皇の死をめぐって歴史的には考えられない永縁《ようえん》を借用して登場させたり、経正と御室覚性法親王《かくしょうほっしんのう》との関わりを、事実を越えて単純化する物語の世界である。

遷都の公卿揃えに、当時空席の太政大臣まで加えるのは、語りとして型やきまり文句を駆使したものである。語りと文字化がせめぎあう。読み本とは異なる語りの先行が語りの記号化を押し進める。一方で以仁王の謀叛をめぐる三井寺攻めと南都炎上を、あえて巻を変えて置くことによって清盛の奢りを強調することが巻の編成をも促す。読み本と比べてみれば、その違いは明らかである。

一見外部からの引用のように見える「牒状」の類が、実は物語の読みとして語られ、引用の域を越えている。物語としての語りの順序を考慮した、例えば平家の筑紫落ち後の平家がたどる大宰府落ちまでの経過や、屋島攻めから壇ノ

10 大津雄一「『平家物語』の「愛の物語」」『日本文学』二〇一二年一月

浦への転戦経路に、地名を記号・構造化して活かし、維盛の熊野詣も歌枕を縫うようにしてたどる。事実を越えた、物語としての語りの方法である。

歴史の読みは、事実をどのように結びつけて考え、語るかが行う。その典型が語りのつながり、物語論では継起性や連鎖と呼ばれる方法である。頼朝の「征夷将軍院宣」に続けて義仲の「猫間」を連鎖的に語るのが典型で、その配列が両者の対比を際だたせて語ることになる。[11] そのために記録的な意味では、事実、年代記を無視してつないでゆく。頼朝の宗盛訊問の語りは、重衡に直接逢った頼朝が早く予期していたと語る。禁じ手である、いわゆる先取りして語る先説法[12]をも時に見せる。近・現代の小説では許されない方法である。その重衡が頼朝に法皇について語る批判は、生前の重盛の王家絶対服従論を踏まえ、その王権論を虚仮《こけ》にし、院に対して痛烈な批判を呈することになる。物語の軸をなす王権そのものが動揺している。重衡と宗盛との対比、それに頼朝を介しての対面の語りそのものが対比をなしている。富士川合戦を前にした忠清や実盛の坂東武士論が、その後の平家の士気に大きな影響を与え、戦わずして敗走する醜態を必然化する。こうした人物の対立構造や語りの連鎖やプロットに気づくことが、完結した物語としての文脈を掘り起こすことになろう。事実を逐い、理想的な年代記を構成するのではない、物語としての歴史を読むことになるのである。

11　山下「琵琶法師が語る源平の歴史」『文学』二〇一二年一・二月

12　ドイツの『ニーベルンゲン』は、その極端な物語である。

歴史を語るとは、年代記の発掘、悉皆調査を志すことではない。『平家物語』でも、特に語り本は『保元物語』から『平治物語』を受けて源氏の再興、亡父義朝の恨みをはらす仇討ちを語りながら、平家の悲劇へと収斂する。と同時に承久の乱による武家政権の安定を予告、示唆する物語であるために、いずれも結びの慌ただしいのが三つのいくさ物語である。後白河が怖れたような怨霊の世界ではない(13)。悲劇の中に、喜劇的な方法や風刺的な側面をも見せる。それが多層的・多声的な語りともなり豊饒な物語としての歴史、広義の叙事詩を拓いていったのである。十四世紀の中頃、文字テクストとして語り正本が定着した。以後、揺れ動く社会状況の中を語り系としては整理、固定化を進めて江戸時代を迎える。そして琵琶法師の当道座そのものが徳川政権の体制の中に組み込まれてゆく(14)。『平家物語』を受け継ぐ芸能や物語が、それぞれ固有の意図を以て、この琵琶法師の語りを軸に、物語の生成を続けて江戸時代から現代の小説・ドラマや映画・演劇の世界を開拓してゆく。「時代物」のドラマと言えば、源平の争いが取り上げられることの多いのはなぜなのか。記録や諸本との比較を軸に物語の成立を考える論とは、本書は趣旨と方向を異にしながら、江戸文化をや源平時代劇やドラマをも相対化して検討すべき課題として投げかけられていることを銘記しておきたい。

読み本の世界をも改めて読み返さねばならない。その中の『源平盛衰記』は

13　山下『語りとしての平家物語』岩波書店　一九九四年

14　兵藤裕己『琵琶法師』（新書）岩波書店　二〇〇九年

例外的に稗史《はいし》体の編成をなすが、延慶本・長門本は、諸種資料の採取に、資料批判・注釈まで行っている。それをいかに読むかが、物語を生成論の立場から武久堅[15]らが延慶本の作者に迫り、延慶本注釈の会による詳細な注釈が進められる。語り本とは違った歴史の読みを改めて、わたくし自身の課題として提起しておきたい。清盛や成親について言及した荼吉尼天など異神[16]根来寺を軸に提起される学問史の検討[17]が手つかずの状態にある。

何度か原稿のチェックを経て、いよいよ入稿をと思っていた矢先、目にふれたのが日本思想史、片岡龍の発言「悲しみを抱えて生きる」『世界』二〇一二年四月である。二〇一一年春の大震災をめぐって、東北地方では、

墓にたくさんの食べもの飲みものを供え、その前で鎮魂の風流をみなで踊る。

この場合の鎮魂とは、「たましずめ」の意ではなく、「たまふるい」という意味だそうだ。亡くなった人に「安らかにお眠りください」で済ませるのではなく、「どうか眠らないで目を覚まし、あなたのつらかったこと、苦しかったこと、悲しかったことを、わたくしたちにお伝え下さい。わたくしたちがきっとその意志を受け継ぎます」と、激しい所作で語りかけるものという。

との発言であった。鎮魂と言うよりも、民俗学に言う「招魂」の意だと言うのであろう。それは文字の世界ではなく、音声や動きの世界である。一九四五年

15　武久堅『平家物語の全体像』和泉書院　一九九六年『平家物語・木曾義仲の光芒』世界思想社　二〇一一年
16　山本ひろ子『異神』平凡社　一九九八年
17　牧野和夫『延慶本『平家物語』の説話と学問』思文閣出版　二〇〇五年
　　美濃部重克『中世伝承文学の諸相』一九八八年　和泉書院

春、神戸大空襲翌日の焼け野が原の光景を思い出す。本書がテーマとした琵琶法師の「平家」を、そうした意味で論じ得たろうか、建礼門院の思いを、どこまで読み得たかどうか、例えば維盛の思いはどう読めるのか、いや鎮魂と招魂の別を区別できるのかなど考えつつ、今後の課題とすべく入稿へと進むこととした。

（参考）
ジェラール・ジュネット『物語のディスクール』花輪光・和泉涼一訳　書肆風の薔薇　一九八五年
F・シュタンツエル『物語の構想』前田彰一訳　岩波書店　一九八九年

あとがき

四十余年にわたる現役の勤めをおわる頃から、わたくしの出発点となった『平家物語』の読み直しを始めていました。それも物語としてのおもしろさにひかれて、史学者とは違った、語り本に即した読みです。

それがいつでしたか、畏友梶原正昭さんが生前、相談役になってハゴロモの橘幸治郎さんが始めていらっしゃった「原典平家物語を読む会」に誘われました。おりから十余年にわたって進行中であったＤＶＤ集録が進み、その付録として小冊子に「章段解説」を書くようにと指示されて作業が本格化します。梶原さんは残念ながら病に犯され七十一歳の若さで旅立ってしまわれたのでした。氏がお元気であれば、氏が執筆されるところだったでしょう。

それまで、論文を書き続けて来たわたくしは驚きました。底本とする覚一本を読み返していて、完結した物語としての仕掛が、きわめてきめ細かくめぐらされていて、なまなか近・現代の小説やドラマでは表現しがたい、懐の深い物語であることに気づかされたのです。ふと、亡き三谷邦明さんの『源氏物語』の読み方を思い出していました。三谷さんの『源氏物語躾糸』です。読みの過程で、本書で前にとりあげたり、後にとりあげる箇所を脚注として示しました。御不要の方は無視なさってください。

執筆の過程で気づくことが多く、数年がかりで書き終えてみれば、振り返って書き直しを要する箇所が多く、不統一も目につきます。決心して修正と加筆・削除を行って到達したのが、本書です。

この間、遅まきながらヘイドン・ホワイトの歴史哲学論に導かれ、にわか仕込みの勉強、かたや野家啓一さんの思想史にわたる哲学としての物語論に教わるところが多くありました。かねがね「語り論」を軸に、物語論を考えていました。ハゴロモとの連絡役を務めてくださった同社の古場英登さんが哲学書の愛読者で、かれから数々の情報を得ましたし、演出家としての橘さん、故き梶原さんの遺訓を守って、たえず哲学を考える大津雄一さんに啓発されることが多くありました。

そこへ愛知県立大学の招聘により来日されることになったフランスの比較文学研究の気鋭、フロランス・ゴイエさんの著との出会いが、歴史を物語り、それを読むとはいかなることかを改めて考えさせたのでした。たまたまわたくしが、軍記論では主流をなす成立論とは違って、いくさ物語の受容と変容を「生成」の過程にとらえようとの思いがあったものですから、『平治物語』の読みに、語り本を中軸にすえることをあえて行ったのでした。ゴイエさんとは、わずか数分の短い対話でしたが、今でも記憶します、氏がクロニクルは採らないとおっしゃったのでした。氏は古本を御存じでありながら、避けて第四類本を読みの対象にされたのでした。ルネ・シーフェルさんのフランス語訳があったことも幸いしました。ヨーロッパの叙事詩研究の伝統の中で、インド、マハーバーラタ研究の動きをも視野に入れ、ギリシャから自国の『ローランの歌』が保元・平治の物語の読みに展開、さらにお目にかかった時に話された、ドイツの『ニーベルンゲン』へ、さらにトルストイやカミュにも及ぶ視野をお持ちです。それにしてもわたくしとハゴロモとの出会いは幸せでした。

そこへ昨年、二〇一一年、三月十一日の東日本大震災、その惨さは一九九五年一月の神戸淡路島大震災を、さらに一九四五年春の神戸大空襲までさかのぼって思い出させたのでした。

本書の外枠がほぼ出来上がった段階で、笠間書院編集長の橋本孝さんの御配慮により社長の池田つや子氏にお目にかかり、御快諾を得て、このような形の出版が実現することになりました。ハゴロモの橘さんの御了解を得たのは申すまでもありません。感謝いたします。

その橋本さんが今回の大震災をめぐって詩人の辺見庸氏のことを話され、辺見氏が堀田善衛氏の『方丈記私記』を思い出しながら執筆された『瓦礫の中から言葉を　わたしの〈死者〉へ』を読んだのも衝撃でした。『世界』誌上、片岡龍氏の文章にめぐりあったのも、この出版の動きが進み入稿をしようとするころでした。歴史哲学を軸に、学際化と国際化が『平家物語』の多様な読みを保障しましょう。史学や文化史の進展が、「平家」の読みをも一層深めて来ることでしょう。引用した諸論文や参考文献に掲げた著書の著者にも感謝いたします。ありがとうございました。

二〇一二年五月

detail［目次細目］

＊末尾のゴシック体は章段名を示す。

著者略歴
山下 宏明（やました　ひろあき）

1931年、神戸に生まれる。神戸大学文学部卒業、東京大学大学院文学研究科博士課程修了、1986年文学博士。名古屋大学教授、1995年定年、同名誉教授。愛知淑徳大学教授、2007年定年退職。『平家物語の生成』（明治書院）、『語りとしての平家物語』（岩波書店）、『琵琶法師の平家物語と能』（塙書房）、『新潮日本古典集成　太平記』（新潮社）、『いくさ物語と源氏将軍』（三弥井書店）、『新日本古典文学大系　平家物語』（岩波書店）［共著］など。

『平家物語』入門

2012年11月20日　初版第1刷発行

著　者　山　下　宏　明

発行者　池　田　つ　や　子
発行所　有限会社　笠間書院
東京都千代田区猿楽町2-2-3［〒101-0064］
電話　03-3295-1331　　fax　03-3294-0996

NDC分類：913.436

装　幀　笠間書院装丁室

ISBN978-4-305-70671-3

印刷・製本：モリモト印刷
（本文用紙・中性紙使用）

落丁・乱丁本はお取替えいたします。
出版目録は上記住所または下記まで。
http://kasamashoin.jp